2015 年 2 月，人民日报社总编室班子成员合影。

2020 年 1 月 21 日，与人民日报社研究部同事在一起。

士心热评

互联网时代的评论写作实践与思考

崔士鑫 著

文 化 名 家 暨
「四个一批」人才作品文库

新
闻
界

人民日报出版社
北 京

图书在版编目（CIP）数据

士心热评：互联网时代的评论写作实践与思考 / 崔
士鑫著 . -- 北京：人民日报出版社，2020.7
ISBN 978-7-5115-6420-7

Ⅰ.①士… Ⅱ.①崔… Ⅲ.①评论性新闻－作品集－
中国－当代 Ⅳ.① I253

中国版本图书馆 CIP 数据核字 (2020) 第 092330 号

书　　名：**士心热评：互联网时代的评论写作实践与思考**
　　　　　SHIXIN REPING：HULIANWANGSHIDAI DE PINGLUNXIEZUO
　　　　　SHIJIAN YU SIKAO
作　　者：崔士鑫

出 版 人：刘华新
责任编辑：张炜煜　贾若莹
装帧设计：阮全勇

出版发行：人民日报出版社
社　　址：北京金台西路 2 号
邮政编码：100733
发行热线：(010) 65369509　65369512　65363531　65363528
邮购热线：(010) 65369530　65363527
编辑热线：(010) 65369509　65369514
网　　址：www.peopledailypress.com
经　　销：新华书店
印　　刷：天津盛辉印刷有限公司
法律顾问：北京科宇律师事务所 010-83622312

开　　本：710mm×1000mm　　　1/16
字　　数：410 千字
印　　张：29.5
版　　次：2020 年 8 月第 1 版
印　　次：2020 年 8 月第 1 次印刷

书　　号：ISBN 978-7-5115-6420-7
定　　价：86.00 元

目 录 CONTENTS

（注：本书所收评论作品，均为作者2014年11月—2017年7月主要刊发于人民网《士心热评》专栏中的作品。每篇评论文尾内为刊发日期。《士心热评》网址：http://theory.people.com.cn/GB/409504/index.html）

党报评论写作的实践与思考（下）

崔士鑫

评论在传统媒体中一直被称为旗帜和灵魂，承载思想、表达价值，最能体现媒体的立场、水平和品位，是传统媒体的重要核心竞争力。党报评论更是舆论场上主流声音的集中代表，是引导社会舆论最直接的形式、最有力的武器。面对重大问题、重要事件，党报评论发出权威声音、阐明原则立场，往往发挥一锤定音的关键作用，在统一思想、凝聚共识、鼓舞斗志方面作用无可替代。

但是在全媒体时代，舆论生态、媒体格局、传播方式已发生深刻变化，新闻舆论工作面临新的挑战。党报评论作为曾经一呼百应、一纸风行的传统媒体的旗帜，面对全媒体不断发展，全程媒体、全息媒体、全员媒体、全效媒体的出现，面对无处不在、无所不及、无人不用的信息洪流，亟须认真探讨如何在全媒体时代坚持守正创新，发挥优势、占据主导、高出一筹，在多元中立主导、在多样中求共识、在多变中把方向，牢牢掌握舆论场上的主动权、话语权，成为价值风向标、舆论压舱石、民意减压阀、社会黏合剂，更好发挥导向作用、旗帜作用、引领作用。

从"舆论主场"转战"舆论广场":多元传播格局下的挑战与机遇

"一张报纸,上连党心,下接民心。"在传统媒体中,党报作为宣传党的纲领、路线和政策的有力工具,一直牢牢掌握着舆论工作的主动权和主导权。作为党报旗帜和灵魂的党报评论,曾长期在传递党的声音、宣传党的主张、引领社会舆论等方面发挥着主力军作用。进入全媒体时代,人们更习惯于通过手机、网站、移动客户端等获取且传播信息,短视频、微博、微信等应用也都有了媒体属性,一部手机往往就是一个信息接收乃至发布平台,"众声喧哗"已经成为常态,传统媒体包括党报都受到冲击和挑战。党报评论的地位与价值在多元传播格局下,面临着从过去主流媒体牢牢占领的"舆论主场",必须转战众人涌入的"舆论广场"的严峻考验。

全程媒体带来的信息传播即时性、全时性,零时差、零距离,易使党报评论产生时效焦虑,甚至掉入"时效陷阱"。新媒体一大传播特点是对于新闻事件往往随地随时发布、细节不断更新,真相经常是在一波三折的传播过程中逐渐呈现。同时新媒体的互动特点,使信息在传播过程中就伴随着各种言论和观点,不但信息发布权主体旁落,信息解释权也似乎脱离了主流媒体包括党报的掌控。党报评论有的出于按部就班的审慎习惯,事实基本确定仍反应严重滞后,迟发声、不发声,在本该引导舆论的重要关头缺位、失语,不能及时回应公众疑惑、疏解社会情绪,失去引导力公信力。也有的出于追求时效的冲动和重要新闻党报评论不能缺席的职业诉求,为了先声夺人、首发效应,等不及"让子弹先飞一会儿"就贸然发声,失去准确度与权威性。进退失据,党报评论的作用大打折扣。

全息媒体带来的观点表达的生动活泼、解读手段的丰富多样,凸显传统评论形式的单调、手段的匮乏。全息媒体意味着根据不同信息内容,可以综合运用文图、声音、视频、动画、AR、VR 等多种媒体表现方式。这些媒体表现方式有时也被用于网络评论，比如用接地气的诙谐语言、面对面聊天式地表达观点，或在评论文本中穿插必要的照片、图表、动图、视频等，让抽象的思想观念得以形象化传播。有的还利用人工智能、云计算、大数据等提供更有针对性和纵深性的分析，让评论的观点得到新奇有力的论据支撑。反观党报评论，往往语言风格庄重有余、活泼不足、说教味浓，表现形式相对单一、模式固化、相似度高，论据不外乎引用可能已被多次引用的典故、众所周知的材料和未必有说服力的政治语言，导致"评"是浅尝辄止，"论"也未讲深讲透，与受众尤其是年青一代网络"原住民"有明显代沟，减弱了党报评论的吸引力和引导作用。

全员媒体带来的评论主体多元化与互动性，使党报评论的主流声音易被湮没，甚至在"二次解读"中成为被攻击的靶子。"舆论主场"变成"舆论广场"，最大的变化就是评论已不再是记者和专业评论员的专利，只要有想法、有观点，不仅"人人都有麦克风"，而且"人人都是评论员"。目前，有些门户网站、自媒体平台在新闻采集、新闻发布等方面仍受资质限制，但评论、回帖相对自由，所以评论就成为新媒体最易进入的传播领域。有些新媒体如微博几乎以表达观点为主，许多自媒体内容创业和变现，都把评论当作核心内容和变现资本。所以甚至有人认为目前已由新闻的时代转入评论的时代。由于网络的开放性，自媒体平台的准入门槛低，既不需要专业编辑斟酌字句，也不需要监管人员对事实与价值取向把关，信息一经产出即可发送传播并形成各种互动"灌水""拍砖"，各种社区、论坛、博客、微博、公众号异常火爆，还催生了一大批专业写手和众多所谓意见领袖，使网络评论在海量、快速、互动、贴近性等方面，都有党报评论不可比拟的优势。同时由于年龄、出身背景、文化教育水平、职业尤其是价值观的差异，对各类信息总是存在不同见解，总体而言，情绪化、非理性言论往往更易得到传播。所以有人形容说：过去是官方说一不二，现在是群众说三道四；过去是当官的吆五喝六，现在是群众七嘴八舌，评论成为两个舆论场碰撞最激烈、矛盾最尖锐复杂，也最具标志性的领域，党报评论的主流声音不仅容易被湮没，如果运作不当，在再传播、再解读中，还会成为受攻击的目标对象。

全效媒体带来的定向精准传播与及时准确反馈，使党报评论写作者的心态容易受到点击量、阅读率、受众评价的影响，陷入"流量焦虑"，偏离理性、客观。基于网络传播的互动特点尤其是云计算、大数据和人工智能等技术手段，新媒体可以及时准确得到反馈，根据反馈更加有效地进行信息生产与传播发布。以往党报评论发表后，哪些人阅读了、效果如何，反馈相对滞后笼统，评论作者基本上不必考虑受众情绪，只要保证事实准确和逻辑自洽经得起推敲即可，从而维持党报评论作者应有的冷静、理性和客观。但新媒体拆除了党报评论作者与受众之间的隔离墙，通过网络传播，评论员能随时看到回复或阅读数量的即时变化，看到受众通过回复或新媒体平台表达的不同看法，感受到被赞赏、被评价、被批驳甚至被人肉搜索的巨大压力。这种压力会使党报评论作者有意无意地对评论写作进行自我调整；或为让自己的观点更加符合受众期待，削弱引领舆论的作用；或喜欢选择受众更加关注的新闻热点作为评论题材刷存在感，失去党报评论传播主流价值的初衷，也有可能因受到负面反馈刺激而导致观点偏激等，未能坚守党报评论的初心与职能。

当然，全媒体给党报评论带来的并不都是挑战，同时也带来创新拓展的机遇。一是信息无处不在，拓展了党报评论的时空覆盖面。以往如果读者没有订阅党报，就很难接触到党报上刊载的包括评论在内的内容。全媒体时代，哪怕一个人从没有见过党报的模样，党报上刊载的优质内容包括评论，也可能从某一新媒体传播渠道获得。总体上看，有说服力吸引力的党报评论，在全媒体时代有机会得到更大范围传播，全媒体更能让党报评论"飞入寻常百姓家"成为现实。二是信息无所不及，拓展了党报评论的内容覆盖面。传统的党报评论，内容主要涉及党和国家或某一地方在各个时期的中心任务及相关方针政策的宣传，单向传播，缺乏互动。如今置身"舆论广场"的党报评论，因网络传播的互动性，不可避免要面对评论刊出后受众提出的各种问题，负责任的党报评论既要表达观点，也需要对话沟通，加以引导，乃至根据需要推出后续评论进行回应，从而在题材内容上，涉及面比以往更为广泛。三是信息无人不用，拓展了党报评论的人群覆盖面。传统的党报有特定读者，评论的作者则多数是党报内部人员，或党报约请的党政机关工作人员、专业机构的知识分子等，准入门槛高，精英色彩浓。网络传播降低了评论阅读与写作门槛，不论受众人群还是评论作者队伍都比以往有显著扩大，尤其是许多受众的评论与反馈，有更多机会通过党报直接摘用，或通过党报评论作者收集后用于评论写作，为党报评论的创新提供了动力与契机。面对全媒体时代的挑战和机遇，党报评论只要坚守正道应对挑战，抓住机遇开拓创新，就能在新的舆论生态、媒体格局、传播方式背景下，发挥更大作用，更好地担当使命职责。

"众说纷纭"仍需要"权威声音"：复杂舆论生态中更须坚持守正

"观点太多，事实不够用了"，这句话本用于诟病不注重核实挖掘事实真相的现象，如果从另一角度看，反映的是这样一个事实：如今的舆论场上，观点越来越受到重视，我们已然身处一个观点至上、评论勃兴的时代。很难有独家新闻，只能有独家观点。尤其在新媒体上，表达观点、发表评论，已经成为人们进行信息传播与互动的常态。

全媒体时代评论的勃兴，首要原因是信息过载、海量传播，人们迫切需要对信息进行整合分析，知道哪些信息最有价值，应该怎么看待这些新闻事实，如何理解新闻背后的逻辑。简言之，全媒体时代，信息匮乏已被信息严重冗余所取代，受众最需要的是新闻信息背后的辨别与解析，这恰恰是评论的功能。其次，当前我国正处于发展关键期、改革攻坚期，同时也是矛盾凸显期，思想文化相互激荡，价值观念多元多样，存在广泛冲突与调整，人们需要通过观点表达和意见交换来进行讨论、寻求共识，形成对评论的强劲需求。最后，多年来教育快速发展，人们文化水平普遍提高，许多人具有了更强参与意识、分析能力与表达水平，国人也有关心国家与社会事务的悠久传统，推动了评论的发展与繁荣。

社会大变革时期人们思想观念多元多样多变，在舆论场上的表现往往是"众说纷纭"。这就更需要作为主流媒体中坚力量的党报，在全媒体时代坚守正道、加强引导，提供主流观点、发出权威声音。

守党报本色之正，在多元中立主导。所谓"党报姓党、在党言党，为党立言、替党分忧"，在全媒体时代有更深意涵，对党报评论写作更具指导意义。党报的首要职责是宣传党的主张、传递党的声音，这决定了党报最大优势在于权威性，党报评论的最大优势更是权威性。无论形势如何变化，党报本色都不能丢。1941年中共中央决定出版《解放日报》作为党中央机关报，在通知中明确："一切党的政策，将经过《解放日报》与新华社向全国传达，《解放日报》的社论，将由中央领导同志及重要干部执笔"，这意味着中央把社论这一最高规格的党报评论，作为直接表达党的意志、传播大政方针的重要形式。这一决定对后来各级党报都带来决定性影响，党报社论发出的声音，往往被视为各级党政决策者的声音。时至今日，尽管舆论场众说纷纭，人们仍对党报评论"高看一眼"，直至可以"一锤定音"。即使一般党报评论，也会被冠以"党报发文痛批""党报发文力挺"之类标题，说明人们仍很重视党报评论的态度。在传统媒体时代，党报主要目标受众是党政机关、企事业单位干部和知识分子等，全媒体时代，客观上党报受众群体扩大，党报评论的贴近性必须增强。然而再讲贴近性也要懂得，舆论场仍然需要反映主旋律的黄钟大吕，不能全是民间小调。党报评论还是要坚持应有的立意和眼界高度，围绕中心工作做文章，这是党报评论职责所在，也是党报评论无可比拟的优势。无论如何创新，都必须把这个政治优势牢牢抓在手中，才能充分体现权威性、牢牢把握主导权，让评论成为全媒体时代党报核心竞争力。

守思想优势之正，在多变中把方向。互联网是平台开放、没有国界的空间，信息海量、传播光速，各种观点观念在这里生成发酵，各种社会思潮在这里碰撞激荡，各种思想文化在这里交融交锋，意识形态领域斗争复杂多变。思想是媒体最高境界，党报处于意识形态领域斗争前沿，党报评论必须充分发挥思想引领作用，针对意识形态领域的杂声噪声，在乱云飞渡中建立思想"坐标系"，在众声喧哗里确立观念"主心骨"。党报评论的思想优势，一方面有赖于党报客观理性观察分析问题的态度，依托党报资源形成的观点集聚平台的支持，党报长期服务中心工作沉淀积累的专业思考能力，以及对时代变化的深刻了解和敏锐把握，更重要的是党报评论不能丢掉辩证唯物主义和历史唯物主义这一最为重要的思想武器，不能抛弃实事求是的思想方法，否则很容易在复杂舆论生态中遭遇"本领危机"，既无法辨析问题、抓住本质，也无法阐明精神、讲清道理。面对包罗万象的社会现象和复杂多变的社会思潮，没有人是万能的评论家和观点提供者，但如果掌握了科学的立场、观点、方法，虽然新闻事实与社会现象是种类杂多的个案，但背后的逻辑与道理是共通的，对专业知识领域的把握与理解途径也是相似的。因此，不论全媒体时代网络舆情如何复杂、热点生成如何提速，都要牢牢掌握辩证唯物主义和历史唯物主义的思想利器，才能确立思想高度、赢得话语优势，引导人们正确思考、辩证分析，澄清谬误、明辨是非，以思想力提升引领力。

守核心价值之正，在多样中求共识。改革开放带来经济社会深刻变革、利益格局深刻调整、价值观念分化加剧。全媒体时代，不同社会地位、文化背景的人们依托网络，在碎片化情绪化的网络意见中塑造、传播自己的观点看法，形成多种多样的价值观念，有因差异引发矛盾、由矛盾导致冲突的风险。必须大力培育弘扬社会主义核心价值观，有效整合社会共识，避免价值观念冲突，以维护社会正常运作、促进社会健康发展。党报担负着"举旗帜、聚民心、育新人"等重要使命，是传播社会主流价值的主渠道。评论表达着媒体的价值取向，是媒体价值观最直接最集中的体现，党报评论尤其如此。因此在全媒体时代，党报评论更要有自己明确的价值判断，引导人们正确识别真与假、是与非、善与恶、美与丑，深刻理解核心价值观的丰富内涵、社会意义和践行路径。始终锚定核心价值观这一圆心，用具有正确价值观、道德观的评论引导舆论、凝聚共识。目前，在中国经济社会总体上持续健康稳定发展的大背景大趋势下，价值观念虽然有分化有差异，实际上很少有完全冲突的，关键在于引导，通过一件一件具体事例，引导有不同价值观念的人们求取最大公约数，持之以恒不断提高国民素养与思想意识，不断扩大共识，把同心圆越画越大，让越来越多的人心往一处想、劲往一处使，共同为实现经济社会发展目标而奋斗。

守社会责任之正，在多疑中解难题。党报评论从功能上大体可分为三种类型，一是解读型评论，主要对中央精神和国家大政方针进行权威解读，回应民众关心关切，促进民众对政策的认同。二是辨析型评论，对新闻事件、舆论热点、思想领域一些认识问题发表见解，用主流思想与价值，凝聚社会共识。三是监督型评论，针对社会不良现象或具体案例，发挥舆论监督作用，不仅解决思想认识问题，同时也促进实际问题解决。传统媒体时代，党报评论通常以前两种居多，这符合以正面宣传为主的基本原则，但监督型评论往往画龙点睛，既解思想疙瘩，也指出问题症结，更提出解决思路与途径，往往有出人意料的实际效果。在全媒体时代，监督型评论不但要坚持，力度上还应有所加大。因为互联网的海量互动传播，在某种程度上势必削弱主流媒体权威性与公信力，甚至形成老百姓对政府"老不信"的"塔西佗陷阱"，这就要求党报评论既要对重大时事和社会热点表明观点、发表意见，也要针对与群众切身利益相关的问题解疑释惑，包括对侵害群众利益的个案，在坚守理性、客观、建设性的基本原则前提下，适时发声。有时党报评论就事论事很重要，把一件事的真相梳理清楚，必要时甚至辅之以调查，再点明本质是什么，可以减少人们认为党报评论过于"高飘"、不接地气的刻板印象，使党报评论在全媒体时代变得更加可亲、可敬、可信赖。

从"人人都有麦克风"到"我们用好金话筒"：全媒体时代党报评论怎样创新

"众声喧哗的全媒体时代，人人都有麦克风，但主流媒体手握的是'金话筒'"，尽管党报评论仍有着独特的地位和影响力，但面对全程媒体、全息媒体、全员媒体、全效媒体新的舆论生态与媒体格局，党报评论必须适应传播新形势，把握发展大趋势，通过不断创新，让主流声音在舆论场上更加响亮，让党的声音传得更开、传得更广、传得更深入。

突出主流优势，在全程媒体中彰显公信力。全程媒体有两个主要特点，一是即时性，新闻事实一出现即零时差快速传播；二是全时性，自始至终可全过程追踪。对评论来说，前者求快，要求敏锐度，抢"第一落点"为新闻定调，但容易被热点牵着鼻子走，而且容易因过早下判断，得出偏颇的结论，事实一旦反转，损害评论乃至媒体公信力。后者求深，要求精准度，基于更全面的事实往往可以"一锤定音"，但对思想性与见解是否独特新颖以及刊发时间点都有更高要求，否则会沦为"炒剩饭"，效果不彰。对党报评论来说，真实性无疑比时效性更重要，但未必都要"慢半拍"，要看评论的对象与目的。有的可以先声夺人，比如对重大活动、重大决策的解读，由于有条件提前了解相关背景和事实内容，第一时间发声定调，实际上等于设置议题，引导帮助人们更好地理解活动与决策的意义。有的应该后发制人，比如对突发事件或社会现象、错误言论，可以观察思考清楚以后再适时发议论、讲道理、明是非，实际上起到了净化舆论场的作用。抢不到先机，未必就意味着失去主动权。无论是先声夺人还是后发制人，都需要准确、新颖、深刻。党报作为主流媒体，党和政府的"喉舌"，与自媒体相比，在及时获取权威信息和依托政治社会资源提升评论思想性、专业性等方面，都具有主流优势。目前亟须改进创新的是避免沿袭传统媒体垄断话语权时期的评论套路，解读性评论抄领导讲话、抄政策文件，表层化解读、口号式表态；阐述或驳论性评论缺乏针对性、思想性、专业性，说服力不强。全媒体时代的党报评论，评论作者要提升自身水平，更要充分发挥主流优势，用好权威专业资源，着力于提升评论解析力思想力、权威性专业性，以专业视角解读事实、以逻辑力量纠正谬见、以理性态度帮助受众寻求解决问题路径和答案，让人们在一定程度上形成路径依赖，提升全媒体时代党报公信力和核心竞争力。

丰富表达方式，从全息媒体中提升传播力。报纸作为最传统的大众传媒，在运用新媒体技术手段方面余地有限，但全息媒体仍给党报评论改进创新提供了新视角。全息媒体并非炫技，目的还是让受众更为便利地接收信息和观点，提升传播效果。评论的任务是说理论事，传递思想观点，内容相对深刻厚重，有时确实需要一些辅助手段才容易讲明白、说服人。一些新媒体的言论，行文当中穿插照片、图表、表情包，复杂的逻辑关系可以一目了然，大段的情感渲染可以一图代入，这些方法就很值得借鉴。当然评论最高效的说服工具还是语言文字，但以往党报评论的语言相对刻板枯燥，有人说，平时说话很正常很风趣的人，一旦要写党报评论，就像立马穿上制服，语言相似乏味，满篇空话套话，原因在于不少人认为党报评论要讲"政治"，要讲"大道理"，首先进行了自我审查、自我设限。实际上，真正想说服人、能说服人的评论都是通俗易懂的。列宁曾说过，"对人民不要故作高深，要通俗易懂"。毛泽东也说过，"报上的文章，'短些、短些、再短些'是对的，'软些、软些、再软些'要考虑一下，不要太硬，太硬了人家不爱看"。因为他们的目的都是要传播思想、说服别人，不是为写评论而写评论，所以简洁明了让人能高效接收，这与全息媒体的传播要求本质上是一致的。因此全媒体时代党报评论要适应新媒体传播规律，改进创新表达。语言上更接近传播对象日常表达方式，善于用浅显的语言说深刻的道理。篇幅上尽可能"破长立短"，道理一点一点地讲，不贪大求全，适应移动化、快阅读的传播趋势。态度上改灌输式、要求式为协商式、劝导式，平等交流。手段上未必一篇评论就是黑压压一大篇文字，根据需要可以运用各类能用于报纸的手段，目的是减少阅读障碍、提升传播力。

打造专业团队，在全员媒体中强化引导力。互联网发展至今，迭代频繁，产生了多种传播形态和平台，比如从论坛（BBS）发展到博客、微博、微信、直播、短视频等。有一种现象值得关注，就评论而言，无论是论坛时代的斑主（版主）、博客时代的名博，还是微博时代的大V、微信时代的大号以及直播、短视频时代的网红等，虽然当时声音响亮、风头十足，但往往各领风骚没几年，真正能在不同时代都有不俗表现、持续发出声音的，还是主流媒体。个别自媒体虽一时登顶巅峰，主流媒体却一直稳处高原。这其中重要原因，是主流媒体有接续培养、多年打造的专业评论团队。评论有自己的写作规律，有特殊的表达技巧，不是有点文字功底的人，能说出一些道理，就可以胜任评论写作。即使是专家学者，专业水平很高，也未必能写出好的评论。所以在全员媒体时代，虽然偶尔会冒出一些有想法、思维路数与语言特点契合某种传播方式、迅速走红的自媒体评论作者——其中不少来自传统媒体，但时间一久或平台迭变，就逐渐销声匿迹。而主流媒体尤其是党报，一向重视对专业评论队伍的素质提升、能力培养与知识更新。在传统媒体时代，优秀评论作者也是稀缺人才，不但需要很高的政策理论水平、深厚的专业知识积累、强大的思考辨析能力，还必须练就大道至简、举重若轻的表达，善于把政治话语、专业术语很好地转化为群众语言、生活话语。全媒体时代知识更新加快、学科更加细分、传播方式更加多样，党报评论要提升强化引导力，就要在发挥以往专业优势基础上更加注重创新。比如纸媒也要树立互联网思维，掌握新媒体传播规律，深入研究和熟练运用分众化对象化话语体系，才能通过全媒体二次传播，提升引导效果。学会"众筹观点"写评论，充分利用全员媒体的观点资源，找准观念认识的共同点、情感交流的共鸣点、利益关系的交汇点、化解矛盾的切入点，注重联系实际阐释理论、围绕关切解读政策、针对问题释疑解惑，在隐含的互动基础上让党报评论更有针对性和说服力。

精准生产传播，从全效媒体中深化影响力。全效媒体的一个基本内涵，指基于云计算、大数据和人工智能等技术手段，准确评估受众的内容需求与传播反馈，更加高效地进行信息生产和精准发布。评论的最终目的是要说服人。由于每个人所处的经济和社会地位不同、个性特征各异，对事物的反应和理解各不相同，对观点和意见的需求与接受存在很大个性差异。同样的评论内容，有的人可能感觉深奥，有的人可能又嫌肤浅；同样的评论话语，有的人感觉不够直白，有的人感觉缺少文采。传统的党报评论是单向传播、对大众发声，只能根据揣测主要目标受众群体的信息需求撰写评论，说服效果很难及时准确反馈，属于粗放型的"观点生产"与大水漫灌式的"意见传播"，影响说服不够精细、精准。目前以移动互联为主要特征的新媒体，可以点对点精准定位读者，受众画像越来越清晰，需求与反馈，容易得到较为深入准确的了解。从党报评论角度看，这意味着评论要说服劝导的对象可以更为精细地划分，评论要解释说明的问题可以更为准确地定位，评论要引导批驳的观点可以更为精准地把握，在此基础上进行精准生产、有效传播，无疑可以进一步深化党报评论的影响力。因此，党报评论要顺应全媒体时代变化，借助全效媒体，首先细分受众群体，针对不同对象，运用不同的说服策略。有的要语言浅显，重点讲好故事，从情绪感化入手进行引导；有的要引经据典，注重讲清道理，以理性态度、逻辑力量和深刻的观点取胜。其次解读说明大政方针要针对痛点直面关切，针对性要更强，避免泛泛而谈。最后针对新闻事实或社会现象、模糊认识去澄清谬误、明辨是非时，能抓住本质、直击要害，尤其是要提高评论写作的专业性，讲究原创和深度，因为大数据、云计算已把各种观点做了充分的汇集和整理，就不能再讲大家都懂的常识和老道理，必须更深一层、更进一步，党报评论的影响力才能得到深化与提升。

全媒体时代是大趋势。对党报评论来说，面对挑战与冲击并不可怕，关键在于能否利用趋势，把深度、权威、公信力的优势激发出来，在信息过载、众声喧哗的舆论环境中，坚守正道，改进创新，进一步加强舆论引导、凝聚社会共识、平复社会情绪，为实现社会转型期的和谐稳定发展大局服务，也为党报增强核心竞争力，实现从信息模式转向解读模式、从新闻纸转向思想纸的转型提升发挥作用。

治标正本：体味"反腐新思维"

"小官巨腐"的马超群，着实让人吃了一惊。自党的十八大中央加大反腐力度以来，人们似乎已习惯于各类贪官被揪出。但还是没想到，一个仅仅享受副处级待遇的"管水工头"，居然家中能被搜出 1.2 亿现金、37 公斤黄金、68 套房产！

这自然成为人们议论的热点。多数人是为又揪出一只"亿元硕鼠"叫好。但也有人认为，挖出的类似贪腐案例越来越多、越来越怵目惊心，会不会损害党员干部整体在群众心目中的形象，甚至使人们对党治理腐败的前景失去信心：感觉腐败好像越治越多了。

也难怪有人会产生这样的疑虑。据有心人对中纪委公布的官方数据进行梳理，发现从 2012 年 11 月十八大召开以来，全国已有 74000 多名各级党政官员因腐败而被处理。这的确是一个庞大的数字，如果按我国目前有几千万所谓"干部"的数字来计算，比例已超过千分之一。这似乎佐证了有不少官员涉贪涉腐的猜测，毋庸讳言，也会在不同程度上有损于官员整体形象，甚至会使个别人产生"信心危机"。

但从另一个角度看，中央反腐力度加大，揪出贪官数量增多，只会增强多数人对中央反腐的信心。这次马超群案披露后，有评论就认为，这得益于当前中央强力反腐，"有案必查、有腐必惩"的大环境，包括具体的中纪委的巡视：据说马超群正是因向一家酒店索贿被告发到巡视组，这个跋扈多年的巨腐小官才最终落马。按以往巡视的惯例，虽然也会反映一些问题，但往往巡视组成了变相为被巡视地方或单位评功摆好的平台，十八大以后对巡视组功能的重大调整，才使之成为一柄令贪官胆寒的"反腐利剑"。

反腐力度大了、揪出的贪官多了，揭开了有众多官员涉贪涉腐的真相，尽管令人心理上一时难以接受，但是正如治痈疗疮，不下决心动刀子、做手术，揭开看似光滑的表皮，就很难清除脓肿、消除炎症。溃烂坏死的组织暗地里悄悄扩散，最终可能形成全身感染，有致命之虞。手术后的创伤虽然有碍观瞻，但却是疗毒愈创的契机与基础。只要后续的治疗手段跟上，就有恢复肌体健康的希望。

所以如果把视野放得更宽广些，把十八大以来中央的反腐举措连成一个整体来看，人们更有理由对反腐前景增强信心。强力反腐除揪出了部分贪官，清除了一些腐败，更重要的是营造了一种政治与社会氛围。"老虎苍蝇一起打"，使大大小小的官员都能感受到反腐带来的巨大压力，不敢伸手或及早收手，个别仍然不收敛不收手的人就失去了"法不责众"的幻想与凭恃；巡视以及纪检、司法等职能机构都开始积极作为惩治腐败；有志于反腐的人们也敢于挺身而出揭露腐败……在短短两年时间内，反腐大势就为之一变，这是十八大以来看得见摸得着的一个重大变化。

"势"形成以后，还要体制与机制方面的完善，才可能把这种势头固定下来，成为反腐防腐的成果与常态。十八大以来先后出台和实施的"八项规定"以及清查裸官制度、境外追逃机制等新举措，都体现了用制度管权管事管人、把权力关进制度笼子的努力。更集中的体现是十八届四中全会提出的全面推进依法治国若干重大问题的决定，包含了更加系统、周严的制约监督权力运行、从源头上预防治理腐败的顶层设计。在反腐大势形成之后，这种顶层设计更易顺利推动、贯彻落实，上上下下才能认真地加以对待。

我们常说，反腐败要"标本兼治"。这一说法固然不错，但是既然要"兼治"，最终看到"治本"的效果总要假以时日，甚至让人感觉遥遥无期。新的反腐思路与方式，目标虽然同是标本兼治，但更有"治标正本"的新特点，姑且可以称之为一种"反腐新思维"。在过去短短两年时间里，这种"反腐新思维"业已发挥了它的威力，不仅以空前的"治标"力度，打掉了一批"老虎"和"苍蝇"，更重塑了整个社会对中央反腐决心的认识，为反腐败制度化、法治化的"正本"之举，提供了必不可少的心理预期与社会动力。

（2014 年 11 月 16 日）

女干部骂死保安：说好的教育成果呢？

据 18 日媒体报道：在安徽合肥市一家小区门口，一名女司机试图驾车从大门出口逆向进入小区。在受到值班保安拒绝后，女司机下车与保安争吵，并辱骂保安为"看门狗"。争吵之后，65 岁的保安倒地不起，经抢救无效，不幸身亡。后经记者调查，女司机原来是省教育厅基础教育处一名科级干部！

女干部辱骂保安，居然致其气绝身亡，这件事有一定的偶然因素。但看似偶发事件的背后，却不能不令人深思。

基础教育处是做什么的？按安徽省教育厅网站说法，它要承担全省义务教育、普通高中教育、幼儿教育等工作，其中包括"指导中小学德育和校外教育工作"。从某种程度上讲，是"老师之老师""师表之师表"。但就是这样一个担负教育全省下一代职责的重要角色，居然不遵守交通规则在先，又无理取闹、口出不逊竟然把人辱骂致死。真不敢想象这样的人，怎能担当"指导中小学德育和校外教育工作"重任，又怎能不教坏"小朋友"？

事有凑巧，这一事件曝光当天，正好媒体刊出了中办印发的有关"深化'四风'整治、巩固和拓展党的群众路线教育实践活动成果的指导意见"。意见特别提出："各级党组织必须充分认识作风建设的长期性复杂性艰巨性""要清醒地看到，教育实践活动取得的成效还是初步的，基础还不稳固"。这些话平时听起来，可能感觉有点抽象，但女干部骂死保安这一事件，却意外地为貌似抽象的文字，增添了生动的注脚，可以说是发人深省。

在有关新闻报道中，没有提到这名女干部是否为党员。但从简要提到的其经历（转业人员）和在教育厅的干部身份看，应符合参加教育实践活动的标准，并且教育厅还属于"县处级以上领导机关"这类开展活动的重点部门。按照活动要求，围绕树立群众观点与加强全心全意为人民服务的宗旨意识，学习教育、查摆问题、整改落实，这些必要的活动环节，想必这位当事人都是全程参加，最后也达标过关，算是取得了教育成果。但一旦真的面对群众，还是在小区内长年服务于自己的群众，这些教育成果却荡然无存，马上露出了目无群众、欺辱群众的真实面目。

如果不是由于偶然原因，造成如此严重后果，这位当事人可能还会给机关内的人们以相关报道所说的"为人还好、蛮客气"的印象。而在日常生活中，包括在与自己的管理对象——那些作为她的下级、在全省具体从事教育工作的干部群众打交道的过程里，这位当事人极可能会自觉不自觉地把什么群众观点、宗旨意识抛在脑后。试想，这位当事人畸形的尊卑观念如此之深，年长的保安全然没放在眼里，甚至是一条"看门狗"，那么，那些在这位当事人看来全都是自己下属的省内教育工作者们，还会得到作为"群众"所应有的尊重吗？这种负能量不知不觉中一层一层传递下去，最终不可能不对下一代造成影响。

对这一事件，当事人本身或许会依法律途径受到追究。然而更重要的是省教育厅等已开展过教育实践活动的部门和单位，万不可把它当成个别干部自己的事情，与部门和单位无关，甚至看成是小事一桩，轻轻放过。要以此为鉴，结合中办新印发的"指导意见"，重新检视本部门本单位的教育实践成果，制定切实可行的措施，继续做好巩固和拓展党的群众路线教育实践活动成果的工作。比如当事人所在的教育厅，就很有必要认真思考怎样落实"指导意见"的这一条："落实党员干部直接联系群众制度，开展在职党员到社区报到为群众服务工作。"

我们的所有领导机关和党员干部，也都有必要从这一事件吸取教训，举一反三，认真反思一下教育实践活动究竟有多少实质成果，成果能否得到巩固，进而切实推进领导机关和干部队伍作风建设。而不是总结写得天花乱坠，真遇到群众，坏作风居然能要了群众的命。

（2014 年 11 月 19 日）

最牛城管，提出队伍管理新课题

"我就吃共产党喝共产党的""我就欺负老百姓"！近日，网上热传一段城管与商贩发生纠纷的视频，其中的雷人雷语着实让人吃惊，也吊起了网民口诛笔伐的胃口。这位放言无忌的当事人朱某，很快被封为"最牛城管"。事件发生在江苏镇江市，在舆论压力下，市城管局很快回应：朱某是街道一名聘用的协管人员，目前已被停职处理。

说实话，"最牛城管"的帽子，此前已经不知被网民们发出去多少顶了。出了事有关部门就找借口是"聘用的协管人员"，或俗话所说的"临时工"，以停职或开除作为"止血"手段，也早已是老得掉渣的剧本，毫无新意可言，人们也不以为怪，热闹一阵子自然会被淡忘，直到下一起类似事件再次发生。很少有人想到，同样的剧本为什么会一再重复上演？"临时工"是什么身份，是不是政府职工队伍的一员？出了事就开除，难道管理者就没有责任吗？

这些疑问，无意中被这位"最牛城管"提出来了。如果探究这次事件有何新意，就在于这位新科"最牛城管"说出了两句听上去很雷人、细品味又含义无穷的话。这两句话，不仅道破了所谓"临时工"的真实身份，进一步分析，甚至可以说是提出了一个新形势下如何定义政府职工队伍、怎样规范和创新队伍管理的新课题。

按照传统的用人体制与观念，类似城管局这种"聘用的协管人员"，即俗语所说的"临时工"，是与编制内的国家机关工作人员相对的。他们没有行政执法权，待遇也比较低，从各方面看，都不能与国家机关工作人员特别是"干部"相比，通常也不被视为政府职工队伍的正式成员，不能也不应代表国家机关的形象。

事实果真如此吗？老百姓可不这样看，甚至这些"聘用的协管人员"自己也不这样看。听一听这位"最牛城管"所说的"醒世名言"："我就吃共产党喝共产党的"，什么意思？就是老百姓通常所说是"吃公家饭的"，与财政拨款发薪水的公务员没区别；"我就欺负老百姓"，那说明他不是老百姓，他是公家的人，与政府工作人员没区别。他手中有没有权力呢？有，否则何来"停职"一说？有职就有权。他不但有权，而且权力还不小，对那些靠摆摊为生的小商小贩来说，相当于有"生杀予夺"的大权，甚至超过某些机关事业单位一般干部所拥有的权力。

这样一些权力在握、经常与老百姓打交道、在某种程度上代表政府形象的人，招收本应有一定的标准与规范，招进来就需要认真培训、教育和管理。但因为一顶"临时工"的帽子，同时有待遇低、难招人的借口，往往用人的标准就降低了，程序就弱化了，教育与培训就不被重视了。什么依法管理、什么文明执法，都只是说说而已，反正出了事可以开除了之。由于他们本不被视为职工队伍中的一员，出了事不等于政府职工队伍出了事，责任追究也不会当真。

具体到城管来说，由于城市管理难度较大，更重要的是有关部门依法依规管理城市的认识与水平均偏低，所以在招收标准上，甚至会有意无意地吸纳一些蛮横霸道的狠角色，认为这样才镇得住场、管得住人。在日常执法中，为了让待遇偏低的聘用人员有工作积极性，会有意无意地默许他们吃拿卡要。对那些靠关系、走后门进入城管队伍的人，更是有意纵容。这样一来，城管出事难免，而每一次"最牛城管"出现，都伴随着行政执法公信力的不断削弱、政府形象的严重受损。老百姓会把这些账，都记到党和政府头上。

　　所以有必要重新认识类似城管这样的政府聘用人员的身份与工作性质。在市场经济条件下，随着用人制度的进一步灵活多样，政府机关职工队伍的定义也需重新探讨。不管是什么身份，只要是"吃公家饭"的人，都需要在进人时严格把关，使用时严格教育培训和管理，不能简单地出事就停职、开除，而不考虑所造成的社会后果与对党和政府形象的损害。同时在责任追究上，均应按队伍管理失职的标准去处罚，一视同仁，不能再以"临时工"为借口。

（2014 年 11 月 20 日）

任期不严格，"突击提拔"顽症难治

近日，有媒体聚焦"突击提拔干部"现象，披露了一组令人吃惊的案例和数字。比如武汉市委宣传部原部长离任前，突击提拔 19 名干部；江西省委常委、秘书长赵智勇在离任九江市委书记前，突击提拔了一批女干部；山西长治县委原书记王虎林，在离任前批发了 430 顶官帽；河北青龙县委原书记高东辉，得知调任消息后突击提拔调整干部 283 名；湖南省株洲县委原书记龙国华，升任时突击提拔 100 多名官员⋯⋯

实际上，这些披露出来的案例与数字，只是突击提拔调整干部现象的冰山一角。这些被点名的案件主角，多是因贪污腐败落马，或偶遇巡视检查，才被坐实了突击提拔"罪名"。更多的突击提拔现象，因为大家见怪不怪，无人举报，或举报了也无法查证，即使上上下下相关人员都心知肚明，往往也只能不了了之。

突击提拔干部的危害性不需细说，它往往与官场腐败密切相关。没有跑官要官、买官卖官，哪里会有这么大突击提拔的勇气与动力？即使退一步说，不存在实质性金钱交换，这也会助长"小圈子""裙带风"等官场"潜规则"的滋生和蔓延。因此，中央在 2002 年与今年发布的《党政领导干部选拔任用条例》（以下简称《条例》）中反复重申："不准在机构变动和主要领导成员工作调动时，突击提拔调整干部""不准在工作调动、机构变动时，突击提拔、调整干部"。规定虽然是明确的，但这种现象却屡禁不止，用专家的话说，成为"主要领导交接期较为常见的腐败行为"。

要根治这一现象，有人提出了如何限制"一把手"权力的建议。这固然不错，只有"一把手"才有突击提拔调整干部的可能。但还有一点尚无人提及：党政领导干部职务任期制执行不严格，也是造成突击提拔的重要原因。

破除终身制，建立党政领导干部职务任期制，是改革开放以来干部人事制度改革的重要成果，也可以视为党的干部制度"法治化"的重要成就。为了规范党政领导干部任期和任期管理工作，"保持领导干部任期内的稳定"，中央专门在 2006 年 8 月下发《党政领导干部职务任期暂行规定》。然而在具体执行过程中，特别是在一些地方、部门和单位，却并未严格执行。党政领导干部调动，包括党委"一把手"调动，随意性仍然很大。

这就造成一个连带问题。本来按上述《条例》规定，主要领导"工作调动时"，就不能再突击提拔调整干部。但是细一分析，这主要领导的"工作调动时"，却是一个模糊概念。"工作调动"按说应从正式宣布任免算起，但一旦免职，哪里还有"突击"可能？多数的突击提拔，是在领导本人事先得到信息或风声，却没有正式启动组织程序时发生的。如果任期严格，那么可以具体规定从"法定"离职前若干时间开始，他就不能调动干部。然而实际情况却是，主要领导的调动，往往与任期并不严格相关，有时是 5 年任期，干了三两年就走；有的却是"超期服役"，任期到了也不离开。他愿意何时动议提拔调整，那是一把手的"法定权力"，其他人如何阻止？"突击"又如何认定？严肃的党内规定，自然很难落到实处。

因此，解决突击提拔调整干部问题，不妨结合落实党的十八届四中全会精神，尝试从易于操作的严格党政领导干部职务任期制做起。届满须调整，连任有限制，离任有安排，既有利于加强和完善干部管理制度的法治程序，有利于增强各级党政领导干部任期内安心工作、认真施政的责任意识，同时也便于对任期内的业绩进行考核，更便于对突击提拔等不良现象进行有效监督，真正使党法党规得到落实，纳入法治化轨道。

（2014 年 11 月 24 日）

党政网："挂标"更需"达标"

今后到党政机关网站上办事，不必担心遇到巧妙伪装的"克隆网站"了。据报道，中央编办与中央网信办在 25 日的新闻发布会上宣布：今年内，全国的党政机关和事业单位网站，将统一贴上含有各种认证信息的"防伪标识"，公众在互联网上寻求政务和公共服务时，将更加安心放心。

这是顺应互联网时代变化的得民心之举。它至少使党政机关和事业单位的"官网"能被"验明正身"，民众想通过官网办事时，不再遇到真假之扰。不过对于党政机关网站的建设与管理来说，这仅仅是一个开始。

近年来，各地区各部门对党政机关网站建设的力度加大，据说目前全国各级党政机关网站已多达 8.7 万个。数量上虽令人欣喜，质量上却让人忧心。有些网站布局合理、内容丰富、管理规范、更新及时、互动良好。但也有许多党政机关网站，样式五花八门、内容杂乱无章、仅靠个别人打理、与用户缺乏沟通交流，甚至长达一年半载不予更新，成了网络"死鱼"，服务"死角"，不仅没有起到信息公开、服务民众的作用，反而成了展示党政机关懒政怠政、漠视民意、累积民怨的"窗口"。

造成这种局面的原因，一是各地各部门的主要领导，对党政机关网站的建设与管理以及电子政务工作不够重视，常常是为了撑个门面赶个时髦，或为了完成上级交办的任务，指定某个部门或少数人员，糊弄出一个网站应付了事。二是在国家层面上，没有主管部门及时跟进，对党政机关网站的建设与管理缺乏统一规范，致使各地各级党政机关只能各自摸索、各行其是，给试图通过网络了解党政机关信息、办理相关事项的民众带来极大不便。一个明显的例子：就连党政机关的官网域名，也迟至 2014 年 3 月才出台《党政机关、事业单位和社会组织网上名称管理暂行办法》，而在此之前，网民无从分辨网站的真假与性质，甚至有不法分子仿冒党政机关网站，侵害公众利益。

党政机关网站从内容设置与功能作用讲，相似度很高。内容不外乎信息公开，功能主要是服务民众。这比较适合于针对不同级别、种类的党政机关，进行模板式设计、模式化运作。就像有些地方写地区志与县志，不同层级都有各自的模板，虽是不同人在写作，但只要按照模板要求，将本地的相关内容填写进去就可以了，既保证了不缺项漏项，又方便读者查找相关内容。即使有个别与众不同的内容，也有一个专门的"附录"版块予以容纳。党政机关网站也是如此，从页面设计到内容安排、从管理规范到更新要求、从公众咨询到服务反馈等，都可以通过一定规范和标准，节约建设与维护成本，方便民众熟悉和使用，促进政务公开与电子政务的发展，让民众更加方便地获取各种信息和服务，提高利用效率，促进社会和谐。

期待挂上统一标识的党政机关和事业单位网站，更能有统一的服务水平与标准，做到"挂标"之后更"达标"。

（2014 年 11 月 26 日）

官员通奸：须分清道德败坏还是权色交易

11月26日下午，中纪委网站发布山西晋中市委原副书记张秀萍、高平市原市长杨晓波被"双开"消息，两人均被指"与他人通奸"。据说这是中纪委网站首次通报女性官员通奸。

以往，对官员通奸行为，官方的说法多讳以"道德败坏""存在生活作风问题""有不正当男女关系""玩弄女性"等字眼。今年6月，中纪委网站在通报中国出口信用保险公司原副总经理戴春宁违纪违法案件中，第一次出现"与他人通奸"措辞，引起舆论和社会的广泛关注。

有人质疑你情我愿的通奸行为，属于私生活范畴，是否应该公开披露。但人们更关注的是，这些官员的所谓通奸行为，不是简单的男欢女爱，实质上是权力与美色的媾和，是官员利用职权玩弄异性，并化公帑为私益，向对方输送各种好处。这些好处包括金钱，甚至包括官位，这样的事例并不鲜见。比如湖北荆门市委原书记焦俊贤，硬是把三陪女"培养"成文化、广电、新闻出版三个局的局长；安徽绩溪县委原书记赵增军，一步步把情妇扶上县妇联主任宝座等。这说明官员通奸，不是简单的床第之欢，更有可能是权色交易。

这次中纪委网站首次披露女性官员通奸，似乎更坐实了人们的疑虑。

按此前惯例，有关部门虽然公告官员有通奸行为，但并不指明通奸的对象是谁。这或许也难怪，通奸在现代中国，只是道德问题，如果对方是一个"草民"，不涉及项目与官职，即使从通奸官员那里收受了金钱财物等好处，从女方来说，那也不过是变相卖身而获利，属于私德问题、个人隐私，于法于理都不应被公开。而且，如果官员通奸仅仅是因为贪恋美色，拿自己的金钱去包养"二奶""三奶"，假如他并没有贪污受贿行为，虽然按《中国共产党纪律处分条例》第一百五十条规定，与他人通奸，造成不良影响直至情节严重，可以给予党内警告直至开除党籍处分，但终究属于"道德败坏"，开除出党就是最重的处罚，没有深挖的必要。

然而，这次被公告通奸的主角是女官员，情况又有所不同。尽管有关部门并没有明示她们的通奸对象是什么人，但按常理而言——这并不涉及性别歧视而是社会现实如此，女性官员的通奸对象，一般不大可能是无官无位无职无业的"社会人"甚至"家庭妇男"。如果是其下属或工作对象，则有借助女性官员的权力，谋取利益或官职的可能；如果是其上级，则女性官员本身极可能涉及权色交易，"借色上位"，那就不只是"道德败坏"的问题了。

因此，对于官员通奸，不管是男是女，一定要明确区分是道德败坏，还是权色交易。如果仅仅是道德败坏，用党纪处分足矣，通奸对象是谁，大可不必公开。如果是权色交易，就很有必要进一步披露通奸的对象是谁，究竟存在哪些不法行为，并对官员通奸的对象，同样予以党纪国法的追究。

具体到媒体披露的有关杨晓波的信息来看，其涉及权色交易的可能性就比较大。早在 2011 年她 39 岁拟任高平市长时，人们就质疑她档案造假，且没有基层领导经历，竟能从矿务局人事科科员，很快升至地市级官员，有"火箭式提拔"嫌疑。担任高平市长以后，又敢与市委书记势同水火，说明来头不小，背后有人撑腰。现在被公布有通奸行为，人们更有理由怀疑，她的"火箭式提拔"，或与权色交易有关。这就有必要进一步查清说明。不然抓了贪官，公布了有通奸行为，却又让公众一头雾水、满心疑惑，反腐一人、震慑一片的效果也会大打折扣。如果确有权色交易，而运用权力助其牟利谋位的人仍在台上，那就更会有损人们对党大力反腐的信心与期待。

（2014 年 11 月 27 日）

党政机关办公用房标准为何不减反增?

11 月 27 日，国家发改委和住建部正式发布了《党政机关办公用房建设标准》。在反"四风"、倡节约的大背景下，有不少人会认为办公用房标准必定大大缩减，然而实际情况并非如此。

1999 年，当时的国家发展计划委曾发布过《党政机关办公用房建设标准》。将其与刚刚发表的标准认真比较，人们就会发现，除了中央机关厅局以上干部、省级机关部级干部的办公用房标准不变，其他层级干部用房标准都有不同提高。越往基层，提高幅度越大。中央机关处级干部一般增加 3 平方米、省级机关厅处两级干部各增加 6 平方米、市县两级机关增加了 10~12 平方米，正科级干部虽然只增加了 9 平方米，但一跃与中央机关副司局级干部相同，都是 18 平方米!

干部办公用房为何不减反增? 这变化之中蕴含着怎样的逻辑? 对此有关部门并没有详细说明，但认真体味，不难发现和归纳出其中的奥秘与特点。

一是标准更加实事求是。或许有人希望党政机关干部办公用房面积越小越好，但是再严厉的目标如果不切实际，最后也会被变通、走样，使标准形同虚设，超标准、超规模反而成了"法难责众"的常态，倒不如顺应形势变化，适时调整，再对超标违规予以严惩。必须看到，随着我国经济社会发展与机关办公软硬件标准提高，办公用房的功能也日趋复杂。一个简单例子: 过去办公一桌一椅，再加几张木椅、板凳作开会、谈话之用，足矣。现在计算机、打印机、传真机、复印机等，几乎已成标配。寻常人家都已是沙发、茶几，干部故作寒酸难免脱离实际，这必然会要求办公面积有所扩大。如果规定的面积足够、适用，个别人再想找各种借口超标违规，就难以得到普遍的同情理解，执行新标准的阻力就会少很多。

二是导向更加科学合理。部级干部标准不变，地方机关中地市（厅局）以下干部标准都有增加，不仅体现了关心关怀基层的正确导向，而且从中央与地方机关干部所承担的职责来看，也比较科学合理。就以新标准中县级机关的正职为例：正处级30平方米的标准，大大高于中央机关正司局级的24平方米。这看似不合人情，但从他们各自工作的特点来看，又很合理科学。中央机关的司局级别虽高，职能也很重要，但多数是所在部委机关的中层机构，多数司局职能相对单一，直接管理人员一般不过几十人，甚至少至十几人、几个人。而一个县的正职特别是县委、县政府主要领导，是几十万上百万人的父母官，至少全县十几个乡镇、几十甚至上百个大小部门与单位的一把手，都会经常与他直接打交道，不难想象其办公的复杂程度。因此按工作需要而不是单纯论级别，就很合情合理，也易于得到基层干部的理解，相关标准更易于执行。

实事求是，合理科学，最终都是为了能够使标准得到顺利执行。这些年来，党政机关办公用房有标准不执行、超标准无底线的状况，早已成为明知违规却司空见惯、百姓深恶痛绝却无可奈何的一大"公害"。一些地方党政机关大楼贪大求洋，动辄耗资千万上亿元，装修豪华，富丽堂皇，室内花园、楼外广场，甚至连绿化树木，都要耗巨资移栽、引进名贵的古树奇株。这次在办公用房面积上，合理适度地增加了相应标准，但对于上述与反"四风"背道而驰的"传统做法"，一律予以严禁，并具体到食堂、停车库乃至门厅大小、装修式样等，都制定了详细的标准和规定，目的就是既满足党政机关办公需求，又力图刹住"四风"滋生与蔓延的势头。虽是办公用房标准的小小调整，却蕴含着扎扎实实扭转党风政风的深刻含义，其效果值得期待。

（2014年11月28日）

权力衍生的"魅力"不靠谱

近日媒体披露的安徽太和县委原书记刘家坤受贿案，有一点与众不同。这位书记，曾因在任国土局长期间，力推阳光操作、抑制腐败，被有关部门授予"国土卫士""勤廉兼优的党员领导干部"等荣誉称号，到全省各地巡回演讲。但在一次推行土地公开拍卖时，他认识了一个据说身价千万的女开发商。从一开始的因公接触，慢慢居然发展成情人关系，甚至生了孩子。为供养情妇母子，这位廉政典型由情妇收受财物发展到自己主动敛财，直至落入法网。

两人长期同居且诞下一子，这感情未必一点不真。据说女开发商一开始不但没从刘家坤那里得到钱物，反而时常"倒贴"，而且明知对方有妻有子，还照旧跟随，似乎是被后者的魅力所倾倒。而刘家坤的逻辑是：与一个千万富姐谈感情，至少经济上不会出问题，他还因女富商常往他口袋中放个三五千元而感动。他也似乎认为，女富商贴上自己，不是为了金钱，而是自己的魅力。

然而事情发展的最终结果，证明了他的感觉是错误的。

记得尼克松在《1999：不战而胜》中讲过一个故事：有人去看望80多岁的英国首相邱吉尔，发现他中风以后康复得很快，就问他有什么良方。邱吉尔半开玩笑地说："权力就像春药，使人年轻！"

权力使人年轻，有一定道理。从掌权者个人来讲，手中有权，总要干点事情，得鼓足精神，拿出魄力，迸发出朝气。况且有了权力，要风得风，要雨得雨，志得意满，意气风发，自感活力十足。在别人看来，有权的人信心满满，颐指气使，一呼百应，叱咤风云，气场强大，自然魅力无边。

但是这种魅力是有条件、有限度的。光环背后，真正的支撑物仍然是权力。从本质上来说，这种魅力是权力的衍生物，是不靠谱的。如果认不清这一点，可能就会跌大跟头，甚至像刘家坤这样，一失足成千古恨。

首先是这个魅力本身不靠谱，它只是权力的幻影。按说一个千万富姐，遇到一个心仪的男人，如果看重的不是他手中的权力，而是他的个人魅力，那这种魅力应或是英俊潇洒，或是勤勉顾家，或是待人无微不至的"暖男"。她完全可以像刘家坤最初的想象，就像对待一个平常人那样，自己靠正当生意获得一定财富，安安稳稳相夫教子，过太平日子，而不会本性大暴露，一次受贿多达几百万元之巨。她闭着眼睛都应想到，这绝对会将情人送上绝路。说到底，他们之间的结合，仍然是官商勾结、权钱结合，只不过比一般的官商勾结更进了一步，身体都一并结合了。

其次是这个衍生魅力的权力也不靠谱，它很难和哪个个体永远结合。为官有任期，岗位有变动，当你权力在握、身居要职的时候，你就仿佛是美人中的美人，明星里的明星，在许多场合都是核心和焦点，似乎每个人都与你一见钟情，个个都会向你频送秋波、暗通款曲。而当你去职免官，甚至从一个重要岗位换成闲职的时候，你也就魅力失色，有些人的嘴脸马上变了，甚或冷脸相向、故作不识。一个人如果经历过职务和岗位变动，就不缺少体味这种世态炎凉的机会。

所以为官者一定要保持头脑清醒，仔细辨别和分清哪些是真正属于你个人的魅力，哪些只是权力衍生出来的光环，切莫误人害己。当然，即使真正有个人魅力，领导干部也应恪守为官之规、为人之德，提高个人修养和情趣，少做一些苟且之事，更不能滥用权力满足个人私欲，以免身败名裂，不但魅力尽失，还为党纪国法所不容，为社会大众所不齿。

（2014 年 12 月 18 日）

众多"狱中爱迪生"令人生反腐新忧

这两天，中国足协原党组书记南勇，又成了新闻人物。2012 年 6 月，他因受贿罪被判处有期徒刑 10 年半。事隔两年多，就传出他因在狱中取得 4 项发明专利权、出版 1 部长篇小说、获 7 次表扬等立功表现，减刑一年。

监狱是一个对罪犯进行改造的地方，不仅要对服刑人员进行思想教育，也会提供文化、职业等教育。有条件的地方，也鼓励有相关才能的服刑人员进行发明创造，以及进行文学创作。在这种环境中，不排除有些人，尤其是一些由于贪腐入狱的前官员，多数都有良好的教育背景，智力水平较高，如果能够安心改造，心无旁骛，也会有所发明，乃至出版文学作品。所以从一个罪犯，转而被改造成"狱中爱迪生"，自然说明了教育改造的成果，是一件好事。

然而对南勇的减刑，事情似乎并不这么简单。有人提出质疑：何以入狱时间如此之短，发明成果就如此之丰？他以笔名出版的小说，据说对雷达的测试过程描写细致，"还借主人公之口科普了非线性动力学，以形象生动的比喻阐述了混沌的概念"，涉猎范围之广，使人对作者的物理学知识之深厚，颇感意外。

按"无罪推定"原则，只要没有足够证据，就不能坐实南勇是造假以求减刑。但媒体同时披露的众多"狱中爱迪生"现象，则不能不让人对监狱罪犯改造中可能滋生的新型腐败感到担忧，也不能不对南勇减刑案的真相，提出疑问。

据媒体报道,服刑人员靠"发明创造并申请专利"以助其减刑,并非罕见。为服刑人员提供这一需求的机构,已呈规模化、专业化趋势。部分机构不但在网上明确标明为监狱人员提供发明申请专利减刑服务,还可以为服刑人员量身定做,使专利成果更符合服刑人员身份,效果更为"逼真"。与此同时,确有一些有姓名可查的官员、名人在狱中进行发明创造并成功申请专利、获得减刑的事例。至于那些名气不大,但有姓名可查的入狱官员名下有发明创造专利者,已非个别现象。

尽管检察机关声称,对南勇减刑案已进行了同步监督,没有发现问题。但检察机关没有对随之而来的众多疑问,进行明确解答。如果仅仅由监狱方证明专利已获批准、作品确已出版、表现也很优良,恐怕难杜悠悠众人之口。不说别的,仅检察机关是否有专业能力,鉴定发明创造涉嫌造假,是否有能力对文学作品涉嫌"代笔"做出判断,就要画出一个大大的问号。我们的司法机关乃至纪检监察部门,是否已对这一新型的腐败,引起足够重视,思考相应对策,更是令人感到不安和担忧。

对官员贪腐犯罪来说,监狱是一个令贪腐分子接受惩罚、改过自新、以儆世人的场所,体现了法律的严肃性、公正性。如果让犯罪分子继续利用以往的权力余威、金钱实力、人脉网络,钻法律的空子,寻改造的漏洞,成功减轻和逃避法律的惩罚,使法律规定形同虚设,神圣的法律就会失去严肃性。本为惩治贪腐、净化社会风气的地方,又成为腐败滋生的新土壤,成为累积民怨、激起民愤,损害党和政府威信与司法机关形象的新窗口。

在贯彻落实十八届中央纪委五次全会提出的"发现多少查处多少""无禁区、全覆盖、零容忍"要求的今天,对"狱中爱迪生"现象自不应轻轻放过。首先是要回应疑问,追查真相——毕竟对服刑人员来说,思想行为动态,都理应在被掌控之下,发明创造也好、文学创作也好,真要鉴别真假,比在其他地方相对容易一些。但更重要的是,要举一反三,认真寻找以往减刑操作中不完善、有漏洞、易被"暗箱操作"、滋生腐败的环节，像狠抓违法假释现象那样，严格规范减刑规定，防止司法腐败，确保监狱是贪腐分子真心改造、净化灵魂、警示他人的一方净土。

（2015 年 1 月 20 日）

期待"受贿4万退400万"的下文

如果说有一个人受贿 4 万元，案发后向侦查机关退缴了 400 万元，你会觉得难以置信。然而这还不算稀奇——毕竟世上怪事皆有可能，贪官有钱也会任性。如果有人告诉你，这"贪官任性"不打紧，法院居然把 400 万元收了。其中仅 4 万元认定为非国家工作人员受贿罪，判刑 1 年缓刑 2 年，余下的 396 万元既没有查实是否违法所得作为量刑依据，也没有退还当事人，而是"由暂扣机关依法处理"，你肯定会眼球弹出老高：是在跟我开玩笑吧？

笔者一开始也不大相信这是真的，但许多正规媒体都转载了，看来消息不假。这是发生在广东东莞的一件奇事。被判刑者是东莞长安镇新安社区居委会主任邓某，做出判决的是东莞市中院。据媒体披露的判决书显示，经查实，邓某在担任社区党总支副书记、居委会主任期间，有人因要承包社区垃圾中转站等多个工程项目，为得到权力在握的邓某关照，向他先后行贿总计 4 万元。然而令人不解的是，在案发之后，邓某向侦查机关退缴的数额却高达 400 万元！

如果当真只受贿 4 万元，那邓某为何要退缴 400 万元？当事人当过社区党总支副书记、居委会主任，应该精神正常。这非同寻常的退缴行为，不外乎三种可能。一是不懂法，以为多退缴就能"将钱抵刑"，减轻处罚；二是极有可能这 400 万元都不干净，做贼心虚所致；三是明知刑法"巨额财产来源不明罪"只限于国家工作人员，自己属非国家工作人员不能构成犯罪主体，故意出难题刁难司法机关的查案水平。如果属最后这一种，当事人的玩笑的确开得不小。

不管怎样，400万元不是一个小数目，退缴行为也不同寻常，司法机关理应查明来源，不能仅查实4万元就鸣金收兵。特别是对余下的396万元，如果因司法机关查案能力所限，无法查实，依现有法律又无法量刑，那至少也要做出明确交代。

如果属合法收入，理应公开退还，这也是昭示法律严肃性的一个重要环节；如果怀疑同样为受贿、贪污或其他违法所得，有可能影响到量刑，也有可能查实的，那就需要进一步查证，不能草草结案；如果因查案能力不足，犯罪嫌疑人又是非国家工作人员，不适用巨额财产来源不明罪的量刑条件，那也必须有一个明确说法，倒逼人们对"村官巨腐"、非国家工作人员以权谋私贪腐受贿如何依法惩处等现象进行法律思考，直至修法、释法。否则，糊里糊涂就结案、巨额款项不明就里"由暂扣机关依法处理"，不啻是在开法律的玩笑。其结果，必然招致人们对司法公正性、严肃性的质疑。

反腐败的"收官"环节，往往是由司法机关完成的。除了党员干部违纪行为要按党纪严肃处理，违法犯罪行为，都要由司法机关认定事实，依据法律进行处罚。在全面推进依法治国的今天，如果司法机关不能做到有法可依、执法必严，对无论是"老虎"还是"苍蝇"、无论是"高官"还是"村官"的贪腐行为，都不能做到细查深究、依法严惩，甚至对巨额涉案钱款的去向都语焉不详，似乎成了一笔糊涂账，就很难保证每一个反腐败案件都能做到有始有终，取信于民，反腐败的整体效果仍会大打折扣。

所以，我们有理由期待"受贿4万退400万"一案的明确说法，更希望得到396万元余额"由暂扣机关依法处理"的下文。

（2015年1月21日）

防止"审腐疲劳"还需长效良药

今天，王岐山同志在十八届中央纪委五次全会上的工作报告正式见报。这份报告被誉为"干货满满"，反映了过去一年中"打虎拍蝇"的赫赫业绩，部署了新一年促廉反腐的"七大重点"，有许多有待深入解读的亮点、看点。

的确，过去一年反腐成绩单令人印象深刻，或许可称为2014年最引人注目的"中国现象"之一。一年中40多名省部级干部落马，还有更多的厅局级、县处级乃至"小官巨腐"被查处。尤其是严肃查处周永康、徐才厚、令计划、苏荣等严重违纪案件，让人们看到了中央大力反腐、从严治党的决心。

新年伊始，反腐力度仍然不减。在不到一个月时间里，在中央纪委监察部网站上，已公布的被组织调查的省部级干部就多达3人，部级以下干部被查处的更司空见惯。比如在报告公布这一天，就有湖南岳阳一名市委常委、副市长被纪检人员带走的消息。而且值得注意的新现象是，现在一些厅局级干部甚至某些省部级干部被查，都已似乎失去轰动效应，说明人们已然适应了这种"打虎拍蝇"的反腐新常态。

出现这种现象当然是好事，但也不是没有一点疑虑。首先是令人担心，在反腐败的猛药之下，贪官落马接二连三，会不会给人造成贪腐久打不绝的印象。一开始"打虎拍蝇"人心大振，时间久了也可能出现"审腐疲劳"，甚至个别人反而会对反腐败能否取得最终胜利失去信心。更深层的疑虑，是如此大的反腐力度能否持久，会不会变成一阵风，虎头蛇尾，甚至会出现

"反腐疲劳"。

可喜的是，我们从报告中，看到了有可能防止"审腐疲劳"和根治"反腐疲劳"的一剂长效良药。首先是认识清醒，报告提出要保持坚强政治定力，有静气、不刮风，不搞运动、不是一阵子，踩着不变的步伐，把握节奏和力度，把党风廉政建设一步步引向深入。更重要的，是报告提出要在保持反腐高压态势的同时，着力于从深化纪律检查体制改革等方面解决问题。

这些方面，在去年一年的反腐大格局中，已有不少具体体现。比如对纪检监察"主业"的回归，着重于深化"转职能、转方式、转作风"，全力清理纪检参与的议事协调机构、明确巡视工作要聚焦中心任务、纪委派驻的纪检组长不分管驻在部门其他业务工作等，目的都是从体制和机制角度，确保把力量与工作重点放在监督执纪问责上。

"主业"明确了，责任就更容易厘清与落实。对纪委本身监督责任的考核与追究，也就有了可靠依据，从而就能有效发挥纪检监察作用，同时也将促进各级党委主体责任的落实，真正做到有腐必反、有贪必肃，"老虎""苍蝇"一起打，以零容忍态度惩治腐败，党风政风就有望得到根本好转。

虽然说党风廉政建设和反腐败斗争永远在路上，但就像一场大的战役必然要分出几个阶段一样，反腐败斗争也需要一步步向纵深发展。一方面用"打虎拍蝇"的阶段性胜利提振人心，另一方面还要有体制机制的变革和创新，从根本上防止腐败现象的反弹与蔓延。正如报告中所说，要真正做到以加大惩治力度，强化"不敢"；以深化制度改革，强化"不能"；以加强党性修养，强化"不想"。让人们有理由相信，实现坚决遏制腐败蔓延势头、纠正"四风"、防止反弹的目标，虽然不能一蹴而就，但也指日可待。用党风廉政建设一步步走向深入的新成效，防止可能出现的"审腐疲劳"。

（2015 年 1 月 30 日）

"疯抢"马桶盖还应戳中谁的痛点

　　日前，一篇《去日本买只马桶盖》引起了舆论热议。有人说，到日本"疯抢"马桶盖戳中了中国制造业的痛点，质疑中国为何造不出"高大上"的马桶盖。然而这种观点随后遭到一位中国企业家的反驳。按他的说法，中国智能马桶盖不仅早有生产，质量也不输于日本，甚至早已输出到日本！在日本销售的许多智能马桶盖，都属于"Made in China"。他认为之所以出现中国消费者到日本"疯抢"马桶盖的怪象，是国内相关行业宣传不够。

　　说中国智能马桶盖质量不输于日本，不但言之有据，也无须过多置疑。凭今天中国的技术水平与面对市场的研发导向，特别高端的产品不敢说，开发生产智能马桶盖这种小发明，应当不在话下。说"疯抢"马桶盖戳中了中国制造业的痛点，似乎没说到点子上。但这位企业家说中国产品被"疯抢"回国，原因是产品宣传不够，看法也未必全面。

　　笔者一位女同事常常出国，曾从日本带回一组塑料餐盒，因为她每天中午要往单位带饭。一开始，我认为这是崇洋媚外，连个餐具饭盒都到国外买。这种式样的餐盒，国内超市里有的是，我笑她很可能买的是"Made in China"。谁知她一本正经告诉我，买的时候，她就知道是"Made in China"，但为什么要千里迢迢买回来呢？她的观点是，虽然外表一样，但国外监管到位，那里的塑料产品肯定不会有毒，用着安全放心。还有一些国内都生产的东西，她也会出去买，因为相信质检过关。

这一观点笔者初听很觉吃惊，深思颇有道理，继而又感担忧。现在听这位企业家说出现"疯抢"行为只是国内产品宣传不够，联想到餐盒故事，就有点不以为然。如果有许多消费者都有笔者女同事一样的心理，那么即使一些产品国内可以生产，宣传也已到位，但只要价格合适或者方便购买，他们一样还会到国外"疯抢"。

问题出在哪里呢？出在对市场和产品的监管上。"疯抢"马桶盖最应戳中的，应是政府监管的痛点。前两年国内奶制品质量风波，一位奶制品企业负责人脱口说出：供应香港的奶制品保证比内地的质量好，曾招来一片骂声。但他说的可能是实话。为什么同一个企业、同样的技术设备，会生产出不一样的产品？这既不是企业没有保证质量的能力，也不能全怪企业没有确保质量的追求。一言以蔽之，是由于不同的监管水平，才造成了同样企业产品质量的差异。要提高"中国制造"的质量与品质，首先就要提高"中国监管"的质量与品质。

有人会说，好的企业应该具有自我约束与自我监管能力。这话不是完全没有道理，好的例子也不是没有。的确有些企业靠过硬的产品质量，不但赢得国内市场，也赢得了国外市场。但总体而言，在一个监管不到位的市场经济环境中，如果环保部门有污染照样放行，让遵纪守法的企业吃亏；如果工商部门对假冒伪劣产品视而不见，甚至包庇纵容，更不用说监管过程中的种种腐败，结果必然是劣币驱逐良币，一方面有品质追求的企业极易被低劣产品冲击仿冒，难以生存；另一方面消费者也不再信任中国制造的质量，出现"疯抢"马桶盖的怪象，也就不足为奇。

目前，中国经济进入了新常态，需要千方百计调结构、增动力；中国政治也进入了新常态，反腐败势头一波接着一波。在经济、政治新常态下，要保发展、得民心，尤其需盯紧盯牢、改革完善政府监管这一块。属于腐败问题的，迅速出手打击；属于体制机制问题的，加强改革完善。要让人们对中国制造有信心，首先要对中国监管有信心，并以清廉高效质优的中国监管，促进更多的优质中国制造拔地而起，让中国乃至世界消费者在中国"疯抢"商品。

（2015 年 2 月 15 日）

用统一规范治理政府网站"懒政"

第一次全国政府网站普查早已于3月启动。但据媒体报道，国办发出通知至今已半个多月，政府网站的"僵尸""睡眠"现象仍很严重。在南方某省会城市的政府门户网上，"市长信箱"仅有3页信件，还是5年前上传的；市长的名字，竟然是前年已到省里任职、去年2月已因严重违纪违法问题被免职的官员！

政府网站的"僵尸""睡眠"现象，早已被社会所诟病。这次政府网站大普查，重点就是要整治一些政府网站存在的群众反映强烈的"不及时、不准确、不回应、不实用"问题，提高政府网站信息发布、互动交流、便民服务水平，全面提升各级政府网站权威性和影响力，维护政府公信力。并提出对普查中发现存在问题的网站，要督促其整改，问题严重的坚决予以关停。

相信普查会对解决一些政府网站现存问题有一定促进。据报道，就在9日全国政府网站普查培训会在京召开不久，上文所说的政府门户网马上有了更新。但能否一劳永逸地切实消除政府网站"僵尸""睡眠"等现象，会不会上面推一推就动一动，为应付普查调动人力物力加强维护，表面上搞得风生水起，一旦普查风过，有的政府网站故态复萌，仍然处于半死不活状态，变成政府部门"懒政"展示窗口、损害政府公信力呢？

这种担心不无依据。加强政府网站建设已经喊了不少年，很多人都知道，在互联网无所不在、"互联网+"驱动变革的时代，网络对于提高政府效率、提升便民服务水平的重要性，但实际情况却是"说起来重要、做起来不要"。

造成这一现象的原因，一是确实有难度。政府网站展示的仅仅是一个窗口，却涉及政府内部体制机制等诸多问题，比如长期条块分割行政管理体系造成信息垄断、资源整合困难，同时网站建设涉及"人、财、物"包括技术保障等，不是多几个人、多几个服务器就能解决。二是标准不规范。目前虽然许多政府网站被当作适应网络时代的"门面"建起来了，但网站如何设计、具体如何管理、必须有哪些内容、效果怎样考核等，没有统一规范。大多政府网站都是独立建设、单独运行，因此点开各地政府网站，会发现形式上五花八门、各行其是，内容更新随心所欲、恣意而为，即使没成"僵尸"、没有"睡眠"，便民效果也大打折扣。

由政府体制机制造成的问题，需要随着改革的不断深化，逐步解决。现在最为便捷易见效的治理政府网站"僵尸""睡眠"办法，笔者认为在于政府网站建设与管理的规范化。一是建设规范化。本来，我国是单一制国家，地方政府的结构与行政模式有极大相似性，政府网站应有统一建设标准，有统一域名、名称，包括网页设计等。这种集约化、模块化建设，既节约了建设与维护成本，更便利于人们对政府网站的使用，也方便对政府网站质量的比较与监督，从而达到更好为群众服务的目的。二是管理规范化。国家应有统一的地方政府网站管理条例，不但明确管理部门、运行机构等职责，而且明确网站必须及时更新的基本内容与互动标准，减少随意性。还要明确对政府网站的评估方式和考核标准，鼓励民众参与和监督。至于不同地区的财力与技术差异，既要平衡兼顾，也应允许政府网站在不影响安全的前提下，把技术交给社会，克服政府在人员、技术以及资金方面的局限性。

政府网站常被人们比喻为"虚拟政府"，不但代表了政府形象，也越来越多地承担了政府的职能工作。因此，政府网站也亟须依法管理、规范运行、强化服务。不但要根除"僵尸""睡眠"现象，更要通过这一窗口，提高工作效率，展示良好作风，不断增强政府执行力和公信力。

（2015 年 4 月 13 日）

"村官嫖娼"警示"蝇腐猛于虎"

4月15日，有云南盐津县村民网上举报，一村支书带村干部一起嫖娼。据说该县纪委已介入调查，反应还算迅速。

不过，据举报人说，他们本意并不想公布这些不雅图片。只因此前向县纪委举报该支书贪腐行为，长达8个月没有任何效果，只好出此"下策"，促成问题解决。如果这一说法属实，那不但县纪委这次能否查出"村官嫖娼"真相令人怀疑，就连它本身也成了举报对象，倒有必要查查它的渎职行为了。

这并不是要跟该县纪委过不去。因为很巧合，16日还有一则新闻，似乎为这起"村官嫖娼"事件加了注脚。在遭遇"塌方式腐败"的山西，尽管"打虎行动"成果颇丰，但据省委主要领导披露，县乡村的腐败行为，几乎"纹丝不动"无人查。全省有1/5乡镇，在过去两年多时间里，一个案件也没查处。这是否说明基层腐败现象少呢？恰恰相反，全省六成多信访举报量，都反映的是县处级以下干部的问题。然而举报量上升了，立案件次却在下降。

这种反腐败"上面九级风浪、下面纹丝不动"现象，很令人担忧。腐败的"老虎"很可怕，不反会致命，会"亡党亡国"。但对大多数基层群众来说，更有切肤之痛的是腐败的"苍蝇"。"苍蝇"单个看上去不那么致命，但百姓身边"苍蝇"满天飞，毒化空气、传播疾病、扩散疫情，久而久之，也有致命之虞。

与基层群众深入接触就不难了解到，尽管中央反腐力度不断加大，"打虎拍蝇"成果鼓舞人心，但有的地方基层腐败现象却有增无减。有的乡镇干部贪污侵占补给残疾人的钱，甚至办低保都要收受贿赂。有的村干部不但贪污财政下拨资金，甚至从贫困群众"口头夺食"。有的社区干部侵吞征地补偿款，甚至政府花钱提供的低保公益性岗位都要困难群众拿钱来买！这些腐败现象就在百姓身边、摆在群众眼前，对党和政府威信损害巨大，对社会民心伤害甚剧，动摇党的群众基础，侵蚀党的执政基础，有可能造成"基础不牢、地动山摇"的后果。所以从某种意义上说，"蝇腐猛于虎"。

造成这种现象的原因是什么？当然是"查处不力"！但还应从体制机制角度探究症结所在。"拍苍蝇"不同于"打老虎"，各有各的规律。"打老虎"目标突出，有专业团队，能够集中火力打"歼灭战"。基层腐败现象，单个来看，数额一般不太惊人，易发多发，首先，查处起来难度较大。其次，县级以下尤其是乡镇干部，多数与县里关系密切，有的本身就是县委提拔起来的，由县纪委查案，难免大事化小、小事化无。村干部的问题，原则上本属村民自治范畴。然而有些乡镇为了方便开展工作，不但不认真落实村民自治，反而有意无意加以阻挠，想方设法选那些听自己话、对群众"镇得住"的村干部。"自己人"一旦出事，他们难免会袒护，更不用说有的还有利益关联。

因此，要遏制基层腐败，首先在村一级，认真落实村委会组织法，严格实施民主选举、民主决策、民主管理、民主监督，明确村党组织与村委会各自职责，规范相互制约机制。在乡镇一级，加强对干部反腐倡廉教育的同时，不断规范、严格执行政务公开，突出抓好财务公开。最重要的是引进社会监督，对量大面广的"蝇腐"，让基层群众参与监督。其中，就包括互联网时代成本低、见效快的网上监督。至少对群众网上实名举报，应有一起查处一起。如果查处前群众已向县纪委举报，却久拖不决查处不力的，还应倒查纪委的渎职之责，并对县级"一把手"责任追究，防止出现"苍蝇"满天飞现象。否则，"老虎"打得再多，人民群众也不会真正满意。

（2015 年 4 月 17 日）

贫困县建"亿元牌坊"为何拦不住

4月19日媒体曝光：海南国家级贫困县临高县，每年要国家拨给数千万扶贫资金，却耗资1.3亿元建了一个1.7公里长的牌坊群。名义上要破吉尼斯世界纪录，带动当地旅游。但所建牌坊形式重复，雕工不细，题字平庸，甚至有的题字官员已经坐牢，当地人认为阴森不吉利，不来附近活动，记者拍摄两天，所见游客不到10人。显然大笔的钱花出去了，带动旅游的目的并没达到。

然而当地政府的回应却理直气壮：这个项目，先通过政府常务会审议，然后经过县委常委会决定，提交党代会、人代会审议通过。意思是程序合法合规，谁也阻止不了。

这正是最值得深思之处。贫困县花费上亿建牌坊，如果确实能通过一定民主程序，真实反映当地党情民意，即使决策出现一定偏差，那也有情可原。至少当地老百姓不会怨恨党和政府。

但事实似乎并非如此。首先从决策过程看，如此耗资巨大的人造景观，从决策到开工不到两年时间，论证过程似嫌仓促。况且在县里专家论证会上，不少专家就对建设如此大规模牌坊群提出相当激烈的反对意见，然而县里认为手续合法就应上马，没有再行论证，不理会不同声音。其次从民意反映看，如果百姓支持这一项目，怎会觉得它阴森不吉利，县里动员全县干部职工来这里打太极拳，都无人响应？最后从常识分析，临高县在岗职工年均收入不到20000元，农民人均年收入不到4000元，全县23000多贫困人口需要发放低保金，每年低保金总额才 1600 万元左右。在如此穷困状态下，得有多大诱惑力，才能让大家勒紧裤带，去建设不知何年才有收益、或许纯属打水漂的阴森牌坊？

按目前县级政权制度设计，最能反映当地党情民意的，本应是县里的党代会、人代会。但毋庸讳言，多数情况下，县一级重大决策，往往由少数人甚至县委"一把手"说了算。至于这个会那个会，能走走形式已属不易。在实质效果上，这反而成为少数人搞政绩工程、行政乱作为的幌子和托词。因此，临高县的"程序合法"，并不能掩盖它走民主程序中存在的问题。据当地村民反映，县里征用土地都没有经过村民，几个村干部就把土地卖了。试想想，连最易实施、贯彻多年的村民自治都已落空，所谓县党代会、人代会审议，又有多少反映民意的成色？缺少了民意制约，县级权力的"野马"根本不可能自动进入"笼子"。

临高县"亿元牌坊"所反映出的问题，不应看作简单个案，更应探究在县级治理过程中的深层次问题及其解决之道。

县一级承上启下，在我国国家治理中处于重要地位。古语说："郡县治，则天下安。"习近平总书记也曾说过："县一级工作好坏，关系国家的兴衰安危。"然而现在许多基层群众反映强烈的问题，如干部不体恤民力，搞劳民伤财的政绩工程；不体察民意，搞不得民心的强制拆迁；还有环境污染，不作为乱作为等，很多都是发生在县一级。这些问题，完全靠上级来监督来处理，成本大而见效微。最有效的办法，还是要进一步探索强化县级政权的"内部制约"和"自我监督"功能。

其中一个重要方面，就是完善与强化县级党代会、人代会的监督职能。尤其需要从进一步完善和强化党员对党代表、选民对人大代表监督机制入手。党代表与党员、人大代表与选民，要制定规范，经常性地面对面交换意见。遇有重大事项，他们在党代会与人代会上的发言和表态，也应有受党员和选民监督的渠道，使之真正反映当地党情民意。如果对于斥巨资建牌坊这样的县内重大事项，县党代表和人大代表能分别与其所对应的党员和选民见面，认真征求和充分反映他们的意见，党员或选民能够有条件监督他们在会上的表态，就会对最终决策产生一定影响力和约束力，至少不使党代会、人代会等成为少数人搞政绩工程、行政乱作为的所谓"程序合法"的"挡箭牌"。

（2015 年 4 月 20 日）

"政府文件7天内下发"的制度意义

政府会议已经通过的文件，应在多长时限内印发或向社会公布？

这本是一件攸关政府效率与政策效应的大事，但貌似以往上到国务院、下到基层政府，还没人认真探究过，最终由总理亲自出面破了题：在 21 日召开的国务院常务会上，李克强总理当场明确了一个文件流转流程"新制度"：常务会通过的文件，如果由部门联合印发，7 天内必须下发；如果由国务院印发，没有重大修改意见的 7 天以内必须下发，需要协调修改的 10 天之内必须下发。总理还提出硬性要求：不涉及保密的文件印发后，要马上公开上网！

这一极为具体的新规，反映出总理对繁冗拖沓的"会签"让好政策"迟迟落不了地"的焦虑。就在上次国务院常务会上，针对常务会已确定政策迟迟没"落地"，是因为文件一直按流程在相关部门等着"会签"，总理就发出"部长参会讨论通过的政策，难道还要几个处长来'把关'"的疑问，认为"程序上完全颠倒"。这次会议提出文件印发与上网新规，实际上是对上述疑问的破解，所以总理特别强调：要坚决打破原来的规矩，不能让文件再在处长、司长那里一层一层地"画圈"了！这势必对政府各项政策的贯彻落实，带来很大推动力。

同时更要看到，这一看似具体琐细的规定，对推动各级政府进一步改进工作、提高效率、简政放权，尤其是对促进各级政府健全依法决策机制、建设法治政府，有着十分重要的制度意义。

政府制定政策，是否需要各部委（地方上是各厅局）的处长乃至科长参与？答案不言自明。这些处长科长们处理具体业务，对细节更为了解，因此有必要请他们提出意见建议，甚至有些文件草稿最初就出自他们之手。但这一环节应在决策的政府常务会议之前，而不是文件已在政府常务会通过情况下，再由处长科长们"把关"。这肯定是"程序上完全颠倒"。

但就是这么奇怪的事，以往却并不罕见，甚至在个别地方习以为常，成了"正常流程"。笔者曾旁听过地方政府常务会，往往大家提了一大堆意见后，只要没有明确反对的，会议主持人一般会说，请某某部门将会上意见吸纳以后，形成正式文件下发。这话通常是对坐在后排的处长科长们说的。他们回去以后，对意见如何吸纳，吸纳后何时印发，就得看他们对这一政策的倾向与动力如何了。很多政策形成"中梗阻"或变形走样，都在这最后一个流程中发生。有的由于懒散拖沓，一拖再拖，甚至拖黄了的情况都不鲜见。如果涉及部门利益，在"吸纳"过程中就可变相截留，把"好经"改歪，受损的是经济社会发展和群众利益。

造成这种现象的原因，首先是决策程序不完善。十八届四中全会所提出的，要健全依法决策机制，把公众参与、专家论证、风险评估、合法性审查、集体讨论决定，确定为重大行政决策的法定程序，有些地方还没有做到。因此端到政府常务会议上的文件草案，个别的比较粗糙，落实确有困难，只能让处长科长们会后修修补补。其次是对已通过的文件，印发与发布没有明确时限，所以即使那些已经研究很长时间、经过详细测算、执行方案非常具体的文件，处长科长们仍然按部就班、不急不忙搞"会签"，遇到个别人不在，文件可能就卡在那里，杳无下文。

"政府文件7天内必须下发"，这一新规的制度意义在于，首先，这虽是国务院常务会的规定，实际上给各级政府都起到了非常好的示范作用。其次，这一规定倒逼各级政府必须健全依法决策机制，提高上会文件质量，尽量把问题解决在常务会议决定事项之前。最后，规定也迫使政府部门深化内部制度改革,简化运行程序,明确职责分工,提高工作效能,直至简政放权,防止权力寻租。从更长远的视野来看,将政府工作的每一环节、每一细节都制度化、规范化,将大大有利于深入推进依法行政,加快建设法治政府,让老百姓真切感受到"政策落地"的实惠。

(2015 年 4 月 22 日)

谁能管住"书记公款修阴宅"

有这样一个地级市委书记，他"不信马列信风水"，为改前途、求升迁而大拆大建。他在城区交通要道上，拆迁后建起有九柱、一鼎、一块泰山石的城楼，据说这样就可以"一言九鼎泰山不倒"，仅一块泰山石就花了几千万；一些私企老板投其所好，专门邀请他去为公司办公楼、私人别墅看风水改装修。为了给自己建造阴宅风水工程，他还授意一个熟悉的农民设立一家公司，以发展农业为名，亲自批示让国土局和公路局共拨款 300 多万元，为他的阴宅修路建陵，并专门修水坝以求"聚气祥和"！

4 月 26 日媒体披露：日前出庭受审的广东揭阳市委原书记陈弘平，不但因受贿财物金额高达 1.3 亿元，在广东领导干部索贿受贿案中"前所未有"，引发关注，而且更令人深感荒唐的是，他在地方主政期间，极度迷信风水，利用职务之便将风水术引入城市规划建设，还号召官员学风水，并公款为自己建造风水陵墓，在当地产生恶劣影响。

由于各类社会思潮冲击，难免有个别党员干部思想蜕化变质，甚至内心深处"不信马列信鬼神"。然而一个管理 600 多万人的地级市党委书记，公然如此荒唐却无人来管，绝对是咄咄怪事。而且作为市委书记，陈弘平可以直接为一家民办公司具体项目批示拨款，"公款修阴宅"却通行无阻，更令人不解。这说明我们的体制机制对地方党委"一把手"的监督与制约还有许多漏洞，对权力的笼子扎得还不牢靠。

为什么没有人能管住"书记公款修阴宅"这类怪事？首先从监督主体

看：地级市委书记是省管干部，上级虽然管得了他，但囿于考察范围与手段，对许多具体情况可能并不完全了解。当地干部群众对情况最了解，不然也不会"在当地产生恶劣影响"。但他既是地方党委"一把手"，后来还当上市人大常委会主任，想让地方党代会与人代会监督他，无异于自己监督自己，监督作用大打折扣，甚至根本无法发挥。其他任何个人如果没有社团或组织做依托，想与当地"一把手"单打独斗，那需要多大的勇气？不能奢望人人都有这种牺牲精神。

其次从制度制约看：本来按地方党政职能分工，不论是具体城市建设项目，还是农业设施建设，都不应由市委书记直接插手。然而不论是上述"一言九鼎楼"（揭阳楼），还是为一家小公司拨款建农业设施，陈弘平竟然都可以大笔一挥，一路"绿灯"。尤其耐人寻味的是，那个风水城楼的兴建，不是在陈弘平任市长期间，恰恰是他当上市委书记以后，才把他的风水学贯彻到了城市规划建设中。这从一个侧面说明，地方党政职能缺乏明确分工，也是造成"书记公款修阴宅"无人管的重要因素。

地方党政职能分工不明确，与党代会、人代会以及社会监督作用不能得到充分发挥，又有密切联系。地方党委"一把手"如果严格按规定不插手具体项目、工程以及其他具体事务，他本来可以更为超脱，发挥好党委"总览全局、协调各方"的作用，按十八届四中全会要求，督促人大、政府、政协、审判机关、检察机关依法依章程履行职能、开展好工作。职责明确了，运行有惯性，即使出现个别陈弘平这样蜕化变质的市委书记，受制度约束，他也无法如此嚣张，成为地方腐败"源头"和"榜样"，全面毒化当地政治生态，重创党在群众心目中的形象。

因此，"书记公款修阴宅"这一事例提醒我们，在加强对地方党委"一把手"思想教育和组织管理的同时，必须进一步落实、完善和创新地方党政关系的制度安排，实现党政关系的科学化、法治化和民主化。尤其要从制度上直至法律上规范地方主要领导干部职责权限，合理分解权力，科学配置权力，明确权力分界，像领导干部不得干预司法、插手具体案件处理的规定那样，切实减少党委"一把手"对具体事务的干预，严格禁止党委"一把手"插手具体项目、工程建设，防止"书记公款修阴宅"这类出格事情再次发生。

（2015 年 4 月 27 日）

"市长吸毒"缘于八小时之外太任性

市长居然吸毒，已很让人吃惊。媒体 4 月 28 日披露的相关细节，更令人难以置信。

据报道，日前因涉嫌吸毒被立案调查的湖南临湘市长龚卫国，吸毒史不仅"至少两年多"，而且曾与多人一起吸毒。截至目前，至少有 4 名与他一起吸过毒的人被调查，一个是该市某房地产公司老板，一个是该市某物业公司老板。更奇的还有一名女子，本是龚卫国熟人的女友，到临湘找他玩时，两人就在该市一家大酒店内，龚卫国出钱，让人去临时买来毒品一起吸食，之后又发生性关系。据称此后他们经常在临湘的酒店吸食毒品。去年这女子怀孕后，还连续多日到临湘市政府门前要求见龚卫国，后者避而不见，在当地一度传得沸沸扬扬。

《红楼梦》中贾母曾批"才子佳人戏"虚假，认为大户人家的小姐必定"奶母丫鬟"等跟班一大堆，不可能有机会一个人跑出去偷情。在一般人看来，一市之长，在一个人口只有 50 多万、市区人口仅 15 万的县级市内，上有市委书记，中有市委市政府班子同僚，下有市府办等机构服务人员，还不用说有人大政协等的监督，动见观瞻，比世家小姐自由不了多少，没想到他能如此任性。如果不是省委派来的巡视组接到举报介入调查，当地流传已久的市长吸毒这一"公开的秘密"，很可能被当成谣言一直飞下去。

为什么"吸毒市长"能如此任性？目前媒体报道的信息，尚未涉及这位"吸毒市长"在工作中以权谋私、贪污受贿等情节。他的吸毒、偷情，从广义上说，都发生在"八小时之外"，而这正应是对领导干部监督的重点。相关研究早已得出结论：八小时之外是少数领导干部腐化、堕落的"危险时间""黄金时段"。中央纪委尽力查处的违反八项规定精神的行为，如公款吃喝、公车私用等，也主要发生在领导干部的"八小时之外"。

"八小时之外"，也是对领导干部进行监督的难点。上级监督固然有力度，但点多面广，难以经常，不易监督；同级班子成员了解情况，但怕伤和气，两败俱伤，不愿监督；下属单位对有些情况知根知底，但怕穿小鞋，担心报复，不敢监督；社会群众虽议论纷纷，但说了没用，举报无效，不能监督；人大、纪委等虽有监督职责，却怎奈主要领导干部不接受监督。所以市长吸毒、偷情，才如入无人之境。

对如何监督领导干部"八小时之外"，中央虽然没有明确、统一规定，但从已有的党风廉政建设和反腐败规定中，依然可以找到相关对策，如果能根据本地本部门实际再加以完善，不难收到较好效果，至少不会让"吸毒市长"这样任性妄为。

首先上级监督要抓住重点、厘清疑点。重点就是监督好地方党政主要领导干部，特别是党政"一把手"。疑点就是要认真对待社会传闻。凡事无风不起浪，对民间种种声音，宁可信其有，不可信其无，即使查无此事，至少起到为干部正名作用。这一次湖南省委派来的巡视组，看来做到了这一点。

其次是同级监督要连带责任、强化追究。邓小平同志说过，领导干部的真实情况，"上级不是能天天看到的，下级也不是能天天看到的，而同级的领导成员彼此是最熟悉的"。所以要强化班子内部监督连带责任，消除监督"中空"。按照党风廉政建设责任制规定，既要追究班子"一把手"责任，也要追究班子整体责任，包括班子其他成员责任。这样才不至于市长吸毒早已风传，市委书记居然说"不知道""没有听说"。只有激发班子内部相互监督自觉性，许多已有的制度，比如外出活动报告制度、公车使用管理制度等，才能收到预期效果。

同时，要明确人大、政协、纪委相应职责，甚至包括一些执法部门的职责。比如高档酒店餐厅和娱乐场所，往往是领导干部"八小时以外"腐败"重点区域"，公安部门就有必要强化检查监控，明察暗访。该查不查，或发现苗头隐匿不报的，一旦事发，也应追究相应责任。社会监督则要创新理念和手段，充分利用现代技术，形成完善的社会举报网，顺畅日常的干部监督信息渠道，不要都等着巡视组到了现场，举报才起作用。

（2015 年 4 月 28 日）

当"假差额"遇上"真贿选"

"按照组织意图，杨建华只是'差额对象'，但不记名投票后，他竟然当选……"5月4日，媒体详细起底了广受瞩目的四川南充贿选窝案。

案件发生在 2011 年 10 月。刚由党代会选出的中共南充市第五届委员会 55 名委员，"以无记名投票和差额选举方式"，选举产生新一届市委常委。常委名额 13 人，候选人有 14 个，时任仪陇县委书记的杨建华是其中之一。选举结果，一名副市长落选，杨建华当选。这一结果显然令组织方深感意外：当地记者会前已拿到组织方提供的当选名单，上面没有杨建华。选举之后，组织方只得紧急收回名单，重新印发。此后这一"意外"成为当地人议论的热点，直至去年 9 月案发。据说目前业已查明杨建华动用公款拉选票的事实，不日将移送法院起诉。

选举是民主政治的核心程序，也是推进党内民主建设的重要手段。贿选则以金钱财物等，人为扭曲选举人意志，破坏选举公正性公平性，何况是公款贿选，危害更大，因此必须对这一贿选案查实后严肃处理。

与此同时，通过媒体披露的相关细节，我们也不能不对南充市这种"差额选举"有所反思。党内差额选举，是党在长期历史实践中探索出来的制度成果，并已写进党章。相对以往的等额选举，差额选举引入一定竞争，让人们有了一定的选择空间，无疑对推动党内民主发展有重要作用。党的十七大要求对党代表的差额比例不少于 15%，党的十八大更提出差额选举比例要多于 15%，这无疑是一种进步。

然而毋庸讳言，个别地方在具体操作中，对差额选举的理解与落实变味走形，甚至搞"上有政策下有对策"。本来按理想状态，经党组织和选举人充分酝酿讨论后，只要每名候选人各方面都符合要求，并被正式列入候选名单，那么任何候选人当选或落选，都不应算是"意外"，恰恰既反映组织意图，也体现选举人意志。当选者硬气，落选者服气，也无损党内选举公信力。

但有的地方在实际操作中，片面理解"组织意图"，不从选出优秀合格候选人着力，想方设法透露或暗示谁是"差额对象"。杨建华就是提前知道自己要被差掉，才孤注一掷，以"唱衰"之势，向有投票权的市委委员声称自己知道是陪选的，只是为了票数不要太低"出丑"，才恳求大家多多关照，并送上5万元至20万元不等的"谢意"，最终"意外"当选。有的地方甚至为了确保完成任务，不惜分团组分票箱投票和计票，哪个团组没有落实"组织意图"，就对相应负责人进行所谓"责任追究"，对选举人进行心理威慑。这些做法，有违差额选举本意，挫伤广大党员干部积极性，也大大损害了党的公信力和政治形象。

因此，对"假差额"遇上"真贿选"，既要严惩贿选行为，确保党内民主健康发展，也要针对有些地方对差额选举的跑偏走岔，严格已有规定，完善相关措施，切实加以纠正。

首先，在认识上要纠正差额选举只是走走形式的错误观念。在党组织酝酿候选人时，就要着力于把符合条件、表现突出的"好马"选出来，把他们放到党内民主的平台上公平竞争，由党内选举人检验。这样，任何人当选，都是"组织意图"的体现。这一做法也在一定程度上，可以克服用人上"少数人说了算""个别人说了算"的弊端，也能在一定程度上起到鼓励干部从用心跑官变为安心干事的作用。

其次，要将差额选举制度规定具体化。从候选人如何酝酿、提名、产生、介绍，以及怎样投票、计票等，都要制度化为具有可操作性的程序流程，防止个别地方在差额选举中自搞一套，打擦边球，使党内民主选举的竞争性择优功能得到充分发挥。当然，制度建设还应包括健全和完善与差额选举有关的监督、处罚、究责制度等。对包括贿选在内的各种影响和破坏党内民主制度的行为认定、处罚标准、责任追究等，都有硬杠杠、明标准，并与国家法律相衔接和协调，为更好地依据党内法规制度管党治党、建设社会主义法治国家提供有力保障。

（2015 年 5 月 5 日）

对"五毒干部"不能只看热闹

5月6日，有媒体详细报道了深圳市委原常委、政法委书记蒋尊玉腐败案。这位深圳"老虎"被一线办案人员形容为"五毒俱全"干部：疯狂收受财物达亿元之巨、使用公款送礼、搞"假离婚"、隐瞒"裸官"身份、多次嫖娼、与多名女性通奸、参与赌博、搞迷信活动等，可以说是一个地方"老虎级"贪官的全息标本。

蒋尊玉在当地位高权重，有如此多腐败行为与劣迹，造成的社会震动和负面影响可想而知。然而说实话，随着近几年反腐力度加大，一个个"老虎"被揪出，披露出的案件情节相当雷同，有的几成"标配"：贪腐、通奸、赌博、嫖娼、裸官、迷信等，只是程度有所差异，人们对此似已越来越少新鲜感，顶多拿一些案情细节开开玩笑。比如蒋尊玉做过龙岗区委书记、市政法委书记，豪宅里居然一本书也没有，唯一一本放在床头的书刊还是"少儿不宜"。甚至还有人把一些贪官在位时的"反腐名言"列举出来，目的只是消遣一番、热闹一把。

这种心态让人担忧。腐败是社会毒瘤，少数人的腐败行为，不仅严重损害党的形象和政府公信力，而且破坏市场经济秩序，毒化党风和社会风气，激化社会矛盾，最终受害的是全体社会成员。因此，对每个揪出的贪官，不能只图看个热闹，最应该做的是找出问题症结、反思问题原因，继而群策群力，寻求改进完善之道。

蒋尊玉案就有许多值得反思之处。我认为最耐人寻味的一点，是他"五毒俱全"，却在仕途上平步青云，"连跳式"升官。要知道，按领导干部选拔任用制度，每次官位升迁，都要有一个考察的重要环节，为什么对这么多问题视而不见？实际上不少官员腐败案同样存在这一问题，也几乎成了一个"雷同"情节：群众口碑并不好、查处后问题一大堆的干部，却仍可一路绿灯"带病提拔"，甚至还快于常人。难道我们的干部考察形同虚设，考察失真已成常态？这就很值得反思。

反思不仅在于追责，更要诊清症结所在，探寻改进方法。据笔者感受，目前许多地方或单位的干部选拔，除非特别需要，一般不是成熟一个提拔一个，而是统一研究，成批调整。这就带来不少问题：一是预告时间很短，许多人不明所以就被找去民主测评、个别谈话，容易敷衍了事。二是组织部门疲于奔命，考察走形式在所难免。三是考察范围有限——这与时间不足也有很大关系，能谈到中层以上干部基本算完成任务。这些人当中，被提拔者上级一般会表示支持，甚至他就是动议提拔者；下级往往怕得罪人；即使有意见的，只要不在本地本单位提拔，乐得"送瘟神出门"，谁会提实质意见？四是干部任用条例中"考察对象一般应当多于拟任职务人数"的"一般"大多被丢到一边，几乎百分百等额考察，没有比较，自然只能说些原则性的空话套话。所以许多干部考察结论，常常惊人相似："粗看谁都像，细看不知谁。"如果再有个别考察人员利益相关，有意扭曲掩盖，干部考察关卡难免失守。

因此，对类似"五毒干部"的每个"带病提拔"案例，都有必要细究考察过程与内容，至少相关部门要认真分析：为什么问题没被发现，或发现了为什么意见没被采纳，切实找到改进办法。尤其是像蒋尊玉这样一个"不讲党性、不讲原则"，曾有人与他"死磕"举报他违法，甚至被称为"法盲"的人，为什么能当上市政法委书记？据媒体报道，他公款送礼对象中就有上级组织部门领导，那就更具典型性，更需细细剖析，举一反三，以提升干部考察质量。

　　就目前情况而言，要堵住"五毒干部"们的带病升官之路，至少在干部考察环节有改进和完善的必要。比如扩大公示和考察预告范围，包括通过新闻媒体或通知发布；将《党政领导干部选拔任用工作条例》中"应当保证充足的考察时间"的原则条款具体化，并扩大考察范围；将差额考察规定刚性化，让谈话者有比较、有选择、有话说；全面实行考察工作责任制，对考察过程据实规范记录，出现问题可以倒查分析，也便于明晰责任予以追究。只有这样一步一步通过剖析具体案件，找出并堵住制度漏洞，反腐败才能取得扎实成果，而不会一个案件出来热闹一阵，又准备看下一个热闹。

（2015 年 5 月 6 日）

怎样让"书记辞职"不被过度解读

5月9日，媒体证实了江苏扬州仪征市委书记程希的辞职传言，引出各种议论。有的认为是工作出了问题，辞职以避风头；有的认为可能存在贪腐，"捞足了不跑等死啊？"；有的说"官员辞职，说明当官的油水的确不好捞了，还不如趁早下海，抓紧洗钱"……总之认为地方党委书记居然辞职，很不正常。

细数起来，近几年官员辞职已有不少前例。比如湖南益阳市政协副主席陈延武下海当医生；安徽铜陵一位副区长唐兴旺到私企就业；浙江温州平阳县副县长周慧辞职前还写了一份感言，声称"我想要的是能够自我掌控的生活"，流传一时。就在程希所在的江苏，去年已有一位县处级正职、常州溧阳市市长苏江华，辞职从商。不过作为地方"一把手"的党委书记辞职，确实比较少见。此前有湖南岳阳平江市委书记田自力辞职的例子，但那是因当地发生群体事件，书记主动担责。所以程希的辞职，不可避免会引发更多联想和解读，尽管其他官员的辞职，各种议论和猜测也不算少。

认为官员辞职不正常，书记辞职更不可思议，其实是对官员社会角色的看法和社会心态很不正常。这些年经济社会发展，为自由选择职业提供了更大空间，不想干就辞职已不足为奇。辞职动因，无非个人兴趣、现实待遇、发展前景、社会角色认可度和满足感等。一旦现有职业与个人期待不相吻合，任何人都有将"世界这么大，我想去看看"付诸实践的可能。

但为什么对官员来说就不一样呢？这是因为在一般人看来，当官员一是门槛高。公务员挤破脑袋都难进，进去以后就是铁饭碗，没有理由自己放弃。二是"收益大"。自古"当官发财"连在一起，当官了手里有权，能以权换钱凭什么不干？三是标准严。我们总喜欢说党员干部要有很高的思想境界，不免给人以应当不食人间烟火的感觉。境界都这么高了，怎么可以工作不满意就撂挑子，何况还是党委书记？

这种种看法本来就不正确，也不符合实际。当公务员门槛高，有"官本位"传统影响因素，也因为社会管理本身就需要高素质人才。但当了官就是铁饭碗，却是一种误解。只进不出、只上不下的人事制度，是我们改革不到位造成的，并非应有的常态。随着改革日益深化，当官也不再是铁饭碗。当官发财，更是一种错误观念。在权力行使不规范的情况下，确有个别人以权谋私，发不义之财，许多被抓的贪官动辄财产千万上亿，加深了人们认为当官必然有钱的错误印象。实际上绝大多数公务员靠工资薪酬养家糊口，经济地位不上不下。说到底，所谓当官，就是一种职业。这种职业需要一定职业精神、职业追求，但不能说即使不符合职业期待，也要死守到底，不能辞职另谋高就。

所以要容许党政干部回归职业本位，好处显而易见。一是有利于依法行政。以往我们赋予党政干部太多道德内涵，比如把县级干部称为"父母官"之类，个别人就在道德大旗下为所欲为，真成了"大家长"。如果回归职业角度，讲求的就是职业规范、职业标准。首先要遵纪守法，与从事其他职业的人平等相待，一切按法律法规办事。其次得治理有方，工作没业绩，就应被淘汰。二是有利于减少社会震荡。把官员拔高为思想境界高人一等的"圣人"，提升了人们对官员的评价标准与心理期待，一旦个别人犯案，整个干部队伍形象都受牵连。如果回归职业本位，任何职业都有"害群之马"，谁出事就把谁交给党纪国法惩治，人们也会用平常心看待。三是有利于维护公务人员正常权益。在党员干部中，不乏忠诚于党的事业的优秀分子，我们也要积极引导更多干部有事业追求。但不可否认，也有人把这当作一种职业，也不失其职业选择的正当性。从更广视野来看，在党长期执政情况下，任何人所做有利于国家社会发展的事业，都是党的事业的一部分，区别只在于岗位不同，职业选择有异。对任何自愿辞职的干部，只要没有发现问题，都不应歧视和非议，真正让干部辞职成为常态。

今后我们努力要做的，应是更好地完善干部能进能出、保障接轨的机制。让喜爱这一职业的做事有平台，退出的权益有保障。即使是县市委书记辞职，也不会招致种种猜疑和联想。

（2015 年 5 月 10 日）

政府部门"各自为证"难题怎么破

总理公开吐槽"怎么证明我妈是我妈",一石激起千层浪。近些天许多类似奇葩事件,陆续被媒体挖出"示众"。

5月13日这一天,就有两起典型案例披露。一是浙江诸暨一市民为取回母亲生前交的100元养老金,需重开一份火化证明。殡仪馆要求出具村委会证明和死者身份证复印件,但因死者身份证与户口本死后已注销,跑了4年没结果。一是广东江门一对打工夫妇,为女儿入学,需到居委会开居住证明,却意外发现省人口登记信息系统上,多了一个儿子,与户口本信息不符,开不了居住证明,女儿入学卡在那里。

这种种奇葩事件,引来一片指责。政府办事机构自然被骂得狗血喷头,许多人认为他们缺乏对老百姓负责的态度,故意在设置障碍。有的呼吁要严厉督促职能部门依法办事,该办给办,并能主动帮忙查证,以体现执政为民理念。

不过政府部门也有苦衷。比如诸暨民政部门就回复,如果不要死者身份证复印件,有人假冒家属重开一份火化证明把钱领走,死者家属的利益受损谁负责?江门打工夫妇找到丈夫老家镇公安派出所,派出所认真帮助查出登记信息确实只有一个女儿,但省人口信息登记系统归计生部门管,计生办则要求男女双方分别开具他们只生有一个女儿的证明,才能更改信息。但女方的江西老家计生办回复说,不知道女方在外地生了多少孩子,无法开具证明。

看来这些奇葩事件并不像看上去那么简单。有的确属设计不合理，比如诸暨民政部门就已把程序改为：到镇派出所开具死亡证明，就可以到民政窗口办理相关业务。但江门打工夫妇遭遇的事件比较复杂，各个部门都有把关之责，也非故意刁难，但要最终解决，需要投入相当大的精力。平空多出一个儿子很异常，政府部门应主动帮忙查证。不过多数涉及亲属证明的奇葩事件，即使不像打工夫妇这件事这么典型，往往都事出有因，真要一一帮忙查证，恐怕也非政府部门的人力物力所能承担。

对此难题怎么破？认真分析类似于"证明我妈是我妈"事件，多数涉及亲属关系。而亲属关系往往关联财产继承、房屋赠与免税、孩子是否有资格在本地入学、股份份额转让以及外出旅游探亲的经济或人身安全责任担保等，涉及许多人的法律关系和重大利益。确认亲属关系以往一般不成问题，但经过改革开放30多年发展，单位人变成社会人，村庄人变为打工仔，人口流动基数大、速度快，人际关系日趋复杂，亲属关系早已不像一村一社那样，恨不得祖宗八代都很明晰，难以凭口头断定，不要证明怎么行？比如许多人子女与父母不但户口不在一起，常常异地而居；有的一家人落户在亲友名下，从户口本上有时还真看不出父女关系；有的长年在外，离婚再婚，有多少子女很难查清等。

面对种种新情况，政府部门的社会管理却没能及时跟上。突出有两点，一是仍固守传统思维。凡事还想着让村委会、居委会、单位等开证明，他们有时对情况毫不了解，能推则推自在情理之中。二是政府部门"各自为证"。个人有身份证，亲属关系凭户口本，社保有社保卡，生育情况找计生办，税务又是另一个系统，个人征信让银行来推。大家都自搞一套，互不知情，一旦有事重复索要各类证明，目的把责任推给别人。顶层设计不合理，态度再好有何用？即使天天笑得像朵花，老百姓还是办事难，还耗费大量行政与社会成本。

类似"证明我妈是我妈"事件，拷问的是政府社会管理与公共服务能力。其实社会公众涉及最多的身份与亲属关系证明问题，最适于在全国层面统一整合。有些国家早在计算机出现以前，就已推行了类似于"一卡通"的全国统一信息系统。在计算机技术日新月异的大数据时代，我们更应有"互联网＋"思维。不妨考虑在每个人号码唯一的身份证基础上，将个人出生等基本信息、工作与工资收入及纳税、社保缴纳和领取、家庭成员及变更、银行信用等信息悉纳其中，由生管到死，与个人利益密切相关，能调动公众办证和更新信息的积极性，各部门包括有些企业都可共享，减少了社会成本，又不致出现"证明我妈是我妈"等奇葩事件。

（2015 年 5 月 14 日）

"局长下乡吃请被异性烫伤"不只是荒唐

5月18日，媒体曝光一起"局长下乡吃请被异性烫伤"事件：湖南新化县农机局原党组书记、局长5月7日下乡期间，两次接受村干部吃请，在娱乐场所公款消费，接受异性陪酒陪唱。吃请与娱乐活动后，他还与一女性开房。后该女性报警称遭强奸，并用开水泼其下半身致下体烫伤！尽管事发后，新化县委、县政府在5月12日决定免去其党政职务，并对其严重违纪行为进行立案调查，但仍引来许多人的不解与议论，认为实在是荒唐和令人吃惊。

为什么说荒唐和令人吃惊？首先因为事情发生在该书记、局长下乡检查扶贫工作期间，两种行为形成强烈反差。更重要的是，这并非陈年旧事，而是发生在中央大力反腐、一批批违反八项规定精神的案件被曝光查处之后。近日不少地方还纷纷出台公职人员不得参加多少类吃请的具体规定，有的就包括不得接受村级组织吃请的条款，显示出反腐笼子越扎越紧的大趋势。在这种情势下，新化县并非化外之地，为什么地方官员依然我行我素，甚至变本加厉？认真分析个中原因，恐怕还不能只是用荒唐简单解释。

就在前几天，中央纪委监察部网站在头条刊文"吐槽"：反腐只靠中央，能抓过来吗？"局长下乡吃请被异性烫伤"事件暴露出的主要问题就在这里。中央反腐决心和取得的成绩有目共睹，但各地反腐工作却推进得很不平衡。在有的地方，尽管不能说反腐完全无所作为，但的确存在把反腐当作一项政治任务、缺乏自内而外的推进动力问题，甚至不乏心存侥幸，有避过风头一切照旧的幻想。在思想上和行为上，都存在许多反腐"死角"。这就难怪为什么中央或省级巡视组一到，才会马上暴露出许多腐败问题，一抓一个准儿。

县一级的问题可能更大。郡县治则天下安，县级治理是国家治理体系中最为基础和十分关键的环节。但是目前这一层级的腐败问题，至少从老百姓感受来说，可以说是最严重。因为县一级政权与基层群众最为接近，又掌握着当地用人、用钱、用地等"生杀"大权，同时越往基层，越缺乏规范和监督制约，加上人际关系错综复杂，影响反腐举措的有效实施，群众对许多腐败现象极其痛恨却又十分无奈。近年来有的县一出现突发事件，常常就会扯出一连串腐败问题，就是有力佐证。更有个别县级干部，在群众面前"老爷"当惯了，自我约束意识差，党纪国法意识淡薄，我行我素，大胆妄为，常捅出一些令人瞠目结舌的"娄子"，对党和政府形象损害极大。

因此，应更加重视县一级反腐工作。首先要调动"一把手"积极性，让县级书记担起"主体责任"。县内出现腐败问题，只要不是县里自己发现的，就应对"一把手"进行追责。其次要调动群众积极性，充分利用网络等新技术手段反腐。在大多数县，起码凡县内各级用公款报销的所有费用，都完全有条件全部公开，接受群众监督。同时在县门户网站设立专门的举报窗口，不但县纪委专人负责，件件有回复，也应成为县委书记及时发现县内腐败现象的重要渠道。最后要充分认识到我国县的数量多、县情差异大的客观现实，县级反腐仅靠外驱力往往效果不佳。而要调动反腐内部动力，涉及权力运行机制、权力组织体系等一系列深层次问题，需要解放思想，进行更深层次的改革，让县级反腐进入自我驱动、自我完善的良性运行轨道，不再"上面九尺风浪、下面纹丝不动"，让基层群众对反腐成果"无感"。

（2015 年 5 月 19 日）

"抢记者相机"是不应有的"次生灾害"

　　5月20日，贵阳市区一栋九层民房垮塌，有十几人失联，牵动了许多人的心，人们都在心情焦灼地关注着现场救援情况。然而在此过程中，却发生了一幕不该发生的"插曲"。据报道，一家媒体摄影记者在试图拍摄现场情况时，受到工作人员阻拦。一位现场指挥模样的人——据说是贵阳市一位副市长，亲自上前抢夺记者相机。事情传出后，当地有关部门回应：因记者没有出示记者证，试图进入警戒区，所以工作人员出手阻拦。

　　但是事情并未平息，人们对此议论纷纷。灾难发生后救人要紧，设立一定警戒区域很有必要。如果要限制人员进入，将人拦住就可以了，为什么要抢夺相机？即使拍照者不是记者，又不涉及保密事项，急于消除现场图像意欲何为，政府要遮掩什么，到底是天灾还是人祸，是否有什么不可告人的秘密，难道又是一起豆腐渣工程……政府信誉又无辜"躺枪"。

　　灾难刚刚发生，原因有待调查，相信在场的政府救援人员未必要掩盖什么黑幕。但是我们政府工作人员乃至个别领导干部的这种心态和表现，却很令人揪心。长期以来，某些政府部门习惯于报喜不报忧，有问题喜欢捂着盖着。在处理一些突发公共事件时，这种心态表现更为集中。在传统媒体时代，这种封堵或许有一定效果。在新媒体环境下，这种做法效果适得其反。但个别人仍然沿续旧习惯、老做法，本能地对媒体有戒心、对镜头有抵触、对信息公开态度消极，遇事难免做出一些不恰当甚至惹民愤的举动，不但个人形象受损，也对政府形象和公信力造成"次生灾害"。这种事例已经发生不止一次。

不管在传统媒体时代，还是在新媒体时代，一旦发生突发公共事件，在积极救援处置的同时，满足民众知情权，回应社会关切，是有效应对突发公共事件的必然要求，也是相关部门的义务和责任。类似于这次楼房垮塌事件，公众有权利知道发生了什么事、伤亡情况怎样、救援力量是否足够、救援方式是否得当、救援组织是否有力。只要不对救援造成妨碍，就要允许媒体及时跟进报道。即使被媒体或民众发现或建筑位置不当，或楼房质量问题，或救援中的不足等，那也正是正常社会监督的体现，对今后预防自然灾害、提高建筑质量、改进救援工作、完善救援机制等，都有正面促进作用。更重要的是让人们相信，政府做事透明公开，有欢迎民众监督的积极态度，有利于凝聚社会共识、力量和智慧，提升政府行政效率和水平，提升政府的影响力和号召力。

因此，如何在日常工作特别是在突发公共事件情况下，增强透明公开意识，及时公开信息，回应群众关切，澄清事件真相，消弭社会流言，加强媒体沟通，做好舆论引导，以及对一些突发公共事件因情况复杂调查须一定时日的，坚持快报事实、慎报原因，将需要一定时间进行调查的理由向公众及时告知等具体操作办法等，都应该成为各级政府部门和领导干部的"必修课"和"基本功"。只有这样，才能掌握舆论主动权，甚至化危为机，逐步确立政府的公信力，而不是或概不回应，或半遮半掩，甚至抢相机、赶媒体，在楼房垮塌事件还没有处理妥当之前，人为造成政府公信力的垮塌，引发原本不该发生的"次生灾害"。

（2015 年 5 月 21 日）

关注"新媒体中代表性人士"带来的启示

5月21日媒体报道：在日前召开的中央统战工作会议上，习近平总书记在讲话中首次提到"新媒体中的代表性人士"。指出对新媒体中的代表性人士的工作，一要加强，二要改善。并指明具体办法是"建立经常性联系渠道，加强线上互动、线下沟通"，这有利于"让他们在净化网络空间、弘扬主旋律等方面展现正能量"。这无疑是适应新媒体时代，对党的统战工作提出的一项新要求。

统战工作是党的群众工作的特殊组成部分。推而论之，这对如何认识和拓展新媒体时代的群众工作，也有非常重要的启发。

近年来，媒体舆论格局和生态的深刻变化有目共睹。变化的主因是新兴媒体技术的迅猛发展。互联网、移动终端等不仅是许多人获取信息的主要途径，也是人们日常信息传播和互动的重要渠道，从而形成了全新的意见沟通和整合方式。这一变化，在对传统媒体带来很大冲击的同时，也给党群关系、政府与民意互动以及社会管理等，都带来了巨大挑战。所谓虚拟世界舆论场如果引导不当，不但会对党和政府形象造成损害，影响政策实施和工作开展，还有可能引发群体性事件，对社会稳定构成现实风险。

不过有风险的同时，也意味着机遇。新媒体自有其传播规律，也拓展了党和政府与民意沟通的渠道。只要掌握了这一特殊规律，就会让新媒体更好地服务于党和政府工作；只要利用好这一沟通渠道，党的群众工作的广度和深度也会大大拓展。比如尽管有人说网上传播是所有人对所有人的传播，似乎不易把握，但有关研究表明，网上传播实际上是"关键点决定效果"。人们俗称为网上意见领袖或大 V 之类的人，才是真正有能力左右话语权的传播节点。如果能够抓住这些传播节点，做好他们的工作，网上就会有更多的正能量。同样道理，如果能够充分利用新媒体技术带来的便利条件，加强网上民意互动、沟通和整合，党的群众工作的效率和效果也会大大提升。

目前的问题是，不少党员领导干部不适应新媒体时代对群众工作的新要求。许多人不懂网、不研究网、不重视网络在群众工作中的运用。经常是本地区发生的事件、出台的政策、推出的工作措施，在网上已然骂声一片，却还懵然不知；或者听到了看到了，却误以为虚拟世界影响不大，或满足于"封堵删"，无视民意，掩耳盗铃，有时使矛盾越来越激化，酿成不可预料的现实后果。

提出加强和改善对"新媒体中的代表性人士"的工作，体现了中央对新媒体时代形势变化的高度重视和准确把握，为新形势下如何利用新媒体做好群众工作也带来了很好的示范和启示。首先是学会在网上"从群众中来"。以往遇到问题，一般是组织座谈、走访基层等，自然都是很不错的办法。但领导干部的精力和时间有限，座谈和走访范围不可能很广。网上收集民意，人多面广，便利快捷，不仅可以通过政府门户网站，也可以利用社区网、同城吧、微博平台、微信群等进行，比小范围座谈调研等，意见听取更全面，民意反映更真实，更易找到公约数，决策也就更科学，事半功倍。其次是学会在网上"到群众中去"。凡要推出一项政策或推动一项工作，提前通过新媒体渠道向社会公众作宣传解释，沟通互动。不仅党政部门懂业务的领导出面作权威解读，还可请相关领域的专家解疑释惑，能更有针对性地及时回应公众关切，消除认识误区，凝聚社会共识，落实起来就可以把阻力减至最低。执行过程中出现问题，也能及时得到反馈，避免出现不必要的社会震荡。

在网络和数字技术发展日新月异的时代，党员领导干部学会利用新媒体做好群众工作，应当是理所当然的责任和要求。当然，传统的做群众工作的方法也不应偏废。对与某项工作利益密切相关的特殊对象、特殊群体，有的仍需面对面做深入持续的交流。把"线上互动"与"线下沟通"结合起来，既与百姓面对面，又与网民心贴心，群众工作就会更加行之有效。

（2015 年 5 月 22 日）

"京A车牌腐败案"拷问"一把手"权力规范

5 月 25 日，北京市交管局原局长宋建国涉嫌受贿案，在北京市第一中级法院开庭。围绕"京 A"车牌滋生的种种腐败内幕，再次引发关注。

自实施汽车限购政策以来，机动车号牌在北京早已成为稀缺资源。北京摇号难，是众多工薪阶层和上班族的共同感受。因摇不到号牌而无法购置向往已久的私家车，是不少人"心中长久的痛"。然而通过"京 A 车牌腐败案"，人们却极为吃惊地发现，如果在交管局有"硬关系"，不但号牌唾手可得，甚至拿到作为特殊身份象征的京 A 车牌，也并非难事。

据媒体披露，由于京 A 车牌以往多为党政机关普遍使用，是有一定"特权"的标志，个人或社会私营单位的车如果挂上京 A 车牌，不但面上有光，更显得自己很有"门路"，背景深厚，有可能带来种种额外收益，所以许多人趋之若鹜。由于京 A 车牌没有纳入摇号池中，正常渠道很难得到，而决定京 A 车牌发放的，实际上只有市交管局长的一张嘴、一支笔。因此，在宋建国担任市交管局长以后，不但他自己可以任意大笔一挥，让他的政商界"朋友"挂上京 A 车牌，就连他的秘书甚至替班司机，都能通过审批"A牌"生意赚钱，全不费吹灰之力。

颇耐人寻味的是，市交管局的领导班子并非宋建国一人，班子成员本有相互监督之责。但披露的案情表明，有关车牌审批事项，有些宋建国不必亲自操办，口头交代给主管副局长就可以一路绿灯，而宋建国只管坐收钱财。交管局办公室秘书科科长王某，虽然只是科级干部，只因是宋建国的秘书，所以他拿的车牌批文，主管副局长也得乖乖签字。他不但可以办出京A车牌，还可以办出尾号相连的京A车牌！

从这一案件可以看出，即便在北京这样的"首善之区"，在有关稀缺资源的管理制度设计上，对权力尤其是"一把手"的权力，基本上是没有"笼子"概念的。对许多人求之而不得的汽车牌照，包括许多人不惜花重金购买的京A牌照的重启审批，居然让交管局在内部操作，且不必班子讨论，"一把手"签字就可决定。这等于把不出事的赌注，完全押在了"一把手"的自律上，想不出事也难。

必须承认，按目前的体制和机制设计，一些地方、部门或单位的"一把手"权力过于集中乃至失控，是无法避免的事实，讨论多年，一时半会儿解决不了。而对"一把手"的权力如何规范，也是我们始终未能破解的反腐难题。多少个贪腐案例都反复说明，靠单位内部特别是班子力量制约"一把手"，只是"理想很丰满"的一厢情愿。有些与"一把手"相关的事项，特别是事关社会公共利益的事项，必须借助外部监督，尤其是公开之后的社会监督。

首先是部门的权力要尽可能界限分明、全部公开。比如车牌的获得及报废车牌的重启使用，本应该全部纳入池中公开摇号，才能真正体现汽车限购政策的公平公正，也更有利于清除权力插手的"灰色地带"。其次是"一把手"的权力清单和运行方式应公开透明。比如，如果确有特殊需要由交管局长审批个别车牌号，也不妨向社会公开，只要合法合理合情，人们自会理解；如果遇到质疑，也未必不是好事，可以通过上级权力机关的审视和公众讨论，倒逼"一把手"的权力运行更加合法、规范，减少权力寻租的土壤，更好地保护干部。

"京A车牌腐败案"很典型，至少对各级政府部门是一种强烈警示。有必要举一反三，理一理本部门或下级部门、单位有哪些"一把手"审批项目运行不规范、缺乏有力监督、容易滋生腐败。更重要的是建立规范"一把手"权力的制度,尽可能将"一把手"权力清单及其运行方式向社会公开,让更多人参与到对"一把手"的权力监督中来。只要把"一把手"管住了、管好了,"一把手"在部门、单位内部的权力适当集中反而是一件好事,使之有动力也有能力建立内部规范、完善相关制度,既提高政府工作效率,也能有效防止权力腐败。

（2015 年 5 月 24 日）

如何看待"千人相送""好书记"变身贪官

当年离职时有"千人相送",落马后仍有部分群众认为他是"能吏""好市长",但事实上他已变身贪官。这样的反差让人迷惑,也发人深思。

5月26日,媒体报道了吉林省人大常委会农业与农村委员会原主任委员蓝军被"双开"的消息。蓝军曾担任吉林松原市长、市委书记,在松原工作长达8年。2011年5月他从松原离任时,据说曾出现"千人相送"场面。去年年底传出他被组织调查消息后,许多人质疑"千人相送"是否有人"导演"。不过从他落马后当地部分普通人反应看,蓝军的"政声"似乎并非不堪,相反还以他为干事干部的看法居多。有人说:"犯错误是犯错误了,但不能否认他为松原做出的贡献";更有人赋诗赞他"施政凭铁腕,爱民显柔肠"云云。

不管"千人相送"是否有一定民意基础,有关部门调查出的贪污受贿、卖官鬻爵问题,无法否认蓝军已变身贪官的事实。重要的是如何看待"千人相送""好书记"变身贪官这件事。更重要的是联想到一段时期以来,有些人抱有"反腐阻碍经济发展"的不当看法,甚至个别人有"打掉的都是能吏、剩下的都是不干事的"等种种议论,很有必要辨明个中是非,澄清错误认识。

首先应正确看待经济发展与反腐败的关系,认识到今天反腐败不同以往的重要意义。毋庸讳言,尽管党一直重视反腐倡廉建设,但在改革开放初期,由于制度法律不规范不健全,加上强调发展、追求业绩大背景,有人对贪污腐化现象容忍度有所放宽。不少地方片面强调招商引资等经济指标是考核工作第一标准、衡量干部第一平台，造成经济发展同时，贪腐现象也与日俱增的局面，使人产生经济发展与腐败现象有"共生""正相关"关系的错觉。个别像蓝军这样的领导干部虽然不很干净，但因抓经济发展、社会管理很有一套，仍然可以风云一时，助长了个别人对反腐工作的错误认识。然而时至今日，干部腐败现象早已成为社会关注焦点，如果不重拳出击反腐败，势将危及政权巩固，影响社会安定，进而阻碍经济社会发展进程，最终形成恶性循环，后果不堪设想。

其次应认清个别干部边干事边腐败的长期危害。按目前党政领导干部选拔任用标准，像蓝军这样教员出身、干过多个岗位、上升到一定级别的党员领导干部，肯定有一定能力和水平，也往往做出了不俗业绩。然而许多反腐案例表明，个别"强势人物"的这种业绩，常常伴随着滥用公权、以权代法直至以权谋私、违法乱纪，干扰正常经济活动，扰乱正常市场秩序，造成不正当竞争和社会不公等，虽然有一时成效，但毒化了党风政风社会风气，危害极其长远。靠这样的干部来干事，无异于饮鸩止渴，与全面推进依法治国的总目标背道而驰。

当然，对蓝军这样由"好书记"变身为贪官的干部曾经做过的工作，仍应一分为二。对他们以往不涉违纪违法所经手的规划、推动的项目、开展的工作，乃至一些合法合规、行之有效、群众认可的工作方式和办事方法，都不应一棍子打死、全盘否定，这样有利于工作的连续性，也避免引起群众一些不必要的反感。

从长远来看，最好的制度设计是既让干部想干事、干成事又不出事。有些国家对官员监督制度的设计前提是认为人都是自私的，"没有制约的权力，必然会走向腐败"，所以特别在防范权力滥用上下功夫。我们可能在一定程度上受文化传统影响，制度设计的出发点实际上是偏向于对干部信任，同时强调教育与自我修养，甚至个别人有"用人不疑，疑人不用"观念。其实这都很不靠谱。必须老实承认党员干部也是人，是人就有人的弱点，不管他以往表现如何，在一定条件下，都有蜕变腐化的可能。最好的保证权力不被滥用、好官员不会变身贪官的办法，是按对人性的最低期望值去设计，以最坏的打算谋求最佳效果，尽可能让权力在阳光下运行，切实把权力关在制度的笼子里。

（2015 年 5 月 26 日）

从官场"桃花劫"说官员违纪公开

重庆"雷政富案",一度曾成为新闻热点。事件之后的 2014 年 2 月,湖南衡阳市纪委公开通报,该市有 6 名干部,被色诱录像并遭到敲诈,受到撤职处分。5 月 28 日,媒体曝光了更为劲爆的内情:湖南省步雷政富后尘,掉进桃色陷阱的,远不止衡阳这 6 人,至少涉及包括衡阳在内 4 个地级市的 14 名干部,甚至可能有多达数十人涉案,媒体称之为湖南官场的"桃花劫"。不过,因湖南省权威部门没有公开相关信息,至今案情仍然成谜。

湖南官场的"桃花劫",让人大跌眼镜。据报道,这些被色诱的官员,多是一些局办的"一把手"。敲诈团伙先由年轻女性打电话,冒称熟人套近乎,相约见面后,很快就开房上床,偷拍下不雅视频,再由团伙中的男性成员进行敲诈。按说这些在地方有一定级别的领导干部,一方面受党教育多年,应有品德修养;另一方面主政一方,也算阅人无数,在美色面前,竟如此不堪一击、上当受骗,简直匪夷所思。

但更匪夷所思的是当地党委政府处理这一事件的方式。2011 年,有一名被敲诈官员无奈向警方报案,警方抓获了犯罪团伙部分成员,掌握了多个当地官员的不雅视频,却没有深挖,仅把报警案件移送审判,且判的都是缓刑,致使该团伙继续作案,又有多名官员上钩。由于对那名违纪官员没有处理和公开通报,第二年他还得到了提拔!直到 2014 年,在"衡阳贿选案"舆论风暴中,该案得到重新调查,衡阳市才公开通报了 6 名涉案干部的处理结果。但其他 3 个地级市却仍延续以往做法:内部处理,秘而不宣。

甚至在媒体追问情况下，郴州市纪委对涉案官员的具体职务和处分结果都拒绝公开。时至今日，有关信息只能在社会上以"小道消息"方式被多方猜测、广为流传。

个别党员干部在美色面前经不起诱惑，的确给党和政府抹了黑。但对违纪官员的"为官者讳"，处理不及时、信息不公开，则是对党和政府声誉的更大伤害，对群众期望的更大损伤。掉进桃色陷阱，毕竟是少数干部的个人违纪；对官员违纪视而不见，处理之后又拒绝公开，则是地方党委政府的组织行为。出现这种行为的原因，除了在某些地方可能存在"小圈子""官官相护"，也可能一些地方党委政府主要领导认为，不公开有利于止损。但恰恰这一做法，纵容了违纪、保护了犯罪，还害了干部、失了民心。试想，如果当初接到举报就细查深挖，包括查清那些遭敲诈也不报案的官员款从何来，严肃处理，并将处理结果公之于众，既可及时清理干部队伍中的少数"害群之马"，防止个别人"带病提拔"，也可及时提醒更多干部，避免落入桃色陷阱，也避免广大干部群众对党纪国法严肃性的信心产生动摇。

出了问题就"捂着盖着"，除了传统思维影响，还有制度原因。对干部出现违纪违法行为，了解情况后，尤其是处理之后，是否公开，何时公开，在多大范围内公开，应否实名通报，都没有硬性规定，这就给一些地方党委政府的"遮遮掩掩"留下了很大的操作空间，出了问题也无法追责。

对干部违纪违法行为应及时公开，是保证广大党员和群众知情权、监督权的需要，也是党和政府反腐决心的有力宣示。十八大以来，对以往一些人心目中不算大事的公款吃喝、公车私用等"四风"问题，从中央纪委监察部到许多地方的纪检监察部门，不但坚决查处，更实名通报，对腐败行为起到了震慑作用，也赢得了民众拥护。相比之下，类似于个别干部被美色诱惑，出乖露丑，不但为党纪所不容，有的甚至涉及违法犯罪，影响更为恶劣，就更没有"不便公开"的理由。因此，应探索建立和完善对党员干部违纪违法行为进行及时处理和公开的制度，将公开干部违纪违法行为及其处理结果，纳入党务公开、政务公开内容，明确地方党委和政府责任，如有违反将进行追究，减少直至杜绝类似于湖南官场"桃花劫"这样的个别党员干部违纪违法所带来的"次生灾害"。

（2015 年 5 月 28 日）

遴选"优秀县委书记"应不拘一格

　　5月31日，某媒体微信公号发来一则新闻：时隔20年，中组部再次遴选全国优秀县委书记。报道说，根据有关通知，中组部拟在七一前夕，在全国范围内表彰一批优秀县委书记。目前，全国各省（市、区）已开始对遴选出的优秀县委书记人选，陆续发布公示通告。

　　到网上查找相关内容，感觉有点奇怪。时隔20年一次的重要活动，在一些主要新闻门户网站，却没有放在首页。许多传统媒体也未作重点报道。查阅各省（市、区）公示通告，公布的都只是候选人简要经历，没有任何事迹。个别写上了"在组织推选、深入考察和征求有关方面意见的基础上"字样，也不见更多遴选过程信息。笔者并不怀疑遴选过程的严肃性和可靠性，只是认为如此重要的遴选和表彰活动，理应大张旗鼓报道宣传。或许有关部门为保险起见，在表彰之后会集中宣传，但事先至少对遴选活动过程，应营造一定的舆论氛围。

　　这样做，一是因为县委书记的重要性。"县"是中国几千年最稳定、最基本的行政单位。目前全国2800多个县，普遍具有全面管理职能，直接与基层民众打交道，既不像不具有全面治理功能的乡镇，也不同于离民较远的地市或省。从党的组织结构和国家政权结构来说，县一级处在承上启下的关键环节。如果占全国人口近3/4的县域经济发展、民生改善、社会稳定，国家长治久安就有保证。而在县一级治理中，全面负责县内各类事务的县委及其"一把手"县委书记，正如习总书记所说，是"我们党执政兴国的'一线指挥部',县委书记就是'一线总指挥'",重要性不言而喻。二是因为遴选和表彰优秀县委书记有强烈的导向作用,何况是 20 年一次的盛事。遴选和表彰标准,自应提前向社会公布,供大家思考和评议。

以往优秀县委书记的典型,最有名的是焦裕禄和去世 30 多年精神仍感动后人的谷文昌。这两位优秀县委书记都产生在 20 世纪 60 年代初,他们所体现的与革命年代一脉相承的艰苦奋斗、公而忘私、亲民爱民等优良作风和拼搏精神,是今天县委书记们仍需传承与弘扬的宝贵财富。同时也要看到,时代的新变化、人民的新期待,对如何当好今天的县委书记提出了新要求。这种新要求总的来说,就是今年 1 月习总书记提出的"四有"标准:心中有党、心中有民、心中有责、心中有戒。这"四有"的标准很高,比如心中有责,就要根据党在各个时期不同的奋斗目标,担负起应负的职责,也就是担当。要有明知山有虎、偏向虎山行的劲头,积极寻找克服困难的具体对策,真正成为带领人民群众战风险、渡难关的主心骨。

目前县级治理焦点问题或者说难关,简单地说,一是全面深化改革,二是切实预防腐败。两者之间实际上是相辅相成的:全面深化改革才能切实预防腐败,切实预防腐败必须全面深化改革。而完成两大任务的焦点,从某种程度上说,都集中在"一把手"县委书记身上。如果县委书记凡事不出于公心,不想干事、不想担责、不想出力,一言概之就是"为官不为",全面深化改革所必需的敢闯敢试、勇于创新就无从谈起,体制机制变革这样的硬骨头就不可能啃下来,其他干部碰到问题必然"推、拖、躲",老百姓不会满意,腐败现象迟早会沉渣泛起,甚至愈演愈烈。因此今天要当好县委书记,习总书记所要求的敢闯敢试、勇于创新、敢于担当的精神尤显必要。

实际上改革开放初期,就不乏敢闯敢试、勇于创新、敢于担当的县委书记。比如,安徽凤阳县小岗村分田单干,就是在当时县委书记陈庭元推行"大包干到组"基础上进行的。分田单干并不符合省里大包干到组政策,陈庭元却没因风险大而立即扼杀,他在认真调研之后,大胆允许他们"试试看"，并写出调查报告，用事实向省委积极争取，使小岗村的变革尝试，最终结出硕果。可惜在许多报道宣传中，对身处改革一线、承上启下起关键作用的优秀县委书记，有意无意地忽略了，使我们至今缺少响当当的改革开放时代优秀县委书记的典型。希望这次优秀县委书记遴选和表彰，既有传承优良传统的优秀典型，也有体现时代特色的改革尖兵，甚至有个别有争议的"干事干部"。让全国2800多县委书记们学有榜样、追有目标、赶有动力，使"四个全面"在县一级有创造性地落地生根、开花结果。

（2015 年 6 月 1 日）

对"县长让儿吃空饷"法律不该缺位

如果有个人，把不应占有的钱物拿走了，那不是偷抢，就是贪污。达到一定数额，就要追究刑责。如果这钱物是通过虚构事实或隐瞒真相获得，那便构成诈骗，同样罪责难逃。然而现实中，有人这样做了，竟能安然无事，被人举报后，也不影响异地做官，仅仅挨了个党内警告处分。

这就是6月2日媒体一篇报道中，提到的陕西渭南市一位副县长的事例。据报道，这位副县长原在渭南西部某县任职。2011年到2013年，他利用职务之便，给还在上学的儿子在下属乡镇办理了工资关系，到被举报时为止，共领取工资45000多元。此后他被党内警告，调到渭南东部一县继续担任副县长至今。

这一事例很典型，却并非孤例。类似的违规或非法占有却不受法律惩罚的，还大有人在。究其原因，是这种行为被冠上了一个不同于偷抢贪污诈骗等的新名词："吃空饷"。

"吃空饷"，意味着人不上班，只按名头拿钱。这类"便宜事"多发生于机关事业等所谓有编制的单位。当然，同是"吃空饷"，实际情形及原因各不相同。有的是长期旷工或休病假，"在编不在岗，拿钱不干活"。但更恶劣的是伪造名头虚报多领，或瞒报去世顶名代领，或因违纪违法本该核减待遇甚至开除的违规照领，还有一类就是像副县长这样，利用职权将亲友安插进编，挂名冒领。据不完全统计，仅十八大以来全国30个省已清理的"吃空饷"人员，就多达16.2万人，涉及财政资金84亿元。众多"吃空饷"者的存在，不仅成为蚕食财政资金的"黑洞"，造成的社会负面影响更不可低估。试想，平民子弟大学或研究生毕业，想进机关事业单位难于登天，却有人利用职权就能挂名领钱，让老百姓情何以堪！

近年来，从中央到地方，陆续出台规定清理"吃空饷"，但为什么一些地方"吃空饷"现象却屡禁不止？除了监管失范、问责不力，还有一个重要原因，就是处罚过轻。目前对"吃空饷"的处理，一般就是停止支付，追缴所得，核减编制及清退"吃空饷"人员。尽管中央出台新规，要求将涉事单位相关负责人免职，但比较罕见。而对这位副县长这样利用职权让亲友在机关事业单位"吃空饷"的领导干部，多数按违纪处分了事。

这种处理方式，根本起不到震慑作用，只会让社会民众感到不解和愤怒。要清除引发民怨的"吃空饷"现象，除了进一步推动机关事业单位编制和经费公开，引入社会监督机制，加大公共预算和支出审计力度，还应根据全面推进依法治国总目标要求，完善刑法有关规定，用法律武器根治"吃空饷"这一怪象。

认真分析起来，上述"吃空饷"几类情形中，长期旷工或病假造成"在编不在岗，拿钱不干活"，有的或可归咎于制度及管理漏洞，如果涉及数额不大，停止支付、追缴所得、减编清退、处理涉事单位相关责任人，或已足够。但如果涉及数额较大，相关国家机关工作人员就涉嫌玩忽职守，符合刑法所说"致使公共财产、国家和人民利益遭受重大损失"情形，严重的就应被追究刑责，不能只按违规违纪处理。

特别是后几种情形，有的是有意隐瞒真相，代领照领；有的更是虚构事实，多领冒领。按刑法第三百八十二条："国家工作人员利用职务上的便利，侵吞、窃取、骗取或者以其他手段非法占有公共财物的，是贪污罪""与前两款所列人员勾结，伙同贪污的，以共犯论处"，满5000元就可入刑；而按刑法第二百六十六条"诈骗公私财物，数额较大"及最高法的解释，满2000元就能判罪。因此，虚构事实或隐瞒真相"吃空饷"，如果数额较大，就应依法以贪污或诈骗罪论处，而不应以党内处分规避法律惩罚。

至于能不经考录就把亲友纳入编制，甚至像这位副县长一样，把还在上学的儿子，安插进机关事业单位，背后难免有权力勾结、行贿受贿等不法情形。对这些腐败现象，最规范有效的办法，同样是纳入法律轨道。法律可管的归法律，法律管不了的再按"严于国法"的党纪处理。不能因为冠上了"吃空饷"字眼，就和法律脱节。

（2015 年 6 月 2 日）

"博导母女合体发论文"，教育部门该做啥？

高考临近，一直伴随着是否公平质疑和腐败传闻的大学自主招生，因一起"博导母女合体发论文"事件，再次卷入舆论旋涡。

据6月4日媒体报道，湖北高三有位考生，凭发表论文等成绩，通过了今年武汉大学、中南财经政法大学自主招生资格初审。近日有人发现，她所发表的名为《安德烈·高兹的非物质理论》、内容颇为艰深的论文，第二作者竟然是她的母亲、中南财经政法大学一位博导。这位博导在武汉大学从本科读到博士，近年来一直从事有关安德烈·高兹的研究。且这篇论文，更标明是教育部哲学社会科学研究后期资助项目，项目负责人就是这位博导。

按教育部去年年底公布的完善和规范自主招生试点工作意见，自主招生的目标，主要是"选拔具有学科特长和创新潜质的优秀学生"。一位高三学生，在繁重的学业之余，能够进行艰深学术研究，并完成教育部资助项目论文，当然算是有学科特长。然而两位作者之间的特殊身份，及其与上述两所高校的复杂关系，不可避免会引起质疑。同时凭论文就能取得自主招生资格，也引发标准是否科学周密的疑问。

自主招生是对统一高考制度的变革尝试，初衷是选"偏才""怪才"、创新型人才，赋予高校更多自主权。但在目前体制机制和内部管理模式下，高校认真选才动力不足，后续考核往往走形式。加上透明性差、监督机制弱，很易被腐败者寻租利用。虽然是少数个案，但"一口脏食伤全身，一粒鼠屎污整锅"，它对人们笃信的高考公平信念，冲击力不可低估。此外，一些高校自主招生中要求的论文、大赛奖项等"硬指标"，对交通不便、教育和经济不发达尤其是广大农村地区考生，极不公平。某些学校的自主招生，几乎成了城里学生尤其是大城市学生的"专利"。虽然自主招生比例并不大，但对高考公平影响可不小。

对此，教育部新出台的意见，也在致力于积极改进。但从实际效果看，单从自主招生环节入手改革完善，似乎仍不能杜绝自主招生可能产生的种种矛盾和弊端。即以"博导母女合体发论文"为例，高校要审核谁有资格参加自主招生，就不能不定下大赛奖项和论文等硬性指标。而论文写作是否掺假，只要真正作者不提异议，一般很难查实。同时中学或中学校长推荐，也并非没有运作余地。如果教育部门要插手具体制定新规，一个环节一个环节堵塞漏洞，效果自然会有一些，但可能又会陷入"一管就死"的困境。

这些问题和困境都说明，要对目前人们仍认为公平公正是其最大价值的高考进行改革，必须有顶层设计和系统的制度变革。否则，遴选"偏才""怪才"、创新型人才目的没有达到，反而鼓励了有财力的家长揠苗助长拿大奖，个别有门路的家长伪造成果发论文，一些有关系的家长送礼行贿争推荐，滋生种种"畸形""怪象"，损害公正公平的选才环境，得不偿失。

实际上，对某些人诟病的所谓高考指挥棒下，学校追求分数和升学率、学生学习压力大、单一考试方式不利于创新型人才选拔、学校教育不重视心智培养等，应当进行客观全面分析，进而确定政府教育部门自身职能定位。谁也不能否认，恢复高考30多年来，统一考试、凭分录取的高考制度，相对公正公平公开，多种科目、文理结合的考试内容，比较准确地将绝大多数人才选拔出来，成为国家改革开放各项事业发展的骨干力量，也有效地确保了社会阶层的合理流动。

如果说要深化改革，主要应改革不同阶段教学目标与内容，避免单一和雷同。比如幼儿园阶段，主要培养对他人、家庭、社会规则等的体验和认知，由"自然人"转变为"社会人"；初中主要培养学习能力与兴趣；高中让学生尽可能多地了解世界上的学科门类，为结合自身才智和爱好做选择准备；大学则可以相对确定学习与研究目标，进行深造。而心智养成与爱好特长等的培养，本应贯穿于整个学习和成长过程，且必须引入家庭与社会因素。这些才是政府职能部门重点要研究和改革的内容。只要教育目标明确，内容安排合理，学生有点学习压力，未必不是好事。统一高考的指挥棒，也能带来人才辈出、才智涌流的生动乐章。

（2015 年 6 月 5 日）

"贪二代"因何会"子承父业"

6 月 10 日，有媒体以"官二代"字样入题，报道了刚刚落马的河南省政府副秘书长景照辉的"那些事儿"。景照辉 21 岁大学毕业，23 岁任乡党委书记，27 岁任副县长，一路"官运亨通"，一直做到正厅级的省政府副秘书长。

由于报道中提到，景照辉很年轻就担任副县长，又是个"官二代"，易让人联想到他的"官运亨通"与父辈的提携有关。这种猜想不无道理，因为在他提任河南信阳县副县长时，他的父亲正是信阳地区（今信阳市）行署专员，后来是地区人大工委主任。景照辉在信阳的地盘相继升任县长、县委书记，很难摆脱与其父的干系。

但景照辉与一般的"官二代"又有不同。2000 年，他担任人大主任的父亲，因利用职权强行向所辖县区推销白酒牟利，10 个县区无一例外，有些贫困县被迫挪用专项资金买酒，造成极为恶劣的社会影响，被人举报，受到中央纪委和省纪委联合调查组查处。尽管景照辉的父亲千方百计阻挠调查，甚至威胁知情者，但调查组仍查明销酒事件属实，还查明由景父主导，私分财政拨款近 15 万元。景父最后被撤销人大主任职务，开除党籍。当时一些媒体相继以《不光彩的句号》《荒唐人大主任》等为题，报道了这起贪腐大案。如今景照辉同样因贪腐落马，准确地说他不仅是"官二代"，更可以说是"贪二代"。

按理说父亲出事被查处，作为子女，尤其是从政为官的子女，应有切肤之痛，是最好的警示教育，远远胜过一般的组织干部到监狱听贪官现身说法。然而景照辉似乎并没受到影响，不仅仕途仍走得很顺，更令人不解的，是在他步上与其父职级相近的岗位时，竟然重蹈覆辙，再次跌入"涉嫌严重违纪"的贪腐深渊。

为什么会出现这种父子贪腐"前仆后继"的现象？

首先还是以往对领导干部违纪违法及贪腐行为处罚过轻。景父2000年私分财政拨款近15万元，数额不小，按1997年所修订刑法的规定，本应定为"私分国有资产罪"，判刑入狱，开除公职与党籍，出狱后只能是一介平民。况且他利用职权，强行向全地区推销白酒，社会影响极为恶劣。但大张旗鼓调查之后，处理结果却仅仅是免去职务，开除党籍，照常享受地市级正职退休待遇。当时景父年已63岁，与正常退休没啥区别。这种"雷声大、雨点小"的处理方式，对其从政当官的儿子来说，绝不会烙下"伸手必被捉"的恐惧，也不会有涉贪必受严惩的痛感。当然对当地其他领导干部，也起不到应有的警示作用。

其次是从官场到社会，廉政文化氛围薄弱。官员贪腐，侵占的是公众利益，破坏的是社会公平，本应像窃贼一样人人痛恨，成为"过街老鼠"，一旦被查处，就身败名裂，为人所不齿。然而有些人包括一些领导干部，是非颠倒，美丑不分，出现了"贪官不臭"的异常现象，至少在个别地方的官场上如此。有的贪腐官员被查处，不仅本人叫屈，同情者也大有人在。个别人不认为贪腐者有亏于官德人品，反而认为只是运气不好，撞到了枪口。有的贪官落马后，由于以往权力形成的人脉，甚或是权钱交易积攒下的"人情债"，不但待遇没降，反而活得更加逍遥。从有关资料看，景父就是由一个被查处的贪官，变身为当地"充分发挥余热"的老干部，对他的查处，也变成"因遭人陷害被罢免公职，不久后平反"。不难想象，在这种氛围下，对他为官从政的儿子和当地干部，很难有促进反腐效应，只能是负面示范。

干部队伍中个别人蜕化变质，不足为奇，也并不可怕，但贪腐居然"子承父业""接力传递",这就不能不深刻反思。要斩断这种贪腐遗传乃至扩散基因,一是要依法加大对贪腐官员处罚力度,给其亲友乃至同事,留下深刻教训,以儆效尤。二是要努力营造以廉洁为荣、以贪腐为耻的社会文化氛围,讲清贪腐危害,让更多人辨明是非美丑,让贪腐者自感羞愧,在社会上为人所不屑,其为官从政的子女能如履薄冰,戒谨恐惧,不致重蹈覆辙。

（2015 年 6 月 10 日）

对农民工送"不作为"锦旗不该如此"作为"

党政部门为民做了好事，百姓送上锦旗鼓励，有关部门一般会欣然笑纳。但如果因故被送了"不作为"锦旗又怎么办？心态不同，结局也不一样。河南平顶山市公安局的答案是抓起来，行政拘留。

6月15日媒体报道：一些农民工与平顶山一家建筑项目承包商产生劳资纠纷，对方拒付工资，并将3人打伤，而公安部门对此迟迟不予立案，还拖延出具伤情鉴定书。在长达一个月向当地多个政府部门求助无果后，今年5月，他们再次手持工资核算单等证明材料上访，并给市人力资源和社会保障局与市公安局各送了一面"不作为"锦旗。不想，市公安局不但没人收下他们的锦旗，了解情况，处理问题，反将其中4人行政拘留10天、15天。

据说处以行政拘留的理由，是这些农民工到湛河区政府门口"闹访"并放鞭炮，后来到市公安局门口，"依然敲打铁盆，拿喇叭叫喊……严重影响平顶山市信访办工作秩序"。不过从相关报道看，这里的所谓"闹访"，显然也包括农民工在门口集体下跪等无奈之举。且被拘农民工认为，他们只是正当上访，并没有影响任何部门的正常工作秩序，被处罚后却没有拿到行政处罚决定书，因此准备起诉警方。

根据治安管理处罚法有关规定，平顶山市公安局或许有行政拘留上访农民工的权力。但因自身不作为在先，导致农民工上访，最终一抓了之，却有反应过度，甚至滥用公权力之嫌。如果真如农民工所反映的那样，人被打伤，公安部门却迟迟不予立案，又不出具伤情鉴定书，那农民工送"不作为"锦旗,也算是"实至名归",公安部门理应对自身的失职做深刻检讨,以实际行动,维护农民工的正常权益。即使按照相关法律或规定,有不立案的理由,面对民众诉求,也应有人出面认真加以说明,消除误解,化解矛盾,这也是政府部门应有的"作为"。而在相关部门人员的辩解中,自始至终没有提到是否有部门负责人出面,可以说是"不作为"到底。而最终对农民工以法律规定的最高限加重处罚,却又"作为"得过分。

在劳资纠纷中,农民工往往是弱势的一方。国家已三令五申,要求切实维护农民工的合法权益,这也是当地政府部门应尽的职责。如果纠纷原因复杂,政府部门也有想方设法引导农民工通过正常途径解决纠纷的义务。即使问题无法解决,至少也要给个说法。但从平顶山市这一事件来看,政府有关部门对关乎农民工切身利益的事,一拖再拖"不作为",而工作秩序受了点影响,却雷厉风行,抓人处罚。这作为与不作为,暴露出的是政府部门对民众疾苦的冷漠和公权力的蛮横霸道。

实际上,以往其他地方也有民众给政府部门送"不作为"锦旗的先例。有的地方虚心听取民众意见,处理得当,赢得了民心。比如陕西某市公安局也曾收到过一面"不作为"锦旗,一名驾驶员因与大巴司机发生冲突被打伤,后者只赔了医疗费但没有受到警方处理,所以一怒之下上访讨说法。该公安局为此专门成立专案组,进行彻查处理,并将处理结果反馈给当事人,当事人对警方的积极处理态度表示理解和满意。还有的地方虽然未能马上解决问题,但也有人出面收下锦旗,说明情况,吁请上访群众耐心等待回复。

我们常说,党政机关作风是否好转,工作是否到位,"要以人民满意为标准"。群众送来"不作为"锦旗表达不满,起码应体现出虚心接受民众批评的态度。

(2015 年 6 月 16 日)

别让腐败者的"有情有义"乱了价值观

市委书记为情妇挡罪,情妇又为前夫开脱;为求轻判,打亲情牌,女方曝出生有 6 个孩子,直言他们的爸爸"都被抓了"……广东揭阳的一起贪腐案不仅数额巨大,陆续披露的案情,更让人瞬间有价值观凌乱之感。

6 月 17 日媒体报道:广东揭阳市原市委书记陈弘平的情妇许某涉嫌行贿罪,日前在法院受审。做服装生意出身的许某与她的前夫吴某育有 4 个孩子,在 2005 年离婚,但仍住在一起。此后她与陈弘平发展为情人关系,又生了两个孩子。在陈弘平支持下,为包揽工程,许某专门创办了一家工程公司,由前夫任法定代表人,她实际控制,承包揭阳省道、国道大修或改造等重大工程牟利。陈弘平把受贿得来的 1 亿多元的大部分,也"借给"许某使用。而许某为答谢其他政府官员招标时帮忙暗箱操作及施工时放松质量检查等提供的"方便",多次行贿,数目最大的一次是与前夫一起,开车用纸箱装了 200 万元送给市公路局局长。

案发后,"腐败合伙人"都表现得"有情有义"。早在 2015 年 4 月陈弘平受审时,明知许某已涉嫌行贿,他仍在法庭上至少三次为许某求情,把责任揽到自己身上,在调查阶段更是明确请求办案人员不要追究许某,"让她早日回家"。这次庭审,许某则极力为前夫开脱,至少 5 次求情,把身为公司法定代表人的前夫说成"只是我公司的一名员工,所有行贿的目的他都不知情,即使他参与送出去的钱财都是在我的安排、指示下做的,我觉得不应该追究他的责任，与他无关"。

这就很让人奇怪了。孩子生了一堆、离婚还住在一起，并放心地把公司挂在前夫名下，说明并非感情破裂，只是为博官员宠爱或避嫌的权宜之举。而堂堂市委书记明知对方仍是一家子，还敢大胆插足，一起连生了两个孩子，还全力支持人家的"夫妻店"。这情夫与前夫，心胸可真够"宽广"！更奇的是当事人都不以为耻。一个在法庭上公开、多次为情妇求情，一个已然与情夫生了两个孩子，回过头来又一再为前夫辩护，且大大方方在法庭上道出"我有六个孩子""他们的爸爸都被抓了"！这就难怪案情公开后，引来舆论一片哗然。

行贿受贿等贪腐行为给党和政府形象、市场经济秩序等造成的严重危害，不必赘言。揭阳这起情节离奇的贪腐案，提醒人们还要重视类似贪腐案件给社会造成的"二次伤害"，包括价值观方面的负面冲击。

作为市委书记的陈弘平，此前早因"不信马列信鬼神"的众多荒唐之举，严重损害了党员领导干部的形象。而他在法庭上的表现，表面看去"有情有义"，很男子汉，却暴露出曾是相当级别的领导干部，居然既不知法，更不知耻。许某则不但为傍高官不择手段，没有任何道德感，她与前夫和情夫，各自生了两个以上和两个孩子，均属超生违法，却不思悔疚，反而敢理直气壮地提出来，把它作为谋求减轻处罚的充足理由，甚至自称要"出去后为揭阳经济发展做出新贡献"。

显然，贪腐案件的主要当事人，都没有认识到他们以权谋私、联手敛财和寡廉鲜耻行为给社会带来的巨大危害和严重负面效应，依法自应严惩，教育本人，以儆来者。在此情况下，报道中所说"公诉人也认同了被告人""认罪态度好"，"建议法庭从轻或减轻处罚"，就很令人不解。实际上非但不宜对触犯刑律部分从轻或减轻处罚，还应追究所有当事人违法超生责任，比如依法追缴社会抚养费和滞纳金等，以体现法律尊严和社会公平。

同时也有必要查清在相关违法案件中，当地卫计管理等部门是否有包庇作假等违法违纪行为，以彻底消除人们的疑惑。要通过每一起案件严肃细致的依法依规处理，让每个人感受到公平正义，增强人们对党和政府以及依法治国的信心，将被贪腐者扭曲的价值观纠正过来。

（2015 年 6 月 18 日 ）

"刚出狱就当选村主任"带来的警示

　　6月22日，媒体报道了河北沧州"6·20"枪击案的最新进展，同时披露了更为详细的案情：被害者龚某系刑满释放人员，2014年年底刚刚出狱，2015年年初就在沧县代起营村村委会换届选举中，获得800多张选票中的500多张，当选为村委会主任。枪击案后，据死者家属说，龚某曾因"混社会"数次入狱，在沧州有一定名气，疑遭仇家报复。

　　枪击案的具体原因，仍有待警方深入调查。但一个因"混社会"数次入狱的刑满释放人员，刚刚出狱就当选村委会主任，不可避免引起舆论热议。据悉22日上午当地相关部门也将村干部、村民代表喊到乡里，调查龚某是怎么当选村委会主任的，调查选举过程中有无恐吓、贿选等行为。而村党支部书记与村委会副主任则向媒体辩称，因龚某以前回家不多，对他以前的情况不太清楚，他"一心想把村里建设得更好，因此赢得支持，当选为村委会主任"。

　　按照村民委员会组织法规定，只要是本村村民，没有依法被剥夺政治权利，在村委会选举中，都有选举权和被选举权。然而，该法同时也规定，应"推荐奉公守法、品行良好、公道正派、热心公益、具有一定文化水平和工作能力的村民为候选人"。不论从法律精神的角度，还是从农民所期待的"村官"为人标准，刚刚出狱的"混社会"者居然当选村委会主任，绝非正常现象。因此，在迅速侦破枪击命案的同时，也要彻查命案中暴露出的这一异常现象。如果人们所担心的黑恶势力侵夺农村基层政权的事实成立，就应认真剖析这一典型案例，并研讨防止出现这一现象的措施，消除事关农村基层政权建设的重大隐患。

基层群众自治制度是我国基本政治制度。从 1998 年 11 月全国人大常委会正式通过修订后的村委会组织法算起，十几年来的实践表明，村民自治为维护农村社会稳定、促进农村经济发展和推动农村基层民主政治建设，发挥了积极作用。但是由于对村委会选举的相关立法、操作程序、监督体系等方面的不完善，近年来，贿选等不规范选举行为大量出现，影响了村民自治的正常开展。甚至由于个别地方党政部门不管不问或默许纵容，一些黑恶势力凭借自身蛮横，或家族宗族势力直至雇佣打手，通过贿选或恐吓操纵，获取村干部资格，横行乡里，村民敢怒不敢言，或因被迫抗争激化矛盾。这些人表面上是有能力管控一方、短期内有一定资源发展农村经济的"能人"，实际上却使党和政府在农村渐失民心，削弱地方政府对农村基层政权的有效控制。

从沧州这一案例就可看出一些端倪。明明龚某因"混社会"在沧州都有一定名气，且数次入狱，但作为同村人的村党支部书记和其他村干部竟然声称对他以前的情况不太清楚，看来有难言之隐。即使真的不太清楚，怎么就敢把一个不知底细的人，选为相当于一村之长的村委会主任，把负责全村土地及其他财产以及治安、教育等的大权悉数交出，简直如同儿戏。而当地上级相关部门，出事之后才想起调查龚某是怎么当选的，说明此前对选举过程基本上放任自流。

村民自治，必须尊重村民主体地位和意愿，地方党委和政府不能包办，但也不能无所作为。应通过规范选举程序，细化选举操作，比如必须设立秘密投票处、尽量减少委托代投等手段，确保村委会选举真实反映村民意愿，阻断各种可能操纵选举的通道。同时对贿选等不正当选举行为依法严肃查处，对黑恶势力更要严厉打击，营造出村民自治顺利进行的健康环境。

同时引导村民，依法让民主选举、民主决策、民主管理和民主监督这村民自治的"四个轮子"一起转。制定严格的决策程序与管理制度,认真监督执行,切不可一选了事。尤其是要按照日前召开的农村基层党建工作座谈会的要求,不断加强农村基层党组织建设,强化政治引领功能,健全村务监督机制,保证村民自治依法进行。第一保证坏人不当选,第二保证心术不正者即使偶然当选也无法做坏事。

(2015 年 6 月 23 日)

"副市长坠楼"何必让公信力如此受伤

今年 4 月发生的山东德州副市长"坠楼"事件，经过差不多整整两个月的网民围观、社会猜疑、流言纷飞之后，6 月 24 日终于有媒体披露详情。原来副市长并非失足坠楼，而是主动跳楼。原因是他发现省纪委工作人员找上门来，将他堵在市政府办公室内。同时媒体报道，山东省纪委已发布消息，称该副市长涉嫌违纪违法，决定开除其党籍和公职。

一名地级领导干部涉嫌贪腐差点跳楼自尽，自然会带来一定负面观感。不过，近几年随着反腐力度加大，有人不能正确对待组织调查，个别的甚至出现跳楼等过激"畏罪行为"，已不算太稀奇，社会影响也未必负面。倒是这一事件的信息公开方式，给党和政府公信力造成了更大伤害。

"坠楼"事件发生在 4 月 26 日上午，28 日相关消息才发布，这已说不上及时。而信息中只说副市长黄金忠从市政府 10 楼"跌入 9 楼天井平台摔伤，目前正在医院治疗，无生命危险。有关情况正在调查中"，语焉不详，立即引发社会关注。人们怀疑在反腐大背景下，副市长不是"坠楼"那么简单，当地政府断言是"跌入""摔伤"，有包庇、"背书"之嫌。因此许多人当起"福尔摩斯"，分析大楼特征、现实场景，推测各种可能性，反驳政府的定性。尽管流言不断，舆论沸腾，有人质疑到底是"坠楼"还是跳楼，是什么原因引起，定性为"坠楼"是否存在隐瞒真相等，但有关方面再无任何消息。

直到长达近一个月之后的 5 月 21 日，德州市人大常委会突然公告终止当事人市人大代表资格，却未说明原因，引来更多猜疑和"强势围观"。到6月17日德州市人大常委会再次简单公告撤销黄金忠副市长职务，仍没有说明具体原因，要求澄清究竟是坠楼还是跳楼的呼声更加强烈。直至最终黄金忠被确认涉嫌违法违纪，被开除党籍和公职，似乎坐实了当初人们的种种怀疑和猜测，让人感叹"谣言就是遥遥领先的预言"时，也没有权威部门出面，说明"坠楼"事件真相，消除人们心中的种种疑惑，回应社会的关切和质疑。

党和政府的公信力，就是在这种"挤牙膏""扔靴子""打死也不说"的信息发布过程中慢慢消耗掉的。或许有人认为，只要对案件认真查处，不过是只做不说与又做又说的区别，结果都一样。其实不然。在"人人都有麦克风"的新媒体时代，各种声音竞相传播，很容易激起社会公众对权力的怀疑和对能否获知真相的焦虑。如果当地权威部门不对公众关切正面回应，任由流言和猜测泛滥，人们很容易就会意识到知情权受到侵犯，对党和政府的诚实度产生怀疑，从而积累起普遍的不信任和对权力傲慢的怨恨情绪。即使最终公布真相，许多人仍会感觉受到某种程度的欺骗和漠视——就像德州官方最初说是"跌入""摔伤"，最终却没人出面解释纠正。长此以往，有些人对党和政府的信任度有可能发生根本性的变化。

正是针对一些地方和部门信息公开不主动不及时，对公众关切不回应不发声，使公众产生误解质疑，给政府形象和公信力造成不良影响的问题，2007年国务院推出了政府信息公开条例，于2008年施行。2013年国办还专门出台了《关于进一步加强政府信息公开回应社会关切提升政府公信力的意见》，要求"针对公众关切，主动、及时、全面、准确地发布权威政府信息"，包括"重大突发事件及其应对处置情况等方面的信息"，"以增进公众对政府工作的了解和理解"。但要求信息公开的主体仅限于政府部门，问责与监督力度较弱，自由裁量空间过大，类似"坠楼"事件中这种有损党和政府公信力的信息公开方式，仍屡见不鲜。

信息公开，是重塑党和政府公信力的前提。治本之策，在于进一步以立法推动信息公开，明确各地党和政府法定必须公开的事项、时限、方式与责任等，健全问责与监督机制，使信息公开与确保公民知情权，成为社会公众监督公共权力、维护自身利益、提升对党和政府信任度的有效手段，有效消除谣言，引导社会舆论，促进民主政治建设，不要因信息公开不主动、不及时而让党和政府公信力一再受伤。

（2015 年 6 月 25 日 ）

"12岁上班"引质疑，
又曝党政部门"回应力"短板

"请问您是神童吗？12岁就参加工作了？"七一前夕，有网友在微博上质疑陕西铜川市印台区委书记延某某的履历。根据陕西省组织部干部任职公示资料，拟提任到省某部门工作的延某某，1964年出生，1976年就参加工作，意味着他参加工作时只有12岁！该质疑很快引发广泛关注。

次日，在媒体记者追问下，省委组织部工作人员回应称：延某某12岁"就在艺术单位参加工作"，按照政策规定，这个时间就算作"参加工作时间"，并没有问题。因公示资料显示，延某某是中央党校学历，所以记者询问其参加工作前是什么学历，该工作人员则表示"无从考证""不掌握相关情况"。这一回应公开后，被纷纷转发，提出质疑的人反而更多了。

人们的确有理由质疑。一方面，有许多人特别是年轻人，不清楚在特殊年代或有些特殊岗位如文体单位，有年纪很小就参加工作的情况，自然觉得12岁就工作匪夷所思，定有猫腻，尤其在近年来干部改年龄改履历案件屡见不鲜的大背景下；另一方面，即使是知道有这种情况的人，也会感到最应提供权威详细干部履历资料的组织部门，竟然语焉不详，既没说明参加工作具体是什么文艺单位，更对该干部参加工作前的学历一无所知，难免心生疑窦，认为其中另有隐情，是不是又一起干部伪造履历案件浮出水面。

实际情况又是怎样呢？笔者经过认真搜索查找，发现7月2日下午，认证为铜川市委外宣办的官方微博"铜川外宣"，发布了一个帖子："经组织核查，延某某 1964 年 8 月出生，1976 年 6 月由米脂县城关中学文艺班招工到米脂县文工团，属于文艺特种岗位，且经县级主管部门批准，符合关于未满 16 周岁参加工作的政策规定。"微博资料显示，"铜川外宣"注册于今年 2 月，只有寥寥 56 个粉丝，该帖发出后仅获得一次转发。但不管怎样，总算有相对详细权威的信息证明，"12 岁上班"并无隐情，只是此前有关党委部门的"回应力"出了问题。

"回应力"是公共行政学领域的新概念，指在公共管理中，要"对公众的需求和所提出的问题作出积极敏感的反应和回复的过程"。当然，这种反应包括要积极采取措施来解决问题等多个方面，但最低要求，是得把话说明白。

从这一角度看，陕西省有关部门的"回应力"显然有待提高。首先，在任职干部的公示材料上，不了解"公众的需求"，对有可能引起公众质疑的部分，思想准备不足，没有提供详尽资料消除疑问，既无工作前学习经历，也没有最初的工作单位，仅仅按惯例列举历任职务，大而化之。其次，在已引发质疑的情况下，态度既不"积极"，对公众关注的焦点何在也不"敏感"，不是力求沟通到位，释惑答疑，而是自说自话，爱懂不懂，愿信不信。据报道，延某某是"省管干部"，组织部门自应掌握他的绝大部分履历资料，工作前的学习经历、最初的工作单位、何时取得的党校学历等，都不难查到。但就是这样的举手之劳，组织部门也没去做，惹得舆论沸沸扬扬，有关干部也无辜受害，党和政府的威信再次受损。这既是对民意缺乏敬畏、对舆论缺乏敏感，也是对干部不负责任，说大一点，是对党的事业不负责任。

随着互联网的普及，社会公众提出质疑与诉求的渠道更为通畅，对党政部门的"回应力"也提出了更高要求。党政部门回应质疑与诉求的态度、速度、详尽度、准确度，一句话，即回应的效果，关系到社会公众对党和政府的满意程度，也决定着党和政府在公众心目中的形象。因此，有必要围绕提升党政部门"回应力"制定相关制度。一是信息公开时心有群众。比如在公示干部任职资料时，尽量准确翔实，方便群众监督，提前消除疑点。二是提升党政干部的回应能力与素养。有话好好说，把话说到位，注重沟通效果。三是完善回应行为的规章制度乃至法律法规，对公众质疑的反应与回复有章可循，民众也有法定渠道要求有关部门进行有效回复，倒逼党政部门"回应力"的尽快提升。

（2015年7月2日）

"山西缺官"正是"凡提必查"创新之机

"系统性塌方式腐败",是人们对山西过去一段时期政治生态的形象描述。十八大以来,山西 11 个地级市中,已有 5 位市委书记、2 位市长落马,多个省直机关一把手被调查,仅省管系统干部空缺一度就接近 300 人!这无疑给主管选人用人的省委主要领导和组织部门带来很大压力。据 7 月 5 日媒体报道:省委主要领导担忧,在诸多案件没有办结的情况下,选人用人防止带病提拔更加困难,"岗位不能长期空缺,但是也不能今天提上来,明天又进去了"。

据说山西对此的解决办法,是多任用平级的原虚职干部、多提拔年轻干部和纪检监察系统干部,因他们与原先官场纠结不深,不易有贪腐"前科"。除此之外,还发明了"六全"跟踪法,即干部选用所有环节全程民主、全程差额、全程署名、全程留痕、全程监督、全程追责;每个人选不仅面对面接受纪委谈话,接受公众监督,还要经历"六查"考验,查档案、查个人有关事项报告、查业绩、查案件、查年终考核结果、查巡视反馈意见相关资料,可谓用心良苦。但即便如此慎重,仍然有刚提上来很快就进去的。

难道就没有防止"提上来就进去"的"撒手锏"?通观山西推出的防止带病提拔办法,似乎由于极为慎重,反而略感烦琐。选干部也要有成本意识,组织部门人手精力有限,如果程序过于复杂,上级领导再重视,下面也难免走过场。不如抓住重点环节,做好做实一两招管用的办法,更能解决问题。

这其中一个办法，应是集中力量，认真落实中央组织部门部署的干部选拔任用"凡提必查"制度，即对所有拟提拔领导干部家庭财产及配偶、子女从业等情况，认真查清查实。

2014年1月，中组部依据2010年中办国办印发的领导干部报告个人有关事项规定，出台《领导干部个人有关事项报告抽查核实办法（试行）》，改变以往只报不查的做法，启用随机抽查和重点抽查两把"利剑"。之后更提出从2015年1月起，实行干部选拔任用"凡提必查"，力图从存量和增量两方面，揭出一些领导干部"不良家底"，更重要的是防止干部带病提拔，逐步净化官场，优化政治生态。

但这一办法在实际运作中，仍存在查而不实和走过场现象。首先一个重要原因，是组织部门的无力或无心。在平时核实工作没做好的情况下，一旦成批次调整干部，组织部门查核力量难以保证。同时，心态也很重要。为什么纪检部门查问题，再复杂也能查实？因为对象不同。组织部门的查核对象，都是拟提拔干部，查得太认真好像是有意找碴，"凡提必查"变成了"立案调查"，只能有意无意地"放水"。其次是查核结果不向社会公开，缺了社会监督这一重要"情报源"。查核结果甚至在组织内部公开范围也极其有限，有问题也容易瞒天过海。最后是市场经济条件下，隐匿财产的办法很多，而社会管理的技术手段没有跟上，从而导致查核难。

遇到问题和困难，正是创新好契机。要改变"系统性塌方式腐败"的政治生态，提拔干部更须过"清廉关"的现实要求，正是创新思路与办法、探索如何将"凡提必查"落到实处的强大动力。探索或可从这几方面入手：一是以问责转态度。如果拟提拔对象存在问题，"凡提必查"中没发现或发现了不如实上报，应根据负面影响大小对有关查核人员考核、究责。二是查核结果适度公开。首先在组织内部扩大公开范围，直至完全向社会公示。这有利于发现问题，减少成本，提升"凡提必查"公信力，让每位被提拔的领导干部都经得起组织和社会检验。三是提升技术手段。协调有关职能部门进一步推进信息化建设，建立公民信用保障号码和金融实名等配套制度，让信息查询更快捷准确。

"凡提必查"是反腐利器，问题在于如何用好用实。据报道中央已在抓紧修订《关于领导干部报告个人有关事项的规定》，努力探索和建立完善中国特色的领导干部个人有关事项报告制度。这一良方运用到位，不仅可以防止干部带病提拔，还能形成强有力的用人清廉导向，假以时日，必能走出"系统性塌方式腐败"困境，迎来海晏河清的良好政治生态。

（2015 年 7 月 6 日）

破除"抱团腐败"不能都指望"小三""小四"

在一水疗会所按摩女中找了"小三",后又移情于同会所中的按摩女"小四",引发"小三"网络举报,深圳海关副处长黄某随后落马。没想到,这一不可思议的狗血剧情,又引爆一起几百万元的受贿大案,也引出了人们对"抱团腐败"的忧虑。

7月7日媒体报道,深圳海关三名工作人员因涉嫌受贿罪,近日被提起公诉。涉案人之一的黄某,是深圳海关稽查处分管机动稽查一科的副处长。2011年,深圳海关接到海关总署对进口大理石企业进行专项稽查任务,机动稽查一科科长甄某带领科内工作人员在稽查一家石材公司时,发现存在偷漏税问题。公司遂通过关系,找到黄某与甄某请求"关照",并表示愿意付好处费。经商议,黄某与甄某提出好处费标准为380万元。拿到钱以后,两个人与具体稽查经办人员一起,瓜分了这笔巨款,企业也得以过关。事过三年之后,黄某因"小三""小四"争风吃醋遭举报,被带走调查。甄某见势不妙,主动自首,才揭出这一合伙收受巨额贿赂的大案。

这一案件的曝光,有一定偶然性,引爆点也并非受贿案本身。原因就在于涉案人员均因"共同利益"被捆绑在一起,形成了"抱团腐败"的攻守同盟。如果不是某种外在偶发因素,使某一环节出现问题,或许就永远不会被发现。

"抱团腐败"现象并不罕见。在一些地方、部门或单位,由于某一小群体的特殊利益一致,常常会形成"抱团腐败"的土壤。有时人事变动、岗位换人，"抱团腐败"的"传统"仍会"代代相传"。甚至一些在制度设计上本是用来相互制约和监督的不同环节，也被"抱团腐败"连接成腐败的链条。比如在黄某所涉案件中，出具稽查报告需具体经办人员草拟，上报科领导审批，再报处领导审定，等于至少有三道"关卡"。但因有"利益"纽带的作用，这本应相互监督的三个环节，却连接成了腐败共同体。"抱团腐败"还可以延伸到跨部门和单位。比如有的工程监理不管质量，个别地方或部门、单位纪委从不查案，有不少就是"抱团腐败"在作祟。

发现和查处"抱团腐败"，往往有一定难度。因"抱团腐败"多数损害的是国家利益、整体利益，满足小群体、少数人的私欲，直接受害者多不具体。同时，"抱团腐败"有极强的毒化风气、腐蚀干部的能量。在"抱团腐败"盛行的地方，即使有的干部意识到部门或单位办事要钱违法，有些钱物来得不明不白，有心拒绝，也会因担心破坏"潜规则"、成为"异类"被孤立，只能选择同流合污，从而被绑在"抱团腐败"的利益链条上，一损俱损，无法自拔。

这些针插不进、水泼不进的"抱团腐败"，有时可能由于某种偶发因素，比如分赃不均，或是像黄某这样，因与"小三""小四"纠缠不清而暴露。但都指望这种偶发因素，甚至"小三""小四"这种奇葩事件来揭露，很不靠谱。

比较可行的根治办法，首先在制度设计上，对有可能发生"抱团腐败"的地方、部门或单位，要有足够的防范"抱团腐败"意识。尽量避免某一领导长期主政一方、固定分管一片，某部门某科室长期单独执法。在条件允许的情况下，把不定期轮岗、交叉检查等办法，作为重要的防范措施来执行。上级部门的突击点验和抽查，也是打破"抱团腐败"的有效方法。实际上，近年来行之有效的巡视制度，其重要意义也在于此。

更重要的是切实引进社会监督。对一切权力部门的日常事务、运作方式和执法程序等，尽可能做到信息公开，接受社会公众审视。一方面可以扩大监督面，使监督经常化、常态化，避免突出点验抽查与巡视在覆盖面上存在的不足；另一方面也有利于让社会公众及时发现制度设计、工作程序上的漏洞，提高对"抱团腐败"的警惕性，破除滋生"抱团腐败"的土壤。

（2015 年 7 月 8 日）

"纪委干部网上举报市领导"因何"敏感复杂"

7月9日媒体披露了一起引人注目的案件：江苏连云港市纪委干部何某，2014年6月授意亲友在网上发帖举报市委常委、常务副市长曹某与纪委副书记王某，指他们分别有不正当男女关系、违规使用公车、在高档会所公款宴请、包庇亲属、借丧事收受礼金等行为。曹、王二人报警后，该市警方经调查，于当年9月将何某与其5名亲友以涉嫌诽谤罪刑拘，后其中4人被批捕，至今已羁押长达9个月。近日媒体提出采访要求，当地检方称由于该案件"敏感复杂"，不便接受采访。负责处理这一案件的该市所属一区法院则称，将依法审理，"不会因涉及特殊的身份和特殊的人而区别对待"。

很让人吃惊的是，笔者在网上搜索时发现，这个网上举报市领导的纪委干部何某，早在2013年起，就是另一起网上匿名举报的对象。举报帖称他拥有多套住房，还包养情妇等。举报帖还指责当地纪委在接到举报信后，查证的主要目标竟然是："这封信到底是谁写的"！

这个2013年举报何某的网帖，与2014年何某举报市领导的网帖内容，性质比较接近。不知是否受网上举报影响，据报道，何某在2014年前后，从纪委办公室副主任岗位上，被调整为党风政风监督室副主任。这就带来许多疑问：网上举报何某的帖子内容是否属实？市纪委是否对此进行了认真调查？如果没有调查处理，那就是渎职；如果调查后认定为捏造事实，又为何没有追究发帖者的诽谤罪？而何某举报市领导的帖子内容是否属实，市纪委是否进行了认真调查？如果没有认真调查，那同样是渎职；如果调查后认定为捏造事实,为什么对何某的处理结果与何某被举报案的处理结果不一样?是否因为市领导身份特殊,就动用足够警力查出发帖者进行惩处,而何某被举报就没有查出发帖者。如果何某真是捏造事实蓄意诽谤,是否与上次网上举报案未得到认真处理有关?还有,在何某举报市领导一案中,如果事实已然查清,确属何某捏造事实诽谤他人,那就可以依法定罪,检方提出的案件"敏感复杂"的说法,又从何而来?

近年来,网上发帖举报,的确促进了许多贪腐行为的被揭露。但也存在个别人捏造事实、恶意曝光炒作式举报造成侵权,严重的还触犯刑律。因此,必须用法律规范网上发帖举报者,让他们为自己的言论负责,造成侵权的,就要依法追究法律责任。对捏造事实诽谤他人、触犯刑律的,司法机关应依法惩处。

不过,依法追究与惩处的前提和关键,是必须查清所举报的内容是否属实。尤其是有关党政领导干部违规违纪乃至违法犯罪的举报,必须首先查清事实真相。如果举报内容属实,自然与诽谤无关;如果举报内容失实,再根据主观是否故意、情节是否严重,依法处理。

何某举报市领导案,之所以变得"敏感复杂",可能就在于所举报内容并没有得到认真查证。由于被举报人的特殊身份,前期办案主要精力,都用于查证"这封信到底是谁写的"。待到要起诉审判才发现,如果说不清举报内容是否属实,就无法指证何某等人是"捏造事实",也就无法定罪,故此才会超期羁押长达 9 个月之久,还无法结案,还依旧"敏感复杂"。同时,由一个市属的区级司法机关,去办市领导的案子,想不"敏感复杂"都难,很难做到"不会因涉及特殊的身份和特殊的人而区别对待"。

网上举报贪腐,已经形成一种自下而上的社会监督力量,成为发现和查处腐败的重要渠道。对这一新生事物,纪检监察部门有必要就应对办法和程序,进行一定的规范。比如遇到网上举报后,根据被举报对象的职务高低,规定由哪一级纪检监察机关去处理;然后根据一定标准确定是否正式立案;

立案后首先调查举报内容的真实性；事实查清后，若举报内容属实，就应依纪依法处理被举报对象，若举报内容不属实，有必要公开调查结果，为被举报人正名；如果被举报人提告或社会影响恶劣，则查出涉嫌诽谤人员，依法进行惩处。有了规范，才不会因被举报者的身份不同而有差异，保护据实举报人，依法打击诽谤者，在鼓励人们更多以正常渠道实名向有关部门举报贪腐的同时，引导网上举报沿着健康的轨道发展。

（2015 年 7 月 10 日）

"法官犯法" "贪官节俭" 说明了啥

供职最高法 33 年的大法官，犯法了；节俭到坐公交下乡买豆制品、衣领磨边开线还在穿的民防局长，成贪官了。7 月 13 日媒体披露了诸多细节的这两起案件，有许多不同寻常之处，值得深思。

我们常常强调，对干部要进行教育。教育的重要内容，就包括法律知识的学习和艰苦朴素作风的养成。从理想化的角度推理，干部知法懂法，更有利于遵法守法；干部生活朴素，就不易堕入贪婪腐化。但在有些人那里，理想化的教育设计，往往被极为现实的私利贪欲所扭曲、消解，频频出现"教育失灵"现象。

奚晓明是最高人民法院原副院长，到 7 月 12 日中纪委公布其落马时止，已在最高法供职 33 年，拥有名校法学博士学位，不能说不懂法，然而照样成了十八大后两高"首虎"。朱冬生是江苏镇江民防局原局长，他日常生活省吃俭用，宁可坐公交颠簸两个多小时，到乡下买家人爱吃的豆制品，也要省下汽油钱；落马受审期间，家人送来日常换洗衣服，掉色严重，领子都磨得毛边开线，令办案检察官都感叹他真是"吝俭到了极致"，但最终因受贿近 200 万元，被判刑 11 年。

"法官犯法""贪官节俭"，这一"虎"一"蝇"两起案件十分典型，但并非孤例。奚晓明之前，有被判无期的最高法原副院长黄松有；类似朱冬生的例子更多，像"一日三餐稀饭馒头"的江苏盐城市人大常委会原主任祁崇岳、"一年四季穿制服不舍花钱"的原江苏吴县市渔政干部李永元、"从不吃肉棉布背心穿 30 年"的新疆吐鲁番水利局原局长曹培武等。

这些案件提醒我们，干部教育固然重要，尤其是对新入机关的年轻干部和刚刚走上领导岗位的领导干部，为使他们养成艰苦朴素作风和了解党纪国法底限，树立廉洁从政意识，培训教育必不可少。但也应清醒认识到，在反腐败这一持久战中，教育不是万能的，"还是制度靠得住些"。仅靠道德自律，没有制度约束，即使拥有懂法、节俭等优点的一般意义上的"好人"，也有变坏的可能。因此必须在权力监督与制约方面，花更多工夫，用更大气力。

法国启蒙思想家孟德斯鸠说过：一切有权力的人都容易滥用权力，这是万古不变的一条经验；有权力的人使用权力一直到遇有界限的地方才休止。转换成通俗的说法就是：只要不受限制，每个掌握权力的人，都无一例外会变坏！许多在反腐败方面做得比较有成效的国家，都是以这一假设前提与人性判断，来进行制度设计的。在权力的监督与制约方面，绝对不会把任何拥有权力者看作"圣人"，反而会把掌权者设想成天然的"坏人"，然后想方设法规范权力的使用，设定权力的界限，最终目的，是使"坏人"掌了权也无法作恶，一般人在这种制度约束下，只能选择做好人。

这种观念也应成为我们的制度设计理念。以往一些制度设计，往往是从"要相信干部"出发，有关权力监督与制约的规定、条文，许多是原则性、粗线条的，可操作性不强。因此虽有制度，却是"牛栏拦不住猫"，无奈之下，只能又回归到强调干部的道德自律上，一遍又一遍强调"法制教育""作风养成"等，最后仍避免不了懂法的犯法、节俭的也落马。

改进的思路，就是从任何人都可能滥用权力、违犯法律、以权谋私这一最坏预想出发，将权力监督与制约设计得尽可能严密、详尽、具体、全面，令掌权者无法投机和腐败。就像有的国家为控制公款吃喝制定的"牙签法案"，细致到规定官员虽可以参加必要的餐叙酒会，但不准安排正式的餐桌和椅子，只能站在那里吃喝，所有食品只能用牙签戳着吃，或用手指头拿着吃。几个细节规定，就把试图灵活变通，宴会改称"便餐"，大酒店不吃躲到单位豪华餐厅里吃喝等种种做法的路堵死了，底线清晰，便于监督。这种细节化的制度约束推广到所有权力的日常行使过程中，也就划出了防止权力滥用的明确界限，其他人很容易发现权力是否"越线""过界"，掌权者也不能不心存忌惮，不得不被迫收手，依法依规用权。

（2015 年 7 月 13 日）

终身追责促"关键少数"坚守"生态红线"

8月17日,《党政领导干部生态环境损害责任追究办法(试行)》(以下简称《办法》)全文公布。这一自十八大首次将"生态文明建设"纳入"五位一体"总体布局以来、逐渐酝酿完善成型的重要举措,甫一出台,就被誉为督促领导干部在生态环境领域正确履职用权的"一把制度利剑""一道制度屏障"。

细读《办法》全文,有许多令人印象深刻的亮点。首先,就是抓住了党政领导干部这个"关键少数"。各级党政领导干部权力大、责任重,发展经济有重要贡献,损害生态环境也与个别人失职、渎职有密切关联。特别是有些人为了政绩,片面追求GDP,在"经济利益"与"生态利益"之间权衡时,由于发展指标与政绩考核的巨大压力,个别人往往成了损害生态环境的"罪魁祸首"。因此,在生态环境保护领域,专门针对"党政领导干部"出台《办法》,管住这些"关键少数",无疑是抓住了要害。

其次,强调"党政同责",是一个制度上的重大突破。以往虽然强调生态文明建设要成为"一把手工程",但没有对党委主要领导追责的制度。出了生态环境事故,一般只追究政府成员责任,甚至只追究政府具体监管部门领导的责任。实际上不少生态环境问题,比如引进重大项目造成生态环境损害,根源是党委的错误决策,因为我国是"党委决策、政府执行"体制。党委决策造成生态环境损害却无法依规究责,很难让党委主要领导树立生态文明理念。这一次《办法》的出台,将党委领导作为追责对象,落实了权责一致原则，可以说是弥补了生态环境保护制度上的一个重大制度缺失。

又如，既"后果追责"，又"行为追责"，体现了生态环境保护"预防在先"的科学思维。以往对领导干部追责，绝大多数是因为已经造成严重环境污染和生态破坏。然而生态环境破坏容易恢复难，一旦损害发生，处理再多的人，"先污染再治理"，各种生态乃至经济和社会危害也难以挽回。因此《办法》"关口"前移：只要党政领导干部在决策和行政过程中的行为，违反了生态环境和资源方面的政策、法律法规以及城乡、土地利用、生态环境保护规划等，即使没有造成严重后果，也要受到追责。这极有利于防患于未然。

还有，把干部选拔任用"指挥棒"，直接作用于生态环境保护领域，击中了部分党政领导干部最为在意的"软肋"。如果生态环境保护指标不能与领导干部的"官帽"相连，保护生态环境势必只能"挂在嘴上、写在纸上"。《办法》将资源消耗、环境保护、生态效益等情况，纳入干部选拔任用工作，作为考核评价重要内容，并规定受到相应责任追究的党政领导干部，一两年内都无法得到任职或提拔，许多人头脑中肯定要绷紧生态环境保护这根弦。

不过，笔者认为《办法》最大亮点，是生态环境损害责任"终身追究制"。生态环境损害往往"厚积薄发"，有的短时间内效果不明显，到了一定周期，才显现出急剧恶化的严重后果。也正因如此，有的党政领导干部，才敢于为了一时政绩，搞短期效益，不顾生态环境和资源条件，什么企业都敢引、什么项目都敢上、随便什么地方都敢开发，趁生态环境恶果还未完全显现，他早已凭毁灭绿水青山为代价换来的"政绩"，升任新职、拍屁股走人了。

因此，《办法》明确提出："对违背科学发展要求、造成生态环境和资源严重破坏的，责任人无论是否已调离、提拔或者退休，都必须严格追责。"这一规定有很强的震慑作用。尽管生态环境问题比较复杂，但一项发展规划或项目的决策、执行、最终结果等，哪一个环节出了问题，谁在任时造成的问题，认真分析不难厘清责任。再奢望生态追责"谁赶上谁倒霉、谁躲过谁侥幸",或者赶上了也以新官不理旧事为借口一推了之,最后谁都不负责任,恐怕没那么容易了。

毁坏绿水青山者,"虽远必查"。假以时日,必将大大有利于广大党政领导干部彻底转变发展理念,树立生态责任意识,坚守"生态环境红线",认真履行生态环境和资源保护职责,更加致力于创造良好生产生活环境,造福子孙后代,共同建设"美丽中国"。

(2015 年 8 月 18 日)

拔出"萝卜招聘"背后的"大萝卜"

24 日有媒体报道：在湖北武汉市 2015 年度事业单位公开招聘中，市人社局涉嫌为下属市人才服务中心"萝卜招聘"：名义上向社会公开招聘的 3 个岗位（其中一个岗位招两人），实际上是为内部 4 名工作人员量身定做。

近些年来，人们对"萝卜招聘"这一名词，早已不再陌生。它是指在公务员及事业单位录用人员"逢进必考"大环境下，某些用人单位为安排有关系的候选者，巧妙地设置各种招聘条件或职位，以达到关系户成功应聘的目的。

"萝卜招聘"从表面上看，多数程序合法：向社会公开招聘信息、按规定笔试面试，最后还要煞有介事地公示招聘结果。因此即使引发怀疑，也很难抓住确凿证据。然而这一做法不论如何巧妙，仍属掩耳盗铃。在小范围内人们对此自然心知肚明，迟早会被散布出去，成为"公开的秘密"。即使是一般社会公众，只要稍加留意，也不难发现其中的端倪。比如上述武汉人社局所招聘的 3 个岗位，年龄要求为不很常见的标准：不超过 40 岁，这就很让人怀疑。当招聘结果公示时，果然拟聘人员中最大年龄者为 39 岁。不过更有细心人发现，公示中的拟聘用人员，居然全都是已在招聘单位工作的人！不论用人单位如何狡辩，要说这其中没有猫腻，那简直是把社会公众当成傻子。

令人忧虑的是，"萝卜招聘"事件已并非罕见。这种事例积少成多，不仅会让没有门路的寒门学子彻底寒心、国家的人才选拔达不到预期目的，更重要的是有损社会公平正义，使人们对公务员考录与事业单位公开招聘丧失信心，对干部队伍产生敌意，加剧"仇官"心理，进而质疑党和国家用人制度的公平性、合理性，损害党和政府的执政基础与公信力，造成严重社会后果，绝不能等闲视之。

要根治"萝卜招聘"，制度上的设计与完善必不可少。首先不能允许用人单位随意设置"奇葩"条件。如确有需要，必须充分说明理由，最好是在公开招聘信息时向社会公众充分说明设限原因。其次是减少面试的权重，甚至只设"合格"与"不合格"两个选项——评委如果打"不合格"，也要把理由说充分。因为近来年揭示出来的考录及招聘工作的弊端表明，面试环节的"暗箱操作"很难防范。遴选机关与事业单位工作人员又不是选演员，在短短十几分钟甚至几分钟时间内，考官能看出什么能力和水平？不过是给打"人情分"提供方便。

但最重要的是一旦查出有"萝卜招聘"的事实后，就要问责到底、问责到人。"萝卜招聘"虽然容易披着程序合法的"外衣"，较难查实，但只要深究，也不难探明真相。问题是以往即便查出有"萝卜招聘"事实，也往往漠视"萝卜招聘"所造成的恶劣社会影响，顶多把板子打在个别具体经办人员身上，用重新招聘等做法蒙混过关，没听说哪个部门或单位"一把手"因"萝卜招聘"而丢官，甚至被牵扯出腐败问题受到法办，因此才使许多搞"萝卜招聘"者有恃无恐，"萝卜招聘"现象日益泛滥。

要知道，无论党政机关还是事业单位，选人用人权，往往掌握在"一把手"手里。无论是谁要制造花样、搞"萝卜招聘"，没有主管人事的领导点头批准，绝不可能得到实施。而主管人事的领导，绝大多数都是"一把手"，他们才是"萝卜招聘"背后的"大萝卜"，甚至个别人就是"萝卜招聘"的指使者与主谋。他们也是许多希望托关系、走后门挤进机关和事业单位者的主要腐蚀贿赂对象。如果不对他们违纪违规搞"萝卜招聘"的行为予以深查追责，包括对其可能以权谋私及受贿行为进行彻查，"拔出萝卜带出泥"，就很难形成震慑力，很难从根本上去除"萝卜招聘"现象，也很难恢复人们对国家人才选拔工作与社会公平正义的信心。

（2015 年 8 月 25 日）

西藏工作，与你我的生活并不遥远

日前召开的中央第六次西藏工作座谈会，把人们的目光再次吸引到雪域高原这片高天厚土。

以往，许多人对于西藏，除了通过摄影家或游客拍到的令人目眩的蓝天白云、洁净壮丽的雪山碧水、风格迥异的高原习俗，留下深刻印象，余下的感觉可能就是遥远与神秘，似乎与自己的工作与生活关系不大。所以有些人对中央几次高规格召开西藏工作座谈会，全面部署西藏发展与稳定工作，还存有一丝疑惑。的确，目前在全国范围内，为某个省份专门开这种规格的会，只有西藏和新疆。而连续六次为某个省份开战略专题会，则只有西藏一地。

为什么中央对西藏工作如此重视？个中缘由，人们或许能从若干年前拉萨"3·14"事件之后的连锁反应，悟出些许端倪。发生在这座高原城市、仅涉及部分城区的事件，很快在国内、国际引发高度关注，使正在北京召开的全国两会、随后举办的奥运圣火传递等，都受到一定影响。藏独和国际反华势力趁机制造和传播种种谣言，竭力营造于我国十分不利的国际舆论环境，施加政治压力，损害我国家形象，耗费我国宝贵的国家公关战略资源。严酷事实令人警醒：原来雪域高原上发生的一切，与每位中国人都息息相关。

这一点，长年或曾经工作、生活在高原上的人们，自有更深体会。曾听一位自治区党委领导讲：西藏的事情做好了，百姓生活幸福了，社会稳定了，中央才能研究全国发展的大事。中国发展更快了，也会给西藏的老百姓带来更多好处。西藏的事情办不好，出了乱子，中央就要把不少精力放在这里，就会影响到全国的发展。这就是所谓"西藏工作关系党和国家工作大局"。通俗地说，就是事关每位国人的切身利益。

"西藏工作关系党和国家工作大局"，与西藏重要的战略地位与特殊的区情有关。这里既有西部地区共同面对的摆脱贫困、加快发展问题，也有复杂的民族宗教因素，又有严峻的大江大河源头的生态保护任务，同时还有地形复杂多样、长达4000公里的国境线问题。中央将其概括为"重要的国家安全屏障""重要的生态安全屏障"等。特别重要的是，西藏地处反分裂斗争前沿，存在着各族人民同以十四世达赖集团为代表的分裂势力之间的特殊矛盾。每当国际上有风吹草动，藏独和境外敌对势力就会相互勾结，以所谓西藏问题为突破口，制造混乱，恶化我国谋求和平发展的国际环境，千方百计向我国施压。因此西藏的事情，可谓"牵一发而动全身"，必须认识到西藏工作的长期性、复杂性，把它作为事关全局的工作来抓，"治国必治边、治边先稳藏"。

可喜的是，几十年来，我们党在经略发展西藏、为西藏人民谋福祉、维护西藏社会稳定方面，取得了显著成效，积累了丰富经验。仅从历次中央西藏工作座谈会就可以看出，许多战略部署具有里程碑意义。20世纪80年代的两次会议，开始全国性援藏，确立了中央的援助和特殊扶持政策；20世纪90年代和21世纪初的两次会议，做出并推行"分片负责、对口支援、定期轮换"的援藏工作方针；5年前的会议，将工作重点进一步拓展到西藏以外的其他藏区。这一次中央西藏工作座谈会，首次明确提出了"治藏方略"理念，那就是习总书记提出的"六个必须"，标志着中央治理西藏方略的完善与系统化。同时党中央又提出了十八大以后西藏工作的重要原则，即"依法治藏、富民兴藏、长期建藏、凝聚人心、夯实基础"，使新形势下做好西藏工作有了重要抓手和着力点。

西藏有一首很流行的歌曲唱道："藏族和汉族，是一个妈妈的女儿，我们的妈妈叫中国……"实际上，56 个民族，都是一个妈妈的女儿，在奔向全面小康、实现中华民族伟大复兴的路上，一个民族都不能少。雪域高原的发展，离不开西藏干部群众的努力，也离不开中央关心、全国支援。为了高原兄弟姐妹的安宁幸福，也为了国家的平稳发展，每个人都应对这片高天厚土倾注一分关注，并在需要的时候，为她的发展与稳定做出自己的贡献。

（2015 年 8 月 27 日）

2015 年 8 月，参加人民日报社总编室标题研讨会。

2015 年 8 月，向上级有关部门领导介绍人民日报社夜班工作情况。

2014 年 8 月，为人民日报社总编室"汉字英雄挑战赛"做评委。

2014 年 8 月，为人民日报社总编室"汉字英雄挑战赛"做评委。

2014 年 8 月，为人民日报社总编室"汉字英雄挑战赛"做评委。

2015 年 1 月，为人民日报社总编室红色诗歌朗诵比赛打分。

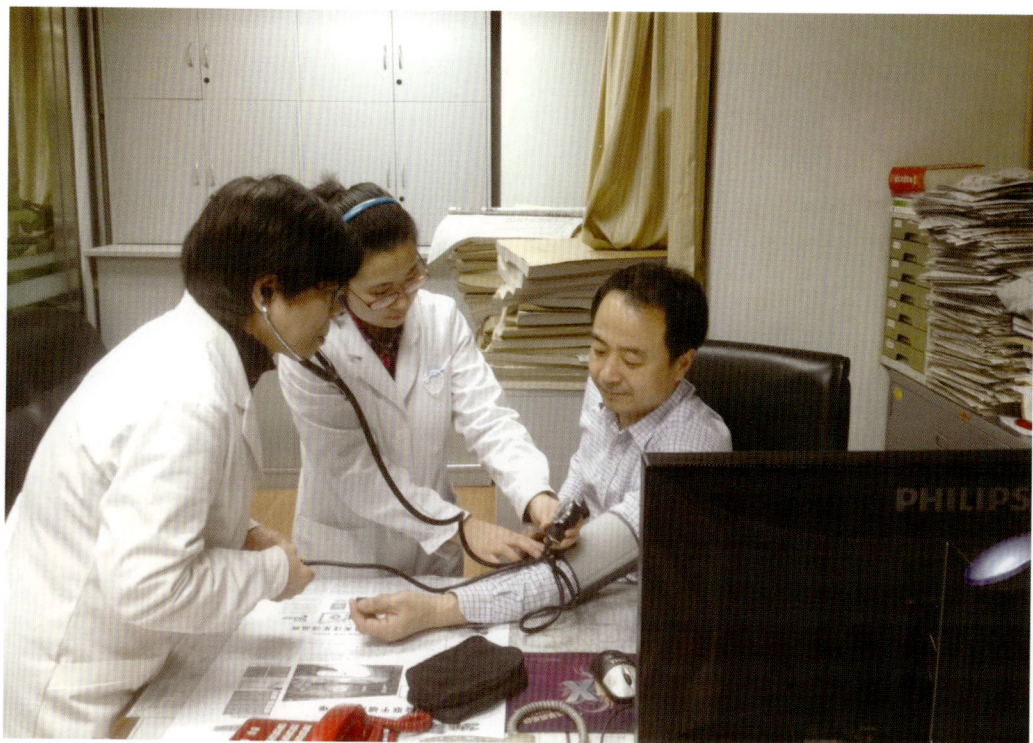

2015 年 3 月两会期间，医务人员为人民日报社总编室夜班值班人员量血压。

2015 年 5 月，与中央党校文化建设班的同学们在一起。

如何让"最悲伤作文"结局不再"悲伤"

8月31日，因网上"最悲伤作文"引发的索玛花爱心小学遭遇强拆事件，似乎正在向"最悲伤"的结局发展。继30日当地政府大动作召开新闻发布会，由教育、民政、林业等相关部门同时出面，指责办学方索玛慈善基金会是违法办学、涉嫌违法占用林地之后，据媒体报道，31日下午，当地警方已将办学方负责人拘传！

这本是一个虽令人悲伤，却不乏暖意的爱心故事。12岁的凉山彝族女孩木苦依五木父母双亡，未成年哥哥姐姐辍学打工，她一人在一所民办爱心小学就读，同时要照顾年幼的弟弟妹妹。在支教老师的语文课上，老师讲了人教版四年级下册一篇有关孤儿的课文，课文中孤儿的悲惨遭遇，让老师与孩子们都流下了眼泪。之后老师以《泪》为题，让孩子们写一篇作文。木苦依五木自己正是孤儿，她用不熟练的汉语写出的真实故事，同样令人心痛。老师做了一些修改后，贴在教室墙壁上作为范文。今年6月，这一作文被办学方负责人贴到网上，让无数网友为之落泪，称为"最悲伤作文"。

因网上支付的便利，许多网友的爱心迅速转化为实际的捐助行动。在腾讯公益与微公益平台上，受"最悲伤作文"影响，与木苦依五木有关的"给孤儿一个家"及"帮帮大凉山的孩子们"募捐项目，很快各突破40多万元，合计达到近百万元。据报道，当地官方也很快表态，让木苦依五木和弟弟继续在村里读小学，减免学杂费，同时拟让已辍学的哥哥姐姐重返校园，每月还可得到 300 元左右补助。

故事发展至此，似乎有了圆满结局。但很快就有了某种不和谐音：当地有关部门出示的调查报告，特别强调从 2014 年起，政府已把 5 个孤儿纳入了孤儿专项基金保护，每月每个孤儿会领到 678 元补助，显然是担心被指责为失职。调查报告还特别提出，"最悲伤作文"虽由木苦依五木所写，但经过了支教老师改写，让她重新抄写而成，意指作文有作假嫌疑。由此网友分成两派，一派对作文产生过程真实性产生怀疑，一派认为老师改作文让学生重抄是常事，不管怎样，写的事情都是真实的，反映的是孩子的真实情感。随着关注度的急剧升温，当地政府部门的态度似乎也越来越强硬，直至演化出强拆学校、抓捕当事人的情节。

"最悲伤作文"本不该有如此"悲伤"的结局。西部经济不发达，有不少山区群众生活困难，孩子面临家穷路远上学难等问题。如果是孤儿，生活自然会更苦。这些都是事实，谁都可以理解，并不是什么丢人的事情，也不是靠当地政府一己之力短时间内就能解决，需要逐步发展。也正因如此，从国家层面，直至社会各界，都关心西部，面向山区，开展各种形式的扶贫、助学、支教等活动，"最悲伤作文"很快引来大量社会捐助，就是一个很正能量的生动事例。或许这些办学、捐助当中，有一些不很规范的地方，政府所要做的工作，是鼓励善举、积极引导、完善规程，借助各方力量，让每个需要帮助和关爱的孩子都能得到基本满足，而不是反其道而行之，看似依法行事，实则生硬冷漠，伤了社会各界的爱心与善意。

以"最悲伤作文"的故事为例，不管作文产生的过程怎样，毕竟一家五个孤儿，有的已经辍学，有的缺乏关爱，过早担起了生活重担，政府部门应多反思能为孩子做什么，而不是对提供帮助的人吹毛求疵。不管爱心小学的兴建是否完全符合相关规定，毕竟满足了一部分孩子的上学需求，即使真有违法，也可以通过协商善后，至少如果办学方不以牟利为目的，就没有必要以刑罚相威胁——刑法有关"非法转让、倒卖土地使用权罪"，前提就是要"以牟利为目的"。如果办学方有可能以助学为名、网上募捐谋取私利,则可制定规章,规定其必须在一定的网上平台进行相关活动,并公开全部收支情况。毕竟目前已经有规范运作、第三方托管的网上公益平台,通过微博或贴吧等一笔一笔进行账目公开,也不是什么难事。如此一来,慈善基金可以做到公开透明,让爱心公益有公信力,政府也会因良好的管理而加分,"最悲伤作文"也就会拥有一个快乐结局,而不必以"悲伤"收尾。

(2015 年 9 月 1 日)

胜利日阅兵：塑造战胜国的国民心态

雄歌高唱、嘉宾云集，礼炮齐鸣、国旗飞扬，方队整齐、装备精良……中国人民抗日战争暨世界反法西斯战争胜利 70 周年阅兵，举世瞩目，更吸引了无数国人的目光。

人们在赞叹军姿威武、大国雄风的同时，也能感受到焕然一新的天安门广场上，严肃中洋溢着一种欢快喜庆的气氛。7 架飞机在天空中拉起了彩带，直升机护旗美感十足，更有首次亮相的女仪仗队员，还有纪念大会结束时腾空而起的数万只气球与和平鸽，都给现场和通过各种媒体观看盛大阅兵式的中国人，带来了一种自豪之余也倍感轻松快乐的体验。

或许有人会有疑问：这些展示军威的同时所添加的内容，与打仗有关吗？是不是有点花哨？的确，这一小部分内容有一定表演的成分，但恰恰正符合胜利纪念日的氛围。因为在国势日升、和平底定时代阅兵，既不同于苏联红场阅兵后直接开赴反法西斯战场的悲壮，也不同于新中国成立之初硝烟尚未散尽的沉重。我们作为"二战"战胜国，在胜利纪念日，就应当向世人展示出这种从容与自信，从而塑造出战胜国的国民心态。这对于曾经备受列强欺辱、如今正走在民族复兴路上的大国来说，尤为重要。

中国一百多年的近代史，大部分是屈辱史。尽管新中国成立后，中国人民站起来了，但回顾近代史，人们仍觉不堪回首。其中由恶邻带来的屡次加害，后果更为严重、影响更为深刻。有人认为，正是其发起的挑衅战争与大规模入侵，两次中断和干扰了中国的现代化进程。许多为世人所不齿的种种暴行，更给中国人民留下了沉痛的记忆。这种种令人锥心泣血的回味与记忆，在不知不觉中，也塑造了国人深深的受难者心态。

实际上，中国百年屈辱史，也是百年抗争史，其中不乏令人鼓舞的亮点。尤其是中国近代史有一个奇特现象：一方面，一百多年中国充满屈辱与失败；另一方面，在形成当今世界格局的极为重要的两次世界大战中，中国都外交选择正确，成为战胜国的一员。虽然由于积贫积弱，都没能尽情品尝战胜的滋味，有时还要吞下一些盟邦强加的不公平苦果，但战胜者毕竟是战胜者。特别是决定当今世界格局的第二次世界大战，中国以百年积弱之国，战胜了极为强悍凶残的外敌，战后更以战胜国身份，得到不少胜利果实。比如从一个备受欺辱的落后国家，一跃成为联合国常任理事国；一百多年与列强签订的 100 多个不平等条约，绝大部分在抗战胜利后废除；战败的近邻被迫吐出强占长达半世纪的中国领土。更重要的是战争促成了中国人国家和民族意识的觉醒，尤其是战后新中国成立，使近代以来在列强面前一盘散沙的中国，逐渐发展为世界上举足轻重、受人尊重的大国。

然而，由于冷战混淆了战胜国与战败国的联盟界限，中国长期遭遇封堵，经济发展滞后，加上一百多年的苦难史，悲情情结早已沉淀为民族的共同记忆，对自身文明的内在优越性，已存在很大怀疑，战胜国的意识始终未能牢固确立。有人甚至贬低祖国在抗战胜利中的巨大作用，把抗战看成"惨胜"甚至是"国耻"。对近邻少数右翼政客的挑衅行为，常处于一种充满悲情的愤懑状态，有时甚至发展为过激行为。这都不是战胜国应有的国民心态。

是否有战胜国的国民心态，对国家的现实发展有重要影响。战胜国心态首先就意味着，能够意识到本国是缔结当下国际体系的参与者，是当代国际体系的受益者，目前的国际环境于我有利，乐于更积极地开放合作。其次能够客观理性看待历史，对历经艰难困苦仍最终战胜对手充满自豪，对自身潜力的强大和前景光明有强烈自信，进而发展为对自身文明优越性的信心。同时对居心叵测的鬼魅伎俩能够从容坚定地应对，既敢于斗争又乐于合作，能以平和心态借鉴各种经验、借助各种力量发展自己。而在庆祝自己的胜利纪念日时，能既彰显大国之威，又不乏自信之美。

与世界正义力量一道战胜法西斯，是近代以来中华民族战胜外敌入侵的第一次完全胜利。在那场关乎人类未来的大决战中，中国成为胜利者的一方。庆祝胜利纪念日，不仅要重温过去，更要面向未来。要让世人感受到，中国不仅赢得了那场战争，还将赢得未来；让国人意识到，中国不仅走出了积弱的窘境，更要走出积弱的心理。

（2015 年 9 月 3 日）

政府部门早就该随"广场舞"动起来

"合力引导广场舞健康开展。"——9月6日，媒体报道了文化部、体育总局、民政部、住房城乡建设部四部门的联合通知。通知要求各地为基层群众就近方便地提供广场舞活动场地，将其纳入基层社会治理体系，并建立由政府牵头的管理机制。这标志着近几年火遍城乡甚至舞到国外，却缺乏扶助监管、一味"野蛮生长"的广场舞，终于被纳入各地政府重要议事日程，成为活跃基层群众文体生活、促进基层社会和谐稳定的重要载体。

我对广场舞的了解，源于一位朋友的真实经历。他因是独子在北京成家，年长的父母不得不从外地农村来都市生活。一开始，因言语不通、生活习惯不同，儿子一家上班的上班、上学的上学，虽然物质条件好了很多，父母亲却生活得很郁闷。后来他的父亲到附近公园散步解闷，结识了一些跳广场舞的同龄人，一来二去就跟着比画上了。因为干农活练就的好身体与节奏感，这位从未想象自己会跳舞的乡下人，居然成了广场舞"领队"，心情大好，十分着迷，甚至没时间参加儿子为让老人散心安排的"外地游"。

这可能就是中国广场舞非同寻常的"魔力"。一般国外老人的健身方法，多数是跑步、健走、远足，往往是从年轻时就养成的习惯，多数是一个人或少数几个人进行。但中国的老人健身，多数是到了一定年岁才进行。由于计划生育政策，不少人上了岁数就处于"空巢"状态，子女远在外地或无暇长时间陪伴，孤独感使他们走到了一起。健身是一方面，强烈的交往需求是另一方面。恰恰广场舞集健身、娱乐、沟通等功能于一体，简便易行，从而形成独特的广场舞文化。这可以说是极富中国特色的群众文体活动，它的兴起有其必然性。

不过许多人并不都像朋友的父亲一样幸运，住处附近就有专门的公园。他们只能在靠近居民区的广场甚至小区内、马路边汇集，从而与喜好安静的居民产生矛盾，成了被驱逐的对象。有时矛盾激化到用高音喇叭对"爆"，甚至有人向跳广场舞者放狗、丢石子等，一时由广场舞引发的社会冲突不绝于耳。当然还有因场地局限，"广场舞大妈"推车、"限行"、堵商店门口、占领便道等，既影响交通，自身也面临危险。同时因广场舞多属"无师自通"，无人指导，未必有科学道理，本为健身实则伤身的情形也不少。笔者有次回老家，就看到江边不少人在做一种奇怪的动作，当地人名为"僵尸舞"，是否有健身效果，只有天知晓。

这种种矛盾与弊端，暴露出的是政府部门监管、规范、引导的缺位。群众体育政府本应扶持，全民健身已成国家战略。但对这群众基础深厚、如火如荼进行的广场舞，多数地方政府熟视无睹、无动于衷。有的因矛盾激化，才被动地按噪声污染防治法等临时教育一番，但苦于法不责众，群众又确实缺少场地、无人定规则，所以管理效果不佳。当然也有一些地方在管理和规范上动了脑筋，比如在广场舞场地装上"中央音控系统"，由管理部门统一调控音量，限定活动时间，实行资格准入。有的地方委派志愿者专门管理音响，音响设备锁在固定的栅门内，固定音量，按时开关。还有的尝试研发定向扬声器，并派社会体育指导员进行专业指导等。但这些努力，涉及面不大，且没有得到有效推广。

广场舞深受广大群众喜爱，已成不争的事实。随着广场舞影响的扩大，参与活动的也不只是年长的所谓"大爷""大妈"，也吸引了不少年轻人甚至少年儿童。日前一名初中生极投入地跳广场舞的视频就曾火爆网络。更有媒体报道，有的地方把规范、扶持广场舞作为公共文化建设的重要组成部分，改变了民众赌博恶习，改善了社会风气，参与者不仅锻炼了身体，交了朋友，还十分热心公益。因此,随着四部门通知的下达、引导广场舞健康发展目标的明确,各地政府部门都有必要随"广场舞"动起来。一是学习先进经验,加强管理与规范引导,研究解决群众健身与音响扰民的矛盾。二是通过科学的布局和规划,尤其是将公园、广场以及机关、学校等的场地盘活,为基层群众提供活动场所,在新建社区时留有合理空间。三是为群众提供必要设施和科学指导,让广场舞真正起到丰富城乡基层群众精神文化生活、推动全民健身运动广泛开展、展示群众良好精神风貌的正能量作用。

(2015 年 9 月 7 日)

痛批"两面人"莫如筑好"八堵墙"

9月8日，媒体披露了广东省工商局原局长朱泽君以往行事作派的一些细节，称他是官场"两面人"。朱泽君原是梅州市委书记，在省工商局长任上因涉嫌严重违纪违法，被组织调查。据说他经常在干部大会上教育干部，说在官场上绝对不要去整人，因为人在做天在看。然而正是声言绝不整人的朱泽君，却授意他人设局请市纪委书记吃饭，并偷偷录下请托及拟行贿过程，他则亲自拿着相关材料到省纪委举报。

为什么朱泽君要对纪委书记来这一手呢？原因只是后者"不睬他""指挥不动"。与此相关的是，据多位当地政商界人士介绍，朱泽君到梅州任职，要树立自己的绝对权威，副市长以上参加的会，他不点名没人敢开口；甚至在食堂里，干部们都要等朱泽君来了先吃才敢动筷。行事如此霸道，但朱泽君却在权威报纸上发表署名文章，一开头就讲领导干部要"修身立德做好人"，要"虚怀若谷、善于包容""互相理解、互相尊重"。这言与行之间的巨大反差，也难免要被送以"两面人"的称号了。

"两面人"现象在社会上并不少见。清代小说《镜花缘》写的"两面国"，就是讽刺有些人正面一张脸，对有钱人和颜悦色；背后一张脸，对穷人恶眉冷目，遮住那张恶脸的布帛却居然称为"浩然巾"。而官场的"两面人"表现更复杂。广东省纪委领导在说到朱泽君等人时就总结出几类：表面信仰马列，背后迷信"大师"；表面勤勤恳恳，背后吃喝享乐；表面一心为公，背后"一家两制"；表面谋划发展，背后官商勾结；表面国家干部，背后脚踏两船（裸官）；表面中规中矩，背后我行我素；表面任人唯贤，背后任人唯钱；表面五湖四海，背后拉帮结派，并痛批他们是"说一套做一套、表面一套背后一套、台上一套台下一套"，可谓一针见血。

领导干部位高权重，一旦成为"两面人"，影响更大更坏，也更为人所不齿。然而仅仅痛批痛斥，很难让这种现象绝迹。从人性角度讲，每个人的善恶禀性都是很复杂的，西哲认为人性是神性与兽性杂糅而成，随不同环境而变化。荀子甚至认为"人之性恶，其善者伪也"，所以他不像主张人性本善的孟子那样强调"内省"即个人修养，而认为礼义教化之外，还要"制法度"才能起作用。儒家在孔子之后的这两个主要派别，我们通常接受孟子思想更多些，更重视思想教育，制度与监督往往不到位，所以常被会演戏、隐藏深的"朱泽君们"钻了空子。况且，许多官场"两面人"并不是先天就如此，他们肯定都积极向上过，做出过一些业绩，否则也不会上升到高位。只是制度与监督不到位，才让其另一面恣意发展。

因此，防止官场"两面人"滋生蔓延，当务之急除了揭露痛斥，准确归纳，更重要的还是应从制度与监督入手。首先要抓住每一个朱泽君这样的典型案例，认真追问与检讨制度为何失效、监督为何失灵。若说"两面人"都很会演戏、隐藏很深，那我们也不能过于苛求制度与监督的敏感度与有效性。但事实并非如此。朱泽君嚣张到他不动筷别人不敢吃饭的地步，本来负有监督职责的纪委书记都被他整倒，相关制度与监督机制却无所反应，说明有些制度与监督对强势"一把手"形同虚设，那就要研究亡羊补牢之法，堵住漏洞，筑起防范之墙。但观察许多反腐案例，事情过后，很少见相关部门反思之余，端出有效的应对办法。长此以往，人们只能是看看热闹，等着下一个贪官落马，产生不了根治腐败的信心，也看不到防止"两面人"滋生的希望。

实际上，在党的十八届四中全会关于全面推进依法治国的决定里，早已明确了"党内监督、人大监督、民主监督、行政监督、司法监督、审计监督、社会监督、舆论监督"这八大监督的制度建设目标。如果在每一起"朱泽君"案之后，都能结合案情，对每一种监督认真做做"体检"，查查失效失灵的原因，这制约权力的"八堵墙"就能慢慢立起来，越来越坚固，盯牢圈住官员"恶"的一面，始终让其好的一面发挥作用，"两面人"自然会越来越少。

（2015 年 9 月 9 日）

"法院院长维权"似应更多些"阳光"

9月10日多家媒体报道：因有人在网上发帖，举报陕西华阴市法院院长受贿100万元，法院院长向当地公安报警。华阴市公安局经调查后，认为举报人王某无证据支持，就在网络发帖诽谤他人，处罚王某行政拘留8天。这一消息很快引发关注。

事情梗概是这样：法院院长与王某是高中同学，院长爱人与王某还有亲戚关系。在北京开公司的王某，2010年10月回家乡搞房地产项目，并按要求在当地注册一家公司作为投资方，所需资金据王某说实际上是当地一些人的集资款，其中院长还入股160万元——院长则说是因投资人注册时没带身份证，借自己的身份证用了一下，从而否定了自己公务员经商的违法嫌疑。后来由于土地出让问题项目未能如期实施，真正投资人要求撤款并归还利息，双方有了债务纠纷，王某被判败诉。据院长说因王某被邻县法院列入执行黑名单、求他帮忙去除不成而诽谤，而王某认为院长为了其参股的公司拿到土地而耍花招逼他就范。

至于那100万元，王某说在2011年，院长说其四妈的某民爆公司增资缺钱，向他借款100万元。合作破裂后，王某想要回这100万元，给院长爱人、某县检察院检察官打电话索要，遭到对方辱骂，愤而举报，同时贴出了100万元汇款凭证和女检察官的辱骂短信。而院长对这100万元说法前后似有不同。在接受媒体采访时，他说这笔钱"属实他是给人家还注册时的借款"，而在他网上贴出的《这次我不再沉默》自述中，说这是因实际投资人要求王某归还投资款及利息损失，王某支付了 100 万元到对方指定的民爆公司账户。不过，在同篇文稿中，院长又说王某举报他的另一原因，就是王某想讨回汇到民爆公司的 100 万元！

9 月 10 日，华阴市法院官方微博贴出了《关于王某网络诽谤院长某某某有关情况的通报》，并附有 4 份材料。一是某民爆公司 2010 年 10 月汇给王某的 100 万元凭证，二是王某汇入民爆公司的 100 万元凭证（即王某公开的那份），三是华阴市公安局的行政处罚决定书，四是院长所写《这次我不再沉默》的剖白。剖白说："按理说他诽谤我，我向公安机关报案很正常，但在这个新媒体时代，由于他是社会人，我是法院院长，一旦发生摩擦，在事实真相不明的情况下，舆论导向对我不利。鉴于此，我决定不再沉默，满足公众的知情权。"

这份剖白的确道出了新媒体时代的实情。发生争议时，一般情况下，占有公权力、强势的一方，必须做出更多解释与说明，"满足公众的知情权"，供公众审视与评判。然而在这一事件中，尚有许多值得质疑之处。首先一方当事人是法院院长、爱人为检察官，报警请当地公安办案，那就需要出示更令人信服的证据。但行政处罚决定书只说："王某本人自述该 100 万元系某某某以为他人增资借款为由索要，王某本人不能提供某某某索贿的直接证据，其在网站上发帖称某某某索贿一事无证据支持。"若在一般人，无直接证据就发帖，或即可以处罚。但因涉案人的特殊身份，这有汇款凭证的 100 万元到底因何而汇、什么用途，理应查明。且决定书规定，如不服本决定，还可"依法向华阴市人民法院提起行政诉讼"，也就是说，不服就到院长所在的法院打官司去！

华阴市法院官微倒是提供了一些证据：民爆公司此前给王某汇过 100 万元。如果这就是当时的集资款，一往一来，倒也说得过去。但在院长口中，前后说法不一，甚至在同一篇剖白里，两者也对不上：既然是集资款被原主要回去，王某为什么居然还想讨回来，且因讨回不成就愤而举报，这不合常理。而王某所说民爆公司的主人是院长的四妈，到底属实与否，民爆公司与院长有无关系，也没见做出解释。至于投资人居然借院长身份证存160万元入股，也属匪夷所思，需要查明。此外，院长个人与他人有纠纷，严格说不属于法院的公事，以法院官微发布通告，似有公器私用之嫌。况且官微还不厌其烦地转贴别人表示支持的帖子，更觉观感不佳。相反，受命处理此事的华阴市公安官微却若无其事，一字不提。

正如这位法院院长所说，在新媒体时代，执法者当自身利益遭到侵害时，也应选择依法维权，避免心怀叵测的人利用舆论监督伤害正常的社会秩序。但同时也须牢记，握有公权力者维权，更要依法依规，更要"阳光"一点：公开更多有说服力的证据，公开一切可以公开的事实，消除一切可能引起误解的疑点，公众才"自有公论"，执法者依法维权才不会有负面效应。

（2015年9月11日）

"警力不足"更要警惕"混水摸鱼"

　　河南封丘县公安拟入警36人，却被发现35人身份不合规定！这一事件经媒体曝光后，终于惊动了省市两级公安部门。9月13日媒体报道：两级公安联合调查组已赴事发地。省公安厅主要领导表示，调查组将严格按照公务员管理、入警审批等有关规定，对这次涉及人员的公务员身份、录用审批程序等逐一核查认定。如发现违反相关规定的立即纠正，并严肃追究相关人员责任。

　　之所以敢如此信誓旦旦、掷地有声，原因在于厘清人员身份、严格人员管理本是公安部门的长项。只要认真核查，区区35人的身份并不难弄清。对比之下，此前封丘县公安局具体主管组织人事工作同志的态度，就很令人不解。记者已拿到公安局内部人事信息登记表，看到上面已清晰地将全局工作人员分为授衔民警、财政给养人员和自收自支人员三类，而那35名不符合入警条件的工作人员，写明27人属于财政给养的文职人员、8名属于公安局内部招录的自收自支协勤人员，这位负责同志竟然还说："受训人员属于何种身份，一时半会儿还说不清楚。"

　　实际上，这位负责同志未必不清楚这些人的具体身份，或是不大好说得清楚。笔者早些年曾在北方某县级市遇到这样一件事：市公安局民警违规上路乱罚款，让省电视台曝了光，市里被摘掉了"公路无三乱"牌子。市长大怒，坚持要处理涉事民警。但熟谙市情的一位常务副市长则说："凡能进来当公安的，摸摸谁的脑瓜盖都梆硬，都不好处理。"结果真是不了了之。

当警察要门路硬，在实行公务员"逢进必考"的规定以后，情况改善了许多。但是很快又出现了新的问题，那就是随着社会治安形势日趋复杂，同时受财力物力与人员编制等制约，基层警力不足成为突出矛盾。

有材料显示，世界上发达国家和地区的警力配置，一般是人口总数的万分之三十五到万分之四十，而国内现有警察数量占人口的比例仅为万分之十一多一点。为弥补警力不足，2009年公安部下发文件，在城市公安机关试行文职人员制度，为公安机关提供技术保障、辅助管理、行政事务等方面服务。文件规定文职人员不占用公安编制、经费由地方政府保障、不行使警察职权、非经国家规定的录用程序不得转录为警察。文件还规定，公安聘用文职人员比例，一般为本级公安专项编制的15%左右。不过有些地方，比如据封丘县公安局负责同志介绍，该县授衔民警只有300多人，文职和协勤人员竟多达500多人！

尽管按规定公安机关文职人员不行使警察职权，但只要人在公安机关工作，按传统观念，那就是"衙门里"的人，自然也掌握着一定权力，因此也必然是让一些人眼红的岗位，尤其是在就业机会相对匮乏的贫困地区。但如此数量庞大、有相当吸引力的就业岗位，按现有规定，在聘用要求上却相对宽松：公安机关既可以委托当地公共就业服务机构、人才中介组织进行招聘，也可以自己组织招聘——笔者在网上搜索，发现自己组织招聘的居多。在聘用程序上，除需发布公告算是有一点约束外，初审、出题考试、面试、体检、考核、政审等环节，都有可能被人暗施手脚，很难保证聘用工作的公正公平。在这种大背景下，如果封丘县公安局那位同志对相关情况故作不知，也就势所难免了。何况这位同志还话中有话，说"这次入警培训的名单是由省厅直接下发的，县局只负责通知"。如果所说属实，那就更有文章。

因此，对"封丘入警人员身份不合规定"事件，除了按省市调查组所说，要核查清楚、立即纠正、追究责任外，还应以此为契机，认真探讨在全国范围内，如何对公安机关文职人员的招聘制度进一步加以完善。既然基层警力不足已成常态，公安机关聘用文职人员数量又如此庞大，就要一方面确保他们的福利待遇，不形成过大反差，调动工作积极性，别总想着挤进警察队伍；另一方面在聘用工作上，进一步严格程序，确保公正公平，不让有些人钻制度空子，混水摸鱼进入公安机关，甚至违规混入警察队伍。

（2015 年 9 月 14 日）

"纪委书记求批评"谁应反思

"我到四川 4 个月了，感觉媒体还不够开放，因为 4 个月了，批评报道一篇也没见到。"9 月 16 日媒体报道了一件新鲜事：新任四川省委常委、省纪委书记在入川 4 个月后，主动提出与媒体见面恳谈。会上，他希望媒体真正树立起一个理念："坐南朝北，站在政府立场考察民意；坐北朝南，站在百姓立场监督政府"，并表示，"我们的工作离不开媒体""欢迎媒体加强舆论监督"。

据说这是省纪委第一次开这种会，从一个侧面折射出从中央到地方，纪检监察机关下决心加大反腐力度、想方设法力促党风政风根本好转的崭新风貌与胸怀。而这位省纪委主要领导开诚布公"求批评"的态度，更是比较罕见。不知受邀的 4 家中央驻川媒体、6 家省级媒体，还有 2 家新媒体的参会人员，当时心中是怎样的想法和感受，是否会深深自省和反思。当然，面对"纪委书记主动求批评"，需要反思的肯定不只是新闻媒体。

本来，正如这位纪委书记所说，"主旋律不是说只大唱赞歌"，批评报道同样是改进工作所必需的。而"舆论监督"早已写入十八届四中全会决定。为什么需要批评报道与舆论监督？一方面，金无足赤、人无完人，党和政府在执政行政过程中，不可能没有不足与瑕疵，在经济社会高速发展、社会利益诉求多元、改革发展稳定任务日益繁重的情况下，有时还会出现许多意想不到的问题与矛盾。这些问题与矛盾，执政行政者本身未必能完全意识到，需要得到真实及时的信息反馈，有时甚至需要以比较尖锐的批评方式。舆论监督就是一个重要渠道。另一方面，舆论监督是一切腐败的克星。许多腐败现象之所以肆无忌惮滋生蔓延，与缺乏有效舆论监督有很大关系，所以新闻媒体本身就肩负着"监督政府""监督权力"的重任。

但为什么会出现纪委书记所说长达4个月"批评报道一篇也没见到"的怪象呢？原因应是多方面的。第一最主要的是一些人对舆论监督的作用有误解，认为"弘扬主旋律、传播正能量"，就是只搞所谓正面报道，批评报道就是"负面"。第二是有些领导、包括个别地方或部门的主要领导，爱听表扬与赞歌，只希望媒体为其树碑立传，不愿正视不足和问题，不喜欢、不习惯舆论监督，认为是给自己所在地方或部门抹黑，影响政绩。上有所好、下必趋之。不论是哪一级媒体，尤其是属地媒体，都不可能对领导者的意愿漠然置之，必然投其所好，只能"大唱赞歌"。第三是搞舆论监督费时费力又有风险，一不小心会惹上官司，甚至有可能受到权力打压，怕伤害媒体自身利益，所以宁愿描花也不挑刺。

批评报道销声，舆论监督匿迹，最终损害的是党的事业、人民的利益。俗话说得好："成绩不说跑不了，问题不说不得了。"如果媒体只唱赞歌、不说问题，执政者飘飘然不了解真实情况，听不到百姓疾苦，看不到腐败现象；群众有困难得不到帮助，有问题无人来解决，矛盾会越积越深，结果就是媒体公信力下降，社会凝聚力弱化，严重的会影响社会稳定，阻碍经济社会发展。

因此，"纪委书记求批评"是一个及时的提醒，"4个月不见批评报道"更是一个很严重的警示。不论是权力机关还是新闻媒体，都应对此进行反思。首先是全面、客观地认识舆论监督在促进经济社会发展、预防和遏制腐败等方面的重要作用。媒体多做正面报道是必需的，有利于鼓舞士气、凝聚力量，也与我们国家发展的良好势头相符，还能推广经验、促进发展。但及时发现问题、指出不足，同样对经济社会发展有利，正如这位纪委书记所说，"批评报道有利于我们改进，批评报道同样是主旋律"。其次是引导党员领导干部这个"关键少数"学会正确对待舆论监督。媒体有了批评报道，并不意味着那里的工作就漆黑一片，甚至把有无批评报道当作衡量工作好坏的重要杠杆，一票否决，重点是要看能否及时纠正、认真加以改进，让更多领导干部善于和乐于借力舆论监督改进工作、预防腐败。最后是新闻媒体要承担起舆论监督重任，不能只报喜不报忧。特别是面对新媒体迅猛发展的新形势，要意识到在舆论监督上失职，有可能慢慢丧失主流媒体话语权，地位下降，阵地萎缩，最终被边缘化。

（2015 年 9 月 17 日）

"官官相求"不除 "因公醉亡"难止

9月20日，媒体披露了湖南郴州市纪委日前的一则通报。通报针对"郴州国土官员宴请财政官员后死亡"一事，问责多名官员。

事件发生在今年5月。时任郴州市国土局苏仙分局矿产开发综合服务中心主任的廖某，为使苏仙区财政局尽快通过第三轮矿规编制项目工作相关审批手续，邀请区财政局所属的政府采购办主任陈某、区财政投资评审中心副主任梁某等到一酒店就餐，他的多名同事作陪。宴后娱乐时，市国土局矿产开发综合服务中心主任也赶来陪乐。第二天凌晨，廖某死亡。很可能是廖某的不幸"因公醉亡"，让整个事件曝光，参与者都受到了党纪和行政处分。

公务人员"陪酒死""醉酒死"，并非新鲜事。但这件事仍有令人深感惊异之处。首先是在中央大力反"四风"期间仍有人敢顶风作案，说明反"四风"还任重道远。更为奇特的是，一般情况下"四风"案件多数是"民求官"时发生的，但这一次"因公醉亡"的，却是素有"土地爷"之称的国土局官员。难道官也要求官？

其实这种现象并不罕见，"官官相求"可以说是官场另一种"潜规则"。本应是公事公办，但有时如果按常理出牌，瞪眼办不下来。这种情况多数出现在集中管钱、管项目的部门。别的政府部门向老百姓吃拿卡要，他们则向靠财政支出、分工跑项目的部门吃拿卡要。因属"以公对公"，往往更难发现。个别人甚至不见兔子不撒鹰、不拿好处不办事，请吃请喝请娱乐更属"家常便饭"。关系搞好了，款项可拨，项目可批；关系不到位，个把月能办好的事，可以拖你个一年半载。甚至上级明文批准的资金、项目，他也能找借口把你"卡瘦""拖死"！

这次郴州"因公醉亡"事件的通报，没有提到国土局为何请客。但从相关资料可以得知：所谓"第三轮矿产资源规划编制工作"，是国土资源部去年4月部署的，要求今年7月底前完成省级规划大纲编制并报部论证衔接。有不少地方5月已开始编制招标，所需费用正是"财政性资金"。所以5月显然已是拨款与招标"大限"，火烧眉毛，国土局宴请分管相关业务的财政局各部门主要负责人，可想而知是"官官相求"的无奈之举，最终酿成"因公醉亡"。

"官官相求"可能产生多重腐败。一是请吃的一方可以拿公事为招牌，冠冕堂皇搞"四风"，并利用"潜规则"以部门或地方利益挤占财政或项目等资源，造成公共支出的不公平，应有的社会公共需求无法满足，损害财政等作为政府调控社会和经济的基本手段。二是吃请方一方面会大搞权力寻租，另一方面是未得好处时就干脆"不作为"，使财政资金使用偏离公共轨道，积少成多，将严重破坏财政资金的使用效果和效率。与庞大的财政资金和建设项目相比，少数人所取或许不多，其危害委实甚大！

因此在关注郴州"因公醉亡"事件反"四风"典型意义的同时，更要关注引发事件的深层原因。然而从通报中可以看到，对区财政局长只进行了诫勉谈话，说明这一问题并未得到足够重视。

腐败的表现主要有两种，一种是"公权私用"，另一种是"公财私用"。在管住"权"的同时，还要管住"钱"。类似财政这样掌管公共资金的主要部门，既有权又有钱，更应成为主要预防与监督的对象。预防监督的方法，首先是明确财政预算的严肃性，要从预算的编制、审议、执行和监督等各个环节，为权力的行使规定严格的法律程序。其次要细化和公开财政管理制度与行为，提高财政透明度，确保社会公众知情权。如无特定原因，财政管理决策、执行、监督的方方面面过程都应向社会公开，尤其是程序性制度，让政府其他部门及一般社会公众都能方便地了解掌握公共财政决策与执行等进程，最大限度挤压寻租与腐败空间。

如此一来，需要财政支持的不论是一般民众还是政府官员，都不必存"非分"之想。即使"加塞"也要有充足理由和法定程序，一切按规定和时限办理，不但不必"官求官"，也不必"民求官"。如果政府部门都能按这一思路构建人财并重的反腐系统，"因公醉亡"事件自会大大减少乃至绝迹。

（2015 年 9 月 21 日）

"私款公用"被查处，为何让人细思恐极

因公款吃喝时遇到老信访户，担心被举报就企图通过不开发票、不签单的方式暂时"私款公用"，逃避问题，参与吃喝者最终还是被查处。9月22日中央纪委监察部网站公布的一起发生在江苏淮安南闸镇的"四风"案件，颇具戏剧性。

今年4月23日，分管全镇各村财务审计监督的南闸镇副镇长戴某，要求所属柏庄村的会计请客吃饭。会计向分管该村的副镇长请示后，当晚就在镇上一家饭店，宴请戴某和镇党政办主任、镇农经室主任。那位分管副镇长和村计生专干柏某也出席作陪。6人喝了两瓶五粮液，共计花费1700元。因在饭店大厅看到本村一名老信访户，村会计担心被其举报，故结账时没签单也没开发票，先由个人垫付，准备事后再开发票报销。

不出村会计所料，他们公款吃喝的事情被举报了。镇纪委调查时，6人统一口径，说晚宴是柏某因故私人请客，酒是柏某从家里自带的100元左右的地产酒。但举报人又向淮安区纪委反映，区纪委找相关人员谈话后，决定从柏某自带白酒的细节突破，调取当天下午柏庄村到镇里那家饭店沿途监控视频，未发现柏某有回家取酒情形，柏某只好放弃抵赖，其他人在证据面前也如实供述，最后均受到了党纪处分。

遇到老信访户就玩起"私款公用"花招，想想也是醉了。为了一顿公款吃喝，个别村镇干部可谓无所不用其极，可见"四风"积习之深。而认真分析6人串供对抗调查，还有纪委查酒破案等戏剧性情节，又远比这起

"四风"案件本身，更让人细思恐极。

首先令人疑惑的是，既然玩了一招"私款公用"，那吃就吃了、喝就喝了，为什么非把五粮液换成地产酒不可，露出一个大破绽呢？可能参与吃喝者也懂：哪怕私人请客，喝高档酒也因铺张浪费有"四风"之嫌。或许更重要的原因在于，喝家中自带的白酒，才更像私人请客！那纪委为什么就想到从是否自带白酒查起呢？很可能他们通过查案得到经验：公款请客多数都要喝高档酒，自带白酒不可信！私人请客，自带地产酒；公款请客，必喝五粮液。参与吃喝的村镇干部与纪委查案人员，无意中用他们的思维和行为，证实了一位诺贝尔经济学奖得主的论断："花自己的钱办自己的事，最为经济；花自己的钱给别人办事，最有效率；花别人的钱为自己办事，最为浪费；花别人的钱为别人办事，最不负责任。"

公款就是"别人的钱"，不管是拿来为自己办事，还是所谓的为别人办事，浪费与不负责任都在所难免。关键的问题是，这里的"别人"即钱的主人是谁，他能否对钱的使用状况进行有效监督，指望其他人行使监督之责是否靠谱。

柏庄村会计请客吃饭的公款，当属柏庄村集体经济收益，也就是柏庄村民的钱。按村委会组织法有关规定，村集体经济所得收益的使用，必须经村民会议或村民代表会议讨论决定；村财务收支情况，须定期向村民公布。但这些让钱的主人能进行监督的规定，在柏庄村肯定没有落实，不然村会计不会因遇到本村一名老信访户就吓得不敢开发票报账。而指望分管村财务审计监督的副镇长行使监督之责，更是不靠谱的事儿，他显然对利用权力迫使村里请客吃饭更有兴趣。也就是说，只要钱的主人监督不到位，"浪费"与"不负责任"就在所难免。

更让人细思恐极之处在于，小到一个村，大到一个镇、一个县、一个地区等，总有一些人在花别人的钱办事，那就是所谓公共财政，"财政的核心是一些人花别人的钱"。如果钱的主人即纳税人监督不到位，"浪费""不负责任"同样难免，指望上级监督同样未必靠谱。因此，必须解决钱的主人监督缺位问题。至少在村一级，无论是收入还是支出，财务公开不应是笼统地写个村民看不懂的收支大数，应定期一笔一笔把数目和用途写清公布。甚至到镇一级、县一级、地区一级，逐渐地也应做到这一点。在计算机技术尚不发达的时代，有些国家已经实行财政制度透明化，财政信息全面公开，公民随时可查。在如今的大数据时代，只要真心去做，技术上并非难点。虽然一些人花别人的钱办事为现代社会所必需，但钱的主人随时随地都能监督，效率肯定要高过那位老信访户。

（2015 年 9 月 23 日）

政府部门为民办事不应也"论个卖"

刚刚过去的黄金周期间，青岛"论个卖"的天价大虾事件，成了热门话题。

在这一事件当中，最可气可怕的不是有奸商宰客，而是游客求助无门的绝望与无奈。如果受害者遇到欺诈威胁，马上就能得到有效的政府部门干预救济，即使有个别黑店老板，人们也不会如此气沮愤懑，众怒汹汹，青岛的旅游城市形象也不会如此受到重创。

然而事实是，当不乏维权意识的游客选择报警时，110来了说管不了，让游客自己查询114找物价局，扬长而去。物价局则说时间太晚处理不了，等明天再说，甚至说现在市场价都放开了，他们也不好处理。政府部门的缺位，让黑心老板更加猖狂，进一步持棍恐吓。而民警第二次到场，竟然逼迫当事人"协商"交钱，让游客感觉"很无助、很委屈、很憋屈"。同样感觉到"无助、委屈、憋屈"的肯定不止这几个受害人，这就难怪事件过程一发布到网上，很快便引燃成千上万人的怒火，发酵为病毒式传播、影响巨大的网络新闻事件。

10月7日，这一事件有了最新进展：除了相关部门对宰客的海鲜烧烤店下达罚款9万元、吊销营业执照的行政处罚外，该店所在的市北区市场监管局主要负责人被停职检查，区物价、旅游等部门主要负责人也被诫勉谈话。这说明当地政府已然认识到，真正让人们感到愤怒的，是政府部门的相互推诿和不作为。

或许这一事件所涉及的各个政府部门也有自己卸责的理由：部门职责范围有分工，不是自己管辖范围的事情为什么要我管？可是我们的各级政府官员要明白，尽管基于管理专业化程度和工作效率考虑，政府划分为不同部门，内部有不同职责分工，但在百姓眼中，政府任何部门都是政府的一部分，部门就代表着政府，都有为民众服务的共同职责或最高义务。部门之间推诿，在民众眼里就是政府不作为！

换句话说，民众统一纳税支持政府运转，就是要打包"购买"政府的良好公共服务。应是"民众需要什么样的服务，政府都必须提供"，而不是"我这个部门有什么样的服务，才能为民众提供"。否则，那就变成分别"购买"，类似于青岛海鲜烧烤店老板的"论个卖"，民众寻求服务的成本大大增加。何况目前有些政府部门职责分工本就缺乏清晰标准和逻辑，职责交叉重叠的复杂程度，大大超过公众的常识和经验认知，不可能也不应要求民众都那么内行，凡事都会根据政府内部分工设置找相关部门。更不应为了内部管理与分工方便，以政府自我为中心各划出"一亩三分地"，"各扫自家门前雪"，而应重视统筹协调，担起为民服务的共同责任。当民众有事找政府时，无论通过哪个部门，都能得到及时有效的帮助与救济。

作为"补牢"工作的一部分，10月7日，青岛市旅游局、工商局、物价局、公安局还联合下发了有关"进一步治理规范旅游市场秩序的通告"。通告明确了各部门的职责，同时要求市旅游局、工商局、物价局、公安局等公开电话24小时受理游客投诉，"实行首问负责制，及时处置"。不过通告没有说明"及时处置"的具体含义。是任何部门都会派人到场"及时处置"，彻底解决问题，还是仅仅提供一个其他相关部门的电话了事？

希望这"及时处置"不是后一种，而是前一种。这就意味着，即使不是本部门具体职责范围的事，但从政府为民的共同职责考虑，也应立即把情况转报相关部门，并确认对方已派人到场"及时处置"为止，而不是以"不是我们的管辖范围"为由一推了之。

试设想，在天价大虾"论个卖"事件中，如果青岛真正有首问负责制的严格要求和科学严密的政府内部协调机制，110不以"管不了"为借口推脱，民警及时联系物价局与市场监管局到场处理，也不会因这一事件给青岛乃至山东的旅游形象抹黑。当然，如果政府部门在日常工作中都能真正负起为民服务的共同职责，而不是为民服务还"论个卖"，或许也不会出现这种天价大虾"论个卖"的丑闻。推而广之，不仅是在旅游方面，在任何情况下，政府部门为民办事都不应"论个卖"，切记民众最痛恨政府部门推诿扯皮。部门服务"论个卖"，政府形象就可能被"整个毁"。

（2015年10月8日）

县官赌博免职后"火速复出"民意难容

10月9日媒体报道：湖南衡阳市衡东县委副书记谭某，今年7月赌博被人偷拍向省市纪委举报被免职。时隔不到一个月，他摇身一变，成为该市重点项目"科学城"管委会筹备组负责人。这一平级调动本不太引人注目，但因他被免职不久，匿名举报人即以"非法获取公民个人信息罪"被警方带走，变相关押52天，引发关注，他的"火速复出"才被曝光。

近年来，几乎每个免职官员复出，都会引发社会质疑，谭某并非第一例。一般情况下，只要不被判刑，依规开除公职，官员被免之后，仍要安排相应工作。如果不是一撸到底，哪怕降级使用，也可能安排到相应职级领导岗位，因此复出是必然的。问题在于，目前免职官员复出，事前毫无预兆，总在不经意间，由于某个契机被发现，难免让人感觉受到愚弄，认为当初大张旗鼓地免职，只是忽悠人的把戏。何况谭某的复出太过迅速，不但职级未受影响，在当地官员眼中，"实际上是重用"。同时，县官免职一月不到就复出，匿名举报人却被抓走，颇有为免职官员正名的意味——即使偷拍非法，也不能反证赌博行为的正当，人们对这种"火速复出"更难接受。

按《党政领导干部选拔任用工作条例》规定，免职干部"一年内不安排职务，两年内不得担任高于原任职务层次的职务"。虽然已牵头科学城的工作，但据谭某个人说法，"目前他的职位没有正式任命"，意味着在形式上暂时并未违反相关规定。这与近些年一些免职官员的复出也很相似：一年后复出，两年后提拔，也未违反规定。但这些所谓符合规定的复出，为什么老百姓不买账呢？原因是虽符规定，民意难容。

首先规定本身就不完善。被免职官员本身有"污点"，是"问题官员"，或是能力不强被撤换，或是缺乏责任心被问责，参与赌博、生活作风等更涉及品行问题，因此复出标准甚至应高于提拔标准。然而现在只有"一年""两年"的限制，对许多免职官员尤其本要调动或未到提拔年限的干部影响不大，只是闲置一段时间，难怪被讽刺为"带薪休假"。

其次复出过程不公开，程序不透明。一般干部提拔都要任前公示，免职官员往往因职级未变，多数直接安排，事前不为人所知，被人无意发现后，才有组织部门等出面辩解，声称一切符合规定。这难免给人"官官相护"、见不得人的印象，让人怀疑当初的免职只是与民众"捉迷藏"，用免职当卸责"挡箭牌"，社会观感极差。

最后没有体现社会正义。虽然对免职官员不应"一棍子打死"，也没有永不录用的规定，但毕竟这些官员犯了错，就应付出一定代价。尤其是造成严重危害，比如与重大食品药品事故或重大伤亡事件有关的被免职官员，不管时隔多久复出，都会唤起受害者的痛苦回忆，对民意都是一种伤害。类似情形下被免职的官员，如果在有些国家，不但没有机会再获公职，甚至经商都会受到限制。另外，如果没有免职后再难复出的可能，所谓问责也会失去对官员的教育作用和威慑力。

因此，对待免职官员复出问题，不能满足于是否符合现有规定，更应以是否符合民意为标杆去衡量。一是要有一套针对性强、严密科学的适用于免职官员复出的推荐、考察、公议等程序，让本人和社会公众体会到免职官员要复出，须有"浴火重生"的感觉，才能真正服众。二是应在阳光下复出。不但事前要公示，公示的范围应该更大。当年是在多大范围内有影响的事件中被免，就需要在多大范围内广而告之，切忌"暗渡陈仓""先斩后奏"，引发民意焦虑、质疑。三是在免职时就应详细说明相关人员各自责任。对行为恶劣的直接责任者，就直接降低职级，甚至永不起用。对因客观原因负有连带责任的，复出之前充分说明起用的理由和公开免职前后的工作表现及业绩等信息，交由民众讨论、评判，接受民意检验，最大限度避免因免职官员复出，损害官员问责的公信力，损害党和政府执政行政的民意基础。

（2015 年 10 月 10 日）

政府采购"千元U盘"反映预算任性

几十块钱就能买一个的 U 盘，在政府采购预算中，却高达上千元！

10 月 12 日媒体报道的这一新闻，着实让人吃惊。原来，今年广州市财政局首次要求市直部门公开政府采购预算，并要求全市各区属单位参照执行。有记者在翻查各部门单位的采购预算时，发现有不少"天价"项目。其中天河区的天河南街道的政府采购预算表显示，该街道计划购买 27 个 U 盘（含移动硬盘），共需花费 2.7 万元，即平均每个 U 盘要 1000 元。

对此，天河区政府部门回应：不排除有些部门或街道财务人员不专业，出现差错。据说经核查，部分超标项目如千元 U 盘、超过 6000 元的计算机等，最后并没有获得区财政拨款。

然而这一消息一经披露，立即引起热议。天河南街道办负责人又给出另一说法：因为移动设备全部列在 U 盘名录下面，他们做预算时本来是要买 27 个移动硬盘。移动硬盘在市面上每个 800 元到 900 元，按预算程序就报了 1000 元。该负责人还特别强调："我们这里是有依据的，因为政府采购预算是一个很系统、很细致的工作。"

事实真相如何呢？笔者到该区及街道的网页上查看，发现确如街道办负责人所说，在"采购品目名称"一栏中，标为"U 盘（含移动硬盘）"。然而笔者的疑问并未完全消除，反而发现政府采购预算既不系统也不细致，产生了更多疑惑。

一是在采购预算中，一般人看不出购买这些物品的用途。概况中没有说明，在"科目"一栏重复列有"街道专项业务费"名称，多达10项。"专项业务费"应属于具有专门指定用途或特殊用途的资金，但语焉不详，用途无从得知。在"街道专项事务费"科目下，有的列出要买单价7000元的计算机3台，有的列出要买单价5000元的计算机31台。该街道办实有行政和事业编制人员41人，近乎每人1台计算机，不知又要27台移动硬盘做什么用？

二是采购预算所列物品的品种、类型等划分不细致不科学。比如U盘与移动硬盘，无论从容量用途还是价格上，都有很大差异。查阅许多大型网上电子商城，虽同属计算机外部设备，U盘与移动硬盘都是分列的，不会混为一谈。即使是同一种物品，也有类型的不同。比如空调设备，有中央空调与挂机空调的区别，还有匹数的不同，但在该采购预算表中，只列为"空气调节设备（包括空调器、中央空调）"，街道办只写了数量8台、总价60000元。

三是采购预算公开不全面、不系统、不连贯。2012年只有决算没有预算，2014年只有预算没有决算。已公布的预算，也不知是已批预算还是草案。据报道，广州多个区相关人员都表示，虽然有了预算，但"最终购买时仍需要经过相关部门审核，或遵循政府采购流程接受监督"，做了预算不等于会买。敢情预算了半天，却不过是"逗你玩儿"。这就难怪做预算时笼统含糊"不专业"，而天河南街道办在一份总结中也承认，包括采购预算在内的信息公开，"群众关注度还不够高"。换句话说，就是政府的采购预算在群众眼中根本没有公信力！

一枚"千元U盘"，折射出政府采购预算的任性与随意。这种任性与随意会带来许多危害。政府采购有严格预算，可以约束政府财政支出，方便社会监督，防止寻租腐败，还有利于健全财政职能，提高财政资金使用效率。预算一旦成儿戏，必然带来财政支出的浪费、监督失灵，继而是政府采购中的种种腐败。

我国早已出台《政府采购法》及《实施条例》，但从"千元U盘"一事来看，相关法律法规并未得到有效实施。因此首先应提高各级政府部门和单位的预算法律意识，严格依法按照"集中采购目录、采购限额标准和已批复的部门预算编制政府采购实施计划"。其次是负有监督管理之责的政府财政部门应细化政府采购预算中所包括的货物、工程和服务标准，比如采购货物应细化到购置物品的名称、规格、市场价等。让采购人编制预算更加专业，同时堵住有可能滋生浪费和腐败的漏洞。最后是强化监督，认真实施预算法定原则，政府采购预算一经同级人大批准，即具有法律效力，不能随意变更，并向社会公开，接受各方监督。让政府采购节俭高效，权力寻租者无隙可乘，社会各界便于监督、乐于监督。

（2015年10月13日）

清除"农村苍蝇"不能光靠中纪委督办

10 月 18 日,"中纪委督办 89 个村官腐败问题"的新闻,引起广泛关注。

此前,媒体在报道湖南麻阳县一村委会主任违纪违法问题查处情况时透露,该案"得到中央纪委的关注,直接由中央纪委第八纪检监察室交办"。近日又有媒体进一步披露,中央纪委在今年 5 月召开的反映群众身边"四风"和腐败问题线索督办协调会上,共部署了 89 条村官腐败问题线索的督办工作。目前,这些问题大部分已查清,相关涉案人员陆续受到处理,中央纪委有关部门即将集中通报曝光。

中纪委督办村官腐败问题,一方面体现了中央既"打虎"又"拍蝇"的反腐战略,有了具体行动;另一方面说明直接侵害群众切身利益的村官腐败问题,滋生蔓延势头仍未得到遏止,有些地方还日益严重。"小村大腐",已成为损害民利民心、侵蚀党基国基的毒瘤,到了非清除不可的地步。同时也反映出,有的地方"上面九级风浪,下面纹丝不动",有案不查,甚至袒护包庇,不得不由中央纪委出手,期望以此向下传导反腐的力道。

反腐最高层督促"拍蝇",效果不可小觑。然而,全国有近 70 万个行政村、500 多万村官,腐败村官哪怕占极小比例,数量也十分惊人。查处几十人与庞大的"蝇群"相比,不啻九牛一毛。农民看到"老虎"落马,自然拍手称快。但再看看自己的村庄,仍是"被反腐遗忘的角落",身边的腐败村官,依然逍遥法外,为所欲为,很难对反腐前景产生信心。

笔者到一北方地区走访就了解到,某村委会主任自己开了一家公司,以村委会名义把村里产业低价转包给自己的公司，甲方乙方签字的都是他一个人，竟然没有人管！另一村主任引进一家污染企业，伪造村民同意设厂的签名，是否得了厂方好处，也没有人查。还有一村支部书记兼村主任本身就是"村霸"，村里土地分配和各类收入等，他可随意调用，村民不听话他或他儿子会上门打人。乡里反而认为只有他可以"镇得住"，支持"村霸治村"。

这种种怪象并非个别，甚至可以说，几乎每个村都或多或少存在着，都靠中纪委督办查处肯定不现实。即使是最贴近农村基层的乡镇党委和纪委，要事无巨细地去管去查，也会力不从心，何况很多乡镇干部与村干部都有千丝万缕的利益联系。

出路何在？实际上早在若干年前，国家已经出台了农村治理的"良方"，那就是村民自治。20世纪90年代末村委会组织法出台前，农村干群矛盾曾十分激烈。在村委会组织法正式实施后的一段时期内，各地认真进行落实，收到很大成效。许多民主选举产生的村干部，成了村民利益的代言人。村民代表会议、村民议事厅、村民监事会等民主管理、民主决策、民主监督手段的逐步实施，使村官腐败现象一度得到有效遏止。

但是近些年来，由于县与乡镇职能没有发生根本改变，许多人仍然习惯于行政命令，对需要耐心培育的村民自治，缺乏积极引导和深入实践的兴趣和动力。民主选举流于形式，甚至由乡镇操纵；民主决策缺乏定期召开、运作良好的村民会议和村民代表会议平台，仍由少数人说了算；民主管理与民主监督制度不完善、可操作性差，村务公开随意性强。村民自治功能的弱化，为村官腐败提供了适宜的气候与土壤。加上许多地方对村官腐败问题重视程度不够，预防办法不多，查处不及时不到位，起不到震慑作用，挫伤了农民参与村民自治的积极性，也使"农村苍蝇"数量激增，日益猖獗。

因此，一方面在中央纪委示范带动下，各级党委、纪委要加大"拍蝇"力度，严厉查处"小村大腐"，给民众以信心。另一方面更要加强对村民自治工作的引导与督促，尤其要督促有义务对村民自治"给予指导、支持和帮助"的乡镇，切实落实"四个民主"。让民主选举真正反映民意；民主决策真正吸纳村民意愿；民主管理与民主监督有章可循、村务公开规范真实。对落实村民自治不到位、导致"村蝇成群""小村大腐"的县乡党委政府严肃追责，以最大限度清除村官腐败滋生的土壤，还农村一片"净土"，让农村群众享受到反腐成果。

（2015 年 10 月 19 日）

如何让"点名曝光"的力度再大些

日前，中央纪委监察部网站中秋国庆节点的"每周通报"结束。据 10 月 20 日媒体报道，这次通报连续 4 周，共通报 495 起违反中央八项规定精神的问题，点名道姓地通报曝光了 686 人，其中不少人受到追责、免职撤职及开除党籍处理。

追责、处理，让人解气，但"点名曝光"才是最大亮点。以往，除了重大贪腐案件主角，不可避免要被点名曝光，而类似于公款吃喝、楼堂馆所违规等"四风"问题，因不属于重大案件，通报时当事人姓名多被隐去，而以"某某某"代替。党的十八大以来，新一届中央纪委推出的一大反腐举措，就是对贪腐及"四风"问题等，一律点名道姓、公开曝光。

许多官员最怕点名曝光这一招。曾有媒体报道，有的省长、书记表示，纪委怎么处理都行，就是别给曝光。但中央纪委领导的态度很鲜明："就是不处理也得曝你的光。"

为什么有些干部最怕点名曝光？有人说，"人有脸、树有皮"，违规违纪的干部怕丢人。省长、书记则担心"家丑外扬"，辖区官员违规了，自己脸上也挂不住。实际上事情并不如此简单。许多违规违纪干部怕的不是丢人，而是惧怕监督。只要不点名曝光，就有了"内部消化"的可能，有了"暗箱操作"的空间。有的虽然当时为避风头，名义上严肃查处，但只要通报时不点名道姓，事过境迁当事人就能很快悄然复出或照提拔不误。有的甚至只印出一份处理结果应付上级或蒙骗群众，既不存档也不通报，对当事人毫无影响,党纪政纪处理连"雨过地皮湿"都谈不上。

因此,点名道姓,公开曝光,让人们看到了严肃党纪和党风好转的新希望。点名曝光的好处,一是传递了中央以零容忍态度惩治腐败、狠抓党风廉政建设的坚定决心。不但大的贪污腐败案件要点名曝光,只要触及"党纪红线"、有"四风"问题,也毫不客气地点名道姓,不藏着掖着。二是击中了违纪干部的"软肋"。只要有违纪问题被查出,马上点名曝光受社会监督,想大事化小、小事化无几乎不可能,必须付出相应代价。三是增强了公众的反腐信心和监督热情。以往官员违纪违规被处理,当事人姓名甚至所在部门、单位多以"某某"代替,实际上是对公众知情权、监督权的不尊重,让人难免产生猜疑,有损人们对党反腐败的信任程度与参与监督的热情。点名曝光则让公众体会到党严肃执纪的行动与诚意,同时进一步激发出监督热情,形成良性互动。四是事实上保护了干部。不点名曝光,给违纪者留了面子,给腐败留了口子,不但使人们对党纪国法失去敬畏之心,也助长了少数干部的侥幸心理。个别人有可能从不注意小节的作风问题,慢慢滑向贪腐的深渊。点名曝光,对当事人是一个警醒,也让更多干部对比典型案例,进一步明确违纪违规界限,避免误入歧途,踏入"雷区"。

点名曝光的好处显而易见,新一届中央纪委推动这一举措的力度空前。但是毋庸讳言,许多地方或部门、单位并没有闻风而动,落实借鉴。不少人仍习惯于出了问题就捂着盖着。正如上文所述,甚至一些省长、书记都会请求纪委免于曝光。即使被迫公布,也往往能简则简,避重就轻,对违纪事由一笔带过,对违纪人员尽量避免点名道姓,甚至把许多案件"打包通报",只提供抽象数字,不提典型案例。

对此,除了对新一届中央纪委点名曝光的举措点赞叫好,也应呼吁建立相应制度和规定,推动各地、各部门和单位,勇于和善于用点名曝光的利器,深化反"四风"与反腐败工作。一个简单易行的办法,就是各地、各部门和单位的党委、纪委,都应设立自己的"曝光台",通过网站等各类媒体建立便于公众知情与监督的渠道，对已经查处的本地、本部门和单位的违纪违规行为，点名道姓地通报。通报的内容也应予以规范，比如须包括违纪人姓名、单位、职务职级、主要违纪事实和处理结果等，有效保障群众的知情权、监督权，让点名曝光成为常态。一次次点名曝光，就是一次次警钟长鸣，促使广大党员干部戒慎戒惧、防微杜渐，促进党风政风的根本好转。

（2015 年 10 月 21 日）

"官员任前公示2000万房产"应予鼓励

10月28日，一则"泰州住建局官员任前公示2000万房产"的新闻吸引了人们的关注。

据报道，日前江苏泰州市委组织部公布了一批共29名领导干部的任前公示，其中排在第15位的市住建局工程建设质量管理处现任处长秦某某，拟任市住建局总工程师。有细心人发现，秦某某名下有4处房产共计5000多平方米，市价共计2000多万元，于是将公示表拍照发到了网上，从而引发热议。

当媒体对此进行核实时，秦某某坦承这些个人事项的确在单位楼下公示过，并表示："如果对家产有疑问可以调查，我敢这么公开就可以查。"据其本人介绍，他的父亲在泰州所辖姜堰区搞房地产开发，这些房产都是父亲赠予的，房子也是自己家开发的。在公示表格上，房产来源已标明为"父母赠予"。

尽管有人对一名政府官员公示出2000多万元财产颇感心理不平衡，还有人对儿子在住建局当官、父亲在辖区内搞房地产开发颇有微词，但首先应该肯定，这是落实党政领导干部任前公示制和领导干部个人事项报告制度方面的一个进步。这尤其反映出今年开始实施的处以上干部"逢提必查"，已经产生有效的震慑作用。正如当事人自己所说："如果不是如实申报的话，我要承担责任的。"什么责任呢？如果不如实申报，一旦被查核出来，至少要暂缓提拔，甚至要依纪依规受到处分。这已有许多先例。

不过如实申报也会出现一些意想不到的情况。比如，一般人认为，党政干部拿"死工资"，如果不是贪污受贿，生活水平只能是中等，甚至比较清贫，这样公示出来的财产，才符合正常预期。然而事实上有些干部的正当收入也可能比较多元，比如个人理财、房产投资、家人正常搞经营，还有像这位处长，有一位很有钱的父辈等。这样公示出来的财产数额，就可能看上去有点扎眼，让有些人难以接受，甚至造成一定社会冲击。对这种"进步中的烦恼"，该如何应对？

第一是认真核实。公示的目的就是引入监督，对公示对象有何反映都属正常。哪怕没有人反映，有关部门也要全面核实，体现"逢提必查"的威力，确认是否如实申报。故意漏报瞒报就要依规依纪处理，如实申报就要予以正式肯定。

第二是积极回应。特别要对人们提出的疑问深入调查。比如上述事例中，就要核查父母赠予是否属实、是否存在官商勾结之类的违法违纪行为等，尽可能消除人们的疑问。有问题就严肃查处，如不存在相应问题，则还干部以清白，正常任用。这对如实申报是一种鼓励。

第三是完善制度。或许父母赠予属实且房产来源正当，但当事人拟在住建局任职总工程师，父亲在辖区搞房地产开发，遇到规划审批、招标投标、工程监理、项目验收等事项时，按公务员法相关规定，均属于"其他可能影响公正执行公务的"情形，应实行公务回避。对公示中发现的这类问题，要有如何接续比如适当调整安排的制度和程序，做到既不违法违规，又能维护如实申报者的正当权益，保护如实申报的积极性。

第四是正确引导。实际上只要真正做到上述三条，就是最好的社会情绪疏导剂，可以有效缓解社会公众对真相不明的焦虑感，逐渐能以平和的心态面对官员财产公示。

尽管是一种进步，但从"官员任前公示2000万房产"这一事例中，也可以看出领导干部任前公示与个人事项报告制度，仍有可商榷、待改进之处。比如，任前公示的范围，是否仅限于在本单位楼下贴一贴？能否在更大范围内公示，以免给人的印象是遮遮掩掩。又如，对容易引起质疑的高额财产，标之以"父母赠予"是否过于简单？能否提前核查，并附之以权威的调查说明，避免舆论大哗后再被动回应等。

任前公示、"逢提必查"是防止干部"带病提拔"的有力举措，是好事就要办好。久而久之，官员如实申报，社会理性监督，就会成为一种常态。

（2015 年 10 月 29 日）

政府管慈善，需多些"互联网思维"

近两天，我国首部慈善法草案颇受关注。

这部历时 10 年终面世的法律草案，之所以刚刚提交全国人大常委会审议，就引发社会热议，一个重要背景，是近些年我国慈善领域出现了许多新情况新问题。其中备受关注的焦点，无疑是慈善行为不规范、慈善信息不公开、慈善监管不到位。而尤以信息不公开即慈善组织缺乏透明度，最伤人心。

"乐善好施"是中华民族传统美德，中国人也不乏爱心和同情心。汶川大地震各界捐款近 800 亿元、广西"吃草男孩"几乎一夜之间获捐 500 万元等，都生动地说明了这一点。据统计，近十年来，我国捐赠总量从 2005 年不到 100 亿元，已发展到 2014 年的超过 1000 亿元。然而，提到慈善事业，却是摇头者居多。最让民众反感的，是慈善机构暗箱运作、账目不透明，收了多少，花在何处，多属糊涂账。更令人气结的是，一旦受到质疑、出了丑闻，不是诚恳地说明真相、公开道歉，而是回避遮掩、腆颜狡辩，这难免让许多人对慈善事业齿冷心灰。

这一局面如何翻转？有一个非常好的转变契机与途径，那就是引入"互联网思维"。

互联网首先带来了捐的便利。以往人们要献爱心，除了在本单位本社区现场交纳，常要费时费力地去银行到邮局。现在手机一按、鼠标一点，爱心就会瞬间即发。甚至在本单位进行募捐，也不必费时费力找场地、配人力了，通过微信就能搞定。况且以往献爱心，现场交也好，到银行邮局也罢，数目少了不值得去，数目多了个人有负担。现在通过互联网，多少不限，就像对"吃草男孩"的捐款，每笔数额不大，最终却汇成几百万元。对个人不是负担，又能达到济困恤弱目的，最符合"一人有难大家帮"的慈善本质。

最重要的是互联网带来了慈善监督的便利。以往慈善组织募捐情况与慈善项目运作，如果数据庞大，想公开也很难找到合适载体。比如要公开全国各慈善组织一年的慈善项目，恐怕任何媒体都承载不了这样庞大的数据，更不用说公开一笔一笔零散的捐款了。但是有了互联网，再借助一定软件，任何方式的公开都成为可能。自己的捐款是否已被纳入，慈善组织的善款用在了哪里，可以一笔一笔地查询、核实。即使是海量信息也不怕，还有高级检索功能。这一点，在有些国家早已成为常态。哪怕是向慈善机构捐过一元、两元，都可以通过网站或公共信息库，查清募集了多少，每一笔款项花在哪里、花了多少、什么时候花的等。因为法律规定慈善机构的财务报告必须详尽，且必须定时更新。有了这样的公开透明度，再结合互联网便于使一定的慈善数目用于抵税或退税的政策，个人捐赠的积极性自然高涨。

因此，在制定和实施我国的慈善法时，还需多一些"互联网思维"。慈善法草案确定国务院民政部门主管全国慈善工作，并要求建立统一的慈善信息系统，是一个好的开端。但规定县级以上地方各级民政部门主管本行政区域慈善工作，并要各自建立或指定慈善信息平台，就似有传统的"条块分割"之嫌。而且，规定慈善组织只能在其所登记的区域进行募捐，显然也与互联网"开放、协作、分享"的特点相悖。试想，如果贫困地区的慈善组织只能在本地区募捐，结果必然是"穷人帮穷人"，效果堪忧。俗话说"善心无国界"，说无国界是大了点，但人为划定了献爱心界限，无异于圈地为牢，仅仅成就了政府部门管理的方便。

此外，在募捐方式上，也应尽量减少现场设募捐箱等传统做法，减少现金捐款，尽可能只接受通过互联网向指定账号捐赠。即使需要举办义演、义卖、慈善晚会等促募方式，也完全可以做到通过互联网渠道现场进行电子捐款，并通过大屏幕展示，而不必费工费料地制作一个假支票，现场不到账，还往往容易"跳票"。当然这样做的主要目的，是可以有效监控善款，杜绝贪污挪用。

为增强全社会慈善意识、规范慈善行为，我们需要一部专门的慈善法。而在互联网时代，我们更需要一部充分反映"互联网思维"的慈善法。政府部门多运用"互联网思维"进行慈善监督与管理，才能事半功倍地增强慈善活动透明度、提高慈善组织公信力，保障慈善事业健康发展。

（2015 年 11 月 2 日）

"十三五"能否根治"视法院为政府部门"顽症

2日，中央"十三五"规划建议全文公布。其中在"十三五"时期经济社会发展的主要目标和基本理念中，有引人注目的两句话："法治政府基本建成，司法公信力明显提高。"

似乎是与此相呼应，2日下午，最高法负责人向全国人大常委会做报告，总结"十二五"以来行政审判工作，其中提到："有的地方党政领导干部仍然公开插手行政案件，少数地区规定如判决行政机关败诉即对相关法院考核扣分""有的地方仍视法院为政府的工作部门，要求法院承担司法职权之外的强制拆迁、城管执法、招商引资工作"。

同一天的两则新闻，反映出依法治国目标与现实之间的巨大反差。从目标角度讲，"十三五"规划重申了依法治国的重要性："厉行法治是发展社会主义市场经济的内在要求""法治是发展的可靠保障"。法治的核心理念是公平正义，而实现社会公平正义最重要的途径，就是司法公正。因为司法公正可以引导公众尊重司法程序，尊重法律权威，树立对法律的信仰，直接提升公民的道德水准，从而促进和确保社会公平正义秩序的建立。而司法公正最重要的体现方式，就是司法机关的审判工作。人们常说，司法公正是人民法院审判工作的生命和灵魂，是人民自由权利、社会公平正义的最后一道屏障。没有公正的审判，法治无从谈起。

然而在现实中，法院审判工作常常受到多方干扰，司法公正常常难以体现。不仅行政机关作为当事人之一的行政审判，会受到一些地方党政领导的公开插手，即使与行政机关无直接关系的各类案件的审理，也常常受到权力之手或明或暗的操纵。宪法第一百二十六条规定："人民法院依照法律规定独立行使审判权，不受行政机关、社会团体和个人的干涉。"但宪法赋予人民法院的"独立审判权"，却往往"说起来很美"，却无法真正落地。

首先法院受制于地方，主官由当地人大产生、人事归当地管理、财政预算掌握在地方手中，有的还要受当地考核，不想被视为政府的部门也难，法院被迫承担"强制拆迁、城管执法、招商引资"以及有纠纷时充当"地方保护主义"工具，也就在"情理"之中。也因此会出现今年6月四川一法官因家人与县政府就拆迁问题未达成协议，法院党组就对他停职的怪事。同时在法院内部，行政化的体制，决定了主审法官往往没有案件最终决定权，只能是谁官大就听谁的，而院长不可能不听命于书记、市长之类的地方主官，甚至也难以抵挡财政等地方强力部门的干扰，何况还有上级法院通过请示制度直接干预，所谓独立审判纯属侈谈。

独立审判是确保司法公正、树立司法公信力的根本所在。当司法受到权力的肆意干预与腐蚀浸染，势必有人打"权力官司""人情官司""金钱官司"，一次又一次地让民众对司法公正失望甚至绝望，进而对司法丧失信心，对法律失去尊重和信仰。这也是许多人有事"找政府不找法院"，不相信通过法律能讨回公道，宁肯上访闹访的重要原因。

有这样的反差，要在未来短短五年时间内，达到"法治政府基本建成，司法公信力明显提高"的目标，可谓任重道远。除了按规划建议所说"弘扬社会主义法治精神，增强全社会特别是公职人员尊法学法守法用法观念，在全社会形成良好法治氛围和法治习惯"，更要按照规划要求，"深化司法体制改革，尊重司法规律，促进司法公正"。

目前促进司法公正的一个关键点，应是确保宪法赋予法院的"独立审判权"。一方面认真落实《领导干部干预司法活动、插手具体案件处理的记录、通报和责任追究规定》，另一方面在深化司法体制改革上下功夫。比如可尝试将法院与行政区划适当分离，脱离法院地方化。与公安机关搞侦查最好对当地情况熟悉不同，法院审判依据的是法律与呈堂证据，与行政区域适当分离，不但不会影响审判效率，还有利于审判资源的合理调配与运用，避免因案件数量不同忙闲不均。另外是逐渐去除法院行政化。如建立法定的适合法官职业特点的奖惩福利制度以及法官终身制等，上级法院只能通过二审程序和审判监督程序进行监督，人大可以对法院工作进行审核、检查、质询以及对个别徇私枉法的法官进行弹劾，最重要的是确保审判程序向社会公开，以恢复人们对司法公正的信心，让法院的审判工作真正为法治中国护航。

（2015 年 11 月 4 日）

社区主任单笔索贿5000万元，底气何来?

周日惊闻又一"虎蝇"创下贪腐新纪录：11月8日媒体报道，陕西西安市一社区主任于某，利用村中土地开发向开发商索贿，单笔竟高达5000万元，加上利用工程转包等不法获利，总涉案金额有1.2亿元!

于某原是西安市雁塔区丈八街道东滩社区主任。该社区实际上是一个城中村，2011年该村纳入城中村改造，按政策，留有130亩村民生活依托地，村委会可主导开发，利益由村民共享。于某深知许多企业都在盯着这块"宝地"，于是对多家开发商狮子大开口，索要几千万元好处费。正规的公司因账目无法作假，均知难而退。然而于某却毫不松口，最终与一家开发商谈妥，索要好处费5000万元。虽然面对村民反对，他却胸有成竹，授意开发商向每名两委班子成员各行贿30万元。最后两委班子大开绿灯，对合作意向"一致通过"。直至案发后，他还声称"开发商在这块地上获利更大，我要点好处费是应该的"，可谓底气十足。

一个小小社区主任，单笔索贿就达5000万元，胃口之大令人咋舌。运作过程中又如此淡定从容，胆气之壮更让人瞠目。诧异之余人们不禁要问，他的贪腐底气从何而来?

细察案情，可简单归纳出两个主因。一是上面无人管。东滩社区上面是丈八街道，在于某的整个贪腐过程中却销声匿迹，处于不闻不问状态，成就了于某的贪腐"独立王国"。二是下面管不了。虽说于某在村里说一不二，东滩社区村民却显然不乏反对之声，但实际决定权在两委班子手中，给班子成员行贿就可解决问题，民意反对无效。

实际上，按现有法律和制度设计，不是上面没人管。丈八街道办就有日常监督之责，只是它失语缺位甚至可以说是渎职，好在雁塔区纪委还是把这起腐败案查实处理了。也不是下面管不了。按村民自治或社区居民自治相关法律，对村中重大事项，至少须由村民代表会议讨论决定，对类似东滩社区这种事关全村"命根子"的村民生活依托地开发，由村民会议决定更是必需的。开发商能行贿两委班子成员每人 30 万元，让它行贿村民会议全体成员每人 30 万元，就绝无可能。如果能严格依法把这些法律制度规定落实好，村官贪腐底气或可消，村民切身利益或可保。

因此，要彻底撤除于某这类跋扈村官的贪腐底气，须依法解决好上面有人管和下面管得了的问题，上下监督形成合力。村委会组织法所规定的乡镇政府对村委会工作的"指导、支持和帮助"职责，应落实到位。这种指导并非一包到底、越权干预，而是认真监督其选举、决策、管理等工作，是否符合相关法律要求。比如对东滩社区由两委会决定村中重大事项这种违法行为，就应及时加以纠正。与此同时，还应向村民大力普及村民自治等相关法律法规，努力培养村民的民主意识与民主议事决策习惯，学会通过村民会议等法定渠道，有效维护自身利益。

当然从于某贪腐案中也反映出，目前相关法律法规仍不够完善。比如村委会组织法仅仅规定乡镇人民政府对村民委员会工作给予"指导、支持和帮助"，缺乏硬性责任指标。对"指导、支持和帮助"不力的，更没有如何追究责任的规定。同时，负责落实村委会组织法的主体是各级人大或人大常委会。但在实践中，人大的监督权往往难以保证，也就无法切实有效地"保障村民依法行使自治权利"。甚至像东滩社区这样明显违反村委会组织法并酿成严重后果的事例，当地人大也没有发声。

在目前乡村民主制度不健全、村民民主意识仍较薄弱和民主议事决策习惯尚未完全养成的阶段，缺乏强有力的外部力量监督，无疑使于某这样的村官有了贪腐底气。尽管有上一级纪委的查案究办,但能查实法办的毕竟只是少数,且损失和影响已经造成。如果不能从法律及执行层面,对村民自治进行完善和促进,只怕"苍蝇""虎蝇"灭不胜灭,或会有比单笔索贿 5000 万元更惊人的村官贪腐新纪录被创造出来。

（2015 年 11 月 9 日）

书记被曝戴名表，不该"按下不表"

许多人对"表哥"一词的另类意涵，肯定不陌生。2012 年，陕西原安监局长杨达才，因被曝戴多块名表而落马，对官场震动不小。自那以后，许多官员可能有表都不敢乱戴，生怕成为第二个"表哥"。然而 11 月 10 日媒体披露，就在陕西的府谷县，县委书记马某某竟又陷入手表风波，被曝在多个场合佩戴不同的手表，疑似是又一名"表哥"。

这位县委书记会否真像杨达才一样，是另一位"表哥"，尚不得而知。因为当事人自己并无回应，迄今为止也没有哪个部门出面向公众释疑解惑，至少发出"已听到了"的声音。这种种遇事一律"按下不表"、对社会关切充耳不闻的姿态，倒很值得深思。

根据媒体报道和网上存留信息，该县委书记被曝有多块手表的帖子，早从今年 8 月起就开始在网上流传。8 月底，网上又有人发帖指责府谷当地不回应此事，只是一味删帖。直到 11 月 9 日，有媒体想准确了解各方到底如何回应，没想到遭到了各种不回复与"神回复"。

该县委书记本人多次拒接电话。县委宣传部工作人员说："已经看到过相关消息，具体情况不清楚。"县纪委书记回答得颇有"权威性"："知道此事，这事你没问对，干部有管理体系，县委书记要市纪委管。"但管府谷县的榆林市纪委领导与县委书记一样不接电话。市委宣传部长接到是否关注"马治东被举报，官方没有回应"一事的短信，仅仅回复"抱歉"。最终电话打到省纪委，省纪委相关部门负责人说目前还不清楚此事，会立即查看相关消息。

认真分析这种种不回复与"神回复"，就会发现许多习以为常、其实完全不正常的现象。首先是当事人，如果真的没有问题，遇到记者查核采访，本是一个很好的澄清与表态机会，闷声不响只会更让人信以为真。但这种遇事不说话、背后再运作的应对方式，恰恰是部分领导干部应对突发事件的"习惯做法"。在这一事件中，县委书记本人、市纪委领导、宣传部长，都祭出这招"闭音功"，出奇的一致。有些事情确实不出声可以蒙混过去，但更多时候，小事拖成大事，甚至导致事态失控，将付出更大成本。

县委宣传部主管意识形态工作，有掌握、研判舆情信息之责，既已知情，也不该一句"具体情况不清楚"而毫无作为，但这却是大家似乎都能理解的"常态"。这且不说。最奇特的是县纪委，理直气壮说自己知情，但管不了。然而纪委最主要的职责是"维护党的章程"。党章明确规定，地方各级纪委受同级党委和上级纪委双重领导，发现同级党委成员违纪的，"可以先进行初步核实"。对特别重要或复杂的案件中的问题，既要向同级党委报告，也要向上级纪委报告。县委书记有问题，具体怎样处理你管不了，初步核实与报告上级纪委总可以做到吧？但目前许多县纪委的"潜规则"，的确就是县委书记的事情不能管，更不好去说。

从各方态度看，唯一可能真不知道相关消息的，只有省纪委。但饶有兴味的是，据相关报道，就在今年9月中旬到10月中旬，省委第四巡视组进驻府谷县开展巡视工作，"主要受理反映县级领导班子及其成员"等问题的来信来电来访。如果蹲守了一个月还对此一无所知，那是失职；如果知情却没有个说法，那就是渎职和包庇！

一个并不复杂、全县上下几乎尽人皆知的"表哥"事件，就在各方领导和有关部门装聋作哑中，任由公众猜疑、媒体质疑、流言横飞。或许在一片"按下不表"的沉默中，这一事件会被时间或新的贪腐事件所冲淡、叠压，但人们心中的疑惑与不满绝不可能就此消失。层层积累的结果，就是党的威信下降、执政基础被侵蚀，后果堪忧。

在新媒体时代，对领导干部及相关部门面对社会监督、舆论监督，只要是公众关注的疑惑与猜疑，该如何出面应对、释疑解惑，应划出个底线、制定出规则，建立"发声机制"，并认真加以落实，满足公众知情权，杜绝谣言传播。对群众通过网络举报的确实有问题的干部，更应及时回应、认真查处，避免让党的威信和政府的公信力屡受"暗伤"。

（2015 年 11 月 11 日）

让80多岁老人看QQ通知领补贴，暴露"便官"思维

网上办公，快捷便民，这是一般常识，但也要看具体对象。11月15日媒体报道，河北秦皇岛市一些社区推出的网上办公"便民"举措，却让许多人犯了难。

原来，从今年起，秦皇岛所有80岁以上老年人都能享受每月30元到300元不等的老龄补贴，但一些社区开通的是网上通知，需要这些80岁以上的老人上网看通知领补贴，一些老人直呼"受不了"。有一位83岁的徐姓老人，收到社区工作人员给她的一个纸条，上面写着一串号码，被告知是QQ号。老人看后忙说自己连手机都没有，也不会上网，社区人员则说让她家人帮忙，"你不懂找你孙子！以后我们就不给你去电话了"。但是老人两个儿子都60多岁，也不会上网，她平时一个人住，孙子离得太远帮不上忙，着实给她出了一个大难题。

有记者对此进行核实，当地社区一位副主任回复说：当时让所有老年人加入QQ群，是为了通知起来更方便、更快捷。因为社区领补贴的老人有177名，如果一个个打电话通知很耗费精力，"发放的人不是太多嘛，就建了一个群，老人有不会的就让子女加一下这个群，每个季度发钱的时候从群里通知一下。她要是这种特殊情况我们就会单独给她打电话了，不是说就不通知她了"。

听社区工作人员解释这样做的理由，乍一听似乎很有道理，深究却站

不住脚。社区的工作服务对象名义上是全体社区居民，但自食其力的青壮年一般用不着社区组织，正是老年人才最需要政府和社区的关心与帮助，这也是政府向一些老人发放老龄补贴的原因。在需要关心帮助的老年人中，自理能力差、子女不在身边的"空巢老人"，更是需要社区大力关心帮助的重点。试想，如果一位老人能自己上 QQ、发微信，或随时都有家人帮忙，还需要社区帮助吗？对这些最有困难的老人，本应经常面对面听取意见，提供帮助，现在照社区工作人员的想法，一个季度打一次电话都嫌麻烦，不愿"耗费精力"，可以想象这些最需帮助的困难群体，在平时得到的关心是如何之少。也不难想象，在社区按职责"向政府或它的派出机关反映居民的意见、要求和提出建议"时，他们难免成为"沉默"的一群，没有机会发声。

另外，从社区需建 QQ 群每季度发通知，可以看出当地发老龄补贴，是要让这些 80 多岁的老人到社区来领，至少得让他们的家人代劳。这又让人很感疑惑：既然在发通知上都能想到 QQ、微信这么先进的手段，为何发放老龄补贴不用更方便快捷的银行卡呢？那既可以保证老龄补贴及时足额发放，又能确保资金安全。如果老人都有上 QQ、发微信的能力，使用银行卡就更不会有问题，何况还会有"家人帮助"。不知当地政府是出于节省成本考虑，还是怕给老人办银行卡麻烦，索性将资金一次性拨到社区，让他们发放更省事。

从社区让 80 多岁老人看 QQ 通知领老龄补贴，到当地政府让老人到社区领现金，这种只图自己工作方便，不顾及服务对象可能困难的做法，暴露出的正是许多不为"便民"、只为"便官"的传统思维。在一些地方干部的观念里，有一种奇怪的思维逻辑。当需要倾听民意、让公众参与、引入社会监督时，他们往往认为群众缺乏参政议事能力，不能正常行使监督权利，谁也没有自己高明。当需要提供公共服务时，他们又把老百姓想象得无比聪明、无所不能，进政府能搞清那复杂的部门设置与职能分工，不需要指引就能准确知道办事该找谁、程序有哪些、证件需哪个，在社区甚至 80 多岁的老人都能熟练地上 QQ、发微信，不用见面、打电话，通过网络就能提出意见、要求和建议。

这种"便官"思维，实为"懒政"之源。正确的做法恰恰是应该在决策时，虚心听取公众意见，让公众有更多知情权、监督权和最终评价权。在提供公共服务时，把群众可能遇到的困难想得多一些，宁肯政府部门及工作人员多耗费一些精力、多一些麻烦，也要让群众感到更舒心、更方便。用现代管理和技术手段提升工作效率固然好，但这种提升也应"以人民为中心"去设计，养成"便民思维""底线思维"习惯，把麻烦留给自己，把方便让给群众。

（2015 年 11 月 16 日）

官方搞"盛筵"，须防"自费奢靡"

18 日同时见诸媒体的两则消息，很容易让人产生联想：一则是中纪委负责同志在线访谈时提到，按照《中国共产党纪律处分条例》相关规定，党员用自己的钱进行高标准或者挥霍性的消费，党组织也不能不管、不能不予过问。另一则是某地政府举行新闻发布会，宣布拟在本月底举办第六届"某某盛筵"，内容包括顶级富豪才能配备的游艇、公务机和意味着顶级豪车、奢侈品品牌的所谓"时尚生活方式"展，还有世界小姐总决赛等。

党员搞"自费奢靡"也不允许，这一说法听来很新奇，但却于党法有据。今年 10 月刚刚修订的《中国共产党纪律处分条例》第一百二十六条就规定，党员"生活奢靡、贪图享乐、追求低级趣味，造成不良影响的"，要给予纪律处分。中纪委负责同志对"生活奢靡、贪图享乐"做了解释：主要是指党员背离了党章要求的"吃苦在前、享受在后"的义务和《廉洁自律准则》"尚俭戒奢"的要求，在日常生活中，讲排场，比阔气，动辄挥金如土，恰如广大群众批评的那种土豪气。这些人的行为，明显超出了当地正常生活消费水平，也破坏了群众心目中党员应当是社会主义新风尚和社会主义荣辱观带头践行者的良好形象。这就意味着，即使党员是用自己的钱进行高标准或者挥霍性的消费，也为党纪所不容。

而对于"某某盛筵"，人们也并不陌生。在前五届活动中，世界知名游艇云集、名牌公务机集中亮相、世界顶级跑车和名车汇集、各类奢侈品品牌荟萃，以及名流晚宴、泳池派对等"顶级""高端""性感斗艳"活动，着实亮瞎了世人的双眼。这种大肆倡导、渲染所谓世界高尚生活品牌文化的做法，引发了舆论的热议。同时，诸多富豪名流与所谓"嫩模""外围女"的不雅派对流言等，也激起了人们对这种宣扬高调奢华、追求高端享受行为的不满。尽管慑于中央反"四风"力度加大与八项规定等各项禁令，今年主办方特别强调弘扬正能量、主打公益牌艺术牌，但既然名为"盛筵"，主旨当然仍是游艇、公务机、奢侈品以及富豪美女等，网民的第一反应就是"别糟蹋公益，也别糟蹋艺术，精神文明就更别说了"！

从"某某盛筵"在社会上所造成的"不良影响"，就可以深刻感受到党纪严管党员"自费奢靡"的必要性。以往大家都懂的：贪官露富与不法商人、企业家炫富，肯定令人痛恨，也为党纪国法所不容。而在一个贫困人口尚不占少数的社会中，即使是收入并未违法，用自己的钱进行高标准或者挥霍性消费，动辄挥金如土，"土豪气"十足，也很容易被看作"为富不仁"，招致广泛的不满。尤其是在目前市场经济体制尚不完善、社会分配制度并不完全公正的情况下，极易引发"仇富"心理。如果是一名党员，人们就会认为他（她）不像党员，进而对党员的追求、党的宗旨产生怀疑，消解党的执政基础，影响社会的和谐与稳定。与此同理，如果我们的地方党委与政府，举办会展节庆活动时，大张旗鼓地片面强调豪华奢侈和所谓高端时尚，诱导高标准或挥霍性消费，尽管参与其中的不都是党员，但社会观感肯定不佳，自当慎之又慎。

不允许党员"自费奢靡"，并不意味着是党员就得破衣烂衫、吃糠咽菜。正如中央纪委负责同志所解释的，在党的改革开放政策下，靠诚实劳动先富裕起来的党员、干部，生活过得好一点，群众完全能理解。但什么是过分奢靡，群众中、社会上是有评价标准的。同样地，对什么是正常的满足人们追求精致生活需求、促进社会正常消费的会展节庆活动，什么是一味追求奢靡豪华、打奢侈牌，甚至突出感官享受以博人眼球的活动，人们心中也自有一杆秤。因此，中央纪委负责同志对《中国共产党纪律处分条例》

的强调与解读，不只对党员有警示意义，对地方党委、政府举办各类官方支持和参与的会展节庆活动，也是一种敲打与提醒。

会展活动要搞，但不能挑战社会容忍度的底线。即使是展示名牌商品的活动，也应多引导人们不但物质富有，而且精神高贵。如果一味与炫富斗艳联系在一起，不仅是党员，就是党外正常的商贾名流也会避之唯恐不及，活动的开展也很难做到健康可持续。

（2015 年 11 月 19 日）

住建局长骗媒体"不是局长",
不宜"检查"了之

　　有的政府机构及官员遇到媒体当面质疑,往往用所谓"四字诀"来应付,即"躲、吵、告、怨"。躲就是能溜则溜、能捂则捂;吵就是特权硬顶,甚至动手伤人;告就是威胁对方侵权、扬言法庭上见;怨就是怪宣传部门管理不力、怨媒体故意找碴,当然也通过宣传部门打通关系,阻止见报上电视等。近日媒体曝光的一起舆论监督案例,尽管也属"躲"字诀,但更令人啼笑皆非:当记者来到贵州贵阳市住建局长办公室,拟就保障房闲置问题进行采访时,这位局长居然声称:你们搞错了,我不是局长,我是过来看工作图的!

　　这件事的由来,是国家审计署日前公布了一个惊人数据:在贵阳市,有3万多套保障房一直闲置。这些保障房项目涉及投资80多亿元,就因为不完善水、电等配套设施,困难群众有房住不进。同时媒体披露,因为廉租房质量差等问题,群众每去一个部门投诉,都被搪塞到另一个部门,一共走了七八个部门也没能解决。电视台记者登门采访,才有了上述一幕。

　　住建局长自称"不是局长"场景曝光后,很快成为舆论热点。22日,贵阳市政府召开新闻通气会,政府新闻发言人就3万多套保障房长期闲置公开致歉,并承诺明年6月30日前,将达到竣工验收及分配入住条件。而对自称"不是局长"的住建局长,仅提及"市政府已对其进行了严肃的批评教育""本人作出了深刻检查"。

　　不管怎样,能对舆论热点及时回应,并提出整改措施,是明智之举。

只是对骗媒体"不是局长"行为的处理，却让人有些意外。一方面，一位住建局长，居然隐瞒身份，欺骗媒体实际上也是企图欺骗公众，如此缺乏担当，分明已造成不良社会影响，人们质疑，怎能批评一下了事？另一方面，作为承担保障城镇中低收入家庭住房主要责任的住建局的"一把手"，出现3万多套保障房闲置逾期两年，被国家部委点名，且群众反映廉租房质量问题，投诉屡遭推诿，导致媒体曝光，这么多懒政、失职甚至渎职行为，又岂是深刻检查能过关？难怪有人质疑："贵阳市政府这样轻描淡写，能管好干部？"

这种"轻描淡写"事出有因。如果认真品味当地政府对这一事件的回应，虽算及时，但也不无应付舆论监督与公众关注之嫌。比如，对3万套保障房闲置逾期两年的原因，虽然承认"思想认识不到位，统筹力度不够，分级责任不落实，相关责任单位服务不力"，但都点到为止，反而更强调建设保障房"体量大、任务重"，强调配套资金跟不上等客观原因，等于将统筹不到位和责任不落实等真正症结，轻轻化去。又如，虽然宣布"已成立市政府主要负责同志任组长，分管负责同志任副组长，有关单位参加的整改工作组"，但具体责任落在谁头上，不得而知。本来该市已有"市住房保障工作领导小组"，"负责统筹全市保障性住房建设和管理"，这整改小组与领导小组有何区别？难道整改小组只管3万套闲置保障房这一块，对诸如廉租房质量等有关问题仍无人过问？说到底，仍脱不出一个"躲"字诀。虽然不像自称"不是局长"那么赤裸裸，本质却很相通：一谈到责任、担当，"组长"不见了，"市长"也不见了，全成了模糊的"市政府主要负责同志""有关单位"等不着边际的字眼。

政府工作千头万绪，不可能没有一点疏漏，关键是以怎样的心态对待工作中出现的问题，怎样对待舆论监督。保障性住房建设是民心工程，尽管面临种种困难，但一定要以真正解决群众住房困难、实现困难群众"住有所居"为最终目标，而不是满足于建成了多少、报个光鲜数字蒙混过关。

如果说有困难，为何遇到媒体曝光，就有了准确的竣工入住时期？在遇到舆论监督时，也不能满足于"头痛医头、脚痛医脚"，应借此契机，对自身工作进行全面反思。比如保障房建设在工程规划时有没有严格规定工期、有没有配套资金规划？不能如期入住又该追究谁的责任等。而对居然自称"不是局长"的干部，虽然不至于像人们所说的"不承认自己是局长，那就不要让他当局长"，至少要按党员干部"敢担当"的要求，制定完善奖惩标准；针对类似"不作为"现象，制定完善责任追究办法，以便让更多党员干部从中吸取教训，不仅让保障房建设真正得民心，同时让政府各方面工作都能得到有效提高和促进。

（2015 年 11 月 23 日）

书记校长被"连锅端"式处分，警钟为谁而鸣

11月24日，教育部公开通报了一起违反中央八项规定精神问题的查处情况：中国传媒大学多达8名领导干部分别受到纪律处分和组织处理。

这次通报的内容相对罕见。一是人数众多，职务显要。其中包括多名校主要领导，如校党委书记、校长、副校长，以及关键岗位的党办主任、财务处长、后勤处长等，几乎是被"连锅端"式地处分处理。校长、副校长更被直接免职。据说这是党的十八大以来，高校校长因八项规定"落马"的首例。二是校主要领导所涉事项虽然"人人有份"，却具有高度相似性。比如违规超标使用公车、办公用房超标、"三公"经费超预算等。

正是这两个特点，使教育部的这次严查严处，更具警示意义。

细看披露出的相关问题，不太像哪个人一时一地的出规出格，倒更像是通常所说反映"组织意图"而延续下来的"惯例""传统"。比如，书记、校长、副校长几乎一律"违规超标使用公务车辆""违规占用下属单位车辆""办公用房严重超标"，很像是给领导的"标配"。还有巡视组曾向该校反馈的"退出领导岗位的校领导仍然超标配备办公用房""住在校外的现职和近年退出领导岗位的校领导均配备固定公务车辆和固定司机"等，也有点像内部"制度"或"惯例"。说实话，这种情况以往在一些地方、部门和单位并不鲜见，难怪有人为此叫屈："哪个学校不是这样的？"

问题也正出在这里。管理学上有一个术语叫"羊群效应"，或者说"从众心理"。大家一起做的事，往往让人感觉更安全。发展下去，即使某种行

为不合规甚至不合法，由于是群体行为，法不责众，最后仿佛成了"合法化"行为。

这一现象，如果一个地方、部门或单位的多数主要领导参与其中，形成了"惯例"与"传统"，其"合法性""合理性"就会被更加强化，演变成难以改变的"痼疾"。甚至偶尔有哪一位新来者试图改变，也会遇到意想不到的强大阻力。最终结果，不是同流合污，跌入"染缸"而不自知，就是"劣币驱逐良币"，坚持依纪依规办事者成为众矢之的，混不下去。尤其是如果所涉事项，都是一些以往被人认为无关紧要的小事，比如用车超标、办公室过大、礼尚往来请客吃饭，等等，更容易被认为是细枝末节，又不是把钱装进自己兜里，只要依例办事，就出不了大事，纠不出大错。也正因为如此，上述所说校党委书记在年初巡视组反馈相关情况时，虽然表态说这次巡视组的工作是一次"CT扫描""核磁共振"，漂亮话没少说，但就是不认真整改。

这样的严查严处，给那些仍抱有"法不责众"心理、依然按所谓"传统""惯例"办事的领导干部们，敲响了警钟。中央一直强调，坚持党纪国法面前没有例外，不论什么人，不论其职务多高，只要触犯了党纪国法，都要一查到底，绝不姑息。那么，从这所重点大学的书记、校长等被"连锅端式"处分处理也可以得出这样的结论：不论是什么地方、部门和单位，不论当事人职务多重要，也不论人数有多少，只要触犯了党纪党规，也都会一查到底，依纪依规该怎么处理就怎么处理，绝不会姑息。

这样的警钟长鸣，也有利于促使更多人尽快在思想认识、责任担当、方法措施上，跟上中央的要求。更为重要的是，它可以比较有效地破除在落实党纪党规方面的法不责众心理。只要违纪违规就可能被"连锅端"，那么每位领导干部从自身利益考虑，也会更多思考自己的行为是否依纪合规，为自己的行为负责，考虑是否有被处分处理的危险，而不再奢望能拿"集体研究"或"惯例""传统"做挡箭牌。这样，在日常工作中，所谓"扯扯袖子、咬咬耳朵"的相互制约与监督体制机制，才有可能真正发挥作用，逐渐破解存在于许多地方、部门和单位的违规违纪"共同体"，形成依纪依规依法办事的良好工作氛围和社会风气。

（2015 年 11 月 25 日）

不应让患病乘客再遭政府部门颟顸推诿

"南航患病乘客遭推诿"的"急救门"事件发酵整整一周，29日，国家有关部门才终于出面表态。

表态内容主要有两点，但听来都让人感到有些费解。第一点很原则。"要通过此事进一步检查急救工作薄弱环节，切实加强管理、提高水平，保障患者合法权益和生命安全。同时加强与航空等有关交通管理部门的沟通协调，组织做好急救环节的衔接和演练。"那没"加强管理"、未"沟通协调""衔接演练"的原因与责任，是否就不需要厘清、追究？

第二点更奇怪。当事人曾举报999急救车欺骗患者，以朝阳医院、协和医院挂不上号为名，强行将病人送往999急救中心，涉嫌利益输送。该部门对此则表示："一直要求医疗机构在急诊、急救的过程中不可以任何理由推诿、拒绝患者，而北京市医疗机构一直在严格执行国家的这项规定。"要知道，事件中所谓"遭推诿"，一直说的是在该由谁送患病乘客下机一事上，航空公司与急救中心相互推诿。在强行把病人送到自家医院过程中，999急救中心是"强拉"。难道管医疗卫生的人压根没注意这一涉及医疗卫生事项的社会热点？

或许是国家有关部门职责宏观，不管具体问题。但据媒体报道，此前当事人就999的问题向北京市卫计委投诉，得到的回答也很奇特。回复主要也是两点：一是说卫计委"已经开展调查"，但表示急救转诊原则目前没有量化和硬性标准，难以判断某一行为是否符合要求。二是关于北京市红十字会急诊抢救中心（999）的"内部管理问题"，建议同它的上级管理机关市红十字会联系。难道事关患者生死的医疗卫生事件，居然是医院"内部管理问题"？而承担全市"医疗机构医疗服务监管工作"的市卫计委，竟不管属于北京市院前急救体系的"999"医疗服务问题？既然如此，那又怎样"开展调查"？

从上述表态和回复中，不难感受到政府有关部门在处理人命关天的院前急救事项上，表现出的"推诿"态度。也是从这些表态和回复中，人们才惊讶地得知：在命悬一线的紧急时刻，前来救命的急救车，还存在这么多"薄弱环节"，转诊也没有量化和硬性标准，只能听天由命。即使出现不顾病人安危、强行将其拉到与急救人员有关医院的行为，也只能算是"内部管理问题"，投诉无门。

医疗卫生工作的确有较强专业性，但也不是神秘到无法量化和制定相对硬性标准的地步。比如对院前急救，世界上目前主要有两种模式：一种是现场简单医疗处置后马上向医院转运，认为医院才是最好的救治场所，所以急救中心主要是调度、运送；另一种认为时间是疗效的重要因素，所以急救中心会呼叫医务人员，然而也仅限于现场救治。但在我国，还有一种"特色"模式，就是有的急救中心自己还有医院，即所谓"院内治疗"。不难推断，如果急救中心只管现场救治及转运，当然会体现"就近、就急、就专业"原则，不会有意向哪家医院"抢病人"。然而一旦急救中心后方还有自设医院，接下来发生的事情只能是"你懂的"。

为什么会出现这种急救中心在指挥调度、院前救治以外，还会有个院内医疗即自设医院的体制呢？据行内人士介绍，主要是在我国医生都属单位人、流动性差的情况下，为一些年老体衰的急救人员"退岗"后设置院内岗位，并有条件参与疾病的全程救治，有利于评定职称等。说到底，就是"医生本位"，而不是以病人为中心。北京120以前也属这种体制，2005年才予以取消，但999急救中心则保持了这一"特色"。

　　既然有这种特殊国情，作为卫生行政部门，就应预估到这一体制可能产生的弊端，及时出台相应管理制度与具体措施，认真加以防范，或从体制上予以彻底改革。然而从有关部门的回应与表态上，我们没有看到针对这一症结进行反思和改进的意愿。不知是颟顸不知真情，还是故意推诿。无论如何，都希望有关部门对这一事件认真调查处理，并以这一事件为契机，至少能做到国家有关部门表态中所说，认认真真检查医疗环节，切切实实提高管理水平，不要让危及患者合法权益和生命安全的"急救门"重演。

（2015 年 11 月 30 日）

防止"任性区长"再任性，
避免"王指倒"们再跌倒

北京市门头沟区原区长王洪钟涉嫌受贿和滥用职权罪一案，12月1日法院开庭审理。这一案件之所以引人关注，一是因为当事人是第一轮中央巡视组结束对北京巡视后，首都官场第一个落马的正局级官员。二是因才50岁的王洪钟，原是北京市政界"新锐"，35岁就升为正局级，且公认"能任事口碑好"，突然落马曾令许多人深感意外。

其实王洪钟的与众不同还不只这些。王洪钟落马后，北京市纪委专门在向市属各委办局和各区县推送的《北京市正风肃纪教育片选集》中，录制了一部警示教育片：《"任性"的区长——门头沟区原区长王洪钟案警示录》，详细分析了他为官的个性与犯罪成因。

根据之前媒体报道与该片的介绍，王洪钟可以称得上是"年轻有为"。门头沟是北京市唯一的纯山区，相对边远。王洪钟到任后大力发展旅游业，狠抓城市建设，全区 GDP 从 2009 年的 75.9 亿元，很快上升到 2013 年的124.2 亿元。他主抓的棚户区改造，配套设施不亚于一些高档小区。据说他到基层视察的时候，"不少群众都夸他是做实事的干部，有一个居委会大妈还开玩笑说过，区长即使你贪点我们也能理解"。

还真被这位大妈不幸言中。王洪钟做事雷厉风行的另一面，就是异乎寻常的"任性"。首先在工程建设上求快而不管程序。比如一座建筑刚翻修几年就被拆除，从下达指令到动手拆只有几天，没有什么论证，也未按程序得到市财政批准。这种事情多了，王洪钟人送外号"王指倒"，指哪儿哪儿倒，觉得不喜欢的就要拆。有时部下问有没有文件之类的依据，他明确表示没有这些："我是区长，让你干你就干！"加上他骂人厉害，下属没人敢在他面前提不同意见。后来这种"任性"发展到大工程先上马再假造会议纪要，没有预算也马上干，不管财力能否承受。最后——也是自然会发生的：既然他自己就可以说了算，许多工程不履行招投标就给了巴结他的企业。得了甜头的企业自然得"表示表示"，他也认为这种事情很正常，有些钱款就大大咧咧地堆放在自家阳台上，结果受贿累积金额多达上千万元！

在反腐中落马的许多官员，类似于王洪钟这样能干又能捞的，着实不少，也很令人惋惜。惋惜的不仅是他们个人的政治前途，还有本来可以经由他们努力、继续更快发展的各项事业。不过对于王洪钟案，惋惜之余还让人惊讶：由于监督制度不健全，还有权力的特点、人性的缺陷和地方主义的诱导，有些地方官员滥用权力，不算罕见。但一向被认为制度建设与法律意识均可称为"首善之区"的北京，居然仍出现如此"任性"的区长，不能不令人大感意外，让人感叹我们的制度设计与对权力的监督，的确是普遍低效与薄弱。

王洪钟虽名为一区之长，但其上，本应有党委领导、人大监督，同时又有市级职能部门，比如纪检监察、审计、财政、发改等进行监管；其下，本也应有区政府班子成员相互制约，各区属职能部门依法按章办事，让其不能出大格。但王洪钟在门头沟4年多的从政做事经历，给人的印象是似入"无人之境"。这一点，恰恰是王洪钟案最应反思的地方，而不是像有些教育材料或教育片那样，仅仅归因于他的"任性"以及热衷于挖掘他"任性"的种种表现，更不能因他在第一轮巡视后即落马，就认为万事大吉。

说实话，尽管有群众说，对"做实事的干部""即使贪点也能理解"，而党纪国法并不允许，但这也反映了一种心声：老百姓需要雷厉风行做实事的干部，我们的事业也需要干部大有作为。问题的关键，是怎样为干部营造想干事、干成事而又不出事的良好环境。这一方面，需要干部自身从王洪钟这样的典型案例中吸取教训，有个性但不能任性，依法依规"指倒"才不会跌倒。另一方面，党委也好、人大也好，还有上下级职能部门，特别是对下级党政"一把手"最有影响力的上级党政主要领导，要严格按照党风廉政建设责任制要求，在日常工作中，对有魄力、政绩优的下属干部，不能抱有"一俊遮百丑"心理，凡事大撒把，反而更要提高警惕、密切防范，严格要求其在法律、制度、程序框架内办事，时常耳提面命、敲打敲打，这才是真正的"高看一眼、厚爱一层"，从而避免干部资源、事业发展的双重损失。

（2015 年 12 月 2 日）

招生处长"帮"过的人如何处理，也应有下文

12月3日，中国人民大学招生就业处原处长蔡荣生涉嫌受贿案，在南京开庭审理。检方指控，从2005年到2013年，蔡荣生利用职务便利及影响，在招录考生、调整专业等事项上为44名学生提供帮助，非法收受30人给予的财物，共计2330多万元，已构成受贿罪。蔡荣生对指控的犯罪事实及定性不持异议，表示认罪悔罪。

招生处长认罪了，意味着事实确凿，意味着他将毫无疑问受到依法惩处。现在问题来了：那些请他"提供帮助"的44人怎么办？尤其是出钱让他帮忙的30人。按检方提供的数据，这30人给予的财物共计2330多万元，平均每人接近80万元。按刑法以及两高有关行贿案件的司法解释，"为谋取不正当利益，给予国家工作人员以财物的，是行贿罪""数额在一万元以上的，应当依照刑法第三百九十条的规定追究刑事责任"。也就是说，依法他们也必须受到追究——按刑法第三百九十条，行贿罪视情节轻重，最低从"拘役"到最高可判"无期"。

强调追究向招生处长行贿者的法律责任，并非狠心跟谁过不去，而在于与一般行贿受贿案件相比较，招生处长受贿案，利益受损面更大，社会影响更为恶劣。只惩罚一个招生处长，远远不足以彰显社会正义与公平，更不足以震慑高考招生中的违法犯罪。

毋庸讳言，在目前的社会大环境下，高考是为数不多的"公平净土"。这是最有可能弥补阶层鸿沟、缩小收入差距、维护社会公平正义的国家基本

教育制度。正如中央所说，它"关系到国家发展大计，关系每一个家庭的切身利益，关系亿万青少年学生的前途命运"。高考招生中的违法犯罪，哪怕只发生在个别环节、极小的领域，比如人大招生处长主要利用的是自主招生、提前录取等环节中的漏洞，涉及的具体人员为数也不算多，但却会极大地动摇人们对高考公平性的信心。这就难怪在蔡荣生的犯罪事实及数额公布后，很快就有人议论说：人大一个入学名额 100 万元，看来传言不虚！

因此，在处理类似人大招生处长这类高考招生腐败案件时，就更要体现那句名言："正义不仅应当得到实现，而且应当以人们看得到的方式实现。"不仅要严惩受贿者，还要公开透明地严肃处理在这一案件中失职失责的其他招生工作人员，包括监管不严的领导者。尤其对于"窃取"他人机会、出钱"谋取不正当利益"的行贿者，更应依法公开追究法律责任。

根据媒体透露出的检方指控，对招生处长"提供帮助"的 44 人，只点出了"永华香港集团董事长王某"及"王某之女"，且对其他涉案者是否俟后一一追究相应法律责任，"另案处理"，似无下文。这就不免令人担忧，这些案件又会像以往发生的高考招生腐败案件，如吉林省教育厅原副厅长于兴昌在考试录取、调换专业等方面为他人牟利，受贿 973 万元；又如湖南教育考试院监察处原副处长谭博文等，将 69 名未达分数的考生"点招"进入高校的案件等，在受贿当事人被处理后，对行贿者如何处理，悉数杳无音信。这无疑会变相鼓励更多人，敢于借助"蔡荣生们"的帮助，用金钱敲开广大学子梦寐以求的大学之门，从而也使社会上认为高考不靠分数靠"拼爹"的传言益发炽盛，高考的公平性受到严重质疑。

按常理分析，当年向蔡荣生行贿的，主导者多数应是考生的父母。他们已是成年人，是追究法律责任的对象。如果考生本人已达 16 岁刑事责任年龄且有参与，也需被依法追究。即使这些考生没有直接参与，但他们是直接获取"不正当利益"的主体。按蔡荣生犯罪行为的区间推算，他们有些仍在校，有些可能已经毕业。不管怎样，对获得不正当利益者，也须让其付出相应代价：不该录取的取消资格，已经毕业的收回文凭。这样做似乎有点不近人情，但不这样做，不足以产生震慑以儆效尤，不足以减少高考招生中的腐败现象，对其他绝大多数考生是更大的不公平与不近人情。当然，教育主管部门及各高校，更应从"蔡荣生案"吸取教训，认真研究怎样建规立制，严格监督，堵住漏洞，取消不必要的加分、特招等，铲除滋生高考腐败的土壤。这是他们本应及时公开回答的"必修课"与"必选题"。

（2015 年 12 月 4 日）

记"工作日志"，应成领导干部的"标配"

"农林局一家下属单位编制不少、活却不多""一个月工作就围绕着救一只鸟"，结果农林局编制从 195 个被削减到 70 个。编制调整的依据，是领导干部的"工作日志"。12 月 6 日，《人民日报》报道了云南昆明市官渡区"晒工作日志，破懒政怠政"的做法，给人很大启发。

有关"工作日志"，笔者印象很深的是在某地工作期间，一位党委部门的新领导，要求所属每个处室，每天都要上报"工作记录"——这应是"工作日志"的另一叫法，写明当天都做了哪些工作。这一来就像"炸了窝"：平时各处室忙闲不均，忙的处室满腹怨气，干的活多还常被批评；闲的处室心安理得，上班时间可以炒股买菜还说点风凉话。新制度一实行，忙的处室踏实上报，领导青睐；闲的处室每天发愁，不得不绞尽脑汁想点活干，整个部门面貌有很大改观。

工作日志是记录当天工作内容及相关细节的一种文体，是实现个人目标管理和管理者实现跟踪监督的重要手段。工作日志以往企业比较常见，但对于机关和事业单位，特别是处理行政事务的领导干部，作用更为重要。因为这些部门和岗位的工作，内容相对较"虚"，不像企业的生产、销售之类，业绩可用数据衡量。干多干少，多在于个人的精神状态与主动性。尤其是现在"八项规定一出台，没好处不愿为；反腐倡廉压力大，怕惹事不敢为"，个别干部懒政怠政现象比较突出。如何破解？让领导干部记"工作日志"，不失为一剂对症良药。

其实记工作日志的好处很多，不只是为了短时期内"管管人、提提效"。首先对个人来说，每天适当地记录一天工作，是个良好的工作习惯。领导干部的工作内容，相对来说比较碎片化，往往一天工作结束，都想不起来当天做了些什么事。记记工作日志，能防止工作出现遗漏，提高工作效率，也便于今后需要时回忆与查找。长期坚持，其中的一些关键信息归纳起来，就是宝贵的工作经验和规律，是一笔难得的经历财富。其次对部门或单位管理来说，实行工作日志制度，可以比较有效地约束和规范干部行为，促使干部积极履行工作职责，能相对直接地了解干部工作内容和状态，防止忙闲不均，还可以根据各岗位形成的"大数据"，适时进行资源调配，提高整体工作水平。如果各岗位都能长期记工作日志，还可以形成一种凡事求精细的工作作风、企业文化，甚至民族性格，类似于全球闻名的日本"记事本"情结，带动整个社会管理与日常生活的精细化。

我国部分机关和事业单位尝试工作日志制度，较早的在20世纪90年代就开始了。但一方面没有大规模推行，另一方面存在不同看法，有人认为操作起来比较烦琐，实际效果不佳，甚至把它看成"工作负担"。这些不同看法有一定依据：有些工作日志的确没有达到预期效果，反而成了新的形式主义。究其原因，主要是对工作日志谁来记、记什么、怎么用，没有准确理解和把握。

工作日志本应人人都记，但在制度规定上，应有刚性要求与柔性提倡之分。有些业绩可以量化的岗位，只看结果不看过程，就没有必要强行一律要求记工作日志，可以作为一种良好的工作习惯，予以提倡。工作难以量化，容易出现只到岗、不干活的岗位，尤其是领导干部，应是必须记工作日志的"主力"。所记内容，应是"何时、何地、何人、何事"的干货，再加一点谈话或办事要点，以及必要的细节，不写那些虚的感想感受、下步计划，甚至系统性总结的"花活"。写的人不觉疲累，看的人一目了然。工作日志当主要用于干部本人及本部门检视自身工作内容和工作效率，即使能实现工作日志电子化随时提交或调阅，上级领导或机关也没必要一一过目、常作批示。可在感觉哪个部门或单位工作有待促进时，再细看其工作日志，发现问题，督促解决，包括整体进行资源整合调配。工作日志可以做适当交流，或一定范围内公开，目的是相互借鉴写作方法或标准，但不宜对其进行评优、媒体发布之类，避免"大呼隆"催生形式主义。要通过制度规定，使工作日志逐渐成为领导干部不言自明的"标配"，长流水、不断线，真正对个人有提高、对工作有促进。

（2015 年 12 月 7 日）

城管与厅官握手言和，还欠公众一个道歉

退休厅官"被三亚城管欺负到只剩裤衩"，已连续 4 天广受关注。8 日，这一事件似乎有了"圆满结局"。据媒体报道，当天下午，事发地海南三亚市天涯区的副区长、城管局党组书记、城管队副队长及两名当事城管员，提着水果登门道歉。当初游泳被收衣、只得"裸身回家"的当事人认为对方态度诚恳，接受道歉，并表示不起诉相关人员。

戏剧化开始，戏剧性结束，这一事件情节曲折，舆论反应也相当有趣。最初当事人公布裸身照控诉城管，博得广泛同情，但因微信公号标明了他的厅官身份，又不免让一些见官即喷的人心情复杂。果然，城管也有文化，适时发出一封"小城管惹不起大厅官"的公开信，大有剧情反转之势。甚至有评论帮腔，认为"'厅级干部'不应是撒泼犯浑的许可证"，更上纲上线指其"光着身子招摇与党纪相左"。愤怒的当事人则再抛雄文，反问"厅官就不能维权"？我们国家"让每一个公民有尊严地生活如何理解"？有的网民心态也很纠结：当官的固然可恨，但城管也不招人待见。看城管与厅官互撕，顿感凌乱：如何辨别双方的是非曲直？

这一事件说起来，从当事人一方来讲，与是否为厅官没关系又有关系。说没关系，这位当事人虽有厅官级别，但他既没有坐豪车出入高档会所，也没有前呼后拥耍派摆威风。自己骑着单车，套个"旧车胎"找个野地游泳，完全符合退休后就当一位普通老百姓的标准。况且事发后，他既没找关系疏通，当地政府部门也没罩着他，他像普通百姓一样，以一己之力去抗争、

去维权，应予充分肯定。"难道厅官就不能维权？"问得好！

说有关系，那也就是说，虽然从心态到行为确实已经成为普通百姓、一介平民，但毕竟曾是有一定级别的领导干部。当百姓、做平民，也得是模范守法公民。即使没有那么高风亮节做公益、帮忙维护社会秩序，起码不能当"落后分子"。如果是一位文化水平不高的 65 岁农村老人，到了三亚外出野泳或随处停放自行车，不知者不罪，倒也有情可原。但作为退休领导干部、城市居民，既然当地有明确的禁止游泳警告标示，那就不应明知故犯；既然凉亭是供游客休息用的，旁边就有停放处，那就不该乱停乱放。至于辩称警示牌不是法规，可以不遵守；凉亭没有禁停标志，法无禁止即可为，理由恐怕都站不住脚。所以才有网友质疑："游泳地点其实是禁游区域，且其违规停放车辆属实，为何不见他为此致歉？"

从城管一方来说，有点冤枉又不冤枉。说有点冤枉，正如一名城管队员所说，他只是在执行公务，"按照我们的管理制度在工作"。本是严格执法，出事就被停职，心中自然委屈。说不冤枉，是确实没有做到文明执法、人性化执法，特别是没有做到规范执法。在常有人野泳的海边发现乱停放的自行车，车上还有两个包，应该知道车主有可能是在附近游泳的人，包内可能是衣物。可以等一下，或到附近找找。即使没有时间或义务去找，车被锁在凉亭上，是不是这次就一定要剪开拉走？贴个警示条提醒一下，如果下次还不自觉，再扣不迟。最重要的，拉走东西，至少要留下扣押单。难道"管理制度"竟允许扣押东西不留凭条？而且说"小城管惹不起大厅官"，显然意味着——或者就是事实：他们对普通百姓就是可以这样野蛮执法的。因此对当事人道歉之外，更应向以往被野蛮执法的普通人致歉、向公众道歉。

当然最应向公众致歉的是当地政府部门。城市管理的制度规章是他们定的，监督执行也是其职责。虽然对事件回应及时值得肯定，但事情一闹大，先是不分青红皂白将城管人员停职，之后又急求与当事人见面息事宁人，全然不见对以往不规范执法、不文明执法、不人性化执法的反思。难怪有关官员带城管队员去当事人家中致歉时，当事人问城管队员能否背出执法所依据的条文，来道歉的城管队员竟无言以对，显见有关政府部门日常管理的失职失责，也可以想见辖区居民和外来普通游客平常遭遇的是怎样的"服务"。

对当事人道歉是应该的，更应允诺改进管理与服务，真诚地向社会公众表达歉意。如果当事双方都能就自身不足向公众致歉，并积极从自身做起、改进，这一事件才具有促进社会进步的意义。

（2015 年 12 月 8 日）

履历成谜的不止一位"女副县长"

　　4 年前，河北馆陶县新任"29 岁县长"因履历信息不清，县政府宣称"县长简历是机密"，引发质疑。其简历被迫公布后，三年四次升迁的记录，掀起了更大风波，结果以"29 岁县长"任职仅 3 个月就"称病辞职"不了了之。没想到事过 4 年之久，这类官员履历成谜的戏码仍在各地上演。

　　据 12 月 10 日媒体报道：陕西神木县有一位女副县长，按测算应是 28 岁就当上了副县长。但因政府网站上所公布的她的履历特别简单，令人"不明觉厉"。当地有人从今年 10 月就开始申请县政府公开其履历信息，一直未获答复。在媒体介入追问后，神木县政府办公室 10 日才回应：将尽快公开该副县长的完整履历。

　　从 4 年前有人宣称"县长简历是机密"，到今天终于允诺将尽快公开副县长完整履历，算是有了一点进步。但查看神木县以及许多地方政府网站，发现类似这位女副县长一样来历神秘的官员，还大有人在。一个重要原因，就是当地主要领导在政府网站上公布的履历，都与神木县政府网站酷似，官员信息只有出生年月、籍贯、学历、现任职务等基本内容，寥寥数语，从中很难看出这些官员的学习经历、工作经历乃至工作业绩，更不用说他们的从政理念、家庭状况、财产多寡了。

　　正如有专家所言，党政领导干部被赋予管理公共事务的公权力与责任，他们的个人情况与"公共利益"密切相关。公众有权利了解他们的专业背景、工作经历、从政业绩等，否则所谓群众对干部选拔任用工作的知情权、参与权、选择权和监督权，就无从谈起。然而目前的现状是，各级地方政府在公布相关信息时，缺乏一定的操作标准与规范，随意性较大。总的趋势是能少说就不多说，能不公布就不公布。有的或许是无意中遗漏，能简则简，是具体操作的工作人员懒政所致；也不乏有人明知有问题，所以有意简化以求掩盖。反正少说点，也不会受到什么追究。不管动机如何，缺乏严格的公开标准，又没有对不公开行为的追责机制，最终造成各地普遍的官员"履历成谜"怪象。

实际上各级党委组织部门掌握着大量的干部履历信息。每名党员干部，从参加工作之日起，甚至从中学入学开始，就要反复填写大量表格，形成内容丰富、版本递进的"干部履历表"。不但本人年龄出生地、入学时间地点、入团入党时间及介绍人、参加工作时间及证明人，还有婚姻状况、社会关系等，都必须反复填写。而且有过什么成绩、得过什么奖励，包括有些人发表过什么论文、著作等，也都记载得一清二楚。

除了极个别特殊岗位人员，在干部提拔及公示环节，这些内容本来就应该按照一定的程序和范本，逐条详细整理和公布。其中至少要包括大学或研究生在何时何地就读、何时何地参加何种工作、任何种职务等。这操作起来并不费事，是评价和选拔干部的必要环节和必须有的内容，也是党组织对干部本人负责任的表现。相关内容公开以后，也有利于社会监督，可以有效防止年龄造假、学历造假，以及职务上的非正常提拔。领导干部到新的岗位以后，如果该领导岗位按规定需要公开履历，完全可以指定信息公开部门按照公示时的范本，"全盘照搬"，既经济又准确，何乐而不为？

领导干部公布的履历内容不完整、信息不具体，早已被公众所诟病，成为人们对党的干部选拔任用工作产生质疑与各种猜测的重要诱因。对此，一方面，各级地方党委政府应严格按照有关信息公开的规定与保障公众知情权、监督权的精神，对公众提出的类似于对神木县女副县长履历问题的质疑，及时予以回复，尽快公开其完整履历。另一方面，国家有关信息公开的条例法规，也应针对信息公开工作中出现的漏洞与缺陷，及时进行必要的调整完善，对相关信息公开进行严格规范，杜绝官员"履历成谜"现象，让信息公开真正发挥应有作用。

（2015 年 12 月 11 日）

求抄忏悔书，缘于少数干部已失去说真话能力

　　反腐力度加大，众多贪官落马，有人或已产生"审丑疲劳"。不过，媒体 12 月 17 日披露的福建省环保厅副厅长王国长严重违纪问题剖析，还是有一个与众不同的"新亮点"，令人瞠目：在写忏悔书的过程中，他多次请求执纪人员提供别人的样本供他抄写！

　　落马贪官求抄忏悔书，表面看似乎是个人文化水平问题，其实不然。王国长 1977 年考上大学，是恢复高考后的第一批大学生，基本的文字功底肯定有。那为什么连一份忏悔书都写不出来？分析他堕入违法犯罪深渊前后的轨迹，原因不外乎以下几点。

　　一是确有不知错在哪里的可能。他自己就承认："我平时不重视学习政治、法律和党内廉洁自律规定。"在单位组织开展警示教育之时，他经常以工作忙为由不参加。虽说肯定知道贪了腐了不对，但具体犯了哪条哪款，他却说不清楚，不找样本还真不成。二是抄已成了习惯。平时对党纪国法不熟悉，错在哪里又说不清，现学来不及，那么看看别人说了哪几个方面，找个范本换上自己的事例抄一抄，自然最为简便。这说明王国长对怎样找范本抄材料应付廉政教育，的确很有心得。只可惜平时抄的时候没有入脑入心，印象不深，犯事后就只有请求提供样本这个丢人的办法了。三是如他自己所说，"在廉政上出现'两张皮'""在所分管的处和单位会议上要求加强廉政建设，而自己做的又是另一套，嘴巴讲重要，实际上无所谓"。长年累月的心口不一，讲空话套话已成习惯，该真心忏悔讲真话的时候，难

免就不知道如何张嘴、如何下笔了。

这最后一条原因最重要：有的干部由于平时就习惯于说一套做一套，把反腐倡廉当成了只挂在嘴上的口号，讲起来头头是道，甚至不乏出口成章、哲理深刻的名言警句，习惯成自然，早已失去了说真话、剖真心的能力。就像王国长一样，除了常对下属讲廉政，年年民主生活会也都会讲问题，然而却没有真正进行深刻剖析，年年都是"理论学习不深不透"等老一套，变成了有口无心的"留声机"。

值得深思的是，在反腐倡廉方面失去说真话能力的干部，绝不止王国长一个。起码王国长所在单位的领导班子成员，都有出现这一问题的可能。试想，王国长年年民主生活会上老调重弹却总能过关，说明他这些所谓自我剖析的空话套话，并非"异类"，肯定符合大家都心照不宣的"样本"，所以王国长落马以后，才仍然会想到忏悔书也该有"样本"。

况且王国长的猜想并非没有依据。忏悔书本来应是贪官落马后，反思自身的堕落过程，追悔莫及，带着悔意与沉痛直抒胸臆。忏悔书关键在于真实，真实才能真正打动人心，起警示作用，有没有文采倒非首要。但有时情况并不是这样。有人写忏悔书，是试图回避法律严惩，有时还成了减刑的依据。比如刚刚被北京市高院公示减刑建议书的原铁道部部长刘志军，减刑的理由之一，就是他撰写的警示价值文章《我对所犯罪行的反思与剖析》被监狱评为二等奖。按常理来说，如果真有悔意，就该自我惩罚，宁愿多坐几年牢。现在因忏悔书写得好，却可以少受处罚，这给人的感觉总有点诡异。当然也有试图回避法律惩罚的意图直接暴露的例子。比如南京江宁区水利局副局长徐亮，在接受纪委调查时，忏悔书中说，"走到今天这个地步，只怨自己，只恨自己"，表现得"情真意切"。但真被送上法庭后，他却全面翻供，演出了一出"翻供闹剧"，说明当初所谓真心忏悔，不过是又一篇文采斐然的空话套话而已。

可以说，指望一贯言行不一的贪官真心忏悔，真的做不到；指望忏悔书所带来的警示作用，就能让习惯成自然的贪官收心收手，恐怕也是奢望。还是要针对绝大多数没有堕落、至少是没有"病入膏肓"的干部，用对照各项廉政制度逐条检查、对群众提出的问题正面回答与深刻剖析、对个人重大事项和家庭财产申报真实性严格核查等真正管用的办法，倒逼党员干部说真话、道实情，抛去人云亦云、华而不实的廉政教育"样本"，迫使干部自己主动学法纪、查条款、画红线，依规守纪用权，严格依法履职，不要等堕入贪腐深渊后还惦记着找"样本"写忏悔书。

（2015 年 12 月 18 日）

群众办证跑9次，须追问"政务公开是否到位"

《群众办证跑 9 次，这个所长够"官僚"》。12 月 20 日，多家媒体转发了中央纪委监察部网站的这一新闻。

据报道，今年 7 月，甘肃省张掖市临泽县一位退休教师王某，到县政务大厅房管局服务窗口办理房产证。局产权产籍监督管理所所长赵克兵对办证所需材料审查后，明知需补充哪些材料，却不一次性告知。最终，王某为办证跑了 9 次，历时 55 天，超出《房屋登记办法》规定的 30 个工作日和县房管局公开承诺的 7 个工作日时限。赵克兵还安排工作人员向王某收取本应由开发商承担的交易手续费和测绘费等费用。

此事被举报至张掖市纪委后，经过调查，赵克兵受到党内警告和行政记过处分，房管局长与分管副局长在全县被通报批评。局长称："这事发生在全县整治作风问题期间，作为主要负责人，没有尽到职责管好干部，我深感内疚。"

全县整治作风，投诉即能处理，如此雷厉风行，本应翘指点赞。但是且慢，这件事还有一些疑点有待澄清。

谁都知道到政府部门办证难，其中原因是多方面的，最重要的有两条，一是办事部门太分散：政府部门职责不清，跑上跑下找不到门道；二是办事信息不透明：具体需要哪些材料、怎样才算符合标准，办事人员知道，办证的群众不晓得，这就人为增加了办证的困难和经办人员刁难群众、弄权牟利的空间。对此，近年来不少地方一方面建立办事大厅，让群众少跑路；另一方面是公开办事指南，将流程与所需材料、费用及时限等，在现场以及网上公开，让群众一目了然，合乎要求即予办理，快捷高效，又减少了腐败。

然而从临泽县这一事件看，虽然也有政务大厅，但是办事指南似乎没有公开，至少是公开不细致、不到位。不然一位有一定文化水平的退休教师，不会看不懂具体需要哪些材料、缴纳哪些费用。

因为不可能到现场察看，笔者点开了临泽县房管局的"临泽县房产管理信息网"。在"办事指南"频道中，有去年9月发布的"房屋所有权、抵押权登记"一项，用小五号字体列举了"房屋所有权初始登记""房屋所有权转移登记""变更登记、注销登记"等项目的办理要件。这些内容，不认真查阅相关资料，还真的搞不懂哪一项与个人办理房产证明有关系。或许在临泽县办事大厅的房管局窗口，公开的就是这一版本，那就难怪退休教师都一头雾水。或者还没有这一版本细致，甚至根本没有公示，所以才会要求具体经办人员"一次性告知"，否则就会被处分。

这种制度上的"缺位"，的确可由具体经办人员改进作风进行"补位"。工作作风好，可以"一次性告知"，让群众满意。但也不可否认，工作作风差一点的经办人员，就有可能"不一次性告知"，致使群众多次跑路。根本的解决之道，还是政务公开要更细致、更到位。既不能偷工减料、大而化之，粗粗列几条了事，经办人员可随意口头添加，也不能直接把过于专业和抽象的条文原版照抄，不管群众看得懂看不懂。最好的办法，是在准确公布相关规定原文的同时，再提供一个通俗易懂的"解释版本"，让具有一般文化水平的群众都能看得明白，既可提高办事效率，又可避免因个别经办人员的"官僚"作风而误导民众，甚至搞权力寻租。这种文风的改进，实际上也体现了工作作风的转变，而且事半功倍，效果更佳。

因此，临泽县房管局长并不只是"没有尽到职责管好干部"，更没有尽到职责落实政务公开、为民服务的制度。临泽县在全县既要整治干部作风，更应结合这一事例，从制度层面看哪些政务公开、为民服务工作还没有做到位。这是更深层次的作风整治。不只是临泽县如此，全国各个地方的政务公开与所谓便民服务，都不同程度存在着"缺位"与"不到位"现象，自应引以为戒，把政务公开做得更细致、更到位。办事大厅都花钱建起来了，补充完善一些更准确、更详尽且人性化、通俗化的"办事指南"，相信只要作风整治到位，政务公开到位应非难事。

（2015 年 12 月 22 日）

怎样压减权力"又大又实"的弹性空间

"又大又实",是安徽省政协原副主席韩先聪的名言。22 日媒体报道,这位曾经的安庆和滁州市委书记,近日已因涉嫌受贿和滥用职权,被提起公诉。他曾自述,在当市长时,觉得市委书记权力大;当了市委书记,又觉得市长的权力实。为了使自己的权力"又大又实",在担任滁州市委书记期间,他组建了"大滁城"建设指挥部,亲任"政委",推行"扁平化管理",直接向建设项目发号施令。

他还认为行政部门按程序办事太烦琐,要求重大事项直接拿到指挥部定夺,以"指挥部"名义"架空"集体讨论的法定形式。对有争议的问题,他不顾"一把手"末位表态的规定,抢先定调发言。即使有人提出不同意见,最终仍要按他的意志办。

想让手中权力"又大又实",是许多掌权者希冀的理想状态。尤其对形同"一方诸侯"的市委书记来讲,要做到这一点并不难。抓城建成立"指挥部"亲自指挥,不是韩先聪的独创。像什么"重点工作领导小组""重点工程指挥部"之类,哪个地方没有?很难从哪项具体规定中,找出他的不是。如果不出事,他或许还博个"实干家"的美名。原因就是市委书记的权力,在界限不明、决策程序粗放、权力运行透明度差的情况下,有极大的弹性空间。

实际上,即使韩先聪不成立什么"指挥部",作为市委书记,他也完全可以做到权力"又大又实"。市委书记的权力,在理论上是有分工、有界限,受集体决策制约、有上级监管多方监督的，但实际操作中却有足够的任性资本。比如，按照宪法、党章和有关法律法规，干部任用是通过组织民主实现的，市委书记本没有什么"用人权"；公共财政收支是有预决算等法定程序的，也没有什么"一把手财政"；重大工程等事项都有民主集中制要求，也没有"书记决策"一说。然而如果信以为真，那只能怪自己"图样图森破"。如今在不少地方，人权财权事权，已理所应当成为书记的"标配"，不然用人腐败和官商勾结，也不会成为"韩先聪们"贪污受贿的重点领域。这种理想设计与实际情况相脱节的奥秘，就在于对权力的划分、决策制度与程序的规范、权力运行的公开要求等，都失之于不深不细。只要市委书记缺乏慎用权力的自觉，就总有办法使自己的权力变得"又大又实"。

"魔鬼在细节中。"就以我们平时常见的民主选举、民主测评或民主决策为例，举手表决与无记名投票，候选人是否有机会竞选演讲，是否设立秘密写票间，是否当场唱票，"一把手"是否第一个发言，结果会有天壤之别。因此要制约市委书记"又大又实"的权力，不在于大道理有多少，而在于每一个环节是否科学规范准确明晰，是否具有可操作性能严格按流程运作，是否有制度"刚性"逾越则究责，是否能公开透明接受各方监督。

一是权力界限的细化。不仅有权力清单、责任清单，还应有"负面清单"，把哪些属于越线跨界的事项一一列举清楚。比如有些地方试点创立的书记"三个不直接分管"制度，即不直接分管人事、财务和工程项目建设，规定用人上书记只能确定需求标准而不能点人头，报销票账不能出现书记个人签名，工程必须按规定招投标等。二是议事规则的细化。议事规则与决策程序的细微变化，常常会决定决策最终结果，这也是"韩先聪们"弄权操控的重要空间。比如"一把手"的末位表态规定，会防止有的落马贪官所说"只要我一张口，下面没有常委敢说话的"，将集体讨论决定变成集体为书记的个人意志背书。又如须把每个人的意见都记录在案，书记归纳各种意见做决定时，如果与多数人意见不同，也能有案可查易于问责。三是公开制度的细化。哪些事项必须公开、什么时间公开、通过什么渠道公开，都应"法定"而不是书记个人决定，让监督真正起作用。

细化是"权力弹性"之敌。道理人人都懂，落实务在精细。社会管理要精细化，权力运行更要精细化。只有在权力制约与监督方面都致力于制度规则的"又深又细"，权力任性的弹性空间就会越来越小，"又大又实"的权力才不会成为个别人牟利的工具，而成为群策群力促进经济和社会发展稳定的正能量。

（2015 年 12 月 23 日）

让受助贫困生请吃饭，只因常识没变规矩

爱心企业给贫困学生送捐助款，本是冬天里的暖新闻。但校方让受助贫困生出钱请吃饭的"小插曲"，却又令人顿感心拔凉。

媒体 12 月 24 日报道：今年 11 月，安徽合肥一家企业 30 名员工，来到宿州一所小学，与学校选出的 30 名贫困生举行"一对一帮扶对子"活动。活动现场，30 名员工赠予 30 名贫困生每人 1200 元爱心款。事后，校方邀请企业员工及村镇干部到一家饭店吃午饭，所需费用，竟是事先让受助贫困生家长交的，每人 200 元。有人不想交，校方威胁说，不给钱的话，就要换学生受捐助！

校方的这一举动被媒体曝光后，自然引来骂声一片。但校方为什么要干这种违背常识的"缺德事"？恐怕也是事出有因。首先可能是情面所碍。"上面来人了"就得请客吃饭，这是多少年陋习的惯性。就像校方说的，人家大老远的来给孩子送钱，怎么也要请人家吃顿饭。何况参加活动的还有村镇领导——这或许也是重点。其次可能是想密切关系。人家来了一顿饭都不请，万一企业认为你不近人情，下次不来你这里了怎么办？万一村镇领导认为你不会来事儿，下次不关照你、不领人到你这里捐助怎么办？还有一条也很重要：学校或者没钱请客，或者有钱现在也因八项规定无法报账，总不能让校长自己掏吧？各方权衡，还是让受助贫困生掏点。不管怎样，拿出 200 元还净落 1000 元，也还划算。所以校方做出这种明显有违常识的举动，实有不得已的苦衷。

接着就要说到来献爱心的企业了。送爱心、做公益、搞慈善，当然应该肯定鼓励。不过30人浩浩荡荡而来，每人捐出1200元，总额不过3万多元。如果一顿饭吃去6000元，落到贫困生手里的就所剩无几。虽然企业负责人说，他们本想自己付饭钱，只因校方盛情难却，最后才让学校请客，并不知道钱是学校向贫困生收的，认为"这太不道德了"。但即使不是受助贫困生出钱，你让校方出钱，或让村镇出钱请客，也有不妥。这里贫困学生这么多，估计是个穷地方。哪怕学校或村镇有这份力量，能请得起客，把这笔钱用在更多贫困学生身上不好吗？

按说人家大老远的去献爱心，不该泼冷水打击搞慈善者的积极性。但笔者本意不是要说这家企业的不是，而是长期以来，有这样一种现象：不少党政领导到基层送温暖、单位到地方献爱心、企业为社会搞慈善等，有的还算好，像安徽这家企业员工一样，送去的还算是真金白银，有的只是送去一点米面油盐，还要大张旗鼓地搞仪式、布场地、摆场面。活动结束后，更是必以吃喝一顿收场。基层或受助方得到的仨瓜俩枣，有时甚至还不抵饭钱，不但没得好处，反而赔出去不少，还不算动用的人力物力。所谓送温暖与搞慈善，结果却加重了基层或受助方的负担。

送温暖、搞慈善，不能让基层或受助方请客吃饭，这本来应是常识，看来并不是人人都懂。那就有必要把柔性的常识，变为刚性的规矩："送温暖不吃饭"或"搞慈善莫赴宴"。对政府部门或国有企事业单位而言，这是一条纪律和硬杠杠，甚至是"高压线"。对"两新"组织等社会爱心人士来说，这是应积极倡导的道德"红线"、爱心规范，防止无意中掉进"太不道德"的陷阱，想做善事反招人骂。

另外，从校方说"不交钱就换人捐助"的情况看，校方对贫困生的选定，有很大的随意性。好事就要做彻底，好事就要用真心。送温暖或搞爱心捐助的人，似也有必要关注一下，自己送出的善款善物是否真正被用到需要帮助的人身上。尤其是党政部门和有扶贫济困任务的国有企事业单位，要认真研究如何确定送温暖、献爱心的对象，如何改进送温暖、献爱心的方式，如何检验送温暖、献爱心的效果。这样，基层或受助方不用费心搞宴请、拉关系，也能让温暖和爱心真正送到需要帮助的人手中，实现"精准帮扶""精准慈善"。

（2015 年 12 月 24 日）

县委书记"敢言"，为何令人喜忧参半

湖北巴东县委书记陈行甲以"敢言"著称。据媒体12月27日报道，这位全国百优县委书记日前在全县大会上痛斥工程腐败，点名批评包括原县委副书记在内的多名官员，自言"没想当大官，树敌无所谓"。

初看相关报道，还以为是县委书记点名批评现任副书记"腐败"，那真是太"敢言"了。实际上这些被点名的官员，都是过去4年当地采取"两规"措施被查处的，有的已经被法办。纵是如此，这位县委书记的勇气也值得赞赏。因为按照"潜规则"，共过事的官员即使已经落马被判刑，也得"为贪腐讳"。如果是在大会上批评，更得只说现象，"点到为止"。但这位县委书记认为，"要么不说，说就说开，得罪人树敌也无所谓"，所以向纪委要了材料，在大会上直接点了许多官员的名。

为什么要"为贪腐讳"？原因在于有些官员虽已落马，但与当地官场有千丝万缕的联系，有的还是现任上级领导提拔的。批批现象大家都理解，指名道姓就难免要伤一些人的脸面。何况，人家在任时大家都是你好我好他好，现在出事了，你一点不留情面，有落井下石之嫌，不够厚道，"物伤其类"，自然会引起一些官员的不满。所以这位县委书记才说不怕树敌，不怕得罪官员，更直言不怕影响提拔，"没打算当大官"。

点名批评旧同事，没想到会有这么大的风险，哪怕他已涉嫌贪腐。不但会得罪现任同事及属下等官员，甚至有可能冒犯上级影响自身提拔。可以想见，如果是点名批评现任领导班子成员的问题，那更是不可想象。因此在赞赏这位县委书记勇气可嘉的同时，也不免令人担忧，这种官场生态和"为贪腐讳"的"潜规则"，肯定不利于那些有心反腐者的生存与发展，也不利于通过党内监督预防腐败。

在现行体制下，党内监督，本是防微杜渐、从源头预防腐败成本最低的制度设计。各级党政领导班子成员之间、上级与下属之间，相互更为了解情况，如果能够对有可能涉嫌贪腐的苗头，直言不讳，大胆批评，就能及时挽救不少人，避免滑入违法犯罪的深渊。

然而现实的情况是，对为人小节、工作方式等可以批评，但不能触及"实质性"问题。明明知道对方有可能"出事"也不能说，更不能公开警示，否则就是你无事生非、闹不团结。如果你那里还存在一些涉及许多官员利益的"潜规则"，比如这位县委书记所说的当地工程腐败的"通行做法"：县级领导插手以千万元计的工程、科级领导插手以百万元计的工程、办事员插手以十万元计的工程等，那你更是冒犯了许多官员的"根本利益"，不被整下台，也有可能被撵走，即使勉强待在原地，也有可能像这位县委书记所担心的，"不能提拔"。所以多数有反腐初心的人，往往最后只好"学乖"，甚至同流合污。大家自求多福，坐等别人出事，直到谁出大事了被拿下那是他倒霉——就是这样，你也不能公开点名批评人家。

要打破这种官场生态与"潜规则"，不能靠一两个"反腐勇士"单兵作战，冒危"敢言"。在预防腐败的制度设计上，须把党内监督与人大监督、民主监督、社会监督和舆论监督等结合起来。党政领导班子开展批评与自我批评，不能关门搞批评，更不要无的放矢，自说自话，可以将人大、政协、社会公众及媒体等通过各种渠道提出的有可能涉及贪腐的苗头性问题，都由各级纪检部门认真收集并一一梳理记录在案。有些地方有试点常任制的党代会，或定期召集一定范围的党员代表，重点可以就这些问题，请相关的党员干部登台做公开说明。书记不但要对涉及自己的问题做说明，还要对其他人的说明逐一做点评。上级党委或纪检部门可派人来听会并记录在案。

这样做的目的，在于鼓励和督促党政班子成员，更多一些实质性的相互批评与监督，也给了"敢言"书记们一个名正言顺点名批评官员的场合与渠道。有利于防患未然，防微杜渐，把一些贪腐行为消灭在萌芽状态。同时也有利于人们更积极地开展党内监督与各种监督，从而消除"潜规则"，营造良好的反腐生态。

（2015 年 12 月 28 日）

"天价幼儿园"争议，曝"媒介素养"短板

　　"出现天价幼儿园是正常现象，体现市场化原则。"如果你听到这样的表述，会是什么反应？如果你恰巧是正在为孩子上幼儿园发愁的父母，是不是对此话更反感？

　　12月30日，江苏省物价局官员对外宣布，将把非普惠性民办幼儿园服务收费放开，并抛出上述"天价幼儿园正常论"，引来许多网民吐槽："群众对低价幼儿园的需求得到满足了吗？""一个国家如果把教育、医疗和养老往产业化方向发展，个人觉得是悲哀的事。""带个孩子收那么多钱，合适吗？""那么，要物价局何用"……

　　类似的网上交锋场景，近几年已屡见不鲜。究其原因，除了有些政府行为或出台的措施确实有违民意，不少舆论对立是官员解读时的误导与民众理解上的误读造成的。

　　以"天价幼儿园"舆论事件为例。放开价格管制，就一定意味着要出现"天价"？如果准入门槛同步放开，且政府部门能提供充足的、具有竞争力的优质学前教育资源，价格反而会有所降低甚至出现"超低价竞争"。那物价局为什么一定要把放开非普惠性民办幼儿园与"天价"联系在一起呢？这明显属于官方解释政策时的误导。况且，全国人大常委会前不久刚刚修改教育法，增加条款："国家制定学前教育标准，加快普及学前教育，构建覆盖城乡，特别是农村的学前教育公共服务体系""各级人民政府应当采取措施，为适龄儿童接受学前教育提供条件和支持"。这时候，你要让幼儿园

体现市场化原则，难道要对着干？

说"天价幼儿园体现市场化原则"，就一定意味着学前教育市场化、物价局什么都不管？实际上这位官员说的是"放开非普惠性民办幼儿园"，而且是"在群众的基本需求得到保障的前提下"，同时"物价部门依旧会把余下公办及普惠的民办幼儿园管住管好"。把这些概念、前提与条件都抛在一边，单单从"天价"一词，就得出政府要把学前教育市场化的结论，也显然是对政策产生了误读。

为什么会误导误读？按一般的解释，有人会说官员文风不实，或说有人仇官仇富等。但是从信息社会传播的角度看，这一误导一误读，共同的病根都在于缺乏"媒介素养"。

什么是媒介素养？通俗地说，就是人们对各种媒介信息的解读和判断能力，以及在生活、工作中使用媒介信息的能力。这一名词听起来很"高冷"，然而在国外早已普及多年、进入学校正规教育，甚至被视为现代公民素质的重要组成部分。

媒介素养最初是西方一些知识分子，为抵制电影等流行文化以及大众媒介给民众特别是青少年带来"低水平的满足"、误导社会成员的精神追求而提出的。他们建议在学校开展媒介素养教育，进而普及一般社会民众。目的是让人们更多了解媒介规律，正确解读媒介信息，辨别和抵御不良信息影响。在新媒体时代，更要了解公民的传播权利与责任，理性有效地表达意见和诉求，成为合格"媒介公民"。

以往由于我们与西方所谓媒介可以自由传播理念不同，更强调从源头制止各种不良信息，所以从"终端"即"接收端"着手，培养民众媒介素养的必要性不大。但是随着自媒体时代来临，民间话语权充分释放，只强调源头封堵，效果肯定不佳，必须从加强媒介素养教育、提升官民媒介素养着手，尽可能弥合所谓官方舆论场与民间舆论场的鸿沟，减少社会对立。

一方面，党政干部要提升自身媒介素养。不但要提高信息选择和舆情辨别能力，出台政策、解释政策，更要充分预判可能引起的舆论效应，对容易引发争议的热点难点，尽可能阐述得准确、透彻，防止产生歧义和误导，避免不必要的"舆论灾害"甚至"舆论灾难"。另一方面，要从重点抓好青少年媒介素养教育开始，开设课程，推广宣传，逐步普及全体社会公民。让更多人在纷繁芜杂的海量信息面前，能够独立分析、全面理解、理性评价，进而影响媒介质量、优化传播环境，最终形成官民信息的顺畅沟通良性互动，得信息时代之利、去信息时代之弊，在改革发展等重大问题上凝聚社会共识。

（2015 年 12 月 31 日）

别让反"四风"成果打"两折"

1月3日，中央纪委监察部网站梳理了2015年"反四风"成果：截至去年11月底，全国共查处违反中央八项规定精神问题3万多起，平均每天近百起。受处理的县处级及以上干部人数，增幅超过50%，其中地厅级人数更增长高达123%。这充分反映了中央狠纠"四风"、从严治党的力度与决心。

不过，这些反"四风"成果，并没有完全展示在公众面前，而是被打了"两折"：上述年报统计，全国省级纪委官网对违纪案件通报曝光数量，去年仅有6000多起，不足违纪问题查处数的20%。尤其地市一级的通报曝光数量较少，甚至20多个地市尚未在省一级纪委官网上曝光相关问题，县一级"零通报"的更多。

反"四风"成果被打了"两折"，原因何在？首先可能是地方官"家丑不外扬"的心态。由于以往扭曲的政绩观影响，还有"报喜不报忧"的思维惯性，不少地方党政主要领导很忌讳当地"丑事"广为人知，哪怕在各种压力下已查处的违纪问题，也总是想方设法淡化影响，低调处理，能捂则捂。其次是个别地方的纪检监察部门，不重视违纪案件通报曝光的警示作用，有的还怕被说成是小题大做，即使查处了违纪案件也不上报，省级纪委官网自然无从通报曝光。当然最主要的还是有关通报曝光的制度缺位，报与不报没有一定之规，在这方面不作为也不会被究责。

正所谓"违纪案件通报曝光胜过千言万语"，对违纪案件通报曝光的作用，有时不亚于案件查处。通过一件件个案以案说纪，是最生动的党纪党规教育。违纪必查很重要，可以使违纪违规者受到惩戒，不再触碰党纪"红线"。但如果没有通报曝光，往往当事者会心存"大事化小"的侥幸，更不会起到"办理一个案，警示一大片；处罚几个人，教育一大群"的反"四风"放大效应，做到警钟长鸣、震慑常在，强化使之"不敢"的氛围。同时，纪检监察机关及时通报曝光违纪案件，可以持续释放执纪必严的强烈信号，让社会公众透过各地一起起个案，感受到实实在在的反"四风"力度，增强对反"四风"的信心，并激发群众参与监督的积极性，扩大防止"四风"反弹的社会基础。

早在 2014 年 1 月，十八届中央纪委三次全会就提出，要及时查处违纪违规行为，"点名道姓通报曝光"，强调了通报曝光在加大执纪检查力度中的重要性。去年 3 月，中央国家机关纪工委率先出台规定，对中央国家机关违纪案件，除涉及党和国家机密的，都予以通报曝光，"通报、曝光的内容包括违纪人姓名、工作单位和职务、主要违纪事实、处理结果"。有的地方也仿照这一规定，出台了相关办法，努力使违纪案件通报曝光成为常态。

但总体来看，对违纪案件如何通报曝光，各地仍存在不规范、随意性大的问题。就省一级纪委官网而言，各地曝光栏目的更新频率差别就很大。据统计，在 31 个省（市、区）和新疆生产建设兵团纪委官方网站中，有 14 个是每月才集中通报曝光几批典型问题，13 个仅在重要时间节点才集中通报曝光违反中央八项规定精神问题，只有 5 个几乎每周都点名道姓通报曝光一批典型问题。而中央企事业单位普遍做得更差，绝大多数通报时间，集中在中央巡视组进驻前后，反"四风"的成果打折更为严重。

要避免反"四风"成果被打折，还是要切实推动违纪案件通报曝光工作的制度化、常态化。凡已经查处的违反中央八项规定精神案件，以及其他党纪处分案件，除涉及党和国家秘密外，都应予以通报曝光，并更多地将党内通报转为公开曝光，且尽量做到一案一曝光，接受公众监督。对不按规定通报曝光，或该报批报备案件不报批报备的，应参照党风廉政建设的有关规定，追究相应人员的主体责任和监督责任，切实通过违纪案件通报曝光，既让反"四风"的行动不停歇，也让反"四风"的成果不打折，给干部以警示，给群众以信心，把中央全面从严治党的部署落到实处。

（2016 年 1 月 4 日）

怎样看"80后博士副县长"的"封侯非我意"

又一位地方"政坛新星"辞官了：1月6日媒体披露，贵州遵义市凤冈县一位80后副县长，在任职不足半年后，突然辞去公职。这位副县长是当地最年轻的具有博士学位的县领导，据说曾被看作当地政坛新星。他原是武汉大学新闻与传播学院的团委书记，之后到凤冈挂职并留在当地，5年中转任多个职务后，在副县长任上辞职。

为什么要辞职？媒体同时刊出了他的辞职信。除了因年迈的父母在武汉需照顾外，信中说到随着阅历增加，他愈感本领恐慌，能力不足，要再去充电，并引用抗倭英雄戚继光的名句"封侯非我意，但愿海波平"，自言"希望在更加前沿的战线上挑战自我，充实能力，希望有朝一日能够成为一个更加全面的人，为国家和人民作出更大的贡献"。据报道，他辞官以后的去向，是投身商海，加盟一家总部在武汉的民营企业，"在市场中继续学习"。

有人认为这位博士副县长对"封侯非我意，但愿海波平"的引用是一种误读。因为年轻的戚继光写下这首诗，意在表达自己之所以汲汲进取，并非热衷官位，而是为了披甲挂帅、抗击外敌、荡平海寇。这位博士副县长既已辞官，又怎么"但愿海波平"？这种质疑未必有道理：在市场经济条件下，为国家做贡献并非只有在党政部门做官一条路，把民营企业做大做强，对国强民安同样有利。

不过这位80后博士副县长引用这一诗句，本意倒确实可能在强调"封侯非我意"，表白自己无意于仕途，甚至是为自己的辞官找个台阶下。这就存在一个疑问：不在党政部门为官，到民营企业就没有升迁问题了吗？有道是"不想当将军的士兵不是好士兵"，难道民企就可以没有职位追求？如果有，那么在官位面前，就不必表现得这么"谦虚"。

说实话，不论是党政部门，还是公私企业，都有一个官大官小的问题。不论是党政官员，还是企业经营者，只要在管理岗位，有谁说不想谋求更高职位，那都有点虚伪。问题的关键是，同样是谋求更高职位，但目的却有所不同。有的是为了个人的更多名利，有的则希望有更大的才能施展舞台，实现自己的理想和抱负。如果是前者，心存私念，不好说出口，难免遮遮掩掩；如果是后者，则大可不必吞吞吐吐，自己想到哪个"更加前沿的战线上"，尽可以直接提出来。假如条件允许，也应鼓励这种自我请缨、毛遂自荐。当然，由于咱们的老祖宗以"恭俭让"为"美德"，要做到这一点的确很难。你看，哪怕将门出身的武将如戚继光者，也不得不很拧巴地自称"封侯非我意"，假意谦虚两句，结果把后世的博士都给误导了。

针对这两种心态，革命先贤早有精辟论述：要立志做大事，不要立志做大官。邓小平同志一生"三落三起"、丢官复官。每次被错误地批判打倒，他仍然豁达乐观，只要有时机，就主动表达重回工作岗位的意愿。然而只要复出，他都无私无畏，坚定不移地推动正确路线方针政策的形成和实践，一心汲汲于大事，而不计个人官位得失。"文革"结束后再度出来工作，他依然表示："我出来工作，可以有两种态度，一个是做官，一个是做点工作。"正如习总书记所说，"邓小平同志功高至伟却从不居功自傲"。他没有把官位做到"巅峰"，却以极大的勇气，推动了改革开放的伟大事业。

目前有不少官员辞职现象，原因不一。其中可能就有这位80后博士副县长所说，经济转型内外环境发生深刻变化，新老经济形态交锋交融，市场需求倒逼经济结构性调整，官员压力都空前增大，连身为博士的80后都感到本领恐慌了，其他人更可想而知。如果没有做大事的追求，没有担重任的本事，却一心只想做大官，现在做官风险这么大，所谓"官不聊生"，只怕爬得越高,跌得越重。只有心怀"但愿海波平"的理想,不计个人得失,同时不断提高自身能力,不断充电,才可能敢于担当,在更高更大舞台上施展才华,实现人生价值。

当然,充电不见得都要辞官。一方面实践就是最好的大学校,可以在干中学,摸索规律,积累经验。另一方面,只要少些应酬、用心提高,做官也可以不误读书学习,不是有"宦读人生"一说嘛,当官之后再读书,那才是真想学、真管用。

（2016年1月7日）

防止"翻烧饼",强化"规划法定"是关键

"制定目标三天两头变,规划蓝图一任一个样。"1月11日,《人民日报》刊文,披露一些地方的政策"翻烧饼"、产业"走马灯"、规划"随意改"现象。其中领导任意改规划的现象颇引人注目。比如,某县新任书记叫停前任新区建设,另辟土地打造新城区,结果前任书记规划的新区成了烂尾工程,至今欠债几亿元。又如,某市新任领导打破原有规划,将未来人口数字大幅调高,中心城区建设急剧膨胀,却因当地资源性经济遭受打击,城里楼房无人买,失地农民得不到扶持,备尝开发建设"大跃进"苦果。正所谓"规划规划,不如领导一句话"。

时至今日,出现这种规划"翻烧饼"现象,不免令人诧异。早在2008年,国家已施行《城乡规划法》,政府有关部门制定了《城市、镇控制性详细规划编制审批办法》,从法律和制度上,规定了城乡规划编制的主体、内容、修改程序和法律责任等,规范了规划编制与审批工作,许多地方通过了"城乡规划未经法定程序不得修改"的法规,确定了"规划法定"原则,按说不应有人还敢这样"拍脑门决策"、动辄"推倒重来"。但上述事例表明,随便"翻烧饼"现象仍非罕见,也怪不得总书记都发出了"不能随便'翻烧饼'"的警告。

为什么有法不依,还这样任性?究其原因,首先是法律法规本身不完善。虽然对规划的制定、实施、修改和监督检查都讲到了,但对必须遵循的法定程序,规定过于笼统,各地地方法规也未细化。比如对规划的修改,

在规定可启动修改的五种情形中，就有无硬性标准、可任意解释的"经评估确需修改规划的"这样一条。而修改的程序，只包括编制机关自身的论证、征求规划地段内利害关系人的意见，以及向原审批机关报告等。不难想象，在地方"一把手"只要定调，其他人不愿或不敢直言，所谓"利害关系人"可以随便找人来代表的情况下，这些"法定程序"自然可以一一突破。

最重要的还是规划制定、实施、修改以及监督检查各环节，没有确保公众真正参与。除了要求地方人大审议，有关规定只指明"论证会""听证会"两种具体形式，所说的"其他方式"征求民意，形同虚设。要知道，民意主体可细分为三种：普通公众、专注的公众（专家）和政治精英。论证会、听证会对听取后两个群体的意见比较有利，而绝大多数普通公众，非有一定数量不能反映其真实意愿。由于规划决定城乡发展前景，涉及千家万户切身利益，听取人口绝大多数意见，恰恰极为重要。笔者曾到北方一个城市，该市也是规划了一个新城区，将市政府搬迁到该地。据说经过专家论证，可以吸引市民向这里流动，形成新的经济中心。然而市政府及各部门大楼建成了，房地产开发商也盖起大量住宅，却始终没有人气，少量搬来的公务员，也因生活种种不便，重新迁回市区，反而造成政府办公成本上升。试想如果当初能进行覆盖面更广的民意测评，就不会做出脱离多数民意的决策。

法律规定不具体，"规划法定"就很难严格执行；民意反映不到位，也很难确保规划的科学性与社会认可度，无法遏阻个别人的独断专行。同时在规划实施与监督环节，也缺少具体举措。比如，在一些严格执行"规划法定"的国家和地区，打开其政府规划部门网站，主页上就有规划的"法定图则"，还包括"已采纳的部门内部图则"，甚至包括"部门内部草图"，并指明市民在哪里可以付费获取。无论谁进入城市，可以像购买地图一样，凭一张"法定图则"，就可以了解大到宏观的功能区分工，中到各类土地用途，小到具体的住宅、医院、学校分布等规划，从而确定落户地点。因为"法定图则"即使有变化，也要经过严格而漫长的法定程序。这种人人皆知的"法定图则"，对当政者很有约束力，还能防止个别人利用规划不透明搞权力寻租。相反，我们的规划部门网站，除深圳等极个别城市，绝大多数都难觅"法定图则"踪影。民众对规划没有概念，自然很难对"翻烧饼"现象形成有效监督。

城乡规划是建设和发展的"龙头"，规划任意"翻烧饼"，的确会误了发展苦了百姓。一方面法律法规须细化程序，广纳民意，做到科学制定、严格实施、循序修改、有效监督。另一方面要通过各种手段，强化"规划法定"意识，防止规划因领导个人喜好随意变动。

（2016 年 1 月 12 日）

唯有立"明规矩"，才能破"潜规则"

　　在十八届中央纪委六次全会上，习近平总书记继去年纪委全会重要讲话中强调"讲规矩"，又提出"立'明规矩'、破'潜规则'"，指出要通过体制机制改革和制度创新促进政治生态不断改善。这大大深化了守纪律讲规矩的内涵。

　　何谓规矩？"规矩"的原意，本是指用来校正圆形、方形的两种有形的工具。后多用来比喻标准、法度。规矩主要包括成文与不成文两种。有写成条文的规则，有仅存于人心中的老例。以党的规矩而言，有成文的党章党规以及党员、干部必须遵守的国家法律等，即党纪国法；也有不成文的优良传统与工作惯例、政治标准等。成文的纪律是刚性约束，未明文列入纪律的规矩，按党的要求，也应对党员干部有约束力，需要自觉遵循。

　　然而毋庸讳言，在现实官场上，个别党员领导干部对成文的党纪国法还稍有忌惮，只要未写成条文，规矩就有了可硬可软、可白可黑的复杂内涵。既可以任意曲解，也可以随意打破。即使有些人张口闭口"按规矩来"，或说别人"不懂规矩"，也并非指不成文的优良传统和好的工作惯例，实质上说的是端不上台面的"潜规则"，彻底混淆了党的规矩与"潜规则"的界限。

　　比如开会议事的"潜规则"就是，"一把手"定了调，其他人就不能唱反调；干部晋升的"潜规则"就是，干不干事不重要，领导青睐或熬到资历更重要；考评的"潜规则"就是，"自我批评摆成绩、相互批评提希望"，等等。谁不按这些"潜规则"来，就被视为"不懂规矩"。相沿成习，有人甚至忘了真正的规矩是什么，甚至明文载入党纪的规矩，也被视若无物。

规矩只要不成文，就有沦为"潜规则"的风险。个别人就能以"规矩"之名，行"潜规则"之实。所以提出"明规矩"意义重大。历史上有子产"铸刑书"、赵鞅"铸刑鼎"的故事，就是把刑律条文明确公之于众，让旧贵族无法随意剥剥百姓，成就了中国法制史上的重大进步。党的规矩也是这样，只有尽可能明确，才能做到凡党政事项，或有法可依，或有规可循，减少空白和模糊地带。没有成文的规矩，或者有而不细，不具可操作性，就会有五花八门、随心所欲的"潜规则"，来填补空缺。

故笔者理解，所谓立"明规矩"的"明"，应有两层含义。一是明确。比如会议怎么开、干部怎么选、政绩怎么评价、批评与自我批评怎么搞等，各地各部门都应根据工作实际，确定具体的条文与程序。不能一个领导一个"规矩"，一个领导一个搞法，随意变来变去。二是公开。国法公开，党的规矩也要公开，供广大党员和社会监督。有没有规矩，规矩定得合不合理，公开出来让大家评。党在革命战争年代秘密宣誓、地下联系很必要，成为执政党以后，就应遵循"公开是常态，不公开是例外"的原则，把党的规矩摆在明面。

所谓立"明规矩"的"立"，也应有两层含义。一是订立。只要是需规矩约束的环节，就要订立成文的规矩，变成刚性纪律。或是有成文的纪律但具体条文不够细致的，也要细化完善。要像新修订的纪律处分条例那样，"不厌其细"。二是树立。确定了的规矩就要严格执行，树立规矩的尊严。标准严格，程序严格，规矩怎么规定就怎么执行，不搞"情有可原""下不为例"，不因人而异、不因事有别，执行规矩不得变通、不搞特殊，让规矩成为"带电的高压线"。

唯有立"明规矩"，才能破"潜规则"。立"明规矩"，就能把"讲规矩"由对党员干部的个人要求，逐步深化为对党政组织机构的程序性规范，不管你有无自觉性，都不得不认真遵循。立"明规矩"，才能切实贯彻习近平总书记提出的"体制机制改革和制度创新"要求，通过健全纪律规定、规范运作程序、强化各方监督、严格责任追究等，不断挤压"潜规则"存在的空间和土壤，逐步改善政治生态，把依规治党、从严治党落到实处。

（2016 年 1 月 14 日）

"拍照式扶贫"的戏码不应再演

相传东汉时从山东迁居湖北的董永家中贫困，只得卖身葬父，孝德感动上天。仙女下凡，与董永结为夫妇，帮他织锦赎身，留下了一段让人心里暖暖的神话故事，也留下了"孝感"这一颇具传奇意味的地名。

不过，1 月 18 日媒体报道的孝感与贫困有关的奇事，却让人感觉心冷：孝感大悟县宣化店镇一所中学，让全校 183 名寄宿贫困生挨个拿着一沓钱拍照，还被要求面露笑容。拍照之后，钱却都被收走了。原来那沓钱只是"道具"。学生感觉心里很受伤，家长得知后反映给媒体。在媒体追问下，学校辩称是怕学生把钱弄丢了，准备随后再通知家长领钱。

这是一笔什么钱呢？原来按照国家规定，义务教育阶段住宿生中的贫困生，财政部每年都会发补助金。如果按学校说法，先让学生拍照再请家长领钱，家长们应该每年都会领取一笔补助。但家长们表示，从来没有领到过这笔钱，反而时常向家长要钱。对此，学校再次试图自圆其说：钱都已经冲抵了学生的伙食费。然而媒体又扒出：湖北省早在 2014 年就已出台规定，明确要求该项补贴必须以现金或银行存折（卡）的形式，分学期一次性足额发放给学生本人或其监护人，不得以食堂卡或餐票等形式发放。显然该中学是明知故犯，让学生持钱拍照，就是要制造"发放给学生本人"的假象，好对上交差，预制违规被查的挡箭牌。

退一步说，即使不违反规定，明明钱到不了学生手里，还让学生持钱拍照，挤出笑容，帮着学校弄虚作假，这是一种什么教育导向？再退一步说，即使这笔钱当场发给贫困学生了，有必要将他们一一拍照"示众"吗？毕竟在许多年青一代看来，家庭贫困至少不算是什么光彩的事情。这样做，有没有考虑过孩子们的感受和自尊心？

由此笔者联想到一直以来许多扶贫救助的活动中，人们见怪不怪的一种顽疾："拍照式扶贫"。比如领导到基层送温暖、企业入校园搞慈善等所谓济贫扶困行动，组织者每每都要让受助对象或一一亮相，或列成一队，如罪犯自亮犯罪证据一般，手中或赤裸裸地拿着钱币，甚或抱着面袋等物，供人拍照、摄像，刊发到报纸、电台或互联网上。

这样做真的好吗？要知道，贫困需要救助的人，多数比较内向、敏感，内心更加脆弱，自尊心比平常人更强。你非要他以贫穷窘困的面貌，暴露在大庭广众之下，他虽然得到了一点点资助，但内心肯定是崩溃的。成人如此，孩子们心智尚未成熟，这样做，精神伤害更大。

七仙女真心帮助董永的故事，之所以让人觉得温暖，最重要的就是七仙女能够设身处地，与受助对象平等相待。"你耕田来我织布"，明明是来帮董永赎身，却自称因投亲无着，求董永收留，给对方留足了面子。试想如果仙女居高临下，排出三百匹锦缎让董永傻傻地抱着供人拍照、摄像，以体现天仙的优越感和无所不能，只怕要强的董永会宁肯继续自力更生服苦役，后世的观众也得被恶心死。

习总书记说过：扶贫先要扶志。这里的"扶志"，其中就蕴含着保护受助者自尊的含义。尤其是对于正处在成长期的青少年，让他们在学校中体会到不论贫富、人人平等的观念更加重要。甄别贫困程度、确定受助对象、领取贫困补贴等，都应是家长的事情，不应让孩子经手，更不能逼孩子持着"道具"拍假照。而且补贴发到位以后，学校和家长都有责任让孩子们懂得，政府发补贴没有歧视谁的意思，而是看好每个孩子都有同样的成长性。虽然有的暂时家庭相对贫困，但有政府补助所形成的相同教育条件做保证，只要认真努力，每个人都能成为有用之才，不让受资助的孩子产生自卑心理，甚或自暴自弃。

对成年人的扶贫与救助也是一样。任何扶贫救助工作，都应是一个目标准确、程序科学、监督完善的甄别、发放、评估效果的过程，而不是随便拉几个人持币抱物拍照了事的"大呼隆"。确实需要互动，可以多一些双方共同行动改变贫穷的场景，避免出现"我赐你受"、消极的"拍照式扶贫"。要研究怎样既能满足贫困者基本生存需要，又保护他们的自尊并培养自强自立意识，让每一次扶贫济困，都充满分享爱心、散播平等、促进友爱的正能量。

（2016 年 1 月 19 日）

延安农民领不到"灾后补助"，
为何格外让人不安

  有句名言叫"一方有难、八方支援"。这是中华民族传统美德，也是社会主义优越性的体现。平时亲友及邻里之间，谁有个三灾八难，大家都会或多或少出手援助。如果遇到大的灾难，党和政府更不会坐视不管，必定伸出援手，拨款送物，帮助灾民重建家园。

  不过，1月21日媒体的一则报道，却颠覆了这一常识：2013年7月，陕西延安发生百年一遇持续强降雨灾害，40多人死亡，150多万人受灾。8月，陕西省出台意见，对暴雨灾害中房屋倒塌或严重受损群众，每户将发放3万元重建补贴。到现在两年多过去，延安市志丹县永宁镇群众反映，部分村民至今未领到灾后重建补助款。镇党委书记回应，这些村民没有领到补助款，是因为他们没有在规定时间内完成重建。

  当年9月30日永宁镇与村民签订的"自建房屋协议"，确实有这么一条：村民"必须在2013年9月29日动工修建，于10月底完成主体建设，11月15日前实现入住。在修建完成经甲方验收、县上验收合格后，可享受灾后重建补助"，否则即视为"自动放弃补助，不予享受灾后重建相关补助政策"。对此，村民一方称，自己一直在按照协议规定进行，且已在当年10月入住新房。

  姑且不论镇书记与村民所讲谁真谁假，即使真的是施工超期，就不该给予补助了吗？细看当时省里文件，还有灾后重建有关报道，省里的意图，是要赶在入冬前，让受灾群众住进新房，"确保群众安全过冬"。因此要求分散安置的住房，应在当年"12月底前完工"，其他修缮的房屋，也"应在入冬前完成"，没有不按期完成就不补助的条款。显然，上级规定完成时限，重点是约束地方政府，保证在入冬前解决好群众住房问题，而不是以此克扣群众的重建补助。镇里为了完成上级任务，把时限生生向前提了一个半月，让群众在短短一个半月完成建房，甚至签约时间晚于动工日期，等于签约后马上开工都来不及，还把这一时限，变成能否享受补助的筹码，不言而喻是把好经念歪了的"土政策"。

从常理推断，只要有条件及时盖上新房，入冬不受冻，谁也不会跟补助款和一家老小的身体过不去。但灾后许多人都在重建，灾民短时间内要筹款、备料、寻找人手等，困难可想而知。延安市领导在志丹县视察时也承认，"建筑材料、技术人员等"是"制约进度方面的主要矛盾"，所以还强调，"要从实际出发，因地制宜，用好用活灾后重建政策，充分体现平衡、公平原则，让受灾群众得到应有的实惠"！

上级有补助，群众领不到，类似情况不止延安一地有。但这种事发生在延安，格外令人不安。延安是党的群众路线得以确立的地方。而志丹县的得名，是源于陕甘边根据地创始人之一的刘志丹。当年，刘志丹与谢子长、习仲勋等老一辈革命家，紧紧依靠当地群众，创立了农村革命根据地，最早的活动地点，就在永宁镇所在的永宁山。

刘志丹有许多与做好群众工作有关的名言。比如，"我们办事一要方向对，二要合情合理，民众最讲这后一条"。正因为他善于做群众工作，办事"合情合理"，重视解决群众生活困难，得到了群众的衷心拥护，陕甘边根据地很快形成，也才有了党自此发展壮大的"红色圣地"。毛泽东同志称赞他是"群众领袖"，周恩来同志称他是"人民英雄"。1936年刘志丹牺牲后，中央决定将保安县改为志丹县。

时至今日，在本该弘扬刘志丹所创优良传统和党的群众路线的诞生地，出现上述不"合情合理"的怪事，很值得深思，也让人忧虑。这并非上纲上线。试想，群众遇到大灾，党政部门不想方设法为群众排忧解难，而是按着眼睛向上的惯性，片面去赶上级要求的工期，甚至以取消补助为要挟，生生把党和政府的关心和温暖，变成了受灾群众的负担和反感，这能不让人惊愕吗？群众领不到补助款，镇里据说只打了报告申请，因县里没有批复，就不了了之，眼看着受灾群众一无所得，还振振有词指责群众没按协议办事。或许出现这种事，并不全是永宁镇的责任，但不管怎样，在延安，在志丹县，出现这样的事情，绝对不应该。

（2016 年 1 月 22 日）

高铁不卖方便面，缘何引发争议

1月24日，春运第一天，媒体采访了中国铁路总公司相关部门负责人，解答了不少春运热点问题。从中可以看出，铁路部门承受了巨大的运输压力，为做好春运付出了不少心血。不过，对为什么高铁不卖方便面问题的回答，引发了不小的争议。根据这位负责人的说法，由于动车组密封性强，泡方便面味道大，影响大多数人的感受，所以高铁上不卖方便面。

这一说法乍听不无道理。不仅密封性好的高铁，就是一般交通工具，有人吃有强烈刺激性气味的食物，都会导致环境舒适度下降，所以城市地铁禁止饮食。那为什么还有人对高铁不卖方便面持有异议呢？这或与高铁上饱受诟病的饮食服务密切相关。

我们国家地大面广，虽然高铁速度很快，但超过几小时、十几小时车程的为数不少。尤其春运期间，回乡农民工与学生等，多数都是远距离流动，中途的饮食必不可缺。然而日前有记者坐高铁暗访，发现高铁上不仅不卖方便面，连不会产生异味的八宝粥也不供应。出售的盒饭，15元以下的没几份，多是35元或40元的。而且先卖贵的，再卖便宜的，甚至把10元、15元的盒饭藏起来不卖。

据分析，其中原因，有的是餐车已经外包给别的企业。没承包出去的，餐车服务人员的收入，主要靠基本工资加出售提成。企业要利润，工作人员要收入，自然要卖价格高、利润大的产品。因为据报道，高铁上出售的40元盒饭，经浙江两家快餐连锁企业负责人鉴定，成本不超过10元。高铁工作人员也坦承：因为方便面、八宝粥的价格都是尽人皆知的，而盒饭没有统一价格。3 元的方便面，如果在高铁上卖 15 元，价格虽然翻了 5 倍，利润也比不上卖 40 元的盒饭。但有了 15 元的方便面，谁还会买 40 元的盒饭呢？而且易被批评为暴利。这或许才是高铁不卖方便面的真相。

媒体报道的高铁不卖方便面的真实原因，还有待考证。不过报道中所列举的种种现象，常坐高铁的人，想必都不陌生，原因也不难推断。首先，你说吃方便面味道大，但如果乘客自带，也并不被禁食。因此高铁不提供，并不能保证车厢内的气味清新。何况有的盒饭与方便面相比，气味孰大孰小难分伯仲。其次，春运期间许多农民工返乡乘坐高铁，并非钱多了没处花，不少是因回家心切、买票困难，只能多花钱买高铁票，甚至买站票也要回家团聚。中途如果不得不吃饭，也是能省则省，或者自己准备，或者只求便宜，吃饱就好。何况，在挤满无座人员的车厢里，还奢谈气味是否清新，是否有点"何不食肉糜"的不接地气？

按说目前铁路总公司已是企业，是企业，就要按市场规律办事。卖什么不卖什么，企业应该有自主权。不过，铁路总公司是国企，而且是特殊的国企，是高度垄断性的企业。它肩负着政府作为出资人所赋予的畅通运输、服务旅客的重任，必须在此前提下，再去做好自己的经营"蛋糕"。高铁提供运输服务与饮食产品，获得一定利润合情合理，然而前提应是能满足不同乘客的多种需求、提供适口对路的优质产品和服务，这样的盈利模式才能兼顾两个效益，才能健康发展可持续。而不是凭据垄断地位，自定"供应清单"、自定"霸王价格"，让旅客怨声载道。

另外，铁路总公司成立的目的，是实行铁路政企分开。既然是政企分开，就需要政府一方严格监管，在事关出资方利益与旅客权益等方面，不能完全任由企业自定规则。尤其要考虑到，铁路作为事关成千上万国民出行便利的特殊行业，政府作为出资方的利益，不能仅仅限于经济效益；铁总作为一个高度垄断性企业，是一个极为特殊的监管对象。政府如何在尊重企业自主权、调动企业经营积极性的同时，把该管的管细管好，是一个必须认真深入研究的重要课题。比如，如果高铁餐车可以外包，是否需确定外包时的招投标规则，让更多社会餐饮企业参与竞争？又如，如果餐饮由高铁自身提供，是否需确定供应种类与利润额度？还有，如果确定了规则，不能完全靠企业内部自我监督，政府监管部门必须发挥作用，防止企业既当"运动员"又当"裁判员"。这样，旅客才能得到满意的服务，企业也有了改进的动力，闻名世界的中国高铁服务质量才能创出"世界品牌"。

（2016 年 1 月 26 日）

灾难后表彰，莫成"焦头烂额为上客"

令人沉痛的"东方之星"翻沉事故，似已慢慢被淡忘。1月26日的一条新闻，又唤醒了人们的记忆。据报道，湖北省拟对救援和处置工作进行表彰，当天开始公示99个先进集体、253名先进个人。

这一消息引来不少质疑。首先因表彰范围涵盖了市县、宣传、公安、民政、交通等许多部门和单位，不少似与紧急救援没有密切关系，有点像"排排坐、吃果果"，见者有份，所以有人提出疑问，"干本职工作还需要表彰"？其次有人认为大张旗鼓地表彰，无疑对遇难者家属心态产生不良刺激，即使要表彰也应低调。

当然也有人认为，不管救援结果如何，还应一码归一码。解放军、志愿者、监利市民等，在救援和处置工作中表现积极正面，理应表彰。有些集体与个人看似与紧急救援没有直接关系，但提供了心理、通信、卫生等方面的支援，作用也应肯定。

笔者同意后一种意见：该表彰的还是要表彰。但是也要注意，不能把灾难后的表彰，当作灾难结束、皆大欢喜的标志。更不能就此放弃深刻反思灾难，持续保持对灾难的预防和警惕。从这一意义上讲，立一座遇难者纪念碑，或许比颁发许多奖状奖牌更重要，能让警钟长鸣，防止出现类似事故。

记得古史上有一个故事：有人到主人家拜访，见其炉灶的烟囱是直的，旁边堆有许多柴草，就担心火星从直烟囱中冒出来，落到柴草上引起火灾，劝他"曲突"即把烟囱改弯曲，"徙薪"即把柴草移开，主人不听。后来果然发生火灾,邻里都跑来救火。事后主人请客谢恩,救火中被烧伤的都请到上座,但却没请让他改烟囱移柴草的人。故有人讥笑这位不知吸取教训的主人:"曲突徙薪无恩泽,焦头烂额为上客。"

我们的灾难后表彰,千万莫成了"焦头烂额为上客",只记救灾之功,而忘酿灾之痛。

可能是"报喜不报忧"的思维惯性作祟,每次灾难过后,常会出现表彰先进很起劲、总结教训兴趣缺的现象。个别的甚至不追责而忙表彰,试图用正面典型掩盖真相,推卸责任,用所谓灾难中的"奇迹",制造对灾难本身的遗忘和问题焦点的转移,遮蔽血的惨痛教训。往往许多救灾先进被树立起来,政府层面的"灾难分析报告"却告阙如,给人们印象最深的不是吸取教训,防止灾难重演,而是奋力抗灾的浮泛记忆。

这次"东方之星"翻沉事件,国务院调查组公布了详细的事故调查报告,并对许多人进行了追责,这是一个很大的进步。不过,这种满足于查清事故原因、追究相关责任的方式,仍属于灾难处置的初级阶段。如果就事故调查的启动程序与公布规范,以及对灾难教训总结后,随之进行讨论直至立法立规而言,仍未达到制度化法律化的高度,所以人们印象不深刻。

比如,调查报告列举了许多日常管理中的严重漏洞,但人们似乎只记住了一个新名词"飑线天气",甚至讹为"飑风"。又如,在这次湖北省拟表彰的部门和单位中,调查报告点名追责多人的长江航务管理局,居然也在受表彰之列。其他受表彰的部门单位,不少也有或多或少的监管之责,本应反思自检,亡羊补牢,现在一经表彰,总结教训自然被丢在一边。

实际上,即使是这次所谓亮点不少的处置善后工作,也不是没有检讨与改进余地。从相关报道看,事故发生后,不少市民和志愿者都是自发参与救助,或各部门单位进行临时的运动式动员,缺少制度性的紧急救援与社会动员预案,或有预案而并不完善,这才造就了不少困难条件下的所谓"善行"和"义举"。个体感人的背后,实质是整体无序。

　　因此，灾难后的表彰要搞，更要提升对灾难教训总结的水平。一是完善灾难调查相关法律法规，尤其要有法定的灾难报告分析公布制度，包括如何针对教训进行讨论、立法。二是追责之后要跟踪，不能让一些人好了伤疤忘了痛，更不能让先进典型的光芒遮掩了疤痕。三是即便要表彰，也要精准、规范，不能面面俱到，甚至把灾难责任方都列入其中。只有在充分总结教训的基础上，表彰真正的人性闪光点，才能让人信服。

（2016 年 1 月 27 日）

呼格案追责，至少把话说到位

呼格案轰动一时，如何追责也备受瞩目。在持续长达一年多的调查以后，2月1日，追责结果终于出炉。受到处分的人不少，多达27人。但没有人们预想的刑讯逼供者入刑，或枉法办案者撤职。除了早在2014年年底就被带走，"因涉嫌职务犯罪""依法另案处理"的冯志明以外，其他人最重的处罚，就是"党内严重警告、行政记大过处分"。

这肯定出乎许多人意料。呼格案刚刚平反时，在一片严肃追责的强烈呼声中，内蒙古有关部门似乎动了真格。除了公检法部门的自查自纠，检察机关还专门启动了司法调查，这就意味着有人可能因触犯刑律被指控。

但调查进行了近一年以后，进展并不顺利。去年年底，即呼格案平反一周年时，有关人士就无奈地透露：对呼格案追责遇到很多困难，"主要是遇到取证难、事实认定难以及自查自纠动真格难等尴尬"。可能预见到处理结果公布后，会引起舆论反弹，所以有关人士还特别强调，"追责和平反冤案一样都必须要讲究法律程序，不能平反冤案的时候再制造新的冤案"。

一切讲究法律程序，不能在平反冤案时再制造新的冤案。这些有时代气息的新认知，反映从呼格案发生以来，人们在法治意识方面的进步。不过，这并不能完全掩盖在呼格案追责问题上，有关部门卸责理由的苍白。

冤案形成有时代背景因素，但具体到每个办案人员，自有其应负的法律责任，不然何谈追责？十几年前的法律，的确不如现在健全与完善，但绝非一片空白。比如当时还实施有效的刑法第一百三十六条就规定："严禁刑讯逼供。国家工作人员对人犯实行刑讯逼供的，处三年以下有期徒刑或者拘役。"因此，对相关涉案人员只进行党纪和行政处分，的确有失之过宽之嫌，让人对司法公正与社会正义是否能得到实现，再次打上问号。这种追责结果，肯定没有谁因平反冤案而受冤枉，但很可能因追责不到位，让司法公正与社会正义再蒙冤屈。

事情已过去了十几年，取证与事实认定肯定会遇到一定困难。然而当时的办案人员都在，还原事实过程并非不可能完成的任务。即使对有关人员依法入刑有难度，在行政上严肃处理总不算什么"制造新的冤案"吧。难道当年呼格吉勒图是在一片和风细雨、循循善诱的审讯与审判中，就甘愿认罪走上刑场？或许有关人士所透露的"取证难""事实认定难"只是借口，真正的原因是相关部门"自查自纠动真格难"。公检法部门的问题，由公检法组成调查组，自己查自己，希望它动真格，恐怕结果只能是令人失望。

不管怎样，至少对呼格案这样受到社会各界高度关注的案件追责，不该只是列出一个追责名单和处分记录，应全文公布调查报告，讲明如此处理的理由。追责是否到位暂且不谈，话起码要说到位。要让人们看到调查的认真细致，对当年事实过程的尽可能还原，了解每个人在这一案件中的具体角色与行为，说明给予相关担责处分的理由。更重要的是，要让人们通过了解当年这一悲剧究竟如何酿成，对今后如何避免同类案件再次发生，进行深刻的分析与反思，从案件中吸取沉痛教训，从而进一步提高司法机关人员的依法办案意识，提高全社会的法律意识，进而促进全面依法治国的进程。

依法严肃追责，不仅仅是还死者以公平，还受害者家属以公道，更是要彰显法律严肃性，体现社会正义与良心。对相关办案人员追责，并非越严厉越好，关键是能够通过依法有据、宽严得当的追责结果，给人们以国家法律终将严格执行、社会公平正义终将完满实现的信心。因此，不管是怎样的处理结果，都必须要先给个理由。处理的依据、原因等，都要有足够说服力，能够让人信服。实际上，不仅这类调查结果，许多政府要出台的法规文件，以及法院的裁判文书等，都应至少把话说到位。切忌只说结果，不讲原因、不提依据，一副爱接受不接受的姿态，暴露出高高在上的权力傲慢，徒增民众反感，有损自身公信。

（2016 年 2 月 1 日）

制止村民乱办酒席，得多点"巧劲" ◉

制止村民乱办酒席，得多点"巧劲"

2月2日媒体报道，贵州毕节日前发生公职人员制止村民乱办酒席被打事件。这件事很快成为春节前夕的热门新闻，相关的争议更是沸腾一片。

有人认为公权力管得太宽，法无禁止即可为，"时刻警惕公权比纠正陋习更重要"。有人则认为在那些生一头猪都要办酒席、造一层房子办一次酒席的地方，有人真的因此生活不下去，光靠劝说没有用，必须强力制止，"即使一向反对政府过多干涉民众，但是在这个问题上，我坚决支持政府必须强制遏制这种不良风俗"。

看这些议论，笔者想起一件往事。十几年前自己曾在北方某市挂职，当时市政府行政科长为人很热情，看似交游广泛。但在私下交流时，他不止一次诉苦：因为行政科管吃喝拉撒、亲朋好友办红白喜事，都会找他帮忙。碍于情面他既得费心费力帮着张罗，还得掏腰包随份子。每月挣得就不多，几乎从来不能往家里拿钱，两口子常为这事吵架。在我结束挂职回来没两年，就惊闻他年纪轻轻居然去世了。直接原因未必是常吃酒席、总随份子，但这肯定不可避免地造成了他生活质量的下降与身体状况的恶化。从某种程度上说，乱办酒席害死人，并非夸张。

有红白喜事办场酒席，本是传统文化中充满温情的习俗。遇大事亲友邻里聚在一起做见证，顿时就很具仪式感、庄严性。这还有一定互助、储蓄功能：一人有事大家来帮，能够帮助遇到大事的人家减轻财力重压，渡过难关。而且有个大事做由头，大家聚在一起吃吃饭、喝喝酒，拉近关系，

/ 253 /

培养感情，还有重要的人际交往功能。

然而这些年这一传统习俗已经越来越变味，借机敛财的越来越多。一开始是有些人随礼多，自家没大事，资金无法"回笼"，心理不平衡，只能设立名目，不但有事必办，无事找事也要办，遂使酒席日益泛滥，失去了习俗本身的意义，致使不少人做一年农活不够吃半年的酒席，工作人员两个月工资不够吃一个月的礼酒。近年来禁止党员干部大操大办好了许多，但农村这股风仍然没有刹住，加之办酒席也存在档次的攀比，浪费严重，农民本来就不多的收入，因办酒席而挥霍一空。

由于乡里乡亲，情面所关，靠农民自觉刹这股风，显然不现实，政府应当出面去管。政府插手改造传统习俗，并非没有先例。比如英国十五六世纪的"移风易俗"（the reformation of manners）改造传统文化运动，禁止滥过宗教节日、大吃大喝，对树立民众现代经济意识，影响深远。甚至有人认为这一对传统文化的改造，对资本主义的兴起有至关重要的作用。

当然政府去管习俗改造，必须要相当小心，否则很容易出现权力滥用。这种改造要多点巧劲，少点蛮力。笔者认为现阶段要制止农村乱办酒席陋习，或可考虑从这几个方面入手。

首先是动员挖掘体制内的资源。通过严格的禁令，管住体制内的干部和党员。不但是机关与国有企事业单位的干部和党员，更主要的是管住乡村干部和党员。不但管好干部和党员自身，他们的三亲六故如果操办，他们劝阻不力，也应负有一定的连带责任。

其次是穷尽用好法律法规资源。虽然出台禁止农民乱办酒席的法律法规有一定难度，村委会却依据村委会组织法有权制定村规民约，对哪些可办哪些不可办，做出明确规定。虽然不可能完全管住，但对多数村民还是有一定约束力。由于村中办酒席，多数属粗放状态，卫生状况堪忧，完全可以让村党支部与村委会配合卫生防疫部门进行安全检查，不合格者依法处理。这并非公权力滥用，政府部门不但有权这么做，而且有义务履行职责。

当然，最好的办法是让人心服口服，教育为上。乱办酒席敛财，实际上也为多数农民心中所不齿，制止乱办酒席合乎民心。只是在宣传教育时，不要那么生硬地发文件、贴标语，不妨多一些农民喜闻乐见的民歌、漫画、小品等，通过广播电视，甚至挨村去展去演，让乱办酒席敛财行为沦为妇孺皆知的笑柄，可能比临时组织大批公职人员现场封堵更有效。

（2016年2月3日）

职称评聘"朝令夕改"，
政府咋能不算"诚信账"

这个猴年春节，北方某省几千中小学教师遇到了"糟心事"。

据媒体 2 月 14 日报道，按照省政府下发的职称评聘文件，该省 2015 年度中小学教师职称评聘材料，已于去年年底交由各县、市审批完成，只差省里确认发证。评上的人都喜滋滋地准备过年。没想到，年前省里又下发通知，要求年后开学重新评聘，将增加答辩考核、择优评聘制度等环节，淘汰率为 30%~50%。历经层层选拔熬煎之苦的教师难以接受，各基层人社、教育主管部门也叫苦不迭。

评完了为什么要推倒重来？据省人社厅答复，是因为人社部新发了《关于深化中小学教师职称制度改革的指导意见》的通知，所以评聘工作就要重新启动。笔者查阅了相关材料，发现该省评聘工作所依据的省人社部门文件，下发日期是去年 7 月。人社部的"指导意见"，下发日期是 8 月底，两者相差仅一个多月。这就很让人纳闷：一是省人社部门与上级相应部门难道没有沟通？二是为什么接到上级通知时没有及时调整，迟至次年 1 月，评聘已大体落停，才又发文重来？政策变动怎么可以如此随意？有关报道中还有教师反映，该省教师职称评聘政策时有变化，甚至已经评完下发盖章的证件了，还可以作废！

看来这不只是贯彻上级文件精神的问题，而是朝令夕改、权力任性的惯性在作祟。反正权力在我手，又有上级的文件作令箭，我想怎么改就怎么改、想什么时候改就什么时候改。或许有人会说，改革时代政策多变，政府"朝令夕改"在所难免。但是要知道，根据形势调整政策、实施改革，并不是不看实际，罔顾民意，想改就改。反而越是在改革深化、政策需要不断调整的复杂环境下，越是要注意新旧政策的前后衔接、程序合法、兼顾不同群体的切身利益，让人信服。因为政府在推行改革措施中，必须要算好"诚信账"，改革才会有较好的回报率。

当年商鞅变法、立木为信的故事，为人们所熟知。这一举动的核心意义，就是首先确立政府的公信力，确保改革的顺利实施。改革确实需要不断推出新政策，那是针对不同形势、不同问题、不同领域而言，而不是在同一件事上翻来覆去、朝令夕改。这就要求一是决策时必须谋定而后动，政令慎出，之前要有充分的研究论证和民意调查做基础，一旦出台就要说到做到，政府说话算数。二是新旧要衔接，出台任何新政策都要设定明确的实施时间点，说明白之前的事情怎么办，把旧账了结清楚，这也是政府讲信用的表现。三是如果确实不得不做又担心政策有变，不妨在继续按旧政策开始做事时，提前通告周知，让人们有一定的心理预期和精神准备，不会认为政府是出尔反尔。如此，人们才会对政府出台的改革政策有充分信任感，放心去施行。反之，不仅造成人力、物力、财力等资源的浪费，还会让人们感到无所适从，将信将疑，静观其变，甚而对一切政策都充满质疑与嘲弄，改革的效果势必大打折扣。

在现代社会，政府诚信在社会信用体系中居于核心地位。政府不算"诚信账"，政策"朝令夕改"，会直接导致政府推行改革的行政能力下降，同时危害整个社会的信用体系。不但使社会公众对政府的政策产生不满与抗拒情绪，加大社会管理难度，造成公众与政府之间的关系紧张，还会毒化社会风气，加剧社会诚信缺失现象的泛滥。试想，连堂堂政府部门都可以说话不算话，那人们还能相信谁，到哪儿说理去？

所以推进改革，必须诚信为先，避免"朝令夕改"。以上述职称评聘工作为例，作为"人社部中小学教师职称评聘项目的试点省份"，在开始评聘工作前，就应与上级人社部门做好沟通，在基层做好调研，以确定是否提前纳入一些改革举措，尤其是实施期间遇到新政出台怎么处理，这是改革时代一定要有的预见性。这样一来，评聘工作启动后不管是否接到上级文件，都可以按照事先确定的方案，有始有终地执行下去。不管改与不改，都不会失信于民。改革能得到人们的理解与支持，政府公信力也不会受到损害。

（2016 年 2 月 15 日）

政府不执行判决“耍赖皮”，怎么治

　　土地使用证被政府变更登记在别人名下，七旬妇状告陕西华阴市政府，要求恢复自己的土地使用权。在半年诉讼期内，华阴市政府既不应诉也不出庭。渭南中院判其败诉后，华阴市政府依然不闻不问……媒体 1 月 17 日报道的这起“民告官”案件，真是让人欢喜让人忧。

　　让人高兴的是，老百姓在权益受到侵犯情况下，不是上访堵门打横幅，一哭二闹三上吊，而是拿起法律武器，依法维权，说明群众法治意识的提升，全面推进依法治国在基层有回响。让人忧虑的是，相比之下，当地政府的表现却很 low：一是接到应诉通知书直到开庭，时间长达半年，一直未提交应诉材料与答辩状，经合法传唤也不到庭。二是输了官司不闻不问，置之不理，“耍赖皮”嘴脸让人憎恶，也令人为政府的形象和法治意识担忧。难道堂堂政府机关，竟不如平头百姓？

　　从法理角度讲，被告可以选择不参与诉讼，放弃诉讼权利。但地方政府你不是普通被告，说好了要全面推进依法治国，理应积极参与诉讼。不应诉、不出庭，藐视法庭，消极抵制，这要闹哪样？在法院已依法判决的情况下，更要尊重法律，该上诉就上诉，判决生效就认真执行，体现点依法行政的基本原则与操守。尤其是后者，可以说是法治政府的基本义务。因为判决能否得到执行，是法律尊严能否真正体现的重要环节。案件依法判决却无法执行，是司法的挫败，更是对法治的侮辱。长此以往，谁还相信法律？如果耍赖的是政府，那后果更严重。损害人们对法治的信心自不待言，许多严重危及社会稳定事件，就是这样慢慢积累产生的。

政府在法律面前"耍赖皮"，怎么办？其实法律本来有招数对付。按2014年修订的行政诉讼法第九十六条规定：第一招是"罚你"：行政机关拒绝履行判决，一审法院可以从规定期限期满之日起，按日处以50元到100元罚款，并可通知银行从该行政机关账户划拨。第二招是"晒你"：将行政机关拒绝履行的情况予以公告。第三招是"告你"：向监察机关或该行政机关的上级提出司法建议，接受司法建议的机关要根据规定处理并将处理情况告知法院。第四招是"拘你"：如果不履行判决社会影响恶劣，还可对相关责任人员进行拘留，情节严重构成犯罪的，依法追究刑事责任！

不过理想很丰满，现实却有些骨感。"民告官"的老百姓官司打赢了，判决得不到执行的可为数不少。原因在于，一是法律本身还有漏洞。比如要对市政府罚款和强行划拨，针对的账户是政府办、财政局还是国土局？涉及政府，银行敢听你的吗？公告了人家还不理你怎么办？向监察机关或其上级提司法建议，怎么就保证会回应？真把谁拘留或追究刑事责任，会不会影响政府运行与形象？实际上，通常情况，司法机关怕影响党政机关行使公共管理职能、损害党政机关整体形象，不会强制执行，而是指望党政机关自觉履行。然而一旦遇到不自觉、脸皮厚的，法院也就撒手无着、徒呼奈何。

按照现行权力构成体制，法院能为群众做主、判一级地方政府败诉，已经难能可贵。要求他不折不扣依照判决强制执行，如果引起一定社会波动，惹恼同级政府，后果是法院难以承受的。因为法院经费是地方政府在拨，人事任免是人大在管，同一地区上下级行政机关之间，都有千丝万缕的联系。下级政府敢蔑视上级法院权威，说不好就是因为有后台和背景。法院敢这样判决已属不易，非要他把判决执行到底，说实话是真真做不到啊。

不管怎样，百姓愿意走"民告官"的依法维权之路，法院能够作出公正判决，都是法治的进步。需要跟进的，首先是法律的进一步明确与完善，还有权力体制的更加科学规范的设计。比如或可仿照地方纪委垂直管理办法，将地方法院的财政从地方财政中分离出来；法官实行终身制或较长任期等，让法院不但能公正判案，也敢于依法执行判决，让地方政府官员在法律面前不敢"耍赖"。当然，也应考虑对地方政府的考核，纳入依法行政这一条。将履行判决与行政官员的仕途联系在一起，借以提升政府依法行政，至少是尊重法律的意识，或许更符合目前地方政治的实际。

（2016 年 2 月 18 日）

立法研究项目"外包"给智库，好处何在

28 日媒体报道，山东省人大常委会法工委会同省政府法制办，首次将 39 项立法研究项目，分别委托给设立在山东大学等 5 所高校内的智库。项目内容包括立法理论研究、委托起草法规、法规内容专题论证和制度设计、立法评估、法规清理等。其中许多内容，涉及对省情和民情的深度研究，要经过周密而科学的调研和论证。

众所周知，调查研究和政策研究是党的优良传统，更是人大和政府制定法律法规所必需。不过以往的传统调研，包括人大与政府机构的立法调研，主体通常是内部工作人员，形式主要是外出走访、开会座谈、收集上报材料等。虽然能够了解到许多真实情况，但由于走访对象覆盖面窄、参与座谈人员数量有限、上报材料单位的诉求与喜好不同等，难保不出偏差。如何克服这一"先天不足"？将诸多调研与立法任务委托给智库，不失为一种可行办法。

什么是智库？智库是由专家组成的、多学科的公共研究机构。主要为决策者在处理政治、经济、科技、文化、社会、军事、外交等方面重大问题出谋划策，提供最佳理论、策略、方法和思想等。智库兴起于"二战"之后，在如今的新媒体、大数据、调查专业化时代，角色更趋活跃，作用日益显著。国家对智库建设高度重视，去年年初专门发布了《关于加强中国特色新型智库建设的意见》。目前，全世界有智库 6846 家，我国有 435 家，居世界第二位。

综合国内外智库的特点，最为显著的有三项。一是与权力机构相比，有相对独立性。有些是纯粹的民间非营利性机构，认识和分析问题相对客观。二是有较强的专业化水平。智库集聚了大量不同专业知识背景、不同立场的专家，能够基于专业的学术研究，针对现实提出相对科学全面的立法设想和政策方案。三是智库与政府机构之间，往往存在"旋转门"机制。智库精英有时会被吸纳进政府机构，而不少实践经验丰富的前官员，也会退聚在智库之内，从而使智库兼有理论性与实践性相融合的特点。尤其成熟智库的一项重要标准，是拥有"功能完备的信息采集分析系统"，擅长在日趋复杂的环境背景下，生产出更接近事实和揭示问题实质的调研成果。

当然，智库的作用不仅仅在调研方面。从其性质与特点不难看出，智库不但能胜任决策咨询，有的还可以受委托参与立法。以往人大与政府制定法律法规，按惯例或程序也会咨询相当于智库角色的专家或机构，不过多数是在草案形成以后，再让专家进行表决前评估或提出修改性意见，作用相对"外围"。而用"外包"形式，将立法研究项目委托给智库，有的直接委托起草，更能发挥智库在"党和政府科学民主依法决策"中的作用，好处多多。

地方立法研究项目"外包"给智库，至少有几个好处。首先是能补足地方立法专职队伍人才缺乏的"短板"。由于全面推进依法治国的形势需要，地方立法任务日益繁重。特别是全国所有的设区市都拥有地方立法权以后，地方立法力量短缺就更为明显。不单纯依赖人大和政府内部立法力量，借用"外脑"强化立法智力保障，不失为应对这一短板的"突围之举"。其次是有利于打开地方部门利益法制化的"缺口"。多年来地方立法机构本身力量不足，地方立法过度依赖行政执法部门，造成部门利益法制化现象泛滥。委托智库参与立法，等于"第三方"介入，与委托利益相关的行政执法部门立法相比，公平程度不言而喻。最后是与上文提到的调研有关：成熟的智库更善于运用现代信息采集与分析手段。即使运用传统的调研手段，由第三方组织的评估调研，通常也更加客观全面，有公信力。

在将立法研究项目"外包"给智库以后，党委、人大和政府机构自身的调研与立法研究工作也不能偏废。决策者是否了解实际情况，对能否在比较和优选中作出科学决策与科学立法都至关重要。同时，尽管我国智库数量已居世界第二位，但高质量的智库还有待于不断建设和打造。长远来看，只要各级领导干部重视智库建设，积极为智库参与咨询决策做出制度性安排，并引导智库在参与决策和立法中更"接地气"，党和政府就相当于拥有了外延的头脑与手脚，变成"三头六臂"，能更加敏锐地感知民意变化，更加科学准确地决策和立法。

（2016 年 3 月 1 日）

2017 年 2 月，研究部参观启用不久的人民日报"中央厨房"。

2017 年 3 月，参与人民网《两会进行时》直播栏目。

2018 年 11 月到 2019 年 10 月期间主持人民网人民视频栏目《国家日历》。

2017 年 6 月，参观人民日报重庆分社开发的新媒体政务平台。

2017 年 6 月，在重庆主持有关媒体融合发展的对话会。

2016 年 8 月，在深圳"2016 媒体融合发展论坛"上主持分论坛。

"冒名上大学"调查公告不应如此敷衍

河南"王娜娜被冒名顶替上大学"事件,广受公众瞩目。3月19日,事发地周口市的联合调查组,公布了官方调查结果。不料,调查结果的公布,非但没有去除人们的种种疑问,反而引发更多质疑,20日持续发酵。

原因在于调查结果公布的方式很"奇葩"。标题为《真假"王娜娜"事件水落石出》的公告,通篇没有任何事实还原,全部都是干巴巴的定性结论与处理决定。有关事实部分只有这样4条:王娜娜反映被冒名顶替上大学,属实;反映身份信息被冒用,属实;反映自身生活受到影响,特别是不能申领银行贷款,不属实;媒体报道的王娜娜要求对方道歉、注销学籍、赔偿30万元,属实。这就完了!接下来是假"王娜娜"被解聘、9名责任人被处分,但这9人做了什么事、犯了哪一条,一概只字未提,仍是干巴巴的"对此负领导责任""对此负直接责任",这就没了!

这样的调查公告不可能不让人疑惑甚至愤怒。一个农村学子,自己的大学录取通知书居然被他人领取,被冒名顶替上大学直至就业,13年后才得以追查真相,两个人的命运转折当然引人深思。民事官司怎么打、各种损失怎么赔,后续也值得关注。但人们最关心的,是这一切究竟是怎样发生的。是谁、通过怎样的方式动的手脚,制度设计上有什么漏洞,权力与金钱扮演了什么角色,其他人会不会也遭遇同样的命运。即使要处理相关责任人,也必须弄清他们各自具体的违纪违法行为,有没有权力的滥用与运作、有没有利益的输送与打点,才能估量惩处是否真正依纪依法、是否有足够警示作用、是否能杜绝这类情况再次发生。

然而，据说由市纪委、监察局牵头，公安局、检察院、教育局等组成的强大联合调查组，兴趣似乎只盯在真假"王娜娜"两个人的是非曲直上。上大学被冒名顶替、身份信息被冒用，这是明摆着的事实，还用得着兴师动众长达20天去调查？而王娜娜是否因此不能申领银行贷款、有没有要求30万元赔偿，与人们的关注重点又有几毛钱的关系呢？

出台这样"奇葩"的调查结论，症结在于地方党委政府缺乏真正解决问题的诚意，只想敷衍过关。第一种可能是明着说认真调查，实际上走走过场，匆匆搞个处理决定。反正都是警告、记过、诫勉谈话，除了处在风口上的假"王娜娜"外，其他人都没有被免职、开除，当事人庆幸轻易过关还来不及呢，谁会提出异议？平息舆论风波最要紧。当然，也不无为包庇某些当事人而故意让事实模糊不清的可能。否则，这样颇有"技术含量"、涉及多道环节、"大变活人"的高难度事件，难道只因某一案件当事人过世，就带走了一切细节？第二种可能是事实已经调查清楚，却不公告于众，只讲结论不谈事实，这为当事者讳的动机就更为明显。第三种不大可能的可能，就是调查组水平确实低劣，不知调查的重点在哪里，就像高考答卷不审题，那就不只是敷衍而是失能失职。

高考既事关为国选材的重大国计，也事关公平公正的社会价值取向；既事关千家万户的切身利益，更关乎与党和政府公信力密切相关的民心聚散。因此，"被冒名上大学"事件，不应视为仅仅与两个女孩的命运转折与利益纠葛有关，也不应视为仅仅是一起只求尽快平息舆论的普通危机公关事件，而应积极认真查清事实真相，坦诚全面向社会公布，同时仔细分析各环节漏洞，举一反三制定和完善相关制度措施，交出一份去除人们疑虑、让公众感到心安的答卷。即使某些事实确实无法彻底查清，也应有一说一、有二说二，说清楚哪些是无法查清的细节、哪些是已调查清楚的内容，供公众审视评判。进而在此基础上，对相应责任人依法依纪做出处理，让人们切实感受到党和政府维护社会公平公正的诚意与决心。

　　"没有真相，就没有正义"，"正义不仅要实现，而且要以看得见的方式实现"。"被冒名顶替上大学事件"要处理得让人心服口服，事实还原必不可少，事件调查必须清爽透明，否则就无法给人们一个体现党委政府公信力、体现社会良知的交代。

（2016 年 3 月 21 日）

在线辅导教师收入超网红，官方莫轻言禁止

"一小时收入 18842 元，在线辅导教师收入超网红！"这条消息在网上引来不少关注，也有人怀疑是否真实。据媒体 3 月 27 日报道，这一现象真实不虚！原因是与以往面对面授课相比，在线直播课有"聚沙成塔"效应：每个学生购买单节课价格，少的只有 1 元，贵的不过十几元，但有时人数多达一两千。受欢迎的在线直播课，每个学生一节课虽只花几元钱，但集聚起来就达几万元。扣除通常 20% 左右的在线平台分成，在线辅导教师一小时收入上万元甚至几万元，并非天方夜谭。真可谓分分钟将网红轻松甩出二里地！

这种现象正常吗？很快有地方教育部门官员回应说，应被禁止！目前有禁止中小学在职教师从事有偿家教的规定，虽然"在线辅导"是新生事物没被列入其中，但应属于"在校外社会力量办学机构兼职从事学科类教学、文化补习并从中获取报酬"一类，所以是被禁止的。

虽然貌似有政府部门规定，但总让人感觉哪里不对劲。有网友质疑：为什么网红一小时收入上万元没人管，教师一小时收入上万元就不行？难道只因教育是很严肃的事情？严肃的事情就不允许有高收入？网友的质疑虽然有点流于意气发声，未必正确，但对类似在线辅导平台走红这种新生事物，政府部门的确需要耐心观察，分析研究，不宜轻言禁止。

不少地方出台禁止中小学在职教师从事有偿家教，以及"在校外社会力量办学机构兼职从事学科类教学、文化补习并从中获取报酬"，面对的是

"传统业态"。的确，有个别教师上课不认真讲课辅导，却有意无意诱导学生请其做家教，或付费到其课余兼职的补习班之类的地方去学习，影响了学校课堂教学质量，加重了学生学习负担和学生家长的经济负担，立规禁止无疑是正确的，尽管效果如何见仁见智。

但在线辅导与"传统业态"的家教、补习不完全相同，甚至可以说完全不同。以往的家教、补习，前提是"垄断经营"。个别教师在课上留下的"知识缺口"，往往就是家教或补习的内容。老师会有意无意地"点拨"，学生和家长也心知肚明，虽不情愿，也不得不入其彀中，否则课上不讲这部分内容，或一带而过，不请老师做家教或上他的补习课，课程就很难跟上。另外，有的补习班实际上就是学校办的，相当于统一组织补习，不管老师水平如何，学生是否喜欢听，也得去付费听讲，属于强买强卖。

但在线辅导基本上是"市场经济"。所有课程面对的是在线辅导平台几百上千万的注册生源。一是即使有个别教师再用留"知识缺口"等手段，忽悠自己的学生去付费听讲，一个人只交1元钱或几元钱，分到他手里没几个，划不来。二是在线教师互相也有竞争，同样的课程有不同人在讲，课讲得不好，学生感觉收获不大，很可能像报道中所说，有的在线教师"一个小时收入还不到十块钱"。因此在线辅导，学生付费听课绝对是自主自愿，而且费用极其低廉。原先禁止教师有偿家教和补习的初衷，主要是担心增加学生学习负担与家长经济负担，但在线辅导这一新生事物，似乎并不存在"传统业态""垄断经营"那样的问题。

那么，老师热衷于在线教学辅导，会不会牵扯精力，影响正常备课和教学？以收看人数决定收入，会不会有教师只想吸引学生眼球，不关注教学质量和效果？这些疑问和担心，恐怕都要经过一段时间的实践来检验。按常理推断，如果一个老师不关心自己讲课是否有吸引力，给他再多时间，他也不见得都用于备课和钻研。相反，如果一位教师在线辅导能让人听得进去、学有所得，他在学校课堂教学中，水平也不会天上地下。至于会不会只顾噱头，不管教学效果，这要相信学生及家长的判断力，在线辅导老师不可能都成网红。

　　至少从目前来看，在线辅导能有效整合优质教学资源，给学生更多选择余地，且费用低廉，效率更高，比如看不懂的可反复回放，比传统教学更有优势。更重要的是，既然是新生事物，政府部门就不应急于下结论；凡是市场能决定的事情，政府部门就应少插手。否则，何来创新空间与社会活力？因此，对在线辅导教师收入超网红这件事，官方不要试图"全知全能"地遽判妄断。何况，不管怎么说，教师比网红吃香，总是一件让人宽慰的好事。

（2016 年 3 月 28 日）

假冒婴幼儿乳粉案，政府发声不能是
"婴幼儿"水平

4月4日，针对近日媒体报道的上海公安部门破获1.7万罐冒牌乳粉案件，政府食品药品监管部门发声，表示已"第一时间"责成上海食药局向公安部门了解案件情况，并协助公安机关追查涉案冒牌产品流向，"控制风险"。并称，"经初步了解，上海公安部门已经对查获的假冒乳粉进行了产品检验，产品符合国家标准，不存在安全风险"。

这起案件是4月1日媒体曝光的，时隔3天就有回应，似也算迅速。然而细看过程，却很难令人满意。案件的曝光，缘于最高检官网上的一则信息：2015年9月，上海公安部门依法查处一起跨多省市假冒婴幼儿奶粉案，上海检方近日对6名犯罪嫌疑人做出批捕决定。也就是说，案发至今已将近半年！但如果不是检察机关发了一则工作消息，公众竟毫不知情。

就算是案情查实需要一定时间，据报道，至迟在今年1月8日，公安机关已将涉案人员正式报请批捕，显然案件已基本查清："其中，陈某、唐某组织他人仿制假冒品牌奶粉罐、商标标签，收购低档、廉价或非婴儿奶粉，在非法加工点罐装出售，共计生产销售了假冒奶粉1.7万余罐，非法获利近200万元。"从那时到现在，也已两个多月过去，对这一涉及全国多个省市、事关众多婴幼儿健康、本应让社会公众广泛知晓的事件，政府有关部门居然没有任何信息公开或披露。

即使案情曝光、已经发展为公众高度关注的公共事件，食品药品监管部门的回应，也不符合政府信息发布应"及时、准确、全面"的要求。首先，什么是"第一时间"责成了解情况？究竟是去年9月案发时，还是近日案件曝光以后？说是"初步了解"，显然是最近才有反应。那到底是有了信息故意瞒报，还是由于政府部门沟通问题造成漏报？如果确实没有及时得到相关信息，就应向公众坦承，该追究谁漏报或瞒报的责任，就追究谁的责任。

其次，只是"初步了解"，根据地方公安部门的产品检验，就断定假冒乳粉"不存在安全风险"，表态过早，不够严谨准确，你的专业性在哪里？既然说公安部门已认定，涉案者所购是"低档、廉价或非婴儿奶粉"，却当品牌婴幼儿乳粉售卖，那对婴幼儿生长发育和健康就势必造成影响。难道吃不死人就算"不存在安全风险"？这样不接地气的官样逻辑，不但难以消解公众焦虑，反而增加了主管部门有意"捂盖子"的嫌疑，徒增反感。

最后，案发将近半年，媒体曝光也已过去几天，按说主管部门手头应有足够信息对外披露，回应公众疑虑与担忧。比如，冒牌乳粉已追回多少，流入市场的主要是哪些地方，消费者有什么办法加以识别，产品检验主要是哪些指标，虽符合国家标准但以低档、廉价和非婴幼儿乳粉冒充品牌产品，风险究竟有多大，所说的"控制风险"具体有哪些措施，等等。语焉不详，吞吞吐吐，给人的感觉就是想敷衍过关。

我们这么大一个国家，13亿多人口，肯定时不时会出一些事情，而且正处于发展阶段，不可避免存在许多问题。出点问题不可怕，关键是怎样应对。政府部门的应对有两方面，一方面是切实采取行动解决问题，另一方面就是重视信息的沟通与发布。随着经济社会的发展，社会结构与矛盾的日益复杂，政府的应对举措要升级，信息的及时沟通与发布，也不能仍处于"婴幼儿"水平。

以这起冒牌乳粉事件为例，案件是公安部门主动依法查处的，为什么不让公众及时知晓，把可能的危害降至最低？只要是涉及孩子的事情都不是小事，主管部门的被动回应应更慎重，不要妄下结论和判断，轻言"安全"，让人感觉好像为造假者"站台""背书"。在信息公开与发布方面，政府部门至少要学会将心比心，懂得公众的焦虑和关注点在哪里，一是及早让公众了解相关信息，保障公民的知情权；二是最大限度增加透明度，才有助于减少恐慌和疑虑，增进公众对政府工作的理解和支持。只要披露信息足够及时、准确和全面，非但不会造成恐慌，公众自会感受到政府真心解决问题、对公众健康认真负责的诚意与担当。

（2016 年 4 月 5 日）

"不尿任何官员"的村支书，为何没人管？

日前，一则视频在网上热传。视频中，山西运城市下辖永济市新街村党支部书记邓某某叫嚣："不要找某某（山西永济市委书记），找某某某（山西运城市长），实在不行了找某某某（山西省委书记）……永济晋南有个邓某某，不尿任何政府官员！"并疑似组织人员围攻政府，现场发号施令："把围攻永济市政府的工人全部撤到平陆来！"

据4月7日媒体报道，记者已从当地警方获悉，该视频内容属实。事情发生在2014年11月，据实名举报人说，他所在的房地产公司在永济市开发投资房地产，由于项目所在地在新街村，邓某某就强行要求项目所需建筑材料，必须由他以高于市场价格供应，并插手楼盘建设和施工、非法更改设计规划、霸占楼盘等。双方矛盾激化后，他还带人闯入举报人位于山西平陆县的家中喝酒闹事。有人报警后，邓呵斥到场的公安民警，才有了视频中那一幕。

这些年，个别村官狂妄嚣张的新闻时见于媒体，有的农村贪腐"蝇官"涉案金额还颇为惊人，更有少数名为村官实为黑社会头目的案例。永济市这一事件如果确实如举报人所说，似乎也不算新鲜。然而，由于一些与众不同的细节，这一事件又不能完全等闲视之。

从网上搜集到的资料看，新街村还是一个优秀党支部！邓某某是上级党委评出的优秀党员。这个村距永济市区较近，曾被确定为"省级新农村建设推进村"和"新农村建设质量提升明星村"。就在邓某某带人到平陆闹事、口出"不尿任何政府官员"狂言前 10 天，运城市纪委主办的"阳光农廉网"，还刚刚贴出"新街村党支部关于开展村党组织换届工作的实施方案"。方案确定成立"村党支部书记邓某某同志担任组长的换届选举工作领导组"，"在街道党工委选派的换届选举工作指导组领导下"，负责村级组织换届选举的组织协调。

颇引人注目的是，方案规定在动员准备阶段，要"集中学习教育"：组织党员干部认真学习《中国共产党章程》，"教育引导党员增强党性意识"。但是仅仅 10 天后，邓某某就指名道姓把上级党委主要领导贬了一遍，声称"不尿任何政府官员"——这里的"政府官员"，显然是党委政府都包括在内。不管村支书与举报人双方纠纷的是非曲直，仅这擅闯私宅，呵斥公安，向上级党委、政府领导公开叫板，说明这位村党支部书记，既不知法为何物，也根本不敬畏组织权威，更谈不上什么党性意识了。

按说有上级党工委选派的指导组领导，还有包村干部，如果确实能按"集中学习教育"要求，"组织党员干部认真学习《中国共产党章程》，教育引导党员增强党性意识"，对一个村的党员，至少对村党支部书记，应该能起一点作用。但从邓某某的言行来看，写在方案中的"集中学习教育"，不是没有实施，就是走了过场。

这不由让人联想起马上就要在全党开展的"两学一做"学习教育。一方面，深感学习教育的绝对必要性：把从严治党向基层延伸、落实到每一个支部是多么重要！另一方面，也让人感到有点担忧，"集中学习教育"会不会在个别地方，就像新街村这样，很难落实到位？要知道，这里还是一个优秀党支部呢！

更令人担忧的是，如果说个别农村基层干部党性意识差、政治水平低，情有可原，但事情发生近一年半，举报人多次向永济、运城和山西省相关部门实名举报其违纪违法行为，一直没有实质效果，却是个不容忽视的危险信号。直到视频曝光，据说永济市委、市政府才表示高度重视，匆忙成立了由市纪委牵头的联合调查组，"对邓某某有关问题进行纪律审查"。这种被动应付，恰恰暴露了以往在有些地方，"党要管党"主体责任严重缺位。

因此，在"两学一做"学习教育中，最忌方案写得像模像样，实践当中并无效果。必须立起合格标尺、划出做人做事底线，一条一条对照检查。尤其是县市级以上党组织及其负责人，要切实负起抓党建、抓学习教育的主体责任。不能形式有了、过场走了，看上去都优秀先进，评出一大批，转过脸来，就有人公开叫嚣根本不尿你！

（2016 年 4 月 8 日）

辞了局长干科员，"干部懈怠"困境怎解

　　一个县一年有 10 位局长、副局长提出改任主任科员、副主任科员；发改局长、财政局长等实权人物也申请"实改虚"……4 月 12 日媒体揭示的这一基层官场新现象，着实令人担忧。这种种怪象，反映的正是目前一些基层地方，在干部队伍中悄然弥漫的懈怠之风。

　　干部任职"避实就虚"，原因比较复杂。首先是在全面从严治党新形势下，以前超发奖金、超配职数等干部激励手段不再可行，有的干部深感缺少"抓手"，工作不好推动，压力日增。其次由于权力受到监督，风险成倍增加，一般不敢伸手，当官不再有"油水可捞"。还有一些官员，因为以往跑项目、搞接待过程中，难免有些合旧例不符新规的"隐疾"，担心不能平安落地，不如及早退位，不是矛盾焦点，就不会总有人盯着。

　　既然大家都拿正常工资，干虚职待遇不少，还轻松无压力，何乐而不为？因此有些官员，尤其是年龄稍长、升职无望的官员，难免"萌生退意"。盼望从风险和压力大的实职改任清闲但待遇不少的虚职，就成为一些基层干部们的官场心态，

　　这种现象和心态，一旦形成风气，地方工作就将陷入"干部懈怠"困境。表面上看，有几个人不想干了，没有什么大不了，哪里都不缺当官的，顶多换个人了事。但在这看似个别的"辞了局长干科员"现象背后，就是"两学一做"学习教育方案中指出的突出问题中的一种：精神不振。有些人不吃不喝不拿，但就是不干！这给经济社会发展所造成的危害，某种程度上不

亚于贪污腐败。

笔者就曾了解到这样一件事。一外地公司到某县做供气工程，投资几千万元。工程完工后，按以往惯例，都要按一定提成比例，打点县主要领导，就可以顺利要出工程款，投资到另一个县再干。公司照样有利润，事情还容易做成。然而现在县主要领导不敢要提成，工程款也迟迟不付。这家公司既不敢打官司，怕"坏了名声"，无法在该地区其他县承接工程。同时得不到工程款，下一家工程也无法开工，只能到处找关系寻门路，想办法要钱，陷入空耗。

其实不但基层如此，国家有关部门又何尝没有"干部懈怠"现象？近几天报道正热的商标局因"缺纸"、7个月未发一张商标证事件，虽然暂未确认是否有腐败原因，但因缺纸而长达半年多不发一张证，实在过于蹊跷。这就像开餐厅不卖饭菜、开旅馆不提供住宿一样，一时半会儿因缺货或客满可以理解，长时间开门不营业，那肯定就是出大问题了。相信如果有关部门肯认真调查，按时间顺序，详细公布采购部门走的是怎样的流程，究竟卡在哪个环节，为什么媒体一曝光所有关卡就全亮绿灯，马上就能发证，也不难发现"干部懈怠"的确证，甚至包括以往流程中，与腐败有关的蛛丝马迹。

目前，深化改革的任务极其繁重，拉动经济增长的压力空前巨大，"十三五"规划提出全面建成小康社会目标的实现时限也为时不远。怎样着力解决干部不作为问题，摆脱"干部懈怠"困境，是一项迫在眉睫、亟须破解的棘手课题。怎样破解？退回到以前的老路数、老办法上去，肯定不可取，公众也不答应，还是要想点新招数。至少在基层地方，面对"辞了局长干科员"现象，不妨尝试改变一下干部选拔任用方式和虚职干部的管理考核方式。

除了个别特殊岗位，一般部门单位主要领导岗位出缺，初选可以用符合资格标准的干部自我推荐方式，不主动报名、不毛遂自荐的一律不予考虑。然后是严格执行"逢提必查"规定。最后才是组织考察。这样可以保证想干事有担当又自身干净不怕查的人脱颖而出。再通过对其经历和才能、业绩的考察，确保其也有能力干事。同时明确相关制度界限，建立容错机制，既保护干部，又保护干部工作积极性。对那些"实转虚"的干部，让新任干部去进行日常管理、考核和调动积极性，很难落实。这些人当中，不少人年富力强，经验丰富，可以考虑用项目负责制的办法，将一些能够分解、相对独立、成效易于考核的工作，"打包"委托他们独立或带人去做，一方面方便上级部门的管理考核，另一方面也避免他们提前进入"养老"状态，给部门单位工作带来消极影响，加剧"干部懈怠"现象的恶化与蔓延。

（2016 年 4 月 13 日）

"蜗牛奖"能治好"拖延症"吗?

　　江苏泰州市针对"懒政怠政"顽疾出新招:向 12 个部门单位颁发"蜗牛奖"。据 4 月 14 日媒体报道,"中奖"的有不落实项目的市财政局工贸发展处、不处理涉企乱收费问题的所辖靖江市新桥镇政府法制科、不按规定及时办理群众医药费报销事项的市人社局农村合作医疗保险办公室等。这些"中奖"单位,是通过热线举报、调查走访、群众投诉、网上收集以及工作督查等方式,梳理出一批线索,再经过会议认定,以无记名投票方式,最终入选的。

　　泰州宣布要设立"蜗牛奖",还是今年 1 月的事。消息一传出,就引来很大争议。叫好者有之,也有人质疑,这样羞辱官员真的好吗?各地各部门各单位工作性质不一样,工作环境有不同,比如修一条路经过数个乡镇,原本矛盾少的,可能不花什么气力就做成了,而矛盾比较多的乡镇,付出几倍努力还是白搭。你不分青红皂白给他个"蜗牛奖",获奖者有委屈,甚至破罐破摔,而且不仅让他们在市民面前抬不起头来,也不利于他们以后开展工作。

　　争议双方究竟孰是孰非,由于首批"蜗牛奖"刚颁发,恐怕还要经过一段时间的实践检验,才能判断实际效果如何。不过从常理分析,给不作为或至少是"作而无为"实绩差的官员颁个"蜗牛奖",应该是利大于弊。因为颁"蜗牛奖"这件事,还不是泰州市的发明,早在去年年底,浙江温州有个副区长,6 公里路修了 4 年,在电视问政现场,一位市民就给他送了一个蜗牛玩偶，令副区长一脸尴尬，等于是现场"中彩"。你给群众办事严重拖拉，即使不颁"蜗牛奖"，你在群众心目中早就是蜗牛、树懒的形象了。

所以泰州市由政府自己颁"蜗牛奖"，变被动为主动，倒不失为明智之举。当然也是一种无奈之举。近年来，各地反腐力度加大，官场地震频仍，不少腐败分子被清除。但不可否认也引发了某种程度的官场地震"后遗症"。个别以往"收了好处乱办事"的人，变成了"不收好处但也不办事"。还有的明知制度不规范，担心多干事易犯错，能躲则躲能拖则拖，官员似乎患上了"拖延症"。在个别地方，"慢作为"甚至"不作为"，成为降低政府工作效率，损害群众权益，进而也损害党和政府形象与威信的主要矛盾。

治疗这种"拖延症"，有时比反腐败复杂。对腐败分子，只要有相应证据，就可以依纪依法拿下。但这些"拖延症"干部没有腐败，也没闹出大事，说是按规定经考核可以让干部能上能下，然而如果没有明显违纪违法行为，拿捏尺度很难界定，让谁下都不那么容易。干部一两次不作为，或只是慢作为，是不是就可问责到"让他下"的程度？显然做不到。同时目前正向奖励办法也不太管用，一是政策管得紧，搞重奖可能违规，奖少了不起作用；二是容错机制不完善，事干多了，奖金没多少，反而容易引发矛盾，引火上身，不如观望以保平安。

在此情况下，对"慢作为""不作为"颁个"蜗牛奖"，搞点"负向激励"，倒也不失为一种相对有效的尝试。当然相关制度要完善。比如对有人担心的由于工作条件不同，没怎么努力的没人盯着，付出几倍努力的反而被"蜗牛奖"盯上，或相对清闲不接触群众的岗位无人究责，天天面对百姓干事多的更易"中奖"等问题，就需在开门评议时，多给当事人解释与辩护的机会，让评奖者充分了解各种情况以后再打分。还有"中奖后"的"奖品"也要跟上：该通报的通报、该扣分的扣分，还要把整改情况及时公布于众，接受群众监督。对整改不力、变化不大、群众不满意的，该组织调整的就及时调整，这样"负向激励"才有效。

另外，还要注意以往这类临时措施可能会产生的负作用和消极后果。比如有的干部可能为了避免"中奖"，急功近利，快是快了，"高效率"忽视了"高质量"，甚至损害群众利益。还有可能"中奖"的人多了，有些人脸皮厚了，也不在意了。更要注意随着地方主政领导的更迭或注意力转移，"蜗牛奖"半途而废或变成走形式，同样会对民意造成伤害。

尽管作为新事物存在各种隐忧，但至少从目前来看，"蜗牛奖"还是有让"拖延症"官员红红脸、出出汗的效果的。相信多数"中奖"干部会知耻而后勇，改进工作，提高效率，更用心为群众办事，由"蜗牛"变"快牛"，由"树懒"变"脱兔"。

（2016 年 4 月 15 日）

"线上聊天""网上蹲点"，
领导干部不会不行了

　　"网民来自老百姓，老百姓上了网，民意也就上了网""群众在哪儿，我们的领导干部就要到哪儿去""各级党政机关和领导干部要学会通过网络走群众路线"……4月19日，习总书记在网络安全和信息化工作座谈会上，提出了"通过网络走群众路线"的重要课题。

　　一切为了群众、一切依靠群众和从群众中来、到群众中去，是我们党的根本工作路线，是党保持纯洁和活力的生命线和传家宝。在贯彻群众路线过程中，传统方式是走下去、请上来，与群众面对面做调研，乃至同吃、同住、同劳动等，的确有一定效果。但也毋庸讳言，随着阶层分化加剧，官本位思想影响，部分领导干部的群众意识日趋淡薄，与普通群众从空间上、心理上都产生了距离。从群众中来却上不来，到群众中去也下不去。即使偶一为之，往往也成了一种形式，效果不彰。如何走群众路线，在强调继承的同时也亟待创新。

　　网络时代的悄然来临，为践行群众路线提供了新思路，为党群互动开启了新路径。目前，我国网民人数已有7亿人之多，网民已成为最大社会群体，网络已成为最大社会领域。所谓"知识都在网络上、思想都在微博上、朋友都在QQ上、购物都在淘宝上"，虽然有点夸张，但也道出当今社会"无网不在"的客观事实。

　　随着互联网成为群众意见表达的最大平台、热点难点问题的集散地，一方面，小事件易成大风暴的"蝴蝶效应"，给国家和社会治理带来巨大挑战。另一方面，也为进一步密切党与群众的联系，提供了新的机遇和可能性。因为网络沟通的特点，就在于它的交互性与开放性，能够以最低成本，实现多方信息的直接交换，成为人与人沟通的高效纽带和渠道。在社会转型期和矛盾突发期，利用好这一新的党与群众联系的重要纽带和渠道，与时俱进地把群众工作拓展到网络空间，就显得尤为重要。近来年不少党政机关和领导干部在网上开微博、发帖子，直接倾听民众呼声，回应群众关切，已经在一定程度上改变了网上生态，显现了"通过网络走群众路线"的积极效应。

然而，仍有不少领导干部对网络缺乏深刻认识，对网络时代的挑战与机遇未能全面理解，不懂网、不上网，甚至以不沾网为"慎重"、为"自豪"。有的"望而却步"，认为网络是高大上、高难度，配了计算机不学不用，讲话稿有属下帮忙写就够了。有的"因噎废食"，认为上网费时间，上网的没有正经人，不但自己不上网了解民情、获取知识，对下属上网没有指导只有限制。有的"事不关己"，网上怎样与我无关，反正上级没有规定必须上网做群众工作。有的"物伤其类"，听说有的干部在网上惹出事来，生怕自己在网上说错话或泄露信息，被人盯上得不偿失，不如与网绝缘。这种种干部"上网自闭症"的结果，是群众的网上呼声无人回应、谣言等不良信息快速广泛传播，相关部门和党员干部"集体失语"。党和群众的关系疏离，在网络空间表现得格外扎眼，反过来进一步恶化了网络之外的党群关系。

因此，党的群众路线也"必须过好互联网这一关"。尽管网民不能完全覆盖群众，但网民已是群众中重要的一部分，网络已成为反映民情民意的重要渠道。尽管网络的"键对键"不能替代现实中的"面对面"，也不意味着彻底丢弃走群众路线的传统形式和方法，但必须把互联网作为党联系群众的重要载体。今天的领导干部，除了现实中要访民户下基层，同时必须学会"线上聊天""网上蹲点"。

在这方面，习总书记给我们带了个好头。他多次通过新媒体与网民互动交流，拉近了领导人与网民的距离。这次提出的"经常上网看看"，更是给各级党政机关和领导干部提出了明确要求。要摒弃"忽视网络""轻视网络""害怕网络"等陈旧思维，树立做好网上群众工作新理念，积极主动利用论坛、微博、微信等互联网工具，掌握网上表达与沟通技巧，学会有效地"从网络中来"：倾听不同阶层的民声民情；也能准确地"到网络中去"：把党的政策用群众听得懂的语言传播出去，见缝插针地做群众工作，"让互联网成为了解群众、贴近群众、为群众排忧解难的新途径，成为发扬人民民主、接受人民监督的新渠道"。

（2016 年 4 月 20 日）

当初如有"天价虾条款"，或许不会"天价鱼"频现

从青岛"38元一只大虾"到哈尔滨"398元一斤鳇鱼"，再到桂林"5000元一条娃娃鱼"，为何严惩仍难制止"天价"现象？24日媒体对"天价娃娃鱼"事件的深度调查，令人感悟出些许秘辛：是政府监管在法律与执行层面的缺位，导致了市场无序与诚信缺失。

个别商家为牟取暴利不择手段卖"天价"，那是他们的"天性"。问题在于这种"天价"行为，有没有法律规章来管束，政府的依法监管又是否到位。对"天价鱼"这类事件，《价格法》第十四条有专门条款，即经营者定价"不得违反法律、法规的规定牟取暴利"。与之配套的《制止牟取暴利的暂行规定》则明确：某一商品或服务的价格、差价率、利润率，不得超过同一地区、同一期间、同一档次、同种商品或者服务相应平均数的合理幅度。最引人注目的一条，是平均"价格""差价率""利润率"等，政府价格管理部门要进行"测定和规定"，"并予以公布"。

看来政府价格监管于法有据，操作方法也很明确。然而桂林物价局长却认为，"市场平均价格的合理幅度"没有实施细则不好确定。这一说法倒是合乎事实：我们到旅游景点，谁看到过当地价格管理部门提供的"市场平均价格"？但其原因则有两种可能：一是法律规定不具有可操作性，二是政府价格管理部门没有依法落实。

不管是哪种原因，最终结果都是一样的：旅游环境恶化，市场秩序失范，

社会诚信受损。就像部分网友反映的那样，"只要时间与金钱允许，最好还是选择去国外旅游"，当然还要选择去国外购物。这是在政府市场监管不到位的情况下，人们用脚投票，用钱打分。

市场为什么离不开政府监管？一个重要原因是经济学所谓"次品市场"效应。即对于商品来说，卖方永远拥有比买方更多的信息，他完全可能以次充好，或将买方不很了解的商品或服务卖出"天价"。一般"坐商"即主要面对回头客的商家，如果有类似"天价"行为，通过时间积累与市场调节，会被慢慢淘汰，或从一开始就遏制其暴利冲动。但旅游餐饮市场却是典型的"次品市场"，外来游客对商品所知信息更少，商家做的多是"一锤子买卖"，自然宰你没商量。长此以往，人们便会对守法经营者也产生怀疑，望而却步。

要打破"次品市场"效应，就急需政府部门的依法监管。对旅游市场来说，就是要依法保护旅游消费者权益，避免个别商家不法行为损害旅游城市或景点的长远及整体利益，"劣币连累良币"，使国内旅游城市、旅游景点成为宰客代名词，游客纷纷"出走"。

政府的监管需要依法进行。从现有法律本身看，破除"次品市场"效应的手段似乎是明确的，就是尽可能为消费者提供平均价格信息，挤压不良商家的"欺诈空间"。但粗陋处在于，没有对不依法提供信息、监管不力的价格管理部门，明确惩处规定。从法律执行层面看，至少在种种"天价"事件中，政府价格管理部门有行政不作为之嫌。如果像桂林物价局长所说，提供"市场平均价格合理幅度"做不到，为什么"天价娃娃鱼"事件一曝光，这种娃娃鱼在当地的市场平均价格马上就能公诸报端？还有，涉事餐厅去年就被曝光收取"天价餐费"，为什么很快就能改名重新经营，且在网上差评甚多，当地物价管理部门也不闻不问？

问题还不止于桂林物价管理部门不作为，而是为什么法律明文规定的政府价格管理部门对商品平均市场价格等要进行"测定和规定""并予以公布"，在全国范围内却没有得到有效执行？如果说这些法律规定确实无法落实，又为什么无人提出及时修法完善？

当初"天价虾"事件出现时，假如人们不满足于对个别商家的重罚，及时从法律及执行层面找原因，制定"天价虾条款"，防范信息不对称造成"次品市场"效应，确保商家按规定明码标价，对政府部门监管不力明确惩处，或许"天价"现象不会如此频现。目前社会问题这么多，只满足于运动式抓个案，显然无法根治一些系统性问题。社会能否不断进步，还要看是否有一种"危机—反思—改进"机制，对一件件个案，都能从立法与执行层面，"牵一发而动全身"，举一反三，不断完善法律，落实监管，才能规范市场秩序，重树社会诚信。

（2016 年 4 月 25 日）

谨防"落马贪官逆袭"的负效应

4月27日，一则"落马部长再出发成功逆袭"的新闻，在网上引起热议。报道中说，一位曾因在职期间收受不法企业主所送现金、生活腐化堕落、涉嫌重婚罪的前统计部门高官，走出牢门后马上找到了工作。他先在一家央企下属机构任高级研究员，又到一家民企证券公司任首席经济学家。近日他更以"著名经济学家""国家某某局原局长"身份，频繁亮相于各种场合谈论经济问题，谈房产、谈股市、谈 GDP 增速，屡屡成为各大财经媒体报道焦点。报道称此为"逆袭"励志故事。

相关报道还提到其他一些落马官员的"逆袭"故事。比如因受贿罪被判刑8年的河南郑州市委原常委杨振海，出狱后拒绝了妻子让他"找找市里领导，安排到技校当老师"的请求，选择了"废品收购生意"，一年净赚12.8万元，一年后，被一个工厂聘为副厂长，主管生产和技术革新。还有云南红塔集团原董事长褚时健，出狱后承包荒山种橙，通过电商销往全国，重新成为人们尊敬的再创业者。

落马官员"逆袭"，很易引发关注。从法律角度讲，官员违法犯罪受到惩处，服刑期满就意味着已成为正常公民。如果没有被剥夺政治权利，服刑期间他也享有正常的发表言论的自由。出狱后工作就业，更与一般人无异。而且官员落马，并不影响其在智力水平与工作能力方面的出色，加上落马前固有的人脉关系，就业或创业的成功率，往往也高于一般人。

但这种"逆袭成功"，是否能成为正面的励志故事，恐怕还要具体问题具体分析，先打个问号。像杨振海那样，不去通过老关系找市领导，自食其力收废品，从一个侧面说明他是真心悔罪，社会观感应不会负面。褚时健创业，或许利用了一些以往的商界人脉，但本质上是通过市场给用户提供物质产品，年事已高仍尽其所能对社会有所贡献，也没引起太多非议。

而这位由落马官员变身"著名经济学家"的例子又有不同。当初刚出狱时，他就因摇身一变成为一家央企下属机构工作人员，受到广泛质疑。因为央企招聘有严格程序，需要向社会发布公告，被判刑以及被前用人单位开除公职的，都不符合招聘条件。为何对这位落马官员就网开一面？

从那之后，这位落马官员销声匿迹了一段时间，不知是否已从央企辞职。后来他又被一家民企证券公司聘为首席经济学家，"著名经济学家"名衔由此而来。民企走市场，用人不容他人置喙。但他与收废品、种橙子的纯经济活动不同，"主产"的是与意识形态有关的思想产品，且常用"国家某某局原局长"身份，那就难免引起异议。

何况这位官员的落马，正与他今天的"主产"有关。当年上海某"财经大亨"，因国家宏观调控政策影响利益，迫切需要一个高层代言人，通过"数字游戏"影响经济政策，所以才会给一个"清水衙门"的国家统计部门官员送钱、送房、介绍女人。而被美女与金钱俘虏的这位官员，果然"不负重望"，不惜与国家政策唱反调，反对宏观调控，当时就引起经济学界专家的质疑和不解，直到"财经大亨"因案东窗事发，人们才恍然大悟：原来这位官员的嘴巴，已被利益集团遥控。

这也就难怪，当网上热炒这位落马官员"逆袭成功"的新闻后，马上就有人评论说，"没有道德底线的人说的鬼话也信""吸毒的演员封杀，这样的官员怎么不封杀"。虽然说"封杀"有些严重，但讲舆论导向的媒体，在报道类似落马贪官"新生活"的新闻时，还是要顾忌到可能引发的负面效应，不把它讲述成"逆袭成功"故事。而且这位落马官员已然到民企就职，不再是国家有关部门权威人士，按利益代表原则来说，研究成果的客观性本身就存有疑问。如果感觉这"一家之言"有些道理，听听无妨，也要尽量交代清楚其现有的任职背景，至少不让"国家某某局原局长"的身份对受众产生误导，更要避免炒作"落马贪官逆袭"故事，给党和政府的形象造成"二次伤害"。

（2016 年 4 月 29 日）

魏则西事件，问到深处是监管

五一期间爆发的魏则西事件持续发酵。2日下午，国家网信办发言人表态："根据网民举报，国家网信办会同国家工商总局、国家卫生计生委成立联合调查组进驻百度公司，对此事件及互联网企业依法经营事项进行调查并依法处理。"

三部委调查组进驻一家民营企业进行调查，大阵仗显示出有关部门对这一事件的高度重视。尽管有人质疑，魏则西事件说到底是不良医疗机构的问题，为什么由网信办牵头，不查主体只查渠道？事情因百度而起，况且还是"根据网民举报"，由此入手进行调查也顺理成章。不过细看调查组的任务，似乎重点在调查"互联网企业依法经营事项"并"依法处理"上，的确让人担心这一调查是否能有令人满意的结果，又会否只停留在个案处罚层面，没有更多有利于监管互联网企业及医疗机构的法律和制度性成果。

调查首先可能会遇到无法可依难题。百度因经营手法问题引起民愤，不是第一次，血友病吧事件刚刚过去不久。但每次对百度的声讨都无疾而终，没了下文，原因之一是相关法律法规不健全。比如引发这次事件的竞价排名算不算广告，在国家层面的法律上没有明确规定，在地方司法实践中也存在很大争议。魏则西事件后，许多人只能拿"企业责任""良心"说事，实际上反映出没有法律依据问责相关企业的无奈。

其次可能会有该处理谁的问题。按魏则西说法的一种，是在百度搜索有关生物免疫疗法时，跳出的第一条就是某医院。找到这家医院后，发现的确是一家三甲医院。但他们对百度、对三甲都没有完全相信，接着查看接待他们的医生的背景，发现他不止一次上过权威的电视台。"百度、三甲医院、中央台、斯坦福的技术，这下应该没有问题了吧"，之后才发生了花费巨大却没取得预期疗效的"医疗事件"。按这种说法，百度搜索在其中只是角色之一，甚至是次要角色。处理次要角色而放弃处理事件的其他角色包括主角，恐怕难以服众。

疑问还不止于此。为什么搜索带来的问题争议这么多年，乱象尽人皆知，却没有一个确切说法？要知道，国外同类企业也搞这种竞价排名，但早已被认定为广告，我们则多年议而不决。为什么《医疗广告管理办法》已禁止涉及医疗技术、诊疗方法及治愈率等内容的广告，事件所涉医疗机构却仍能在各种网站上大肆宣传？为什么早在 10 年前，国家有关部门已下令禁止公立医院私自承包经营，这家三甲医院仍然疑似有越线行为而没有人管？

这种种疑问，靶向都直指监管缺位。有网上调查表明，对魏则西被忽悠接受高价治疗，网民认为主要原因是"政府监管缺位"而不是"百度竞价排名误导"，甚至不是"医院唯利是图"；对魏则西事件暴露的最大问题，是"政府对医疗主体监管缺位"，而不是"百度、莆田系等市场主体缺乏敬畏、没有流淌道德血液"。网上"草根"们的看法是正确的。不管是互联网企业搞竞价排名，还是医疗机构夸大疗效、一心逐利，这都是企业的本性，无可厚非。对他们的不良行为，人们也可以进行道德谴责。但是为什么舆论喧嚣过后，往往一切如旧？根本原因是没有相应的法律跟进、制度改进，日常监管严重缺位。

监管缺位，第一是工商管理部门。不但对国外早有先例的竞价排名的定性，步伐迟缓，对不良医疗机构通过各种途径推出的广告违法行为，也处罚不力。第二是卫生管理部门，对人们早已呼吁多年、怨声载道的"某某系"违规向公立医院渗透、办"院中院"现象，听之任之。当然也有网络管理方面存在的漏洞。这些监管方面存在的问题，才是酿成魏则西事件的主因。

这一状况不改变，即便把涉事互联网企业彻底关掉，把涉事医院直接封门，虚假医疗信息仍会通过其他渠道散布，不良医疗机构还会让人上当，魏则西式悲剧难免还会重演。

有人说，在那些医疗规范的国家或地区，不是没有坏医生，是没有坏土壤；声称"不作恶"的互联网企业不是因为有良心，而是不敢去违法。铲除坏土壤，让企业的良心有价值，前提就是严格到位的监管。所以部委调查组进驻企业，要查企业的违法行为，也要检讨自身的监管缺位，探索怎样补齐法律短板、划清经营红线，这样的调查处理结果可能更有意义。

（2016 年 5 月 3 日）

打倒了李彦宏，就不会有第二个魏则西？

网络时代，中国也出现一种"道德正确"，就是不能与网民情感对着来。比如在五一这天，骂百度肯定是正确的，说百度好，铁定找死。众口一词、众口铄金、众怒汹汹能淹死人！这"逆我者亡"的大潮流是真不好惹。

搁在平时，看就看了，有想法也当了沉默的也不知是大多数还是极少数。但今天是劳动节，有点闲空看微信，偏偏看到有朋友在微信圈转发了不少相关帖子——当然都是义愤填膺骂百度的，题目或煽情或犀利：《一个死在百度和部队医院之手的年轻人》《魏则西的死，"百度"经年累月的恶》《为什么百度的恶是最大的恶》《只要李彦宏还在，百度开除了谁都没有用》等。一时心有所感，自认说了几句公道话，没想到"友谊的小船"差点"说翻就翻"，只好立马偃旗息鼓，呵呵了事。

回过头细想，这事还真该说几句。一个是人命关天，不是小事，人人都可能成为魏则西。另一个是看大家头脑发热，一窝蜂跑偏（当然是我个人看法），似有义务泼点凉水，冷静冷静，更有利于想出办法，解决问题。

我想说的是，这件事板子主要应打向谁？我说的是"主要"！该打的或是政府监管，或是求医者自己（这结论很难被接受），就是不能全怪在百度身上。

为什么？我们先设想一下，因为前面有人说了，"只要李彦宏还在，百度开除了谁都没有用"，我就再狠一点，说"只要百度还在，开除了谁都没有用"，把李彦宏抓了，把百度关了，就不再会有人上当，不会有十度、千度、搜猫、搜鼠之类的登虚假信息？

说主要在政府监管，就是基于这样的事实推断：信息管理的主体在政府。如果百度不能收钱排名做广告，你为什么不处罚他？如果可以做广告，百度没按手续把关，你又为什么不罚他？如果说百度能不能这样干还没规定，那你为什么不立法立规？至于说为什么假医院还有三甲资质，该不该以这种技术治病，他用了又怎样监管，不必说也是政府的事而不是百度能管得了的。

这些问题解决了，咱们再说企业社会责任的事儿。企业要不要有社会责任？要有，两个效益嘛。但也别忘了，马克思讲了，"资本来到世间，从头到脚，每个毛孔都滴着血和肮脏的东西"。他为什么肮脏，因为他要赚钱，一切温情脉脉的面纱背后，都是盯着你的钱包的眼睛。马克思认为这种唯利是图是违背人性的，所以说是肮脏的。但我们知道，只要是依法经营，赤裸裸地"向钱看"，我们也拿他没办法，有时还得鼓励他这样干，前提是不违法，主观为自己，客观为顾客，不然经济怎么发展？要求企业讲道德……咳咳。

这里再多说两句。我觉得如果百度可以收钱搞排名不违法，也应规定把这种收了钱的与没有收钱的区分开来。就像有的购物网站，中间的商品排名或依热门程度，或依上贴日期，或依价格高低等，收了钱的都在两侧推荐，愿打愿挨，一目了然，别混在一起，这才是正途。

再说说为什么主要挨板子的还应该是消费者。这样说有点残酷，尤其是消费者是一个求医保命的病人。但要把问题讲清，该说的还不得不说。网上信息可信吗？你问问路人，有几个会点头？但为什么上了当就马上怪网络怪百度？

这里有必要回顾一下魏则西的求医过程。

"我得的是滑膜肉瘤，一种很恐怖的软组织肿瘤。目前除了最新研发和正在做临床实验的技术，没有有效的治疗手段""当时北京、上海、天津、广州的各大肿瘤医院都说没有希望，让我父母再要一个孩子吧""我爸妈拼了命找办法""百度，当时根本不知道有多么邪恶，医学信息的竞价排名，还有之前血友病吧的事情，应该都明白它是怎么一个东西。可当时不知道啊，在上面第一条就是某武警医院的生物免疫疗法，DC、CIK，就是这样，说得特别好，我爸妈当时就和这家医院联系，没几天就去北京了。见到了他们一个姓李的主任，他的原话是这么说的，这个技术不是他们的，是斯坦福研发出来的，他们是合作，有效率达到百分之八九十，看着我的报告单，给我爸妈说保我二十年没问题，这是一家三甲医院，这是在门诊，我们还专门查了一下这个医生，他还上过中央台，CCTV10，不止一次，当时想着，百度、三甲医院、中央台、斯坦福的技术，这些应该没有问题了吧""后来就不用说了，我们当时把家里的钱算了一下，又找亲戚借了些，一共花了二十多万元，结果呢，几个月就转移到肺了，医生当时说我恐怕撑不了一两个月了，如果不是因为后来买到了靶向药，恐怕就没有后来了。"

　　从上面的简要过程可以发现，前面所引的《一个死在百度和部队医院之手的年轻人》，这标题本身就是一条说法不准确的新闻。魏则西得的是不治之症，可能即使没有百度这一出，最后的结局也不乐观，怎么敢下结论是死在百度和部队医院之手？要不要他们负刑事责任？魏则西写上面这段话的时候，还认为是找到了"靠谱的技术"，然而最后他还是不幸病逝。那他这"靠谱的技术"又是从哪里得到的信息，要不要追究相关信息提供者的责任？

　　实际上魏则西和家人并不是完全相信百度的。至少他们还查了有关医生的背景，发现他不止一次上了CCTV。从常理推断，他们相信CCTV可能更胜于百度。

　　但是上了电视台就可信吗？

这里是我最想说明的一个观点：互联网时代，必须教会人们，对所有媒体提供的信息，都要有辨别真假的能力。首先是对一切媒体所说的都不相信，至少不可全信，然后再想办法查证（有没有办法查证清楚那又是政府部门的事情，而且是因事而论），确认自己所需要的信息是真是假。

今天看到的很多与百度事件有关的重头文章，都没有提到"媒介素养"这个词儿，所以我感觉不吐不快，因为都没有说到点子上。

什么是媒介素养？通俗地说，就是人们对各种媒介信息的解读和判断能力。媒介素养最初是西方一些知识分子，为抵制电影等流行文化以及大众媒介给民众特别是青少年带来"低水平的满足"、误导社会成员的精神追求而提出的。他们认为娱乐化的电影、追噱头的报纸等，都是一种"文化污染"，当然也包括虚假夸张的报道与不实的广告，所以建议在学校开展媒介素养教育，进而普及一般社会民众。目的是让人们更多了解媒介规律，正确解读媒介信息，辨别和抵御不良信息影响。现在不少国家和地区，从小学阶段就开设媒介教育课。

西方国家为什么要搞媒介素养这个东西？因为他们的传播理念是所谓的自由传播，不禁止你办报办刊（当然违法了也会处罚你），所以从源头上管控不良或虚假信息比较困难，所以他就从接收端着手，提高受众的"精明度"与"免疫力"，你放细菌病毒，我有自身抗体。

这个"洋玩意"以前对我们来说没有太大用。因为我们不搞西方的自由传播那一套，有可能从源头制止各种不良或虚假信息，从"接收端"着手培养民众媒介素养的必要性不大。但是随着网络和自媒体时代来临，发布信息的源头复杂，只强调源头封堵，效果大不如前。一个比较可行的办法是加强媒介素养教育，从娃娃抓起，开设相关课程，对成年人则想办法"补课"，逐步普及全体社会公民。让更多人在纷繁芜杂的海量信息面前，能够独立分析、全面理解、理性评价，从而能得信息时代之利、去信息时代之弊，起码能减少一些上当受骗的机会。

　　政府监管与受众提智，这两方面要双管齐下。这样不良企业骗人牟利的空间就小了，甚至无法生存。想要持续发展的企业，不管讲不讲道德，法律约束是硬碰硬的，想不讲社会责任都难。否则，只想着用道德绑架企业，出了事不思改进办法，一味地斗倒斗臭，即使倒下多少个李彦宏，也难保不出第二个、第N个魏则西，无法杜绝悲剧再发生。

（2016年5月4日）

再问魏则西事件，为何监管总是不到位

5月3日，许多媒体对三部委调查组进驻百度突出报道。南方一家都市报在头版头条位置是"联合调查组进驻百度"，但在另一版，则是整版"某某男科医院"广告，构成了极强的讽刺效果。这也正反映了目前对不良医疗信息政府监管不到位的乱象，不论网上还是网下。

早在2008年，当时的卫生部就明确批复："男子""男性""男科"等词语不符合有关规定，不能作为医疗机构识别名称。然而上述男科医院的广告，长年占据这家著名都市报的大幅版面。而在某某系遍布全国的医院中，名称中含有"男子""男科"等类似字样的，更是铺天盖地。曾有人对此向卫生行政部门投诉，却都没有下文。

若在平时，对这家都市报的这则广告，人们可能习以为常，或者说是无可奈何。但魏则西事件，让人们对各类不良医疗信息和医疗机构的乱象，有了更多关注。对造成这些乱象的原因，也有了更深层次的思考。

在魏则西事件中，晾在台面上的主要有3个角色，分别是乱搞推广的百度、做虚假宣传的某医院，还有偷偷违规承包的某某系。而在这3家背后，对应的正是进驻百度进行调查的3家管理部门：网信办主要管内容和对违法违规网站依法查处；工商行政部门主要负责医疗广告的监督管理；卫生行政部门负责医疗广告的审查，并对医疗机构进行管理和监督。

按理说，这三家各有分工，只要各司其职，哪一家都有避免乱象发生、确保监管到位的"撒手锏"。如果形成合力，效果更不用说。但事实却是监管如此不到位。原因何在？

网信办直接面对网络，对违法违规的互联网企业有依法处置权。但在不良医疗信息这一具有一定专业性的问题上，他还得依靠工商与卫生行政部门提供执法依据，难免会有"老虎吃天、不知何处下口"的无力感。因此在日常的"指导、协调、督促"过程中，虽然对互联网上的乱象有切实感受，但却无法有效行使依法查处职能，且其主要精力或在组织协调网上宣传及网络安全管理上，对舆论影响不大的不良医疗信息，可能也不会投入太多精力。有的还会有意无意地把与不良医疗信息相关的监督管理之责甩给工商和卫生部门。

面对新兴的互联网企业，工商行政部门最大的困惑，可能就是类似百度这种的竞价排名或搜索推广是不是商业广告。早在几年前的几起官司中，百度一直否认这是广告，而将其定义为"信息检索服务"，理由是虽然客户支付费用后，百度会确保客户所选关键词在被用户搜索时，优先出现在显示结果中，但用户仍需链接到原网站，所以百度不算刊登广告。这一问题困惑了工商行政部门好几年，不良医疗信息也就泛滥了若干年。

互联网带来许多前所未有的新业态，确实给工商行政部门的认定带来了难题。但说实话，这里也有懒政因素。我国互联网发展相对滞后，因而也有"后发优势"，别人有过的教训和尝试过的办法，可以直接拿来使用、比照进行。比如国外互联网企业付费搜索业务，早已被认定为广告，而且有过因违规被处罚5亿美元的著名案例，我们为何不能借鉴？时至今日，明确了"付费搜索结果"为广告的《互联网广告监督管理暂行办法》，居然还在"征求意见"中！如此一来，工商行政部门对网上不良医疗信息的监督管理，自然大打折扣。

卫生行政部门有双重职责：对医疗广告进行审查，对医疗机构进行管理监督。然而失去了"付费搜索结果为广告"的依据，审查把关就无从谈起。不过，对类似于上述南方一家都市报广告中的医院违规行为，对已成泛滥之势的公立医院违规私自承包经营监督管理不力，卫生行政部门却无从卸责。

实际上，以上分析都只是监管缺位的"原因"，并非行政不作为的"理由"。对网上不良医疗信息，即使不知道是否违法，也不难意识到它可能对消费者造成威胁和伤害。何况相关法律知识并不深奥，政府部门间本来就应有沟通协调。只要有对广大消费者负责的意识，没有依据的抓紧立法立规，不懂条文的可以向相关部门咨询。相互之间只要通通气、补补台，就不至于面对乱象无所作为、疏于监管，造成魏则西这样引发民怨沸腾的悲剧。

（2016 年 5 月 4 日）

县级公路收门票，有违行政法基本原则

走县级公路要买门票，每人50元……5月8日的这则消息让人吃惊不小。

原来，在河北省张北县到崇礼县之间，有一段130多公里长的县级公路，2012年9月建成通车。这原本只是一条普通县际连接线，通车后没有什么名声。2014年，有自驾和摄影爱好者偶然发现公路两边风景很美，拍照点赞，吸引了不少自驾爱好者前来。有人称为"草原天路"，人气渐旺。

游客一多，旺季自然会有堵车、不法商贩盛行等现象发生。当地政府很快发现了其中的"管理需求"乃至"商机"。去年6月，就传出这里要设成景区、每人次收费80元的信息，但因价格太离谱引发争议，当地政府部门表示收费暂缓。今年4月29日，赶在五一小长假前，当地再次召开所谓门票价格听证会，确定门票价格为每人50元，次日就公布实施！

公路堵车就要收费？这当然不成理由。那公路两边景色美就能收费了？相信云南、西藏等地许多县级公路会表示不服：我们也设卡收费行不行？当然不行。中国公路收费有严格限制，二级以下公路不能收费。上述的这条公路最初通车时没有收费，就表明按《公路法》它没有收费资格。

然而当地政府有说法：我们是将公路申报为风景名胜区，不按车辆收费而按人头收门票，这样总可以了吧？那云南、西藏等地许多县级公路仍会表示不服：我们也可以申报成风景名胜区，按人头想收多少就收多少喽？真要这样尝试，也并非没有可能，但门票的定价权，还得看各地规定。比如经河北省人大常委会通过、去年年初施行的《河北省风景名胜区条例》第三十五条就规定，"风景名胜区门票价格由省人民政府价格主管部门会同财政、住房城乡建设等有关部门制定"。按此规定，县一级根本没有定价权。

看来这"草原天路"收门票，一是有故意回避国家有关公路收费规定之嫌；二是在定价问题上更是涉嫌越权违法，有违行政法基本原则中的"依法行政"原则。

退一步说，即使形式上合规合法，对原仅供通行的公路收门票，也值得商榷。因为行政法基本原则中，还有一条"合理性原则"，即行政决定应当具有合理性。这条县级公路最初没有设定收费，纯为交通，是否贷款不得而知，一般情况下县级公路应以燃油税等国家返还的公路建设资金为主。现在过路就收费，不管收的是车辆费还是门票费，不管收费对象是一般行人还是游客，对已上缴相关税费、本有资格正常使用道路的驾驶人员及乘客都很不公平。

另外，哪怕要按景区收门票，也得有相应规划和投入，建设好各种重大基础设施和公共服务设施，才能把"成品"以门票方式销售给游客。否则，除了原先的道路，什么投入都没有，基础设施不健全，游客付出门票钱却享受不到景区应有服务，那这门票钱到底是属于游客的投资还是消费？景区不是"成品"就出售，就像一条高速公路没有建成，先设立收费站开始收钱，显然不合情理。

就公路收门票这一事件而言，强调行政合理性原则，还因为这一做法很可能引发模仿效应。全国不少欠发达地区，往往因交通不便导致经济发展缓慢，但也正因交通不便，保留了原生态的环境，风景傲人。在私家车时代，这些地方一旦通路，一方面会形成促进经济发展的人流、物流；另一方面也会吸引许多自驾游的游客前来观光游览。地方政府在财政状况不佳情况下，难免会有收费冲动，直至想出各种理由付诸实施。如果任由地方政府改公路为景区，到处设卡收费，不仅会影响正常的城乡经济交流和公众生活交往，也会阻碍当地旅游业的健康发展。从长远角度看，对当地的经济发展也相当不利。

　　除了算经济账，还要算政治账。如果地方政府真是出于应对景区过载的动机，那也有许多办法，比如网上预约、公布接待游客的允许容量等，可能都比人来了再收门票见效。如果游客交了钱进景区还是人挤人，当地政府只会招来更多骂名。如果全国各地纷纷仿效，不可避免地会给人带来政府见钱眼开、违法越权的负面形象，因小失大，得不偿失。

（2016 年 5 月 9 日）

敢亮真相，"全国辟谣平台"才有作用

5月12日，"全国辟谣平台"正式亮相。这是微博联合公安部推出的全国首个针对全网的谣言举报和辟谣平台，以189个网警巡查官微和各地公安局平安系列微博为主力，接受网民举报，并进行核查辟谣。据介绍，与以往微博微信辟谣不同，这一平台可以跨平台举报网络谣言，即除了微博站内的不实信息，用户可以通过截图等方式，对资讯网站、社交平台、论坛、贴吧等其他网络平台上的谣言进行举报。

"全国辟谣平台"可以说是针对目前仍未根治的网络乱象，应运而生的。谣言自古有，网络特别多。互联网带来信息交流便利的同时，也给谣言平添"双翼"。由于网络信息发布的随意性、虚拟空间的隐蔽性、交流传播的便捷性，网络谣言极易迸发滚雪球效应。这些捏造事实、混淆是非的网络谣言，小者使个人或企业声誉、利益受损；大者侵蚀党和政府公信力，削弱社会信任根基，激化社会矛盾，有不可预见的危险后果。因此，习总书记才提出"网络空间天朗气清、生态良好"的愿景，"不能等谎言已经跑遍半个世界了，真相还在穿鞋"。

不过，建网上辟谣平台，"全国辟谣平台"还不是第一个。早在2013年8月，全国首个网络辟谣平台——"北京地区网站联合辟谣平台"就已建立。当时人们对其寄予厚望，称为"网络谣言终结者"，正如今天有人期待"全国辟谣平台"是"谣言粉碎机"。前者成立后也发挥了一定作用，据说两年间就汇集各类辟谣信息上百万条。然而，从人们的感受看，网络谣言仍然为数不少，网络空间离"天朗气清、生态良好"还有一定距离。

究其原因，首先是互联网环境的复杂性与传播特点，给打击谣言工作带来许多困难。张嘴造谣很方便，核查求证不容易，似乎注定了谎言要比真相跑得快。其次关键的是有些政府部门不肯提供真相，不及时发布权威真实信息，平台只能空转。最后是个别网站为了引发热点、吸引眼球，有意让谎言多飞一会儿，对寻求真相并不热心，技术与服务支持也不到位。

这一次微博联合公安部设立的"全国辟谣平台"，应是一个效率更高的"升级版"。但能否真正发挥"谣言粉碎机"作用，似有待于从几个方面进行观察。

一是能否保证各级政府部门包括公安机关都能及时提供真相。截至目前，认证的政务机构官方微博数量超过11万个，但其中公安官微不到2万个，仅占约1/6。各级公安的主体是行政司法机关，掌握大量一手信息，在重大突发事件中，常能快速公开响应进行警情通报、权威辟谣等，有一定优势。不过有些谣言常事涉公安，由公安出面辟谣，可信度不够，需要有更高信度的真相来源，还有不少谣言需要更深的专业背景，才能有效应对。这时各级政府部门包括公安机关是否愿意向"全国辟谣平台"及时提供真相，其他专业机构又如何提供支持，应有一定的体制与机制甚至法律作保障。

二是作为"全国辟谣平台"主力的官微是否都有善说真相的技巧。辟谣有两种方式，或直接辟谣，即反驳谣言；或间接辟谣，即真相陈述。目前许多官微在应对谣言时，往往是被谣言绑架，人家说什么，他去辩什么，不注重事实陈述的完整性，结果显得漏洞百出，易被人抓住把柄，且有隐瞒真相的"洗地"嫌疑，引发"逆火效应"，反而加深了人们对错误信息的信任。对此，"全国辟谣平台"如何提高陈述事实真相以破解谣言的能力，任重道远。

三是能否有效引导网民提高辨别和等待真相的媒介素养。"全国辟谣平台"如果一开始就吊人胃口，引发过高期望，易使人们从希望转而失望。

应让广大网民懂得网络辟谣工作的艰巨性，不可能一夜间"天朗气清"。对每个具体的谣言，要核查出事实、求证出真相，也需要一定的时间与过程。辟谣平台要通过辨谣辟谣，提高网民对谣言的"免疫力"，也要讲清道理，提升网民理性冷静探究与寻求真相的"耐受力"。当然，前提是涉事的官方部门或单位肯亮真相，不耍花招，对民众以诚相待。如此假以时日，"全国辟谣平台"的效用才会充分显现，政府的公信力才会逐步回归，真相才能跑赢谎言。

（2016 年 5 月 12 日）

干部一年一个岗，"重点培养"莫成
"拔苗助长"

不到 32 岁就要当市长了，放在"不搞年龄一刀切"的当下，绝对是个大新闻。5 月 15 日媒体报道：湖北孝感市贴出干部任前公示公告，有一位 1984 年出生的干部洪某某拟任安陆市委副书记，提名为安陆市市长人选。

年轻干部"火箭式上升"，往往容易引发物议。有人怀疑其履历造假，不可能 4 岁就上学（洪某某 16 岁考入孝感学院）。有人认为"有背景"，要查一查家族关系。当然也有人认为，30 多岁担任正处已不算年轻。还有人说，年轻人有冲劲，多提拔年轻人没有错。

注重培养选拔优秀年轻干部，是党的一个重要用人导向。年轻干部只要有能力、有业绩、能服众，符合党政领导干部选拔任用工作条例等有关规定，年龄大小都不应成为问题。不过，具体到洪某某的提拔任用这一实例，似乎又确有值得深思之处。

从洪某某个人履历看，他从 20 岁毕业到某区建设局工作，提副科、正科到副处，5 年间提了 3 级，换了 5 个单位 6 个岗位，每个岗位平均工作仅有一年左右，最短只有 10 个月。从 2011 年提为正处级至今，更让人瞠目结舌：4 年换了 4 个岗位，分别为孝感团市委书记、市政府副秘书长、安陆市委副书记、汉川市委副书记，最短的仅仅工作了 5 个月。

这种"走马灯式"的任职，我们宁肯相信未必与洪某某个人的背景有关，也未必就涉及用人腐败，或许是与他作为一种特殊的培养对象有关。据报道，从 2011 年起，湖北省就启动了年轻干部成长工程，"以市、县、乡领导班子换届为契机，集中选拔一批 70 后 80 后优秀年轻干部到市、县、乡党政班子正职或重点岗位培养锻炼"。据说目前湖北已经有一批 80 后县长，在培养年轻干部方面闻名全国。

看来洪某某的"神速进步"，就与这年轻干部成长工程有关。加快培养年轻干部，初衷肯定是好的，但这种一年一岗式的"重点培养"方式，就很值得商榷。干部的成长有一定的规律，培养的效果也要用业绩来说话。偶然的岗位变动不足为奇，但有意让其镀金式地凑资历，就有"拔苗助长"之嫌了。

首先，这种一年一岗式的"重点培养"，不符合"注重实绩、群众公认"等用人原则。干部是否优秀，有一定的德才标准，最终要靠实绩来说话，还要看群众是否拥护。出实绩不一定要熬时限，但至少要工作一段时间才能有所体现。群众是否拥护，也至少要有一定时间让人去了解。一年一岗，连熟悉情况尚且来不及，认人头都有困难，更遑论正常开展工作？又何以考察其德能勤绩？这样选拔出来的干部，提拔标准在哪里？如何能服众？

其次，这种一年一岗式的"重点培养"，很容易助长年轻干部的浮躁心态，不利于年轻干部的正常成长。年轻干部的确有必要经过多个岗位、多种环境的历练。但这种历练需要一定时间、需要真正干事的环境，他才能经历顺境、逆境等各种考验，才能耐住性子、磨出心胸、练就担当，不惧风雨与坎坷，健康成长，所谓"墩墩苗"，也才能"接地气"。如果都是蜻蜓点水，一掠而过，极易养成干部漂浮、冒进的作风，好的干部苗子也可能被毁掉。

而且这种针对少数干部的"钦点式"培养，对其他干部也很不公平。纳入"重点培养"计划的，年年有好事、次次都是他。而不少人在某个岗位上踏实工作多年，包括一些年轻干部，却形同被打入"另册"，换岗、提拔无望，积极性难免受打击。都是党的干部，差距不能这么大。有可能培养了几个人，却伤害了一大片，不利于干部踏实做事作风的养成。

以往组班子、提干部，有年龄的杠杠。有的地方为了凑数，突击提拔了不少年龄畸小的干部，以拉低班子平均年龄，留下不少弊端。现在不搞年龄一刀切，理应更理性、稳妥地做好年轻干部的培养选拔工作。一方面制定科学合理的培养选拔规范，体现"民主、公开、竞争、择优"原则，让年轻干部在同一起跑线上"赛马"。另一方面要在实践中及时发现优秀年轻人才，该用则用，当提则提，不分圈内还是圈外，优秀年轻干部自然会脱颖而出。绝不能为了凑数字、出业绩，搞培养年轻干部的"大跃进"，坏了规矩，害了干部，失了人心。

（2016 年 5 月 16 日）

不负伟大实践，给"做法""活法"
一个有力的"说法"

"这是一个需要理论而且一定能够产生理论的时代，这是一个需要思想而且一定能够产生思想的时代。"5 月 18 日，在哲学社会科学工作座谈会上，习近平总书记对哲学社会科学工作者寄予了厚望，鼓励广大哲学社会科学工作者"要立志做大学问、做真学问"。

"做大学问"容易理解。因为当代中国正经历着我国历史上最为广泛而深刻的社会变革，也正在进行着人类历史上最为宏大而独特的实践创新。前无古人的伟大实践，自然需要与之匹配的伟大理论和思想。正所谓"伟大的时代呼唤伟大的理论，伟大的理论来自伟大的实践"。

而"做真学问"，则直指当下理论研究方面存在的问题与不足。改革开放以来，建设中国特色社会主义的伟大实践，取得了举世公认的成就。如果能对这些实践经验及时加以概括和总结，不但能为人类思想理论宝库增加宝贵的财富，也更有利于改革发展的进一步深化。然而，尽管哲学社会科学研究也取得了不少成绩，但总体而言，与迅猛发展的实践相比，高层次的理论研究、实践总结仍相对滞后，对实践经验的理论解释与概括还很不够，在理论引领实践方面有较大欠缺，在国际上的话语权，与改革开放伟大实践所取得的成就也很不相称。

从表面看来，我们的理论研究似乎也很"繁荣"。各种哲学社会科学方面的论文铺天盖地，大部头的理论著作、理论文章层出不穷，但是真正管用的又有多少？有的照搬国外理论，各种新词术语一大堆，与中国的实际不"合榫"。有的拿文件证明理论，连基本概念都没搞懂，只知道抄来抄去，低层次重复。更多人是文章中有点真货，却迷信于写得多、写得长、写得抽象难懂才叫理论，大一二三四套小一二三四，八股式的理论文章把自己都绕晕了。不但不能指导人，看了他的理论会更糊涂；不但不能说服人，甚至不能说服自己。

这种种现象，用今天时髦的话说，就是理论研究也出现了供给侧结构性问题。正如有人尖锐指出的那样，今天的中国，是"有效知识供给不足"。中国的理论界、政策研究界没有能力解释中国经验，既不能指导中国的实践，也无法证明我们这条道路的正确性与生命力。通俗地说，就是在指导实践层面，不能给"做法"及时提供"说法"，发挥理论效用；在价值取向层面，不能为"活法"提供有力"说法"，给国人以信念支撑，让世界心服口服。

当然，出现这些问题和不足，既与有些理论研究者不能坚持理论联系实际、缺乏严谨治学态度有关，也受整个社会不重视社科理论的风气影响。有人认为自然科学是"硬道理"，是真学问，搞哲学社会科学的都是"耍嘴皮子""舞文弄墨"，甚至说谁是笔杆子有时未必是褒义。更重要的是有些领导者在决策中，有实践优越感，不重视理论指导作用，不尊重社科专家意见，觉得都是隔靴搔痒，不切实际，顶多走个程序，装装样子，喜欢听人附和赞同，对听着不大受用的专家意见或置之不理，或干脆把"不听话的"专家打入"冷宫"，造就了一批擅长于看领导眼色说话甚至专心为决策者"洗地""接盘"的所谓专家学者。虽然这也是提供"说法"，但与"做真学问"的为"做法""活法"提供"说法"，南辕北辙。

哲学社会科学理论要体现价值，真正为我们伟大实践的"做法"和"活法"及时有力地提供"说法"，首先要如总书记所说，"应该以我们正在做的事情为中心"，从改革发展的实践中挖掘新材料、发现新问题、提出新观点、构建新理论。确有必要汲取古今中外的理论思想营养，但也应不唯洋不唯西，紧紧围绕我们"正在做的事情"搞研究。其次要不唯上不唯书，有严谨的治学态度，研究真问题，提出真见解，不制造学术泡沫。最后要把理论研究成果，尽量以朴实晓畅的方式表达出来，不故意装神弄鬼吓唬人，写八股理论文章，从而能为决策提供有效咨询，将理论普及社会大众，发挥指导实践的价值。同时在国家制度设计上，要使决策咨询制度成为法定环节，让专家意见真正起作用，保护专家说真话、献真知的权利。

真正的理论都是有实践力量和说服力的。期待哲学社会科学能提供更多及时有力的"说法"，使我们的"做法"更顺畅，让我们对自己的"活法"更加充满自信。

（2016 年 5 月 18 日）

1400万元买70万元卖，"公家账"咋让人看不懂

1400 万元回购的废旧设备，转手 70 万元拍卖，"商家"还认为很合理。这样的消息你相信吗？它居然是真的！

5 月 22 日媒体报道，湖北武汉市武昌区整治长江沿线，决定对 13 个非法码头、9 个砂场、4 个渣土场进行全部取缔和清理。据说是按照"依法行政、有情操作"原则，区政府对 9 个民营非法砂场的资产共补偿了 1200 万元。然后，由于 9 个民营非法砂场老板的趸船无法迁移，区政府又与他们协商，由政府出资 1400 万元回购。日前，区政府对回购的 19 艘趸船和 7 个浮吊进行拍卖，结果只卖出 70 万元。

这一买一卖之间，其间差价近 20 倍，1300 多万元没了。面对媒体和公众质疑，当地政府回应：1400 万元回购价是评估公司根据趸船折旧情况给出的，还没有按程序经过审计部门审计，所谓 1300 万元差价并不属实；对这些趸船进行处理，是为了江滩整治，任务时间很紧迫，临近汛期废旧趸船对长江沿岸和大堤有威胁，又没有专人看管，所以要赶紧拍卖；废旧趸船无法航行，利用价值不大，现在钢铁价格大跌，赶不上白菜价，只能低价成交。

然而这回应有三个显而易见的漏洞。一是如果 1400 万元还在按程序审计，并未实际付出，也就是与民营非法采砂场老板还没成交，那区政府怎么有权低价拍卖别人的东西？这样做合法吗？二是如果取缔的是非法采砂场，那就应让他们连人带物一并搬走，给补偿已是过于"有情"，连废旧设备也得政府高价回购，有这样的道理和法律依据吗？三是如果说废旧趸船在汛

期对长江大堤有威胁，这些"死船"已非法存在多年，为什么现在才清理？

还有必要往深层次追问：这些民营非法采砂场为何能在长江大堤旁存在多年没人管？非法砂场老板都是些什么人？他们与政府部门是什么关系？要知道，能在众目睽睽之下，在长江大堤旁非法开砂场，那可不是什么人都有胆量干的。现在虽说是上面有令要整治清理，但区政府竟对违法者如此慷慨大方，居然肯出高价回购废旧设备，要让人们不怀疑其中藏有猫腻，进而提出质疑，很难。至少是"有情操作"有余，"依法行政"不足。

或许当地政府也有不得已的苦衷。据说这次长江沿岸整治，是国家环保部门挂牌督办的违法案件，市政府也进行了点名施压、销号督办，区政府可能是采取了"花钱买稳定"的策略，宁肯当"冤大头"来完成任务"冲刺"。但是1400多万元购入、70万元卖出，这样的"花钱买稳定"，实在是太离谱。即使是政府有钱可以任性，又怎么向纳税人交代？政府行政，第一位的原则是"依法"。有时候是要讲究点"有情操作"，但这"有情"，不能是只对非法经营者单方面的"有情"，还得让成千上万的纳税人与守法者感到合乎情理。不然，这"有情"就变成了令人生疑的"有情况"。

因此，如果当地政府真把"依法行政"放在第一位，首先，就要搞清楚，民营非法砂场多年违法经营无人查处，当地民众痛感长江美景都被连绵起伏、30多米高的砂堆所遮挡，显然是政府部门失职，甚至隐藏腐败。现在依法取缔，就应理直气壮，该清的清、该罚的罚，查出有内外勾连、腐败渎职的还要依法惩处，以儆效尤。否则只是锯箭疗伤，难保督办过后，非法采砂场"死灰复燃"。违法者会自恃反正有前例可循，风声紧了，还可以与政府讨价还价，废铁卖出高端价，稳赚不赔。其次，如果确实有必要进行补偿、回购，也要于法有据，并将其公之于众，按程序论证、审议，不能来个"内部协商"，私下评估，否则就会产生新的腐败，评估价变成"腐败价"、"公家账"变成"糊涂账"，最终惹来民议沸腾、民怨累积。

最重要的是，上级政府及政府部门在部署和强调完成任务指标的同时，更应重视和监督下级政府是否在依法行政的情况下进行。不能容忍和纵容下级政府为了限期完成指标或以完成上级任务为借口，恣意妄为。否则，一味满足于追求进度、完成指标，不管是否合法，人治代替法治，虽然按上级意愿"高效率"完成了某项具体任务，却破坏了民众对政府依法行政的信任基础，剜肉补疮，弊大于利，后患无穷。

（2016 年 5 月 23 日）

须追问"最牛村主任"是怎样养成的

去年8月，媒体曾关注过一起"最牛村主任"事件。当时河北省电视台记者到定州市大辛庄镇泉邱二村，采访村民孟某价值9万多元树苗被砍的事情，没想到该村村主任孟某芬面对镜头，直接向孟某甩了一个大嘴巴，继而与多人一起追打孟某，抢走记者摄像机、手机、车钥匙等。当记者赶到大辛庄镇政府，协调归还被抢物品时，孟某芬居然带人追踪而至，向记者身上泼洒农药，进行殴打。当晚，孟某家大门被撞开，窗户、车辆被损坏。

这一事件当时引起公愤，没想到背后内幕更让人吃惊。5月24日媒体报道，据河北省公安部门公布的案情，"最牛村主任"的霸道并非一时激愤，而是沿习成性。她长期利用村干部身份，仰仗家族成员，纠集社会渣滓人员，横行乡里，欺压村民。村民办喜事不给她上供，她到人家门口送花圈；村里大喇叭成为她骂街泄愤的工具；与她关系不好的村民，会被断水断电……这位村干部是如此之牛，当因媒体曝光、省市两级公安成立专案组进村后，村民仍闭门不出，噤若寒蝉。直到"最牛村主任"及其同伙被抓获归案，村民才敢反映情况。

"最牛村主任"案件，是作为河北省一个专项行动的典型案件公布的。专项行动的名称是"打击农村地区黑恶势力违法犯罪专项行动"，从今年3月开始，为期一年。开展专项行动的原因，是近年来，省"打黑办"接到的群众举报，70%以上来自农村地区——看来"最牛村主任"还不是个别现象，更不会仅止于河北。

疾风暴雨式的运动式执法，打掉了"最牛村主任"，据说迄今为止还打掉了123个犯罪团伙，抓获703人。正义得到伸张，自然是件好事。但是否就挖掉了滋生"最牛村主任"的土壤了呢？恐怕未必。在"最牛村主任"这一典型案例中，人们很容易产生这样的疑问：这个村的党支部哪里去了？镇市两级党委和政府又到哪里去了？平日里村民受到侵害和伤害的时候，当地公安机关又在哪里？"最牛村主任"居然敢冲到镇政府撒野打人，说明积威绝非一时，肯定是长期嚣张没有人管，才养成了如此"牛气"。

按村委会组织法规定，村主任是由村民无记名投票选举出来的。如果村民不拥护，就不可能上台，上台以后，也不敢像"最牛村主任"这样横行霸道。然而实际情况是，有些地方的乡镇党委和政府，不重视严格按程序开展民主选举，村民不能表达真实意愿，甚至由于与乡镇有利益关系，往往德逊于才、有"村霸"潜质的所谓"能人"更易当选。同时由于农村宗族势力影响大，那些有家族撑腰的村干部，也有成为"村霸"的天然因子。

不过，强势的村主任未必都会成为"村霸"，还要看村党支部有没有一定威信和制衡作用。更为关键的，则是当肆意妄为的村主任与村民发生矛盾时，村民的举报与诉求有没有人管。很不幸，多数情况下，县乡两级党委政府会因农村情况复杂，不愿认真过问，公安机关不出人命也不作为。抗争无果，人身与财产随时可能受到威胁的村民，多数会采取避事缄口的消极乃至绝望态度。民怨在闷烧，"最牛村主任"们时时刻刻侵蚀着党在农村的群众基础和执政基础。如果没有省电视台采访，"最牛村主任"撞在"枪口"上，她很可能还会一直"牛"下去，这颗"定时炸弹"不知道什么时候会突然引爆。

因此，一是对"最牛村主任"这种以村干部身份横行乡里的农村黑恶势力，不能指望运动式"严打"，毕其功于一役，必须跟进制度设计，铲除滋生"最牛村主任"的土壤。随着城镇化推进，不少村落人口减少、人才外流，既养活不了正派有能力的村干部，也抵御不了宗族势力影响和"村霸"

的欺凌，有必要定期进行人口普查和村落调整，保证村民自治在一定人口规模和范围内进行，使村党支部与村委会能正常运行，不落入少数"村霸"手中。二是严格农村民主选举，细化选举规则，防止走过场和被少数人操控，让村民有条件表达真实意愿，防止"村霸"再被加持为村干部。三是明确县乡两级党委政府责任，对有案不查、有问题不及时纠正，导致类似"最牛村主任"乃至更恶劣案件发生的，应责任倒查，一追到底，确保农村不会成为"最牛村主任""村霸"以及黑恶势力肆虐的乐土。

（2016 年 5 月 25 日）

地方车改后干部不愿下乡，不只是好作风缺位

公车改革，一定程度上消除了公务用车费用畸高、公车私用严重、超编超配屡禁不止等突出问题，但也带来了另一方面的"副作用"。据 5 月 29 日媒体报道，记者在湖南、河南、山西等地调查发现，个别地方出现了干部"没公车不愿下乡""尽量少下乡"的情况。省直机关坐办公室的时间变长，县直部门一些需要下乡调研、督察的事情，也干脆不去。

没公车坐居然就不愿下乡！出现这一车改"副作用"，板子可以打在干部的好作风缺位上。想当年，许多老一辈的干部凭着一双铁脚板、骑着一辆破自行车，不也能翻山越岭、走村串户？因此有专家认为，"没车不下乡"不应该成为官员懒政的借口，应"创造条件下乡，而不是等着条件成熟再下乡"。

话虽这么说，但毕竟时代不同、工作节奏加快，一天骑行上百里、动辄住村三五日，不用说干部吃不消，就是工作本身也会受影响。实际上，一出现问题就认为是干部作风出了偏差，不问制度问作风，也是一种"懒政"思维。如果人人都有极高的觉悟、极优的作风，都达到圣人标准，还要制度、待遇、激励机制干什么？车改也完全不必实行了，因为不可能出现公车浪费、公车私用等弊端。思想问题要重视，干部作风也要抓，但有实际困难就要解决，相关制度与服务更要跟上，不能缺位。

干部没车不下乡，根据有关报道，原因不外乎有几种。有的是公车没有了，但车补却没到手，花自己的钱、开自己的车下乡，将来能不能补回来，

心里不踏实。这无疑是地方政府的责任，其中一个重要原因，是有的地方在车改方案设计上，简单操作，按级补贴，利益均沾，造成车改后需支出的费用远超车改之前，财政不堪重负，结果是车补成了"空头支票"。不少干部公车没了，钱也没有拿到，那就不能只怪干部不肯下乡。

有的是公车集中调度了，但申请手续烦琐，经常申请不到，只能打消下乡的主意。这种情况是车改不到位造成的。公车还在政府部门手中，没有走向市场，哪怕是内部引入市场机制。虽然表面上车的数量有所减少，但运营机制还是老一套办法，只不过把原先部门、单位内的小不公平，变成了更大范围的肥瘦不均。出车的没有积极性，用车的只能仰人鼻息，最终结果，便是能不用车就不用车，能不下乡就不下乡。

还有的是当地公交及租车服务不发达。这一般都是在基层单位，县一级最常见，往往还是偏远山区。尽管有些地方名义上通了班车，但一天只有一趟车，甚至几天才有一班车。这种情况下，坐公交效率太低，有的还难以到达，花钱也租不到车，而个人又不是人人有车、人人都会开车，况且在山区开车，不是专业司机，还有安全问题，一些干部自然望乡兴叹，视下乡为畏途。此外，一样都是干部，拿着同样的车补，凭什么我辛辛苦苦往乡下跑，还得自己买票、租车？"干得越多，赔得越狠"，不如拿了车补不出门，"干得越少，赚得越多"。

即使是省直干部，在省城办事，打车、坐车都很方便，但在下乡时，同样也会遇到困难。远程的虽可以坐飞机、火车、长途客车，但一旦到了县里再要下乡，就和县里的干部待遇一样了：县里派车有困难，自己下乡不可能。如果还长点心，体谅基层的难处，自然能不下乡就尽量不下乡了。

这种种实际困难和问题，都不是一句"作风"就能打发的。如果说有工作作风问题，最大的问题不在一般干部身上，而是地方党委、政府在落实中央车改政策时，不动脑筋，思维懒惰。仅以县级为例，全国多达 2800 多个县（市、旗），情况千差万别，要认真落实好中央车改政策，就应本着有关精神和原则，因地制宜，一县一策，而不是千县一策。甚至同一个县的不同部门和单位，也不应实行同一模式。应在总量控制、费随事转前提下，由部门单位根据当地交通状况与公共交通服务发展水平，制定自身车改与车补方案，根据工作需要内部平衡。要相信基层单位的智慧与创造力，能想出符合实际的好办法。上级部门重在严格监督与考核，既确保工作需要，又保证公正公平，使干部不因车改而出现"懒政"。

（2016 年 5 月 30 日）

退休人大主任"替儿争位"被查处，
真相不宜含糊

听说儿子换届进县领导班子希望不大，他竟想出一个"歪点子"：通过网上举报将其他候选人拉下马！事件的主角，还是一位县人大常委会原主任。

据媒体 6 月 5 日报道，湖南怀化市纪委日前通报了一起顶风违纪严重干扰换届选举工作案件。会同县人大常委会原主任姚某某，得知其子、某镇党委书记这次换届无望进入县领导班子，为达到让儿子进领导班子的目的，手写了一份举报材料，声称现任人大主任侯某某等人"拉帮结派"，私下拉票，并列举了某镇党委书记刘某某、县监察局长林某某"行贿受贿"、协同诈骗国家资金、开私人酒店迫使乡镇领导前去消费等所谓"触犯党纪、国法"具体"事实"，5 月 22 日让人发帖到网上。6 月 2 日，怀化市纪委决定，给予姚某某留党察看两年处分，按主任科员重新确定退休费，其子被免去镇党委书记职务。

虽说举报是每个公民的正当权利，但赶在换届的节骨眼上，被举报人与其子还有利益上的冲突，这举报动机的确可疑。如果真如通报所说，是为了"替子争位"而诬告他人，作为县人大常委会原主任、正处级领导、县内的大人物，使出这样"下三烂"的手段，不但令人不齿，还有违犯党纪甚至触犯刑律之嫌，依纪依法被查处，可谓咎由自取。

然而这一查处也引发一些异议。看退休人大主任的举报，有些可能是臆想，比如他猜测有人在按地域"拉帮结伙"，排挤其子所在地域的干部。但也有些在虚实之间，比如他说拉帮结派要进班子的有 3 人，却并未"遇谁咬谁"，只举报其中两人有具体问题。一是说某镇书记刘某某是现人大主任侯某某的侄儿，行贿受贿，还曾协助该县政协原副主席黄某某（已被法办）诈骗国家资金；二是监察局长林某某曾与人合开酒店，因他原是计生局长，以前计划生育是一票否决，他声称谁不来消费就一票否决他们，所以乡镇被迫去他那里消费，等等。

这些举报事项，本应在查处通报中一一回应澄清。但通报只说，查明该网帖是姚某某所写，"网帖反映的问题不属实"，仅此一句。况且，5 月 22 日发现举报帖，6 月 2 日居然已经走完"根据市主要领导批示"启动调查、报市委常委会议批准等复杂程序，由市纪委做出处分决定。可以想见，短短 10 天时间，除了可能查实网帖由谁所写、如何发出，对举报事项是否属实，几无调查可能，这就难免让人起疑。

还有，这位退休人大主任除在网上公开举报，还将材料寄给有关部门，内容涉及他人"行贿受贿""协同诈骗国家资金"等触犯刑律行为。如果诬告得逞，被举报者可能受到刑事追究，符合刑法诬告陷害罪条款，不只是败坏他人名誉阻止他人提拔。所以这种举报，就不是属不属实的问题，也不只是党纪处分、降低待遇问题，不能因其是人大主任就网开一面，需要做出说明。另外，其子虽是举报的可能受益者，但通报并未说明他在此案中扮演了什么角色、是否知情，结果就被免职。如不说明真相，会有肆行"株连"、违反现代法治精神之嫌。

今年是许多地方领导班子"换届年"，肯定会有个别人为了争位上岗，以各种违纪违法手段干扰换届工作。对这些违纪违法行为，必须按照换届纪律要求，露头就打、及时查处、严厉问责。但正因换届工作的敏感性，更需重视在查处相关案件时，要实事求是、依纪依法进行。最重要的是澄清真相，让人心服口服，才能起到"杀一儆百"的作用。一方面，不能听风就是雨，一接到举报就中止考察选拔，让诬告者得逞。另一方面，也不能因为有的举报与换届有关，对举报的问题就一律认为是"干扰换届"，该查的不查。

恰当的做法，是只要在正常考察阶段没有查实相关问题，就不影响提拔使用。同时对相关举报，按规定启动正常调查程序。查实问题，即使已经提拔同样可以依纪依法处理；查实不存在问题，则给出清晰的真相与结论。对举报者，不管动机怎样、身份如何，只要是捏造事实、有意诬陷，而非情况不明造成错告或检举失实，该依纪处分的依纪处分，该依法究责的也绝不含糊。当然这一切的前提，首先是真相不含糊，公开、详尽、合逻辑，有助于释疑解惑。切忌语焉不详，打官腔一句"不属实"了事，削弱案件查处的警戒作用和公信力。

（2016 年 6 月 6 日）

有些干部"不会说话"，那就常来点"官员真人秀"

6月16日媒体报道，沉寂已久的山西官场，最近出现一抹亮色：11个地市的书记、市长，陆续出现在山西卫视一档名为《人说山西好风光》的真人秀节目里，以演讲方式，为各地旅游代言，并争夺一个旅游会议的主办权。节目播出后，引起各方关注。

人们关注这则新闻，一是因为经历"塌方式腐败"冲击，山西官员一度惧怕个人被凸显。无论官方考察公告、提拔公示，还是个人一言不慎，都可能引发关注甚至被举报。现在敢于重新站在聚光灯下，说明经过政治生态重建，官员信心正在恢复。二是这次"真人秀"的领导代言，不是对镜头念稿，而是面对现场评委和网络打分的演讲。据报道不少官员变得"拙了"，有的不知手该往哪儿放，有的讲话时手不停在抖，有的紧张得连穿什么都要问别人。

笔者认为，前一点确实是反腐成效的亮色，但后一点也值得关注。按理讲，当众说话是当官的"看家本领"，无论大会小会，哪一次"麦霸"不是官员专利？现在有了当众演讲机会，自应激起展示冲动，燃起表达欲望，听众越多越亢奋，场面越大越精彩，何至于手足无措、进退失据，慌张至此？

很不幸，偏偏有为数不少官员，有这种"说话恐惧症"。正如习总书记批评的，某些干部"不会说话"。这种不会说话，不是一声不吭，而是无论大会小会，只会对着话筒念稿。如果是自己精心准备的讲稿，能反映自己的思想主张，形式呆板一点，倒也罢了。一般情况下，讲稿是别人给准备的，他自己既不出思想，也不动笔认真修改，而是照本宣科，念完了事。结果台上念稿的不知所云，台下听会的昏昏欲睡。这种讲话方式不但徒具形式、空耗时间，也让一些官员的说话功能发生退化，一旦脱离讲稿，立马傻眼，拙态毕露。

出现这种现象，未必是官员文化水平不高。以前不少干部文盲、半文盲，却因"话糙理不糙"，登高一呼，应者云集，显示出非凡的宣传鼓动与组织动员能力。今天的许多官员，哪个没有本科乃至研究生学历？何至于连说话都不会？

不排除个别人肚里有货，仅因口才问题无法很好表达，需要训练才能达到一定水准，尤其是个别技术官员。但多数情况不是这样。

首先是有的人脑子里根本没有东西，视当官为按部就班的职业，混日子，熬资历，不明工作底数，也不研究问题，满足于签签圈圈，没有自己的思考与想法，当然离了讲稿，就说不出子丑寅卯。甚至有的把精力放在吃吃喝喝、送礼行贿上，只要走对路跟对人，照样升官不误，遇正事当然很难说出道道儿。其次是形式主义风气影响。有人认为开大会搞活动，只有手握长稿，引用文件，一念半天，才显得很重视、讲政治、有水平，实则说的话连他自己都不明白都不信。时间久了，功能退化，大场合即席说话，难免心里发怵，不知从何说起。另外，我们考察选拔干部，通常都是"闷声作业"，没有让考察对象亮相表达履职见解并加以考评环节，致使官员不重视表达水平提高，其他人也不注重对干部表达能力的评价：能讲，说这领导有水平；不能讲，说这领导有内涵，而不是据此评价他作为领导是否称职。

党政官员不论职级高低，都担负一定领导职责，要指挥、激励和协调，以达到一定组织目标。因此，作为领导者的各级官员，一方面要对职责有关情况、目标、路径烂熟于心；另一方面是否善于说明、说服和沟通也很重要。俗话说"言为心声"，也可理解为政策熟稔于心，脑中有明确思路，才能说出自己的话，也才能打动说服别人。否则对内部工作不得要领，影响工作效率，对外则如有人批评的，"与新社会群体说话，说不上去；与困难群众说话，说不下去；与青年学生说话，说不进去；与老同志说话，被顶了回去"，领导作用大打折扣。

解决之道，首先是认真学习，善于想问题提思路。其次是鼓励"话风"转变，多用大白话说深道理。最后是重视官员表达能力培养与考察，像山西推"官员真人秀"一样，经常让官员来点"裸讲"，包括在干部选拔考察环节，让官员亮相说说履职构想，打分评议，形成制度，养成干部重视务实表达、高效沟通风气，既提高工作效率，也有利于群众工作的开展。

（2016 年 6 月 17 日）

面对"天价学区房"，政府该怎样出手

正值毕业季，北京 150 万元购买"学区过道"的消息，又把"天价学区房"问题推向风口浪尖。6 月 23 日，有媒体刊出调查报道，发现尽管年初教育部下发通知，要求在教育资源不均衡、择校冲动强烈的地方，可采取多校划片，即将热点小学、初中分散到每个片区，希望让天价学区房热降温，但学区房价格上涨趋势并非缓和，反而让高价买学区房的家长更为焦虑，担心变数增加，买了房也不一定能上名校。

学区房价格持续升温，政府出手也未解焦虑，致使有人对"试行学区制"、施行划片就近入学的做法，产生了怀疑。有人甚至认为所谓的学区制已经误入歧途，形成另一种择校，与教育公平越来越远。

实际上，政府部门急于出手调节，社会舆论遽下结论否定，说明人们对试行学区制这一新生事物，心态还是过于浮躁。平心而论，即使催生了学区房价格暴涨这一现象，与以往"潜规则"盛行的择校方式相比，划片就近入学仍然公平许多。起码它是通过公开的房价上涨这一市场规律，调节由于教育资源不均衡而造成的"供应短缺"问题，而不是依靠权力批条子、暗箱操作搞赞助，容易滋生腐败。

至于会不会造成"富二代"有更多机会享受优质教育资源，笔者认为纯属多虑。炒作学区房的毕竟是少数。况且，即使没有天价房这一因素，因财富多寡而造成享受教育资源的不平等现象，同样存在。请家教、找陪读、上高价补习班，哪个不需要资金支持？

另外还要知道，学区房价格高，并不是中国"专利"。在有的国家，比如美国，由于公立学校教育经费主要来自本学区的房产税，好学区房子贵，公立学校得到的教育经费就多，教育质量就更好，会吸引更多重视教育的家长趋之若鹜，促使房价进一步上涨，产生强者越强、弱者越弱的"马太效应"。不过由于它采取的是对买房和租房一视同仁政策，只要在本区内居住，适龄儿童都可以登记排队入学，此外它还有不少质量较高的私立学校，供有钱人交钱受教育，因此学区房价格倒没有高得离谱。

又如韩国，由于教育质量有地区差异，所以也有许多家长甚至会卖掉住房，到教育水准高的地区租房居住，因此这些地方的房价与租金也居高不下。不过，因为韩国初中实行所谓"平等制"，一般老师在一个学校执教6年后，必须调到邻近同等的其他学校执教，而小学生在小升初时，是通过计算机被随机投放到附近不同中学，因此同一地区的初中，基本上没有好坏之分，只是个别地区会出现"学区房"价格上涨。

我们试行学区制，可以说是刚刚起步，对其效果，还要经过一段时间的考察与检验。政府部门所要做的工作，应是及时总结各地经验、适当借鉴国外做法，循序渐进推出各类举措，对试行学区制的做法予以完善，慢慢让学区房热降温，逐渐缓解家长们的焦虑。

天价学区房"高烧"不退甚至"升温"的主因，是教育资源不均衡。因此在硬件上，应取消实际上仍然存在的重点学校与普通学校之分，统一建设和配置标准，不达标则追究教育主管部门的责任。在软件上，对邻近地区的师资实行定期轮换制度，缩小现有各学校之间教育资源差距。在此基础上，对同一地区的生源由计算机进行随机投放，类似于年初教育部提出的一个小区对应多个小学、初中，让不同学校的生源更为均衡。时机成熟时，对确定在本区居住的居民，不管是买房还是租房，一视同仁，学区房价格可能就不会被炒得太高。

与此同时，政府部门还可通过专业的宣传引导，让家长们明白，热衷于学区房未必是理性选择。孟母三迁、择邻而处，虽有一定道理，但对孩子不一定都有好处。人为变换生活环境，有的孩子可能就不适应。进了名校，学习竞争激烈，孩子精神压力加大，有的甚至会丧失学习兴趣。更不用说有人因买高价学区房带来家庭资金困难，影响生活质量，最终影响孩子健康成长，进了名校成绩却没有提高，得不偿失。

适时出手，多措并举，学区房价格或可回复到相对合理区间内，教育整体质量也会提高。

（2016 年 6 月 24 日）

权力蛮横，不啻在群众心头"捅刀"

近日，媒体报道了河北某市"社保局科员私吞 900 万元养老金，亏空却要参保人补齐"的奇闻。参保人告诉记者，如果不按社保局通知时限要求"补缴"，将"被踢出来"，"以后想缴都没有机会了，从此享受不到养老保险"。缴费之前，参保人被要求填写一份单子，说明这是个人自愿补缴，"要签字、按手印"。有参保人表示："我虽然补缴了，但是被迫的。"

6 月 26 日媒体在后续报道中披露，当记者就参保人所言，向该市人社局（社保局上级部门）求证时，该局副局长、新闻发言人高某某说："什么叫被迫啊？她说的被迫，不知道你作为记者怎么理解，是拿着刀子捅你，还是逼着你？"针对社保局是否还有其他人涉案，这位副局长强调："我们内部涉及不涉及，反正经侦支队没有查出来。"而涉案科员究竟造成多少亏空，这位新闻发言人则说，"这个数字肯定是有，要不然每人补多少数是怎么出来的？但这个数我手里头现在没有"！

三段话，很精彩，勾勒出一位基层官员的生动画像。一般来说，官员遇事往往善于"打太极"、回避正面回答问题。如果是"新闻发言人"，更是擅长"发布技巧"，顾左右而言他，答非所问。这位人社局副局长、新闻发言人倒是耿直得很，毫不收敛，真诚表露，让人们得以真切感受到权力的倨傲与蛮横。

人社局本不该有如此倨傲和蛮横的底气。2010 年 1 月，国办转发"暂行办法"，全国范围内养老保险关系开始允许异地转移接续。这无疑是一项惠及全国流动就业人群的好政策，是有利于建立全国统一社会保险制度的利国利民之举。人社部则明确要求，加快电子化转移应用步伐，"2011年实现全国全部地市入网接入服务"。然而该市社保局异地转移系统建设严重滞后，一直采用手工转移模式，甚至市县之间都无法电子查询。

社保局科员白某某正是利用这一漏洞，从2010年到2013年，利用为他人办理养老保险接续手续机会，将保费私吞。同时伪造该市所辖某县社保局的个人养老保险转移单，将其接入市社保局养老保险系统。由于市县之间不联网，市社保局也不核实缴费单据，只看养老保险转移单和对账单，每月甚至每年都没有内部核查，这样，参保人交费后，可以正常收到养老保险手册和个人账户对账单，甚至有人已开始领取养老金。直到2013年社保局发现有巨额亏空，公安经侦支队才查出保费已被白某某私吞，数额高达900多万元。

因内部管理不善造成巨额损失，社保部门就应一方面全力通过法律程序向白某某追讨，另一方面主动清查：为什么一名普通科员就能打通所有环节，有没有其他人收钱放行？而不应简单把损失转嫁给普通老百姓。但该市人社部门却一方面替涉案人辩解，这位副局长就说，涉案人"家里肯定想了不少办法，最后退给社保局这么多钱（858.4万元）"；另一方面将缺口的40多万元，让参保人补齐，还让他们填写表格声称是"自愿"。至于有人说是"被迫"，这位身兼新闻发言人的副局长则语带嘲讽，还颇显犀利：是拿着刀子捅你了吗？

这不可不谓欺人太甚。被侵吞的900多万元保费究竟去向如何？有缺口也该涉案者补。社保局管理不善又该负什么责任？本该因自身失职向民众深切致歉，更不应让参保人为犯罪嫌疑人和政府部门失职买单。这交的到底是给罪犯的"赞助费"，还是有关部门的"失职补贴"？

养老保险异地转移接续，本是顺民意、得民心的大好事，国家有关部门也明确要求电子化以堵塞漏洞。由于自身不落实、不防范出了问题，一不查管理漏洞和涉案同伙，"反正经侦支队没有查出来"；二不关心有多少亏空，"这个数我手里头现在没有"。说得如此理直气壮，估计早已心里有谱，"反正有参保的老百姓去填补"，而且笃定百姓只能"自愿"、必须"自愿"。有质疑又怎样？我又没"拿着刀子捅你"。

对付老百姓，还用得着真"捅刀子"？不按期"补缴"就会失去养老保险，普通参保人面对强大的公权力，完全是鸡蛋与石头的关系。这种威压，与"捅刀子"又有何区别？而且，刀刀捅在群众心里，流血的是党和国家的公信力。当地党委政府真该以此为诚，深刻反思。

（2016 年 6 月 27 日）

问责条例：让失责必问成为常态

党的95周年生日到来前夕，中央放出加强制度建设大招，祭出全面从严治党利器。6月28日，中央政治局审议通过了《中国共产党问责条例》。"问责"和"问责条例"，很快成为各类媒体、社会各界高度关注的热门词汇。

"问责"就是追究责任。在政，就是追究政府官员责任；在党，就是追究党的干部的责任。据报道，《中国共产党问责条例》贯彻党章，坚持问题导向，问责焦点更为集中，即紧紧围绕坚持党的领导、加强党的建设、全面从严治党、维护党的纪律、推进党风廉政建设和反腐败工作5方面，开展问责。问责情形有3条标准，即对于失职失责造成严重后果、人民群众反映强烈、损害党执政的政治基础的，都要严肃追究责任。问责包括3种责任，既追究主体责任、监督责任，又追究领导责任。

有许多人可能已注意到，尽管早在2009年，中办、国办就印发了《关于实行党政领导干部问责的暂行规定》，但十八大以来，有关问责的话题，在中央领导讲话和党的文件中，出现更为频繁。2013年1月，在中央纪委三次全会上，习近平总书记就提出，"有权就有责，权责要对等。无论是党委还是纪委或其他相关职能部门，都要对承担的党风廉政建设责任进行签字背书，做到守土有责。出了问题，就要追究责任。决不允许出现底下问题成串、为官麻木不仁的现象"。2013年11月，《中央党内法规制定工作五年规划纲要（2013~2017年）》明确提出："适时修订《关于实行党政领导干部问责的暂行规定》，进一步明确问责情形、规范问责方式。"今年以来，"问责"热度进一步提升。在中央纪委六次全会上，习总书记强调，"坚持有责必问，问责必严"。王岐山同志更提出，"要把问责作为全面从严治党的重要抓手"。

中央为什么如此重视"问责"？这与成立95年的大党今天所担负的重大责任和所面临的从严治党难题息息相关。一方面，实现两个百年奋斗目标和中华民族伟大复兴，任务艰巨；另一方面，党的领导弱化、党的建设缺失、全面从严治党不力，党的观念淡薄、组织涣散、纪律松弛等问题，仍程度不同地存在着。存在这些问题的根本原因，是有的党组织和领导干部管党治党不严、责任担当缺失，搞好人主义、一团和气。尤其是近年来，在反腐败大背景下，一些党员领导干部不作为、不担当、不负责，且有逐渐蔓延之势。对此必须对症下药、标本兼治，特别亟须从加强制度建设入手以治本。出台问责条例，就是治本的一个重要举措。

问责，隐含着权责对等原则，这是政治文明的重要体现。以往，我们习惯于官员出了大事才追究责任，甚至只要不触犯党纪国法，即使出事一般也不直接承担责任。官员权力很大，责任却不很明确。2003年"非典"以后，问责才慢慢开始运用和法制化，尤其在行政问责方面。但党内问责法规体系建设仍显滞后。2009年"暂行规定"权威性系统性不足，比如被问责官员如何复出不明确，屡受诟病，问责效果受到质疑。因此2013年"规划纲要"提出要进行修订，包括"抓紧制定严格做好被问责干部工作安排的有关规定，严格被问责干部复出条件、程序和职务安排等，保证问责制度与党纪政纪处分、法律责任追究制度有效衔接"。

问责条例的出台，使问责制从"暂行规定"上升到了"条例"的权威高度，使权责对等原则得到了党内法规的严格规范。它将促使人们由更严肃的事后追责，进一步重视和关注更明确的事前明责，从而有效地把全面从严治党的责任纵向压给各级党组织，横向分解到组织、宣传、统战、政法等党的工作部门。更重要的是，它告诫和警示全党，党中央对问责是动真格的。党内法规有刚性，党的领导干部不担当、不负责就要被追责，失责必问将成为常态。这就抓住了党员领导干部这个关键少数，直指压力传导不下去这个突出问题，以问责倒逼落实，推动管党治党从宽松软走向严紧硬。

"动员千遍，不如问责一次"，没有问责就没有担当。认真贯彻问责条例，就能将从严治党的整体责任，转化为各级党组织的具体责任；把中央的担当精神，转化为各级党的领导干部的担当行动，使"权力就是责任、责任就要担当"，成为党的干部的自觉意识。

（2016 年 6 月 29 日）

"冒名上大学"调查，非得"上级责令"公开？

备受关注的河南"冒名上大学"事件，又有最新进展。

据媒体 7 月 1 日报道：因周口市政府公开的调查报告中，没有涉及当事人王娜娜申请公开的两方面内容，即被处分的 9 人各有什么违法违纪行为、处罚依据是什么；联合调查组由哪些部门单位组成、合法性依据又是什么，王娜娜向省政府提出行政复议申请。日前，河南省政府做出答复，要求周口市政府在 15 天内对这两个问题进行回答。

按说要公布一起事件的调查结果，谁去调查的、处理了谁、为什么处理，都属于基本信息。公众可以看到调查主体是否权威、处理是否罚当其过，才会信服。但周口市公布的调查报告很"奇葩"，调查主体没有详细交代不说，尤其是处理的 9 个人，只说给了什么处分，但具体做了什么事、犯了哪一条，一概只字未提，令人怀疑政府是想敷衍了事，没有真正解决问题、举一反三查漏补缺的诚意，难免招致质疑，导致"上级责令"限时公开的后果。

有人说，这一回市政府的"老板"发话了，他必须得老老实实公开了。有可能，但也不可过于乐观。当初市政府"打死也不说"，肯定有"不说"的隐情。或者是调查不到位，或者是处理太草率，甚至高举轻放，有包庇情节，因为所有人都只有处分，没有免职。既然第一次公布调查结果，都可以避重就轻，焉知对"上级责令"公开，就没有可能答非所问？因此，对这"上级责令"公开的效果，人们只能拭目以待。

即使"老板"的话真管用，市政府按要求公开了，追问也不应停止。

为什么在政府信息公开条例已实施多年的今天，公众想要依法获得正常、基本的政府信息，还要绕这么大弯子，非要上级政府发话不可？对政府信息公开时明显的敷衍塞责、失语失职，除了行政手段，法律本身还能否让政府部门"开口"？

情况并不乐观。根据现行条例，对政府信息公开，只规定了"监督和保障"，而不是"监督与处罚"。尽管提到了"工作考核制度""社会评议制度""责任追究制度"，且有违反条例"情节严重的"，要对直接主管人员和其他直接责任人员依法给予处分的条款，甚至构成犯罪的，要依法追究刑事责任，但管的恐怕只是不准擅自公开。对"不依法履行政府信息公开义务的"，还没有听说谁受了处分甚至被追究刑事责任。"上级责令"15 日内答复，条例内也没有相关依据，估计还得看下级政府会不会给上级"老板"面子。

高考是事关公平、民众关切的大事。信息公开，则事关政府公信力、依法行政水平，意义也不小。类似"冒名上大学"调查报告不公开，对党和政府威信伤害是多方面的。因此我们不但要关注上级政府这一责令公开是否管用，还要由此关注目前政府信息公开存在的问题。不但要关注法规条例本身存在的"宽松软"问题，还要关注如何在法规执行中让已有的"考核""评议""责任追究"制度落实到位，走向"严紧硬"。

当然作为一级地方人民政府，要取信于民，在政府信息公开问题上，还是要多一份真心实意，少钻一点法律空子。要知道，政府手中的权力来自人民，正所谓"不忘初心"。上级是"老板"需要听从，人民群众是比上级政府更大的"老板"。"老板"要问政，你却问而不答或答非所问，就必须问责相关人员甚至炒他的"鱿鱼"。否则，长此以往，人民群众就可能把我们党"炒鱿鱼"。在纪念建党 95 周年的日子里，真该这样敲敲警钟。

（2016 年 7 月 1 日）

对"执法记录仪选择性损坏"
的担忧，别当笑话听

在发生一系列执法风波后，日前公安部出台的《公安机关执法视音频记录工作规定》(以后简称《规定》)，备受瞩目。

据媒体 7 月 3 日相关报道，从 1 日起已正式实施的这一《规定》，对警方常见的 6 种现场执法活动，都要求进行全程视音频记录。相关记录保存期限，原则上不少于 6 个月，如果作为证据或事涉重大复杂案情等 4 类情形的，须永久保存。未按规定记录或完整保存以及擅自发布的，要追究相关单位和人员的责任。

由于《规定》是在有关执法风波发酵中出台，所以有人认为，这属于公安部门的应急举措。事实不完全如此。早在 2014 年 10 月，党的十八届四中全会《关于全面推进依法治国若干重大问题的决定》就提出，要"完善执法程序，建立执法全过程记录制度"。此后，公安部就着手起草公安机关现场执法视音频记录工作规定。有的地方还先行一步，为一线执勤民警配备了执法记录仪，以提高接出警以及其他执法活动的规范性。但因为是各地自行操作，在落实过程中，出现不少问题，引发不少争议。这次公安部《规定》正式出台，显然要对现场执法记录工作进行全面规范。

这种全面规范的好处是双向的。一方面规范了公安机关的现场执法活动，防止个别人员越权执法、滥用权力，损害警察形象；另一方面对涉案人员也是一种约束。迷信的人很怕"举头三尺有神明"，所谓"人在做，天在看"。一般人虽不迷信有"天眼"，但面对摄像头这一"电子眼"，言行也会收敛许多。这种双向震慑，对防止产生误会、降低冲突烈度，都有重要作用，总体上有利于警察形象的重塑，提高公安机关公信力和执法水平。

不过，正是由于《规定》酝酿已久，并不完全因事而发，所以似乎也没有全面、直接回应在经历若干事件后，目前人们对现场执法记录制度的深度疑虑。比如此前有的地方虽有必须配备执法记录仪的规定，却有人说便衣执法不能佩带。比如两人同时出警不可能执法记录仪全坏，却说设备损坏无法记录。比如当事人抗法多有视音频记录为警方做证，而群众反映警方有越权行为时，常因执法记录仪"损坏"导致记录缺失，以至于人们造出"执法记录仪选择性损坏"这一名词，反映了人们对相关规定无法落到实处的担忧。

从已出台的《规定》内容看，仍难彻底去除类似疑问和担忧。除了上述疑问《规定》没有正面解答，《规定》提到，对应当记录而未予记录，或"剪接、删改、损毁、丢失现场执法视音频材料的"，"应当依照有关规定，追究相关单位和人员的责任"。然而，依照的是什么规定，不得而知。有关单位和人员应负多大责任、追究到什么程度，都未明确。一旦相关资料缺失发生争议，警方该负什么法律责任、有无举证义务，也很模糊。执法相对人认为警方应当公开完整视音频材料而得不到回应，又该如何寻求法律救济，更无依据。

说到底，正如专家所言，《规定》属于"部门立法"，就难免部门"内规"的缺陷。要求与规定都是本系统内部的事情，甚至相关数据也都在内部保存，责任追究没有与法律对接，更没有引进法律监督与社会监督，落实程度还得看公安机关内部的推动力度大小，在公众眼中公信力自然会打折扣。

尽管如此，《规定》的出台，仍是公安机关规范化执法迈出的重要一步，值得肯定。下一步，似应重点针对群众担忧，在当前执法过程中警民冲突日益增多的新形势下，想办法认真落实视音频全程记录要求，切实防止"执法记录仪选择性损坏"。这不仅可以有效增强执法透明度，防范和减少执法不规范问题，降低执法冲突风险，还可以有效解决执法取证难问题，起到保护执法人员、保护当事人权益以及提高案件处理质量的多重正面效果。

法治进步就是这样通过不断改进，一点一点推动的；人们对警方执法活动的信任与配合，也是这样通过不断完善，一点一点积累的。公安执法活动在这种全方位监督中，失去的只是误解，获得的将是更多信任。

（2016 年 7 月 4 日）

"网络时代更需理性"：大学毕业时说这个有点晚

眼下正是大学毕业季。也不知从什么时候开始，时髦起了毕业致辞。大学校长的自然最受关注，或许由于网络传播的刺激，致辞风格也是各出心裁，争奇斗艳，甚至语不惊人死不休，"潮得不要不要的"。有煽情让人飙泪的、有励志催高血压的、有卖萌表演脱口秀的、有当众鞠躬做检讨的……不管这四年教育效果怎样，校长们都想抓住"最后一课"的机会，再狠狠扎上一针鸡血，有用没用的，也算临行之时，能在学生头脑里，掐出一点"胎记"。

由于是校友，笔者对母校校长的毕业致辞更为关注。据媒体7月5日报道，老校长在当日的毕业典礼上没有煽情、励志或卖萌，倒是讲了一个比较严肃的话题："网络时代更需要理性。"他认为，信息和网络技术改变了人们的生活和社交方式，但大量鱼龙混杂、真假难辨的信息侵犯了人们的静心和沉思，缺少了当面的观点交锋和理性思考，肤浅的、错误的观点却大行其道，"你在微信朋友圈中一个不经意的转发，也许像蝴蝶的翅膀在远方会扇起一场飓风"，"网络使这个世界任性起来"。

不知因何感触，让校长在毕业典礼"最后一课"，抒发了这样一番感慨与见解。或许在这座所谓中国最高学府中，掌门人也感受到，智力水平和知识储备，与理性思维并非就有天然联系；专业知识和高智商，也未必就是虚假信息、歪理邪说的"防火墙"。应该说，看得很透，提出的见解也非常有价值。只是在大学毕业之际才提出来，似乎有点晚。

老校长提出的这一问题，在传播学中其实有个专门名词，叫媒介素养。通俗地说，就是一个人面对各类媒介信息，能有选择地进行获取、分析和评价的能力——各类信息、见解那么多，你怎样区分真假、明辨是非，最终为我所用。虽说是个传播学概念，但在许多国家和地区，媒介素养教育早已进入小学课程，而非到了大学才有，更不会迟至大学毕业才提出。

媒介素养，原本是一些国家和地方，囿于所谓自由传播理念，无法对电影电视以及报刊等大众传播媒介，实行源头控制，在"信息发布端"把关，只能从青少年抓起，加强媒介素养教育，增强全体公民"信息免疫力"。他的理念，是大众媒介我管不了，只能任由它散播病毒细菌，那我就从"信息接收端"入手，让社会公众有对信息的选择能力、质疑能力、理解能力、评估能力等，避免误听轻信、人云亦云，等于打了"防疫针"。当然也包括学会通过媒体理性发声的能力，懂得信息传播规则与底线。

我们传统的管理媒介和信息发布方式，是从信息发布端严格控制。这在"前网络化"时代，取得了很好效果。但也留下一个隐患，就是民众对信息接收的"免疫力"较弱，信息传播的"规则意识"匮乏。当网络大潮袭来，人人都有麦克风，面对真假难辨的海量信息和种类繁多的发布渠道，许多人缺少足够的辨别能力，表达时又往往随心所欲、易走极端。与此同时，政府部门对新媒体时代的信息源头管理难免力不从心，于是就出现了老校长所担忧的各种乱象和"任性"，促使他在毕业送行之际，疾呼"网络时代更需理性"。

网络时代的确更需理性，但前提是网络时代的信息管理与公民教育，也更需创新与完善。

源头管控仍需加强。正如日前国家网信办发布的《关于进一步加强管理制止虚假新闻的通知》，严禁未经核实将社交工具等网络平台上的内容直接作为新闻报道刊发等，就是在管好传统媒体的同时，努力将管理覆盖面向新媒体延伸。但从这一最新通知也可看出，似隐含着重点管住主流媒体，对一般网站与社交工具只能"网开一面"的苦衷。

很明显，只抓源头效果有限。政府教育部门还须探索从信息接收端入手，在全民教育中加入媒介素养内容。在孩子从学会上网、用手机开始，就有人系统地引导教育他们，对网上不同信息和观点，要有正确的分析、判断；发布信息或意见时，要尽量真实、理性、客观。以往没有受过媒介素养教育的中学生、大学生，也要下大气力"补课"，不要等到大学毕业时再让校长提醒。如此假以时日，当我们的大多数网民，都具备一定媒介素养，虚假信息、极端表达就会受到有效遏止，网络世界也将不再任性。

（2016 年 7 月 6 日）

如何防止"红顶中介"成为"权力掮客"

7月7日，有媒体公布了一份广州"红顶税务中介"调查。据当地企业主反映，企业在交所得税时，须提交一份由中介机构出具的查账报告，费用由企业承担。而早在2014年，国家税务总局就已明令禁止"强制要求提交涉税鉴证"，即不准利用行政权力强行要求提交查账报告。不过，广州税务部门自有"潜规则"逼企业就范：名义上提不提交全凭"自愿"，但如果不提交，企业就被列入"风险管理名单"，要进行纳税评估。企业最怕税务查账，只好花钱到中介机构买个查账报告了事。

中介机构是市场经济不可或缺的组成部分。有许多市场需要、政府又没有精力做的事情，比如资产评估、法律服务、会计审计等，都需要专门的中介机构来做，例如各种律师、会计、审计、税务事务所等。健康发展的中介组织，能在政府、企业、个人和市场之间，起到很好的服务、沟通、公证、监督等作用。比如在税收活动中，自愿和规范的涉税鉴证服务，有助于促进纳税人依法纳税、合法避税，从而既帮助督促企业规范报税业务，维护企业利益，又有利于税收征管质量和效率的提高。

然而，"红顶中介"的作用并不是这样。所谓"红顶中介"，就是和政府部门有着不正常密切联系的中介机构。有的是大型协会，原本就是政府部门或机构，因政府职能转变摇身变成社会中介组织；或本由政府主管，一直行使着部分政府职能。还有一些虽非政府部门变化而来，却与个别政府部门结成了利益共同体，政府部门指定某些"业务"必须到这里经办，并进行不合理的收费，然后进行"利益分成"。这类中介机构，往往吸纳了原政府相关部门官员，或直接由政府官员的亲友开办。

"红顶中介"不是靠优质、专业服务，合理收取费用，而是凭与权力的非正常关系，通过权力部门强制要求企业或个人"接受服务"，生意兴旺，"利润"丰厚。当然有关权力部门或掌权者个人，也能得到相应好处。如此一来，"红顶中介"就变成了"戴市场帽子、拿政府鞭子、收企业票子"的"权力掮客"。

广州税务部门不顾禁令，强迫企业提供付费的中介查账报告，或许有更好厘清企业财务、提高征管工作规范性和效率的考虑。但有的税务机关与涉税中介是否有利益输送，当地许多人也心知肚明。有的税务师事务所就是税务局出去的人开办的，或由税务部门人员的子女、家属开办。有的税务局，鉴证业务全部都给一个事务所去做，理由是这个事务所执业质量高，但究竟背后有何猫腻，自然是"你懂的"。国家税务总局三令五申，要把税务干部与涉税中介机构勾肩搭背、搞利益输送，作为"亮剑工程"的重要查处对象，也从一个侧面，说明这一问题的严重性。

"红顶中介"泛滥，强迫企业接受"服务"，不但加重企业负担，也降低了政府简政放权的成效，截留了政府职能改革成果。更重要的是，这类"权力掮客"式中介盛行，有可能限制真正中介机构的成长，扭曲市场经济的性质，挤占民间中介机构的资源与生长机会，使真正有需要的企业或个人，反而得不到应有的中介服务。

要防止"红顶中介"成为"权力掮客"，首先是摘掉"红顶"。中介机构与政府彻底脱钩，不但官员不得在中介机构兼职，退职后若干年内也须有职业限制，像税务部门规定退职后三年内，不得到原业务范围内的涉税中介任职，或从事涉税中介营利性活动，包括其家属子女也不能从事相关业务。其次是减少垄断。有些地方中介机构有准入条件，某一领域的中介机构数量很少，甚至"只此一家、别无分店"，很容易与政府相关部门结成利益关系。因此应尽可能放开准入，让更多有资质、有实力的中介机构入场竞争。最后是限制政府部门指定权。对确需中介机构服务的，可将符合资质条件的中介机构全部纳入"备选名单"，企业或个人可自行选择中介机构，甚至摇球盲选。同时对中介服务的合格标准进行明确规范，公之于众，防止政府部门或其工作人员为了让有利益关系的"红顶中介"上位，故意刁难卡压。

（2016年7月8日）

"取消公务员双休日"，朝令夕改说明了什么

头天下午刚发文取消公务员双休日休假，第二天中午又发文取消。河北唐山市某区的"过山车"式决定，着实让人有点晕眩。

据媒体7月10日报道，该区9日下午下发一份《关于取消"双休日"休假的通知》。通知说，区委、区政府研究决定，从即日起到7月31日，各乡镇街道、区直各部门各单位等，一律取消双休日休假，全员正常上班。文件没有说明取消原因，在媒体追问下，区委工作人员解释，这与城区环境综合整治攻坚战有关。有人质疑，这种运动式整治，是否属于形式主义和另一种方式的"造假"。在舆论压力下，10日中午，该区又发文取消之前文件，对月底之前双休日"不再作统一要求"，"重点工作任务较重的乡镇、街道和区直单位要统筹安排，积极推进，确保完成任务目标"。

一份经区委、区政府研究做出的决定，发布不到一天，马上又下文取消，从正面意义讲，或算从善如流，但从负面角度说，属于朝令夕改。从公众感受和政府公信力角度看，恐怕更多的是失分。那么这一番折腾，说明了什么？又该吸取什么教训？

这朝令夕改，说明有的地方政府法治观念欠缺，权力行使任性。公务员的双休日，可不是哪一级地方政府的"恩赐"，想给就给、想收就收，而是源于国家法律和公民权利。宪法第四十三条规定，"中华人民共和国劳动者有休息的权利"，国家"规定职工的工作时间和休假制度"。具体来讲，《公务员法》第七十六条规定，"公务员实行国家规定的工时制度，按照国家规

定享受休假"。那"国家规定的工时制度"是什么呢？《国务院关于职工工作时间的规定》第三条明确，"职工每日工作 8 小时，每周工作 40 小时"。

明明是法定双休日，却一纸通知就能取消，显然不知法为何物。此前，在有些地方也出现过擅自取消法定双休日的做法，之后被迫纠正，但仍未防止类似事件发生。这说明，只要依法行政意识薄弱，这种事就不会是个别现象。实际上在不少地方，虽然没有明文要求取消双休日休假，但基层公务员双休日不在岗不加班往往会受到批评。违法成常态，权利受侵害，有些地方领导还认为这样做，才算工作抓得紧、抓到位，当成绩去总结、去汇报，而不管是否违法。

这朝令夕改，也暴露了有些地方政府行政管理与社会管理的粗放，善于做表面文章。城区环境综合整治应该搞，但有必要公务员队伍整体不休、全员参战吗？对大气污染、非法运营、市场外溢、乱停乱放等城区环境乱象，如果需要"攻坚"，职能部门可以集中人力、加大执法力度，但绝不可能与每名公务员都职责相关。执法要有资格有规范，也不宜搞"人海战术"。另外，这些问题，如果平时管理到位、履职尽责，不存痼疾，"攻坚"都不必有。现在人人不休、个个上岗，运动式整治，只怕"大事"一过，乱象反弹，甚至一切照旧，难怪被批为形式主义、造假工程。类似取消双休日的"一刀切"做法，都不排除是表面文章。这样对上可以交代：我已经全员动员了，双休日都取消啦！实际效果，无人过问。

有些重点工作突发事件，是需要更多人参与、更多人待命的，比如目前南方的抗洪抢险。但即使这种重大、突发情况，是否需要"一刀切"地硬性取消所有人的双休日休假，也值得认真考量，筹划部署也需科学。《公务员法》并不禁止"加班"和"暂时停休"，规定"在法定工作日之外加班的，应当给予相应的补休"。只要知晓、吃准、落实这一法律条文，忙时在岗、闲时补休，人员合理调配，再重大、紧急的工作任务，也能做到既动员足够人员加班在岗，又不违反法律规定，不至于违法而不知，或遭批后朝令夕改。

　　怎样既遵守国家有关双休日的法律规定，又能活用相关规定完成重大任务和提供便民服务，不少服务型企业早已走在了政府前头，比如通过职工倒休保证周六周日都开门营业。政府部门如果真能抛弃表面文章，真心为民做事，也完全可以让所属单位和职能部门，合理调配人员轮休倒休，周六周日仍有人值班办事，让城区整治"不休假"，让群众办事更方便。

（2016 年 7 月 11 日）

一生办证超400，怎样走出"证明越多信任越少"困境

中国人一生中有多少个证件证明？有机构 12 日公布的调查结果表明，"我国与人民群众日常工作生活相关的各类证件、证明多达 400 多个，其中最常用的有 103 个之多"！

除了证明"多"，而且流程"繁"：证件审批涉及众多部门，同样的材料要重复提交，部分证件审批周期过长。据统计，办理这 103 个常用证件，需要经过 18 个部委局办，盖 100 多个章，交 28 项办证费。其中户口簿需提交 37 次，照片要提交 50 次，身份证要提交 73 次。如果有特殊情况，可能更为麻烦。比如异地办理准生证，需要经过 8 个单位，开 5 份证明，盖 8 个章，历时 8 天。当然，有可能还会出现"怎样证明我妈是我妈"那种奇葩事，费劲耗时也未必能办理妥当。

听说一生中要办理这么多证件证明，人们的第一反应，很可能就是假证件假证明在所难免。这也难怪，证件证明数量如此庞大，哪有工夫都精工细作？谁又能全部认得过来？有时造造假也能过关，必然导致需要更多证件证明来"防假"。事实也正是如此，证件证明越来越多，恰恰因为社会诚信体系的缺失与造假现象大量存在，人们互不信任，只能饮鸩止渴般乞灵于更多的证件证明，希望尽可能减少误判、规避责任，尽管效果往往适得其反。

退一步说，即使这些证件证明不假，其带来的社会损耗也是惊人的。

一把一把的这卡那卡、一叠一叠的证件证明，耗费了大量物质成本，更浪费了无数的生命光阴。时间一久，见怪不怪，人们或已无力质疑：这就是社会管理应有的常态吗？

当然不是。早在计算机时代来临以前，有的国家已开始对每名社会成员实施"社会安全卡"档案管理制度。在全国各地设立统一的居民信息采集与动态管理机构，每个人都有跟随终生的唯一社会安全号码与相应档案，记载了从父母基本情况到本人姓名、性别、年龄、入学、就业、结婚等几乎所有个人社会活动信息，并与个人福利、纳税、信用状况等相联系，从而不必开具太多证明，持有很多证件，同时也减少了造假的可能性。早期建立这样一整套信息数据，成本颇为庞大，让人不可思议，但也为科学、高效的社会管理所必需。好在到了计算机时代，实施难度已大大降低。

按说在我们这样大一统的中央集权体制下，在计算机和大数据都已十分发达的时代，建立这样一套简明高效的社会成员信息采集系统，减少冗杂低效落后的各类证件证明，应该更有必要，也更为容易，哪怕人口数量要多一些。然而，改革开放这么多年，证件证明繁杂的老毛病不但一直未能去根，反而随着社会事务的日益复杂，社会流动的日益加快，社会诚信的日益缺乏，反而有更加恶化之势。

症结在什么地方？板子恐怕得先打在缺少相应立法和顶层设计上。虽然早已有了信息集中收录、证件证明合一网络信息平台建设的构想，但是迟迟不见有重大的实质性举措，目前尚看不到明晰的路线与眉目。在信息共享、平台统一问题上，最需要顶层设计和相关的立法作保障。而且由于这种平台属于公共设施建设，投入大、见效慢、风险高，虽然新体系建立以后，整个社会成本会大幅降低，但前期投入需耗费大量资金，不是个别部门、个别企业能够承受的，必须有国家层面的整体设计并明确推行步骤与措施。

其次要打破地区、部门、单位等利益樊篱和人为壁垒，有效整合各方资源，也要有国家层面的权威去推动。统一的社会成员信息平台，所需信息来源多、分布广，必然牵涉多个方面，尤其事关各种利益。除了直接涉及一些原有的颁证件、开证明的部门或明或暗的权力，也与许多服务性事业单位、公司、组织、团体等有关，大到公安系统、财政系统、金融系统，小到医疗诊所、街道社区甚至小区门卫等，凡是有数据收录与获取终端的地方，不管是高速主干网、次级网络还是各类局域网，只有全部纳入统一平台，才能保证信息的动态更新、及时有效，才能使办事不需繁多的证件证明成为可能，从而走出"证明越多信任越少"的困境，减少社会运行成本，提高社会管理效率，以制度保证社会诚信度的提升。

（2016 年 7 月 13 日）

党内不但要问责，还应以看得懂的方式问责

7月17日，《中国共产党问责条例》全文正式对外公布。问责条例的颁布实施，标志着党和政府的问责制度，又进入新的实践阶段。尤其党内问责工作，得到了进一步规范和强化，再次释放出全面从严治党的强烈政治信号。

有权必有责、有责要担当、失责必追究，本属政治文明的题中应有之义。然而以往存在着权责不清现象。一是有权无责。出了事情，党政官员只要不占不贪，没有触犯国法，一般不会被追究责任，顶多私下做个检讨。事情太大捂不住，才会给个处分，但处分理由多是简而又简的套话，既无论据也不论证，让人感觉只为找个"替罪羊"，被处理的人多自认冤枉。二是责任不清。问责手段多用于行政问责。书记本来权力大于市长县长，不少决策都出自前者，但出了事党委一般不会主动把自己摆进去，攥着真理手电筒，只照别人不照自己。

问责条例的出台，大大强化了党内问责这一块。首先把党内问责单独拎出来，形成首部聚焦党内问责的基础性党内法规，让人再也不能视而不见。实际上，现有的500多部党内法规制度，与问责相关的多达119部。但这些党内法规制度，对事件事故等行政问责规定多，涉及党内问责的大多笼统、零散，没有突出党的领导、党的建设等方面的责任。这次问责条例突出重点，问责对象直指各级党组织和党员领导干部。自身清白就无事，出了事情能诿过，再也不是各级党组织和党员领导干部的"护身符"了。

其次是明确了，只要出了事，出现"造成严重损失""群众反映强烈""造成严重后果""产生恶劣影响""不正之风和腐败问题突出"等情形，都要追究党组织和党员领导干部"党的领导不力""党的建设缺失""全面从严治党不力""维护党的纪律不力""推进党风廉政建设和反腐败工作不坚决、不扎实"等责任。这就把应当予以问责的情形和原因，一一对应，比较详细地做了说明。笔者认为，这是一个更为重要的进步。

为什么这么说？以往的党内问责也好，行政问责也好，都有倒果为因、忽视举证论证的倾向。我们看一些党内问责的典型案例通报，处理结果比较明确，处理的原因则语焉不详，没有详细的"案情"分析，也没有对所应担责的举证与论证。基本逻辑是：因为出了事所以你就有责任，因为你有责任所以我就处理你，就这么简单。

比如湖北省地税局出现办公用房面积超标、违规修建办公楼等问题，原党组书记、局长就因"落实主体责任不力"，原党组成员、纪检组长就因"落实监督责任不力"分别被免职。但却不清楚这些违规行为，是否上过党组会、上会了又是如何讨论的、当事人又是如何表的态、哪些属失职失责等。又如河南新乡市两名厅级干部受贿、一名厅级干部包养情妇，市委原书记就因"落实党风廉政建设主体责任不到位"，受到党内严重警告处分，并被免去领导职务。但也没有说明，他对这些厅级干部违法违纪行为是否知情，平时是否有过教育、管理和监督，作为书记在履职方面有何缺失，在制度建设上又有什么疏漏等。

这种倒果为因，疏于举证论证，一方面，会使人感觉是否出事全凭运气，谁遇上了只能自认倒霉，反而忽视了在党建方面履职尽责与出现问题的内在联系，被追究责任的往往不大服气，社会公众也看法不一。另一方面，不利于人们从每起问责案例中，吸取教训，查漏补缺，不利于对领导干部在如何落实主体责任、监督责任等方面的教育引导。正如法谚有云：正义不仅应当得到实现，而且应该以人们看得见的方式加以实现。党内问责是一样的道理。党内不但要问责，还应以人们看得懂的方式问责。

这次问责条例的另一亮点，就是规定了要"建立健全问责典型问题曝光制度"。凡"采取组织调整或者组织处理、纪律处分方式问责的，一般应当向社会公开"。这是问责条例的原则规定，在具体落实这一党内基础性法规的相关规定过程中，不妨学学司法文书的严谨与精细，把被追责者的失职失责行为，对照党规党法，一一举证点明，更能让问责发挥震慑警示效应和教育引导作用，唤醒责任意识，激发担当精神，学会举一反三，从而以问责促尽责。

（2016 年 7 月 18 日）

与"更衣室里送钱"相比，更应查清这个细节

为了当上广东深圳龙岗区人大代表，送数十万元港币；为了加快学校项目批复进程，行贿 2000 万元……7 月 21 日，向深圳政法委原书记蒋尊玉行贿的博雅教育集团董事长姚建造的案子，在广州中院开审。

据报道，案件中有一个可能已查清的"更衣室里送钱"的情节：姚建造 2011 年结识蒋尊玉，时常约蒋一起打球。当时，蒋尊玉是深圳龙岗区委书记、区人大常委会主任，姚建造则在龙岗区开办了两所幼儿园和一所小学。因为"人大代表"的招牌，在民办教育学校中能起一定作用。于是，2011 年中秋节，在球场更衣室里，姚建造用信封包装给了蒋尊玉 10 万元港币现金，说："过节了，买点东西过节。"并向蒋尊玉表示，自己有意参选区人大代表。蒋尊玉当时虽未正面回应，但从蒋尊玉后来的证言中显示，他确实"打了招呼"，使姚建造顺利当选龙岗区第五届人大代表。

本该是放松身心的球场更衣室，竟然变成了行贿送好处的地方，这个情节的确有点"新意"。不过，与姚建造为了加快学校项目的审批进度，通过蒋尊玉的心腹打卡行贿 2000 万元相比，这更衣室送出的区区几十万元，自然算是小零头，几乎可以忽略不计。但这一情节中有个细节不应被忽视：在更衣室受贿 10 万元港币的蒋尊玉向谁"打了招呼"，为什么打个招呼，就能让姚建造顺利当选人大代表？

人大代表选举，一般被认为是我国选举制度中最重要和民主化程度最高的选举制度。由于是一人一票的选举，如果要当选，从理论上讲，给个

别人送钱是不管用的，即使他是区人大常委会主任。然而事实是蒋尊玉把运作出一名区人大代表，完全看作小事一桩，在球场更衣室里默默收了红包，话都懒得说，回头"打个招呼"，事情就解决了。这才是让人细思恐极的地方。

人大代表选举制度是我国政治制度中最重要的环节之一。选举产生的人大代表，是实现人民参与国家治理的重要手段。如果有相当数量的人大代表是这样产生的，那么他们作为一个集体组成国家权力机关，行使国家权力，会产生怎样的后果，不能不让人担忧。

实际上，这种花钱把自己运作成人大代表的事，绝不止姚建造与蒋尊玉这一桩。近年来有的地方发现的大规模"贿选案"，早已揭开了人大代表选举所存弊端的冰山一角。在官本位政治文化的深刻影响下，本应代表民意的人大代表，早已成为权力和地位的象征，被许多人所追捧，不惜花重金向关键人物行贿或向重要选举人贿买选票。

目前人大代表选举制度的缺陷，也助长了这股不正之风。比如选区常按工作单位划分，使行政化操纵选举变得"无压力"。过分强调候选人的组织提名，有的以单位部门领导研究代替选民提名，有的以群众团体代替选民提名，有的只组织个别选民代表提名等，使违背选民意愿的暗箱操作轻而易举。在选举过程中，代表候选人与选民见面并回答选民问题的环节往往被忽略或只是走形式，选民不了解候选人，对谁当选缺乏兴趣，使投票选举环节异化为确认程序。因此，像姚建造行贿蒋尊玉这样，个别人花钱"走上层路线"，往往更易奏效。

这样选举出来的人大代表，履职能力往往无法保证。或有个别姚建造这样的"能人"，谋得人大代表身份后，利用公众对人大代表权力的误读，利用制度的漏洞，以"人民代表大会"为载体，操控、滥用权力，把"人大代表"作为招摇撞骗、谋取"人身特权""灰色利益"、满足个人私欲的路径，损毁人大代表的形象，削弱人民代表大会的权威与功能，甚至构成对人民代表大会制度合法性的挑战。

因此，很有必要通过姚建造与蒋尊玉案，深挖"更衣室里送钱"里的这一细节，找出人大代表选举中的漏洞，从合理划分选区、改进候选人提名制度、大力引入竞选机制、扩大直接选举范围以密切代表与选民关系、健全选举法律监督机构等方面入手，完善人大代表选举制度，让人大代表选举健康有效，确保人民代表大会制度能更好地发挥作用。

（2016 年 7 月 22 日）

责任书变"白条"忽悠了谁

据媒体7月24日报道：为保护耕地，陕西泾阳县与所辖泾干街道办、泾干街道办与所辖望泾村，层层签订了环保目标责任书。然而有人在望泾村非法占用耕地建赛车场，运行两年多，村民多次反映，街道与县里却都称不知情，尽管责任书仍年年签着。

既然签了责任书，为何没人负责，也没人追责？当地干部揭示了谜底：每年年初，各种责任书就纷至沓来，环保责任书、安全生产责任书、食品安全责任书、年度目标责任书等，种类繁多。签完就搁柜子里了，事前指导、事中管理都跟不上，签责任书成了"打白条"。

党政上下级之间签责任书，本是一种较好的目标管理方法，有利于提升执行力。把工作任务分解，一级抓一级、一级对一级负责，出了问题也便于问责。但正如泾阳县发生的事情一样，近年来，责任书有过多过滥、形式主义倾向。有些地方或部门单位，不论什么工作都要签责任书，似乎责任书成了包治百病的灵丹妙药。然而对责任书具体内容却很少有人关心，往往多而全、空而泛，针对性和可操作性差。领导关心的是签责任书一定要轰轰烈烈，年初开大会，拍照摄像，仪式隆重。热闹过后，落实情况怎样、目标是否完成，除非与政绩有关，或者出了大事，否则责任书就被束之高阁——扔进柜子，变成无人兑现的"白条"。

明知是"白条"还要年年签，这是想忽悠谁呢？首先是上级忽悠下级。个别人把签责任书变成了推责术。工作中有些"硬任务"，只要责任书一签，上级领导就可轻松放手,美其名曰"层层传导压力",实则推卸责任。好坏都在你,压力在下边,年底完不成咱"秋后算账"。其他方面工作完成得怎样,不出问题他不过问,把责任书变成了"推责书"。其次是下级忽悠上级。一些人把签责任书变成了塞责法。虽然责任书里的工作涉及方方面面,反正中间没人检查督促,只要完成领导关注的那几件,不出大纰漏,其他不必真心去管。最终结果是干部忽悠了群众。群众初看责任书期望满满,最后看成效唯有失望。久而久之,签责任书就只剩下领导"博眼球"作秀的价值。

无论从法律角度讲,还是从实际效果看,这种责任书的作用,本身就值得怀疑。以往法律法规不健全、问责规定不完善,签责任书或许还有一定意义,至少出了问题追责有依据。时至今日,不少责任书可能已失去这类作用。比如泾阳县当地干部提到的环境保护、安全生产、食品安全等,难道不签责任书,当地党委政府就没有责任了吗?保护耕地有法规,非法占有耕地就应处理。签过责任书,果真出了问题,处理起来最终依据的还是法律法规。至于对组织及个人如何问责,都有法有纪可依,又何必费时费力多签一遍责任书?

目前责任书可能意义尚存的就是各种硬性指标。但这种对指标数字的追求,很可能与依法行政和依规办事理念相抵触,扭曲干部价值导向,滋生很多问题。上级很可能为了政绩,主观不切实际地划出硬杠杠、分配高指标。下级出问题则能瞒则瞒,以免触碰硬杠杠被究责,对此其上级只能睁只眼闭只眼,因为责任书层层签订,他也怕再上一级究责。同时为了达到责任目标,虚报浮夸在所难免,一级骗一级,所谓"村哄乡、乡哄县,一直哄到国务院"。

说到底,责任书是在法律法规和规章制度不完善条件下的"补偿制度",充满人治因素,更适合于个别临时性、目标明确的工作或一般企业的内部管理,以及服务业合同双方的约定等。作为党政部门,更应强调依法履职,各负其责,出了问题依法依纪追究,培养法治信仰,而不是上下级之间另定目标责任。

即使要运用签责任书的管理方法，也应更重实效而不只追求形式。一要合法依规。定责任必须是上下级双方都有责任，不能只是上级推给下级、要求下级。二要具体可行。有针对性和可操作性，不是原则性地面面俱到。三要公开透明。把目标任务让社会周知，形成签责任书、践行承诺、由群众评价的系统运行机制，不只是上级定目标上级关门考核。四要全程指导、督促、考核。看结果也看过程，不但要完成目标，还要依法合规。绝不能放任自流，只管"秋后算账"，甚至秋后不算账，把责任书变成"白条"，丧失公信力。

（2016 年 7 月 25 日）

政府公布的真相为何跑不赢传言

　　眼下正是"七下八上"的防汛关键期，国家领导同志亲临一线进行部署。在密切关注全国防汛关键点水位变化、未来汛情走势、城市防洪、灾后民生保障等重大问题外，领导同志还特别强调：各地要实事求是公开发布汛情灾情，及时回应社会关切，既不掩盖事实，也不要夸大事实，让政府公布的真相跑赢网上不实传言。

　　领导同志的话，当是意有所指，颇具针对性。今年我国洪涝灾害呈现多年少有的南北并发、多地齐发严峻态势，突发的险情灾情不断，给各种不实传言的流布扩散，留下了很大的空间。不过，除了天灾罕见的因素，个别地方政府的回应失时，拒说真情，也是造成"真相落伍"乃至"舆论次生灾害"的重要原因。

　　以往遇到洪涝灾害等突发公共事件，真相往往跑不赢传言，有人能找出客观理由。因为灾情需要统计，事件需要调查，不像造谣张口就来，不需要时间做前期工作。但这种"查实再说"的传统思维，在网络时代已大大"落伍"。在一个盛行"围观"、乐于发布且能便捷发布的时代，任何事件发生，人们都能很快得知。然而事件背后的真相，还有赖于权威的政府部门深入调查。如果政府部门不能及时跟进，随时发布最新信息，人们期待真相的焦虑与事实真相之间的空白，往往就由不实传言去填补。仅种种猜测就足以让人思想混乱，何况总会有人借热点有意造谣，发泄不满。由于人的思维习惯于"先入为主"，这些不实传言乃至谣言造成的危害与影响，即使政府部门日后公布真相，往往也很难完全消除。

不过，这种真相跑不赢不实传言，还不是最可怕的。真正令人担忧的是有的地方政府有意无意掩盖真相，当最终真相大白时，人们发现政府没有完全说真话，甚至公开说假话。这样的事例哪怕只是个别，也将大大增加公众对政府的不信任感，使政府部门陷入"塔西佗陷阱"，以后再说真话也无人相信。而在现实当中，恰恰这种情况并非一起两起，在真相与不实传言"赛跑"中最为常见，甚至可以说是有些地方政府回应各类突发公共事件的"常态"。

因为许多突发公共事件，都不是纯粹的"天灾"，必然伴随各种政府管理缺位错位等"人祸"。这些造成灾难的人为因素，是政府部门不敢有一说一、有二说二，实事求是及时回应，从而让真相跑赢不实传言的"隐情"。怎样让这些"隐情"不泄露、不发酵，"消灾灭火"，就折磨着出面回应者的良心与智力。哪怕这些人为因素并非自身造成，或上级，或下级，甚至是前任，他也不敢如实道来，否则就会被认为"不成熟"，如果实事求是道出真相就更属"幼稚"。于是，有意无意掩盖真相，就成了一种官场"潜规则"，也是出面回应的人或部门的"义务"和"必备技巧"。现实中很少有官员因搪塞敷衍、掩盖真相而被追究法律责任，相反耍滑头、说假话而成功过关，甚至被认为"有能力"而得到提拔的，倒大有人在。如此一来，要想政府公布的真相跑赢不实传言，就成了不可能完成的任务。

比如河北某地的突发洪灾，当那位开发区党工委副书记被问到有无群众伤亡时，按常理判断，深夜猝发灾害，涉及这么多村落，谁也不能保证没有伤亡，但不掌握数据也不能乱说，他完全可以实事求是地回答，"目前没有接到伤亡报告"。但如果这样回应了，就意味着可能有伤亡，就等于给了媒体深入追查的线索，就等于"没 hold 住"，不符合彻底"消灾灭火"、让记者知难而退的"潜规则"，所以在稍显犹豫之后，他还是语气坚定地表示"没有人员伤亡"。这情景看似悖谬，却是官员回应突发公共事件的固有心态、正常反应。

　　要根除这种官场恶习，确保政府实事求是及时公布真相，最根本的还是从制度入手。个人公开回应说假话要担责，政府部门有意隐瞒真相，不但追究部门主要负责人责任，也要追究其上级部门的失察之责，让说假话的成本大于收益，逐渐形成实事求是回应社会关切的氛围。因为事涉政府公信力，这时的"一句真话"，的确"能比整个世界的分量还重"。真相调查有个过程，人们可以忍受，哪怕慢了半拍被不实传言抢了先，人们最终也能理解。但政府本身的发声就不实，很难指望真相能跑赢不实传言，更难指望政府最终能以真相赢得人心。

（2016 年 8 月 1 日）

勤于改地名，恰恰是一种"懒政"

黄山市要改回"徽州"、勉县要变成"定军山"……这几年，有不少地方在张罗改地名。8月3日，有媒体"关注改地名现象"，特地为更名算了一笔账：西部一个县要改名，光是换印章牌匾，100万元都打不住。这还不包括工商登记、地名标识、地图标注等明的暗的各类成本，更不用说因人们对新旧地名见仁见智而带来的民意撕裂。

既然成本这么大，为什么总有人热衷于打改地名的主意呢？这其中有一些文化人希望保护所谓地名文化的因素，但更多的是一些地方官急功近利，不从扎扎实实发展经济、繁荣文化入手，而是像搞各类"面子工程""政绩工程"一样，梦想换个名字，就能一夜之间丑小鸭变天鹅，提升地方知名度，找到发展"捷径"。这些文人也好，官员也好，把工夫花在折腾地名上，恰恰反映出一种文化上的"懒人"思维、行政上的"懒政"思维。

特殊情况下的地名更改，比如区划调整、撤县建市等，无可厚非。但除此之外的地名更换，必要性就值得怀疑。

先说这地名与文化。地名如人名，只需好听、易记，如果有典故就更好。最后这一点往往是有人热衷改地名的重要理由，尤其是偏执于某一文化意象或典故的文化人。然而这纯属过虑。地名只要与人的活动相联结，并有足够长的时间沉淀，必然会形成各种"典故"，区别只是数量多少，名气大小。比如"兰陵"今称"枣庄"，很多人认为是败笔。但到枣庄旅游，对为何叫枣庄，枣庄是否有枣，却是一个相当有趣的话题。何况这似乎没有历史感的土气名字，却蕴含着炎帝种枣造矛杆的典故，那可比"兰陵"还要古！重要的是，对许多一出生就和"枣庄"这个名字联结在一起的人来说，故事沉淀并不少，改名"兰陵"倒会让他们留不住"乡愁"。还有当年荆州改为荆沙，许多人认为"荆州"丢不得，因为"大意失荆州"很有名，但怎么没人提到这里古称"江陵"，"千里江陵一日还"更著名呢？试图用一个地名反映一种文化，而不考虑其丰富性和如何发展它，这不是"懒人"思维又是什么？

同时还要看到，某一地名要形成一定知名度，堆积起厚重的"文化层"，除了自然风光与重大事件等偶然因素，一般与各个时代人们的长期积累分不开。古今中外许多今日听来如雷贯耳、大名鼎鼎的地名，从字面上看反而土得掉渣。"深圳"本义不过是村落边的"深水沟"，"牛津"是指牛可以涉水过河的荒蛮地方。但现在谁提起深圳会想到土水沟，说到牛津会认为它荒蛮？还有北京的"前门""后海""大栅栏""南锣鼓巷"等，都不是因为名字好听才有文化味儿，而是因为积淀了深厚的文化，才让这些平淡无奇的地名，蕴含着浓浓的文化气息。江苏江阴市没有改为"徐霞客市"，同样旅游业发达，并出现华西村这样的旅游热点。昆山市没有改名"阳澄湖市"，大闸蟹同样销往全国，闻名遐迩，领跑全国十强县。

相反，有不少地方争来抢去、改来换去，以为让地名与名人、名事、名著等老祖宗沾上边，就会人气大涨，财源滚滚，名满天下，往往事与愿违。改了名或可吸引一些"发思古之幽情"的人，但如果发展并无特色，经济社会落后，有人慕名而来，也会梦想破灭，甚至乘兴而来、败兴而去，反会痛感糟蹋了好地名，给古人脸上抹黑。就如笔者曾到古罗马斗兽场外，看到形象猥琐的假罗马勇士拉人付费合影，顿时对古罗马好感减半，倒了胃口。如果黄山市改称徽州却没有徽派文化与造诣、没有徽商头脑与气象；如果勉县改成定军山却让人感受不到今人传承的那份诸葛智慧、汉升忠勇，地名只怕有名无魂，行之不远。

现实中的地名，既是传承历史文化的载体，也是给今人提供准确、便利、规范的信息服务的工具。除非确有必要，"不折腾"应是政府对待地名问题的上选。我们国家历史悠久，每个地方都有不同时代的文化积淀与历史典故，一个地名无法包容全部。哪一种文化与典故能成为当地"名片""地标"，全看当代人如何去注力传承。只要勤于做实事而不是勤于改地名，不奢望一个地名就能"改地换天"，文化自会得到保护，历史自会得到挖掘，典故也自会得到关注，又何必患人之不己知？

（2016 年 8 月 4 日）

领导坐在阴凉处搞慰问，如此做秀让人心凉

8 月 11 日，一张场景奇异的图片在微信朋友圈广为流传：据媒体报道，江西南昌市某区的环卫工人，在 40 摄氏度的高温中，头顶烈日，排队等待坐在阴凉处的领导们发放慰问品。

有记者为此采访了该区城管委办公室主任，该主任声称，活动是由城管委和区工商联以及爱心企业组织，主要是慰问全区环卫工人。现场安排了 40 名环卫工代表，活动中为环卫工人发放了绿豆、冰糖等防暑品，并向环卫工人讲解了防暑的知识。对这张引起人们反感的特殊照片，他辩解说，活动只持续了 5 分钟。而且活动开始时，领导旁的一排桌子是被太阳照到的，意思是领导并未搞特殊。他还强调，原本这个活动是一件好事，出于关心环卫工人，没想到被人"从另一个角度拍成这样"。

领导坐在阴凉处搞防暑慰问，被慰问者却站在烈日下挨晒，这一场景很让人惊异，而这位城管委办公室主任的辩解就更令人惊讶。它揭示了目前存在于某些地方官场的一种让老百姓深恶痛绝，而官员却浑然不自知的"顽症"。那就是官员高高在上已成习惯，不用说"心中有民"，就连最起码的人之常情都不懂。

说实话，凡是心态正常的普通人，看到被慰问的男女环卫工人（似以女性居多）站立在烈日下，而领导却端坐在阴凉处的长桌后面，第一反应就是难以置信，继而心生愤慨，"这不应该"！但是现场那么多官员，却竟然都坐得那么心安理得、理所应当。这说明畸形的"官上民下"的观念，已

使某些官员失去了起码的体贴他人的善意与爱心。

而城管委主任的辩解，则反映了个别官员在"权力场""官本位"的观念腐蚀下，已缺乏基本的对公众智商的判断能力。如果只是五分钟的活动，还有必要摆下长桌，一定要官员们安然就坐？瞧这阵势，不用说必不可少的强调活动意义的"重要讲话"，还有所谓防暑知识的"专业讲解"，就凭桌后坐着这一长溜各方官员或企业经营者，恐怕那一长串的相关部门、单位及企业名称的宣读，还有到场的各位领导们和企业经营者官衔和职衔的介绍，弄不好都得好几分钟。而且，要走得多快、多么善解人意的太阳，才能在活动开始时能照到领导桌子，经过短短五分钟，就让领导们完全躲到阴影之内？还要说，得有多么深厚的"官样敷衍"功力，才能对如此明显前后矛盾的说法熟视无睹！

在高温酷暑的天气里，能想到辛苦的环卫工人，并以实际行动去慰问，这当然是一件好事。虽说送点绿豆、冰糖没必要搞得这样兴师动众，但从吸引企业参与、唤起人们爱心的角度，搞点形式做做秀，也无可厚非。然而这样让领导坐在"阴影"中搞慰问，让被慰问者站在烈日下暴晒，这得给环卫工人们留下多大心理阴影面积？如果一定要搞个仪式，看现场还请了摄影摄像的来拍照，显然是想对外做宣传，却出现了这样一个让人心理上感情上无法接受的场景，怎能不使社会公众对我们的干部以及企业经营者心生反感。结果必然是，送清凉却送得人心发凉。最奇特的是，我们的官员还归罪于别人"从另一个角度拍成这样"。

或许在不少官员们看来，该区城管委的这种做法并无不妥：大家不都是这样吗？而这也恰恰说明，这是当下官场中一个值得重视的问题。许多"领导先走""领导优先"的"潜规则"，在官场中习已为常，但在新媒体时代，一旦流传开来，很快就会被人们"从另一个角度"解读，这"另一个角度"，实际上就是换成了以往没有发声渠道的群众的眼光去看，含义就完全不同。不少官员以为风光的"做秀"，会变成公众眼中的"出丑"。这就亟须官员们能及时把官场"规则"，转换成社会"常理"。即使做秀，也得表现出亲民的一面，而不是本意要表现亲民，却露出"心中无民"、权力傲慢的马脚。

当然要杜绝这种送清凉却让人心发凉的现象，最根本的是官员们回归公仆本位、找回为民初心，从心底里牢固树立党的宗旨意识。即使做不到，也至少要有一点真正的爱心，能体谅他人特别是民间疾苦，而不是与老百姓隔膜如此之深，"你伤害了我，却一笑而过"。百姓怨气越积越深，他还坐在火山口而不自知，自感清凉，自鸣得意，自顾自地依然做秀。

（2016 年 8 月 12 日）

省委书记说这些，能否助推干部解脱文山会海

8月14日媒体报道，日前，某省新任省委书记在"县委书记工作论坛"总结讲话中，提出"四件小事"，让大家知晓执行。一是会议发言包括书面报告，不在开头称省委书记、省长"尊敬的"。希望把尊敬放心里，工作落到实处。二是省内开会不对省领导讲话言必称"重要讲话"，重要不重要关键在于落实。三是会议发言尽量脱稿说，有感而发。四是对省领导的批示不必都"报结"。有些写了"请某某阅知"的，真的就只是让你知道有这件事，不必事事督办，文来文去，增加不必要的负担。

这位省委书记的"约法四章"，有新意，也很有针对性。在主要领导名字前加上"尊敬的"、称领导讲话为"重要讲话"，有时是真实情感的表达，或因为讲话确实重要。不过，由于这些词被用得过多过频过于程式化，主要领导一定要加"尊敬的"、对领导讲话言必称"重要讲话"，已演变成一种陈词滥调，甚至听上去很有讽刺意味。不是这些词不能用不能说，但如果变成某些人的拍马惯用语、"语言贿赂"，效果就适得其反，令人反感。

现实中还有不少类似的例子。比如重视一定要加上"高度的"，落实一定是"严格的"，会议成功必须加上"圆满"等。实际上"重视""落实""成功"等，本身就已准确完整地把意思表达清楚了，不必再叠床架屋，八股味十足。省去这些陈词滥调，不影响意思表达，缩减公文的篇幅，节省与会者的时间，实在是功莫大焉。

而真正有助于推动人们从文山会海中解脱的举措，或许还是后两条。

一是要求干部开会尽量不要一字不漏地读稿子，学会脱稿讲话。当然不读稿不是让人背稿子或找提词器，而是要求发言结合工作实际，有感而发。这一条可谓"对症下药"。日常工作中，凡所谓重要的会议，不准备发言稿，往往被认为不重视不认真。但有一个奇怪的现象：某个会议开得是否有成果，往往与是否要求人人有发言稿成反比。即越是人人有发言稿的会议，越容易沦为形式。相反，倒是那些不要求准备成型稿件，让人即兴发言的会议，反而能真正讨论一些问题。

有些重要会议，发言稿确实需要准备。因为成型稿件更为系统、全面、严谨，有的也能包含真知灼见。但是由于对发言稿的过于强调，凡会必准备发言稿，致使为数不少的领导干部变成了"读稿机器"，甚至一旦脱离稿件就不知该说些什么。有人戏称，"现在领导的水平就是秘书的水平，秘书的水平决定领导的水平"。这位省委书记的"约法四章"，暗含着可以有稿子，但要求必须脱稿讲，就把这两者优点结合到一起了。既可以不遗漏重要信息，又能让与会者听到"干货"。发言者的实际水平与真实想法，也能得到准确表达。

而领导批示如无明确要求，不需每件都文来文去地"报结"，这对减少文山会海也会有一定作用。在日常行政工作中，上下级的及时沟通是必要的，但并非事事都要形成文字，写成报告。尤其是现代信息通信手段丰富，电话、短信、微信等，都能发指示、报情况。大量的文来文去，反而可能因文件滞留、沟通不及时而误事。但就是有些人热衷于发文件、写报告，发完了写完了，工作就算做了，大量精力被文牍所消耗。

新任省委书记从文风作风小事抓起，值得肯定。不过对其效果也不能过于乐观，因为形式主义、官僚主义的痼疾，不是几个名词的省改、发言方式的转变、批示文件的处理，就能一朝治愈。以往我们为了官兵平等，把司令与伙夫都称为"员"，然而谁会认为司令员与炊事员一般大？马克思当初为了强调工人阶级政党负责人的公仆性，不但不能用"尊敬的"，还特意用当时英、法、德等国政府公务员中，属于事务级、办事级小勤务员的"书记"一词，来称呼他们。然而，这样的谦卑名称，并未管住个别大权在握、专横跋扈的书记。

因此，根本的还是要改革和完善我们的干部评价制度，让群众有更多发言权甚至有一定程度的决定权。这样，干部自会明白人民群众更适合于"尊敬""重要"这些名词，且须发自内心地"尊敬""重要"。同时也明白不干实事照本宣科会失分受唾弃，民众意见不及时"报结"会有大麻烦，更多人将主动从文山会海中解脱出来，把更多精力放到为民办实事上来。

（2016 年 8 月 15 日）

2016 年 5 月，到腾讯公司调研。

2016 年 5 月，到中国传媒大学调研。

2016 年 12 月，到南方报业集团调研媒体融合发展情况。

2017 年 8 月，在深圳"2017 媒体融合发展论坛"上发布中国媒体融合发展年度报告。

2019 年 4 月，到阿里巴巴北京总部调研。

2019 年 11 月，在澳大利亚参加报业新媒体运营培训班期间参观澳联社。

没拿金牌就无权说话，折射理念偏差

里约奥运会赛程过半，中国代表团奖牌数暂列第二位、金牌数第三位。8月16日媒体报道，国家有关部门官员在当地接受采访时，一方面表示，要力争金牌，但金牌不是全部标准，另一方面也认为，"竞技体育永远是争第一的"，在赛场上没有第一就没有说话的权利，所以失败了就要认真总结，要重新崛起。

这一表态，听上去有些前后互相矛盾，但恰恰反映了当下体育主管部门的矛盾心态。举国体制下的"金牌至上"越来越受到诟病，越来越多的人认同体育发展的重心，应从片面抓竞技、拿金牌，向社会体育、向普惠大众转移。然而一旦奖牌数量甚至只看金牌数量不尽如人意，体育主管部门就会承受巨大压力。所以一边说金牌不是全部标准，一边又得说不拿金牌就没有说话权利。这说明整个社会对体育运动的理念偏差，还没有得到根本扭转。似应抓住金牌数暂"不尽如人意"的契机，反思我们开展体育运动的"初心"，端正国民心态。

从体育的本源讲，快乐、享受是根本。人类最初的体育活动就是一种本能嬉戏，与动物没有什么区别。吃饱喝足，打打闹闹，有时是一种无意识的生存技巧训练，席勒称之为"过剩精力"。支配这种行为的是一种本能的快感，静极思动，做了就很舒服。或者可以叫作运动欲，没有什么功利性目的性。后来这种运动与生产劳动、军事格斗、原始信仰、生殖崇拜等相结合，开始有较为规范的动作，演变为具有一定层次、一定节奏的身体动作组合，这就产生了原始体育运动。但其本身仍主要是娱乐，或娱神，或娱人。在古希腊罗马时代，产生了一种世界上独特的展示体育运动的形式，这就是定期举办的古代奥林匹克运动会。

奥林匹克运动会规范了体育比赛的形式，提高了运动员的地位。然而也因过于强调竞技结果，有人为了在运动会上获胜，开始通过专门学校、医生等各种手段提升竞技技能，甚至为竞技而竞技，出现了职业运动员。这也正是古代奥林匹克运动会衰落的重要原因之一。因为成了职业选手的比赛，离普通大众远了，离体育运动快乐、享受的初衷远了。也正因如此，1894年现代国际奥林匹克委员会成立时，专门把"业余原则"写进章程。

然而，在很长时期内，人们对竞技运动附加了许多政治功能，什么为国争光之类，眼盯金牌，不遗余力。不止一个国家经历过这一阶段。从某种角度看，有其合理性。尤其当国家实力不足、民众缺乏自信心的时候，拿金牌至少证明"我们还行"，某些时候能满足人们的自尊心。但从本质上讲，这是体育运动的怪胎，把原本应是快乐、自由、享受的体育运动，变成了个别人不得不为，为了某种功利目的而进行的"被迫劳动"，甚至有人为了取得好成绩吃药、蛮练，反而牺牲了健康。

近年来，正常的体育运动理念，正在慢慢回归。从国家层面，我们更加强调社会体育的发展与投入；从公众层面，人们对体育运动的作用与体育精神的理解，也更为成熟。里约奥运会上，未拿金牌的"洪荒姐"在网上走红，夺金失败却喜得男友当场求婚的新闻受新媒体青睐等，都反映出人们看待体育的心态，正在慢慢发生转变，只是转变幅度还不够大，更说不上彻底。当面对金牌数量未及预期，竞赛成绩不尽如人意时，舆论的压力仍不可低估，体育主管部门的官员也难免心里打鼓，故而说话听上去有些"颠三倒四"。

实际上应理直气壮破除举国体制下的"金牌至上"枷锁。体育的第一功能与作用，应是满足人们本能的运动欲望，"我运动我健康我快乐"。第二，才论及体育的教育功能和功利目的：让身体健康强壮，让自律心得到培养。第三才是增强竞技水平。但参与比赛的不只是专业运动员，更应是普通民众。让更多普通人通过增强竞技水平，参与大型比赛，像近些年人们参与跑马拉松一样，增加体育运动的乐趣与成就感。直至将来，我们参加奥运的运动员有的是银行职员，有的是销售主管，有的是律师，请假来跳高、跳水、扔铅球、射击等，拿了奖牌再回去工作、赶回家中农场收庄稼。有这样的社会体育、大众参与做基础，拿金牌才更有意义。作为人口第一大国，政府再适度鼓励与提倡，我们也不愁金牌数不位居世界第一。

（2016 年 8 月 17 日）

应让于法无据的"廉政账户"走入历史

"廉政账户",通俗地讲就是"退赃账户",即政府设立一个账户,党政干部收受红包礼金之后,如无法退还或收了之后又想上缴,都可以缴纳到这个账户。日后一旦被查,凭缴款凭证,可减轻或免于处罚。据媒体8月18日报道,这个存在了将近16年的制度,目前正在逐步退出历史舞台:四川、贵州、新疆、广东等省区已陆续宣布撤销"廉政账户"。

实际上,这个看似很有"创意"的"廉政账户",从创立之初就很有争议。支持的一方认为,有些官员收受贿赂是不得已的,甚至不收就会受排挤,"你可以不上车,但是不能挡大家的道",因此有一个"退赃账户",让不想收钱的官员,既没有拒绝贿赂显得太"另类",又能悄悄退钱将自己"洗白",是一个"两全齐美"的办法。同时由于纪检监察力量有限,许多受贿行为未必能一一查到,让官员自己上缴,自动消化"腐败存量",也减少了查处腐败的成本。

然而,这一有着美好初衷的"消腐"举措,很快就被一些悟出门道的官员给玩坏了。由于多数"廉政账户"没有严格执行缴款时要注明收钱时间、金额、事由的要求,有的临近东窗事发,才把赃款存入"廉政账户"逃避惩罚。更有聪明的,多收少缴,把收受巨额贿赂的一部分存入"廉政账户",作为腐败"蓄水池"。如果被查,纪委掌握哪几笔,他就说这几笔已存入"廉政账户"了,找到了很好的"挡箭牌"。比如一个官员分两次交了近200万元,每次有举报纪委找他,他就说收的钱都上缴了。因为这个"蓄水池"很大,多次举报的数额都没有超过 200 万元，结果纪委也拿他没办法。由此可以看出，用"廉政账户"消除腐败，最终是纵容了腐败。

用"廉政账户"消除腐败的另一后果，是助长了腐败的风气。不必当面拒绝贿赂，而是私底下匿名退赃，意味着默许党政干部向腐败行为妥协，而不是尽责和担当。尽管有的党员领导干部偷偷把贿款礼金存入了"廉政账户"，但行贿送礼的人，仍然会认为当官的都收钱，其他官员也认为既然你也收他也收，谁不收钱"不近人情"，于是随大流就会形成习惯。如果越来越多的官员打消顾虑，收了贿款转手存入"廉政账户"，不正之风和腐败问题不但不会越来越少，反而会势头更炽。再加上对"廉政账户"成效包括收缴数额的不当宣传，比如有些地方的"廉政账户"一段时间内一直保持日入万金的速度，对社会造成的影响相当负面。人们不是看你上缴了多少，而是关心那很可能没有上缴的庞大基数，从而得出办事就得行贿送礼、无官不贪的错误结论。"廉政账户"不但没有防贪止贿，反而起到了败坏党风政风社会风气的负作用。

不过，"廉政账户"最受人诟病的，是于法无据。刑法对受贿罪的认定，是"国家工作人员利用职务上的便利，索取他人财物的，或者非法收受他人财物，为他人谋取利益"，达到一定数额就要立案追究，没有交了钱就可以免于处罚的条款。况且在实际生活中，拿了钱一般就得给办事，不管你是否偷偷上缴到"廉政账户"，行贿者不知道这一情况，你不给他办事，自己就很容易出事，党政官员谁也不想闹出这种风波、不敢冒这个风险。因此受贿后钱款是否上缴，往往行为的后果没有本质区别。当事人仍然或者不得不利用职权或职务上的影响，为他人谋取不正当利益、办不该办的事，形成社会危害。对这种社会危害，如果只要缴回赃款就不予惩罚，党纪国法的严肃性无从体现，依法治国的效果也会大打折扣。

因此，对设立"廉政账户"这种与法治精神相悖的反腐"怪招"，还是应让它早一点终结，进入历史。要想反腐有成效，一味妥协很难达到预期效果。还是应通过反腐败的高压态势，首先形成官员不敢腐的氛围，不再有"你可以不上车，但是不能挡大家的道"的邪风压倒正气的怪事。其次通过制度化的设计，构建官员不能腐的机制，让送礼行贿失去效用。最后通过提高党员干部的自律标准，打牢官员不想腐的思想根基，提升果断拒绝贿赂的意识和底气。让党政干部自觉依法依规办事，让社会公众相信，不送礼行贿也能办成事，党风政风和社会风气才会慢慢好转，官员们也才不必做收了贿款再上缴的"倒手侠"。

（2016 年 8 月 19 日）

打破县长任期定指标，小心催生"政绩泡沫"

地方党政领导一届法定任期 5 年。但有一个地方，干到第三年，就有可能被换掉。据 8 月 23 日媒体报道，山西某市市委让确定的 6 名县（市）长人选，分别签下任期发展目标责任状：第一年未完成，接受预警约谈；第二年仍无进步，接受诫勉谈话和通报批评；第三年依然没有改善，接受组织调整。市委书记则明确："组织调整"就是"下课"。

那任期发展目标又是什么呢？标准之高有点令人瞠目。比如，某县是一旅游城市，去年旅游收入是 93 亿多元，按目标未来 3 年新县长要把它搞到 193 亿元，翻一番还多！另一位县长领的任务是，到 2017 年年底，实现全县 25988 人贫困人口全部脱贫，距大限只有一年零四个月！不过据说虽然条件"苛刻"，参与竞争的仍然不少，6 个岗位有 50 多人报名。

眼下不少地方经济下滑，个别干部不在状态不作为，的确是突出矛盾。上级下达一些硬指标，小鞭子抽得狠一点，督促他们打起精神，爬坡过坎，很有必要。但前提一是要依法依规，有所遵循；二是要尊重客观发展规律，不催生泡沫；三是不留后遗症，好心办了尴尬事。

按照 10 年前颁布的《党政领导干部职务任期暂行规定》，地方党政领导干部任期为 5 年。任期内应当保持稳定，除退休、生病、"不称职需要调整职务"、自愿辞职或引咎辞职和责令辞职以及受处罚，还有"因工作特殊需要"调整职务等 6 种情形外，应当任满一个任期。

任期制是国家治理体系中重要的人事管理制度，直接关系到地方政府治理体系的优化和治理能力提升。这在市县两级尤其重要。如果变动过于频繁，将严重影响地方政府治理目标与公共政策的稳定性。许多情况下，所谓"半拉子工程项目""半截子政策项目"等，都是这样催生出来的。现在明确三年不达标就换人，等于把法定任期缩短为3年，甚至有的目标责任是一年见效，这明显有悖于相关规定。

也许有人会说，任期规定中，不也有"不称职需要调整职务"这一条吗？这就是依据！县长如果"不称职"，当然可以做"组织调整"。但县（市）长们是否称职，首先是要尊重客观发展规律，还要看民情民意，而不能只看上级人为定下的虚高指标。一个中部小县，在目前经济如此低迷的大环境下，三年旅游收入就要翻一番还多，这听着就有点悬乎。姑且说这还算有一定转圜周期，虽有"人有多大胆、地有多大产"之嫌，但"万一实现"了也未可知。而另一个23万人口的小县，一年多时间内，就需解决占全县1/10还多人口的贫困问题，听上去就很离谱。何况这位新县长是从别的地方调来的，又不是全县"一把手"，熟悉情况的时间恐怕都不够，如何放手完成这"不可能完成的任务"？

指标过高，任期过短，很容易促使地方干部搞一些"短、平、快"的政绩工程，杀鸡取卵，竭泽而渔，以至于弄虚作假。这与当前许多地方适当调整经济增速指标，给去产能、调结构留有余地的大方向也未必相符。即使勉强完成了相关指标，只怕也会留下急躁冒进的诸多后遗症。甚至可能折腾了一番也没有起色，调整是调整了，留下一个烂摊子，换个人来，"新官不理旧政"，遭殃的还是当地老百姓。因此，中央巡视组早已批评了有些地方"主要领导调整比较频繁、领导干部任期制执行得不够好"的问题。

后遗症还不止于此。为什么如此苛刻的任务，还有人积极竞争？原因是这种不完成指标就追责的制度并无配套。一是这种人为规定的指标与"红线"，并无法律法规依据，到时候会否动真格，或者上级换了人还认不认，都值得怀疑，不妨先上去再说。二是哪怕到时被"调整"了，按现在干部"能上不能下"的"规则"，他又没犯法违规，还得平级安排。不管怎样，职级到手，不如报名赌一把。最终结果，只怕原先的目标没达到，反倒多出 6 个未满任期的正县级，势必会损伤党委政府公信力，对其他干部的积极性也有负面影响。

要让干部在状态，不妨多订些"民意指标"。以群众满意不满意为最高标准，促使干部切实根据本地实际，积极谋划发展。哪怕一时有些指标并未暴涨、有些数据不很漂亮，但只要能为调整经济结构打好基础、老百姓满意、人大代表称许，那就是称职，不宜频繁调整。

（2016 年 8 月 24 日）

电信诈骗，亟须正视的社会治理"大考"

18岁的山东临沂姑娘徐玉玉尸骨未寒，8月25日媒体惊曝：临沂所辖临沭县大二学生宋振宁日前也在遭遇电信诈骗后，心脏骤停，不幸离世。又一个好端端的家庭被带走了希望和未来，也让更多人深感震惊和不安。电信诈骗，已演变为危害人们财产安全和影响社会稳定的可怕毒瘤，也成为检验社会治理水平的大考题。

电信诈骗是通信技术和金融业务快速发展的"伴生品"。尽管有关部门已多次组织开展整治、打击等专项行动，包括追踪到境外抓捕，但自2008年以来，这类案件一直持续高发。据统计，近十年我国电信诈骗案件每年以20%~30%的高速增长。仅今年上半年，全国收到诈骗短信人数就高达9.4亿人，诈骗电话拨出次数28.9亿次，造成损失合计超过65.6亿元。

这惊人的数字背后，暴露出的是监管失序、法律缺位、执法不严、联动不力、功能失调等社会治理"综合征"。比如手机用户实名登记、网络实名注册，以及银行卡实名登记，本是对付电信诈骗的利器，国家有关部门也早已出台了相关规定，但由于没有相应的过错责任追究制度，电信和银行出于自身利益考虑，往往以方便客户为名，睁只眼闭只眼，使手机"黑卡"、非实名银行卡依然泛滥。犯罪分子诈骗得手后，直接扔掉"黑卡"，通过连续转账将资金分散到若干银行卡上提现或购物，很难追踪查处。

电信诈骗是一种新型诈骗方法，且随着技术发展不断翻新"进化"。而我们现有的法律法规和司法解释，在认定诈骗数额、共同犯罪审查等方面，仍沿用传统思路与模式，导致取证难、查处难，影响定罪量刑。法律惩处力度也不够，没有充分认识到其社会危害远远大于传统诈骗犯罪这一现实。同时，对相关灰色产业的打击，比如泄露或出售私人信息、网上销售短信群发器和银行卡等，相关法律法规难以操作甚至欠缺。

在执法方面，警方面对这种无接触少痕迹、信息化智能化、跨地域跨行业的犯罪行为，往往知难而退，能推则推。有时想查处也心有余而力不足，因为没有一个信息统一、协调有力的平台。受害人报了案，先在派出所填材料，再去找领导签字，一遍流程走过，银行卡里的钱早被转到了多个地方，甚至到了境外。等公安机关办完各类手续，再到电信、银行去查询信息、冻结账户，往往"黄花菜都凉了"，跨地区甚至跨境追索就更难。

在受害群众方面，平时社区也好，学校也好，包括大众传媒等，这些本应发挥相应社会功能作用的重要角色，却对防范电信诈骗常识的宣传很少，更说不上多角度、全方位、持续广泛。试想，就连有一定文化知识的高中生、大学生，都会成为电信诈骗受害者，遑论文化水平低、头脑不灵光的老年人，在花言巧语、变号设局的陷阱面前，很难不中招堕入彀中。

由于犯罪成本低、风险小、回报高、易得手，电信诈骗很容易被效仿和传播，形成犯罪"黑色产业链"，不但严重侵害和威胁群众财产安全和合法权益，更严重影响人们的安全感，也有损于政府威信和国家形象，是一个不容忽视的社会问题，亟须完善相关法律，加大执法力度，形成联动机制，最大限度挤压违法犯罪空间。

这方面不妨多借鉴一些境外经验，抓住关键的三条。首先是打好实名制这一基础。办理手机卡、银行卡，宁可一开始烦难一些，身份证以外，还要检验户口簿、家庭固定电话、工作单位等身份文件，并存档备案。一旦发生诈骗行为，就能轻松查出相关信息，而不是一个假身份证。其次是建立警方、电信、银行等的统一反诈骗咨询专线，只要将犯罪嫌疑人骗款账户提供给金融机构，该账户及所有下级账户均很快被停止相应业务，不但被骗钱款易于保全，也方便侦破、取证。最重要的是加大犯罪成本。根据其特殊危害性，适度提高电信诈骗罪的法定刑，提高罚金数额。对提供技术支持的人员，只要能推定主观上应知道是在为电信诈骗提供帮助，就可以按共犯论处，减少司法证明责任。同时，对电信、金融因监管不力造成严重后果的，依法追究经济、行政、刑事责任。如此多管齐下，假以时日，或可像境外有些地方，电信诈骗由猖獗慢慢减少，避免更多人因电信诈骗而付出财产乃至生命的代价。

（2016 年 8 月 26 日）

多次公车千里接送理发师，可虑之处在哪

9月5日，中央纪委监察部网站披露了5起中管干部违反中央八项规定精神问题。其中，浙江省宁波市原市委副书记、市长卢子跃所涉一问题比较奇特：自2014年8月以来，他多次安排公务用车，接送浙江省金华市的理发师，往返500公里，到宁波市专门为其理发。

卢子跃发迹于金华，从金华市为自己找个专业理发师，似乎情有可原。或许他与哪个理发师一直熟悉，让后者来处理自己日渐稀疏的头发，感觉更满意，也或许有其他的缘由。但这件事让人有点细思恐极的是，只为理个发，派公务用车千里往返接送，还是发生在十八大之后，中央和各地"反四风"、查处违反八项规定精神力度越来越大之际。

他为何敢如此大胆，不怕负面影响？

最令人可虑的是，作为市委副书记、一市之长，肯定动见观瞻。他多次派公务用车往返千里接送理发师，专门到宁波为他理发，这样的奇葩举措，至少在市委、市政府的小圈子里，不可能不被人知。但从2014年8月到今年2月落马，在长达一年多的时间里，卢子跃一直安然无事。如果不是因其他案件牵扯，这种千里往返接送"专业理发师"的戏码，还不知会上演多久。

为什么这种"秃头上的虱子"一样明摆着的问题，居然没有人管？

按照以往的"官场规则"，出现这样的事情也不奇怪。就一个市的官场内部来说，或者说就权力相互制约与监督关系来说，对市长法定或名义上的

制约监督，上有市委书记，下有人大、纪委等。然而在现实中，市委书记与市长一般是平级，只要没有根本的利益冲突，类似公车接送理发师这种"小事"，书记犯不着与市长翻脸。因为批轻了双方会闹不愉快，还不一定解决问题；批重了激化矛盾，如果起了冲突，上级还未必支持你，认为你没有把人把事摆平，作为"一把手"，弄不好还落个"不团结""不包容"的恶名，影响自身升迁。

从法律程序上讲，市长由同级人大任免，看上去人大很有决定权。但在实际运作当中，人大在人、财、物上，往往还得看市长脸色。如果"一把手"的书记不支持你去监督市长，人大很难监督下去，所以又何必多管闲事？何况，市长往往是书记的"备胎"，只要不犯大错，公车接送个理发师这类琐事，你不一定能扳倒他，万一得罪了他，哪天人家官升书记，你岂不是自绝后路？同级纪委本来就没有监督同级党政主要负责人的底气，如果发现市委委员违纪要立案，还得报党委批准。如果想要查身兼市委副书记的一市之长，还要让市委同意立案，这无异于"与虎谋皮"。

在这种"官场规则"影响下，尽管权力设置的初衷，是相互制约与监督，但由于各方的自身利益与这种制约监督不是正向关系，有的甚至完全相反，因此制约与监督最终难免流于形式。看到公车千里接送理发师这类现象，从上到下的权力机构与官员，只能习惯性地选择视而不见，或任由其"带病上岗""带病提拔"，或任由其由小到大，积小腐为大败，堕入腐败深渊。

要消灭这种"官场怪象"，破解这一难题，最根本的还是要建立一种官员自身利益与权力制约监督之间的正向关系。认真行使制约监督之责，自身利益不但不会受损，还会相应得利。在制度设计暂时不能完全到位的情况下，就要用问责来弥补。正如中央纪委有关负责人所强调的，要认真落实《中国共产党问责条例》，对"四风"问题突出的，既追究主体责任、监督责任，又追究领导责任、党组织的责任。要使各方的责任更明确，问责更有可操作性。这样，虽然行使了制约监督之责，自身得不到什么好处，但至少不会因为没有履行好制约监督之责而受追究，自身利益受损，调动起各方制约与监督的积极性。这也让各方制约与监督主体"师出有名"，不尽责就要自担责，就会被问责，从而让权力不再任性，不再肆无忌惮，类似为理个发，就多次派公车千里往返接送理发师的怪事，才有可能从根本上杜绝。

（2016 年 9 月 6 日）

怎样发月饼，"节日福利"才不会变"节日腐利"

再过几天就是中秋节。吃月饼、赏圆月，是千家万户倍感温馨的时刻，但也是很多机关和国有企事业单位领导倍感纠结的时节：单位要不要发月饼？不发职工有意见，发了可能会违规。虽然党报都说过，反腐不是反正常职工福利，但福利发多少才算合乎标准，心里总是没谱。9月11日媒体报道，某省总工会在节前适时出台了"解套方案"，明确了按规定逢年过节可以给职工发放慰问品，因为中秋节是传统节日，也是我国法定节日，所以可以发月饼等慰问品，但标准不能超过200元。

过中秋发月饼，现在不是小事。自从中央八项规定执行后，国家机关和国有企事业单位职工的年节福利都有所减少。其中，有的是本就该杜绝的个别部门或单位，假借"职工福利"之名，慷国家之慨，甚至是串通起来寻租、分肥。但也存在有人对中央规定理解片面，或借机不落实职工福利政策，导致不少普通干部职工正常福利无辜"躺枪"，享受不到正常福利待遇的现象。为此，中央有关部门如全国总工会，曾专门下发过有关通知，对"逢年过节向全体会员发放少量的节日慰问品"，做出了具体解释，并将发放标准的规定权，下放给省级工会。不过，有关精神在各地理解不同，执行情况也不一，每到逢年过节，总有人会在这个问题上起争议，个别地方甚至会简单粗暴地"一刀切"，一律禁发节日福利。过中秋发不发月饼，也就成了疑问。

相比之下，上述省份落实有关精神的做法就比较扎实。第一有调查依据：据报道，今年年初，该省政协有关"依法依规落实职工正常福利提案"曾专门做过调查，调查结果表明，多达70%以上的职工认为，节日福利是单位关爱职工的表现，还有多数职工认为，不能借违反"规定"之名取消职工正常福利。第二有统一认识：认为职工福利待遇不落实，并非是严格准确落实中央八项规定，反而是一些部门和单位对中央规定和国家政策不了解，单位领导对工会组织和职工福利关心不够的表现。第三有落实实招：如果职工正常节日福利得不到落实，职工可以向所在单位工会组织积极申请，要求落实，而且，每年省里还要由相关部门牵头，开展职工福利待遇落实情况的调研督查，保障全省600万名职工享受正常的福利待遇。第四有明确标准：什么节日可以发、发什么发多少，都有具体说法。

如此在节日福利问题上"精雕细琢"，不是小题大做。包括节日福利在内的职工福利待遇，是激发职工工作积极性和主动性，更好地为国家、社会和企业服务的重要手段，世界通用，不应被"污名化"。以往，的确存在一些部门和单位，借监督松弛和财务管理漏洞等，滥发福利，侵吞国家资产。还有一些垄断性国有企业，大搞高收入、高消费、高福利的"灰色腐败"，引发社会不满，必须作为反腐败的重要方面，坚决予以纠正。

同时也要看到，除了少数据有实权的个人或部门、单位，以及个别垄断性国有企业等，有条件、有机会滥发福利，多数国家机关和国有企事业单位职工，都是依靠工资和正常福利待遇维持基本生活。这些普通干部职工的节日福利，一般数额不多。有人计算过，在经济发达地区，按目前每年有7个法定节日、每个节日按规定多则不过千元、少则几百元计算，每人每年不过几千元，经济不发达地区数量更少，只能算是单位给的"小恩小惠"。但这些"小恩小惠"，却体现了一种必不可少的人情味儿，体现了组织对职工的关心与温暖，有利于营造温馨氛围、拉近与群众距离、凝聚人心士气，可以说是花小钱办大事，自不应取消。

　　实际上不仅是节日福利，还有不少按规定可以落实的职工福利待遇，也都不应借反腐之名被剥夺或取消。比如基层工会开展的各类文体活动、工会组织的会员春游秋游、各类职工教育中的一定奖励等，平均到每名职工身上，花钱不多，但收益不小。只要能明确项目类别、明确资金额度、明确活动目标与效果的检验标准等，同时要有法可依，有规可据，公开透明，"节日福利"就不会变成"节日腐利"，职工的福利待遇就能正常发挥其应有的激励作用，不但为干部职工"造福"，最终更能为社会"造福"。

（2016 年 9 月 13 日）

让干部掏钱"修门面"，不合精准扶贫本义

9月22日媒体报道，贵州某县日前下发通知，要求全县所有干部、教师、医生、事业单位职工，每人须缴纳900元，为贫困户修"联户路"和院坝硬化。按通知要求，联户路在距离已规划通组公路1.5公里以内，凡是泥巴或砂石路的，一律变成混凝土路。院坝则必须硬化平整，"确保横竖一条线"。"所有贫困户院坝及联户路硬化工程在2016年11月30日前全面完工。"

农村路面和院坝硬化，对改善农民居住环境，美化村容村貌有很大好处。但如果与扶贫工作挂钩，全县"普惠化"、运动式地大修大建，还让全县干部职工买单，听上去就颇为怪异。

目前，我国的扶贫工作已进入攻坚克难的重要阶段。"灌水式""输血式"的传统扶贫模式，已然不适应新的形势需要。必须针对不同贫困区域环境、不同贫困农户状况，运用科学有效的程序，对扶贫对象实施精确识别、精确帮扶、精确管理，确保如期脱贫、杜绝返贫。这就是指导今日扶贫工作的"精准扶贫"理念。习近平总书记在贵州视察时，对科学谋划好"十三五"时期扶贫开发工作，还特别强调，扶贫开发"贵在精准，重在精准，成败之举在于精准"。

然而让全县所有干部职工掏钱，给全县所有贫困户硬化路面和院坝，却与精准扶贫理念有很大偏差。路面硬化、院坝平整，固然是受贫困群众欢迎的好事，但这与脱贫有多大关系？确实有句话叫"要想富、先修路"，那是指地处偏僻、交通不便的地区，通过修路与经济发达地区联结起来，融

入经济循环，拉动贫困地区经济增长。但一定要把离通组公路才 1.5 公里的土路或砂石路硬化了，究竟有什么脱贫致富的意义？对许多种植养殖缺少资金、孩子上不起学、父母看不起病，甚至时常吃不饱饭的贫困群众来说，无疑有比路面硬化、院坝平整更急切的生产和生活需求。如果能筹集到资金，应该根据每个贫困户的不同家庭状况、不同资金需求，扶持其发展生产，培养"造血"功能，帮助他们走上脱贫致富之路，这才是精准扶贫的正解。

当然，要筹集扶贫脱贫资金，也不能不分青红皂白地让每名公职人员平均出钱，搞公权力强行摊派。脱贫攻坚，每名干部尤其是党员干部，都不应置身事外。但那应是他们基于岗位职责来尽相关义务，或者在自觉自愿的情况下，对贫困群众给予一定经济上的帮助。对后一种做法，党委、政府可以提倡、宣传、鼓动，但不应发文件、下通知、设时限，简单粗暴地让他们按数掏钱，加重干部尤其是普通职工的经济负担。从扶贫要减少"输血"、强化"造血"的角度来讲，这种做法虽然一时间会赢得一部分贫困群众的称许，但却有可能加深人们认为"干部职工都是有钱人"的错误印象，认为让他们出钱理所应当，甚至养成了一些人的依赖心理，给脱贫攻坚工作增加更大阻力。假如这样扶贫有效果，那我们让公职人员一年半载不领工资，全部分给贫困户，把贫困户都养起来，就能长久解决贫困问题吗？

说到底，让干部职工出钱修路平院坝，还是一种落后思维以及形式主义在作祟。干部职工也是社会公民，有自主支配自身合法财产的权利，岂能予取予求？让干部职工出钱，统一标准、统一要求去修路平院坝，还要"确保横竖一条线"，除了看上去美观，让领导有面子，让上级领导感觉扶贫攻坚"效果明显"，对贫困群众究竟能带来多少好处、对脱贫攻坚究竟能带来什么真实成果，都值得怀疑。

脱贫攻坚是各级党委、政府理应肩负的民生重任，必须认真谋划，踏实甄别，因人施策，精准扶助，有钱花在刀刃上，不能搞"面子工程""形象工程"。可以鼓励干部职工积极参与扶贫工作，有办法的出谋划策，有力量的实业带动，有财力的自愿出资，扎扎实实地帮助贫困群众寻找致富门路，提升"造血"功能，在脱贫致富的基础上，硬化路面，平整院坝，锦上添花，群众才能真正感受到脱贫攻坚带来的成果，分享全面小康的美丽与幸福。

（2016 年 9 月 23 日）

"限购令"催生"假离婚"，政策漏洞不可忽视

9月26日，一条"南京主城区重启住房限购，市民扎堆离婚"的消息，让网民直呼辣眼睛。其实这一幕，前些天已在上海上演过。有的区民政局离婚登记处被前来办理离婚的市民挤爆，被迫采取临时"封闭"措施，让当事人改日再来，取号办理离婚，发号数量有限。一时间，离婚也要"限号"，更加剧了人们的恐慌感。

这里所说的离婚，无关感情问题，却与住房限购的政策有关。比如南京限购令规定，在主城区范围内，已拥有一套及以上住房的非本市户籍居民家庭，不得再新购新建商品住房和二手住房；拥有两套及以上住房的本市户籍居民家庭，不得再新购新建商品住房。由于限购的对象是家庭，要规避这一政策，最好的办法就是自动"拆散"家庭，一变俩，搞假离婚。上海的情况与此类似，由于国家有政策，首次购房贷款要比二次购房贷款利率低，买一套房可以节省上百万元。而确定是否首次购房，是以家庭为标准的，所以搞假离婚，就多了一个首次购房的机会。

为购房而搞假离婚，这不是拿神圣的婚姻当儿戏吗？见利忘义，似乎应为人所不齿。甚至有人认为应以"不当获利"来起诉他们。然而，如果有一对夫妻为购房而假离婚，或许应该受到社会的道德谴责。但有这么多人为了购房"扎堆离婚"，以至于形成"离婚潮"，把民政局都"挤爆"，那就要反思我们政策本身的漏洞和问题了。

政府出台住房限购令，本意是为了遏制投机、平抑房价，让更多有正

当住房需求的群众能住有所居，安居乐业。但是近年来一些城市的持续限购，虽然在一定时期内能有效抑制城市房价水平，但是病源未除，只是暂时"镇痛"。因为缺少配套有力的保障房和廉租房供给，部分城市居民基本的住房需求无法满足，而收入增加的居民的住房投资意愿却日益旺盛。目前作为强硬行政手段的限购政策虽然看似立竿见影，但无法有效区别消费需求与投资需求，存在机制上的缺陷，难以长久维持。限购严了，成交量下降，库存增加，房价却没有大降。在去库存的巨大压力下，限购政策不可能不放松，一旦限购政策退出，极易造成房地产市场"报复性反弹"。

这样循环往复的时紧时松，招数用老，恨不得就连买菜的老太太，都已经明白了这里的"奥妙"。结果必然是越限购，越刺激了房价必然上涨的心理预期；越限购，住房投资回报率越高；越限购，越抑制了二手房供给。有了两套房以上的，因限购更不愿、不敢出手，没有两套房的，面对限购更要想方设法再购一套。因此，就难免出现父母带着子女来离婚，或子女带着父母来离婚，有说有笑，将传统道德观价值观弃之如敝屣的怪象了。最终，高企不下的房价，不仅增加了实体经济的成本，扭曲了社会投资方向，削弱了城市竞争力，干扰了百姓的安居乐业，还有可能造成社会道德沦丧，人心不古、世风日下的后果。

遏制过高房价，满足居住需求，或许没有一针见效的"灵丹妙药"，但大方向肯定应是一个系统工程。比如尽快建立全国统一的房地产产权登记信息系统，减少投机购房者或炒房团的可乘之机。同时在限购基础上，借鉴一些先进国家和地区的已有经验，加快对多套房开征累进房产税、遗产税以及房屋空置税的步伐，从严征收转让所得税等，提高囤房成本，让炒房者无暴利可图，使巨量二手房流入市场，真正使房屋回归其供人居住的本来功能。

如果说这些治本措施很难一步到位，那么至少在眼下制定的限购政策上，要注意政策的系统性、关联性，尽量避免可能出现的漏洞。如果不能有效甄别和防止人们为了购房假离婚，就应考虑如何公平公正地对待成年单身者与成家者，一视同仁。政府的政策不能逼迫人们不得不冲破道德底线去谋取自身利益，更不能让老实本分的人吃亏，还要尽可能保持政策的稳定性。这样房市调控的力度或许会减弱一些、"药效"会慢一些，但不会产生意料之中的"副作用"。否则，好的初衷却带来错误的价值导向，房价没有降下来，社会道德水平却直线下降，得不偿失。

（2016 年 9 月 27 日）

设立"委屈奖"，不是依法行政的正解

　　要是获奖，一般人都会开开心心地去领。不过，四川绵竹市的城管队员对于一种奖却非常不愿意去领，这就是"委屈奖"，"专门针对在执法过程中被打骂而不还手不还口的城管队员"。据媒体10月10日报道，日前当地城管部门面对人们对设立"委屈奖"的质疑，表示设奖是不得已，希望通过这种方式，给受到委屈的城管队员一种心理上的安慰。而对有市民担心以后会以这个名目滥发或违规发放，相关负责人介绍，委屈奖金额有50元、100元，最高为200元，有一定评定标准，"像一般的推一下，骂几句，是不会纳入评定的，只有造成队员身心健康受到影响时，才会进行评定"。

　　"委屈奖"不是个新事物，前些年在一些服务类行业盛行过。他们的口号是"顾客永远是对的"，对那些受到顾客无理刁难仍"委屈服务""微笑服务"的员工发放"委屈奖"。后来这一做法延伸到了一些政府部门和执法机构，就像四川绵竹城管部门所发的"委屈奖"。其奖励的行为多数是"打不还手、骂不还口"。比如绵竹有一位城管队员，在向违规摆摊烧烤的商贩讲解有关规定时，商贩的母亲拿着油勺子冲过来对着他的头就是几下，然后还喊"城管打人了"，并将城管队员的衣服扯坏，甚至身上都被抓伤。城管队员没有还手，直到警察来才控制住局面，他因此得到了"委屈奖"。

　　据说，有些企业或执法部门，因为设立"委屈奖"，减少了员工或执法人员与顾客、执法对象发生言语乃至肢体冲突的可能性。不过，"委屈奖"从问世之日起，就伴随着更多质疑。有人认为，企业拿员工的尊严作价，甚至牺牲员工的人身权利，来应对顾客的无理取闹，是对员工的不尊重，也是对作为公民的员工正当权益的侵犯。而政府部门给执法人员发"委屈奖"，则更受人诟病，因为这有违执法的初衷。

执法是以政府名义对社会生活进行全面管理，具有权威性和强制性。尤其是城市管理综合行政执法，主要针对的是违规违法行为，比如常见的占道摆摊、乱搭乱建等。执法可以是进行教育，但也常常要给予处罚。不难理解，谁被批评教育了，还能感觉愉快？如果受到处罚，就更不会心甘情愿。因此，执法过程中出现个别被处罚人恶语相向，甚至暴力抗拒乃至攻击执法人员，都本应是预料之中的事。执法人员要做到的，一是执法有据，二是文明规范。一般的被处罚人嘟囔几句甚或骂几句，那是人之常情，或许为了体现人性化执法，可以不加计较，但如果受到会"影响身心健康"的辱骂，乃至遇到暴力抗法，那就不应提倡"骂不还口、打不还手"，过后再发200元"委屈奖"给点安慰。

不提倡"骂不还口、打不还手"，当然不是让执法人员骂回去、打回去，而是要依靠法律来维护自身权益。该报警的报警、该追偿的追偿，依法依规惩处，才能给社会做出良好示范。因为所谓文明执法、人性化执法、执法的灵活性等固然重要，但最终目的必须是严格执法，这样才能体现出法律法规的严肃性，体现出公平与公正。如果一味要求执法人员委曲求全，用"委屈奖"作补偿，实质上是容忍对执法人员人格尊严的侵犯、人身权利的损害，是对违法行为的纵容、对法律尊严的亵渎。何况执法人员受到人格或人身伤害，不依法让伤害者进行赔偿，却发放什么"委屈奖"，等于是让其他纳税人买单，既不合理，也不合法。

政府部门提倡文明执法，前提应是严格执法。这既包括对各类违法行为的惩处，也包括对所有公民合法权益的保护。为了给社会做出法治示范，政府部门更有责任与义务依法维护执法人员的人格尊严与人身权利，这才是对执法人员的真关心、真安慰。否则，即使设了"委屈奖"，权利意识日益觉醒的执法人员也不愿买账。更重要的是，片面强调执法人员"委曲求全""逆来顺受"，很容易给一些人造成执法人员软弱可欺、法律可被随意践踏的错误印象，让执法环境日益恶化，最终结果是执法人员、社会正义与法律都"受委屈"，也有悖于依法行政的基本原则。

（2016 年 10 月 11 日）

不交保护费就报复？"违建"背后的
"违纪"当严查

　　江苏宿迁市某乡一家早餐店，在门前临时搭了一个玻璃结构的违建，遭到乡政府组织人员强拆。这看似平常的违建执法事件，却因一份录音掀起波澜。

　　10月16日媒体报道，早餐店老板提供的一份录音材料显示，强拆前一天，该乡一位副书记到其家中，索要每年2万元费用，并称当地超市一年交他3万元。被拒绝后，乡里没有下发整改通知书令店主自行整改，第二天即派人强拆，直接用大锤将玻璃房砸碎。事后，当地纪委承认拆除违建没有履行相关手续，但只定性为街道管理"乱作为"。对那位副书记的"问责处理"，仅仅是"诫勉谈话"了事。而对录音所反映的问题，却没有任何下文。

　　依法拆除违建，这本身没有什么不妥。违法建设现象，是我国城镇化过程中出现的社会治理难题。由于违建行为侵蚀公共资源和公共利益，有的还危害公共安全与综合环境，不仅会破坏社会公平与法治，也会使守法群众对政府管理能力产生质疑，因此必须严加治理。

　　然而这些年来，违法建设现象却越治理越泛滥。这固然有执法体制不畅，有的地方政府囿于执法成本过高和涉及维稳，不愿或不敢放手治理的因素，客观上造成怠政懒政后果，往往出现"日常惰性"与"专项治理"交替的"抽风式治违"怪象。但更值得注意的，是执法者根据自身利益"选择性执法"。有的借口执法难度大、会影响社会稳定，以罚款使违建变相"合法化"；更有甚者，大搞违建寻租，向违建者收取"保护费"，致使违建现象愈演愈烈。与此同时，对不交"保护费"者，则不依法按程序办事，野蛮拆违，"杀鸡儆猴"，表面看是严格执法，实际上却造成了对法治环境和社会风气的双重败坏，进而严重损害公平竞争环境，损害党和政府形象。

这样说并非危言耸听，近些年已经查实的这类案件已屡见不鲜。比如2012年，广东曝出数起执法人员受贿为违建"开绿灯"的案件。2013年，海南省通报，海口市4个区有3个区的城管局长因受贿充当违建"保护伞"而落马。2015年，就在上述宿迁市的近邻、安徽宿州市，就查处了一起拆违队收取300万元"保护费"、让违建随便盖的大案。

在某种程度上甚至可以说，不被查处的每一起违建背后，都必然存在着"违规""违纪"或"违法"。因为一般情况下，违建都需要一定规模的施工，都需要一定的建设周期，不难被发现。即使一时瞒过监管建好了，它也藏不了、躲不掉，可以说是摆在明面上的违法行为。只要一视同仁，严格执法，避免"拆小不拆大、拆民不拆官、拆软不拆硬、拆明不拆暗"等不公平现象，一桩一桩认真治理，就很容易得到绝大多数社会公众认可，对试图违建者也是一种有效震慑。反之，如果在违建执法中，怠政懒政，坐等举报，有的举报了也不查，见难即退，专捡软柿子捏，甚至视"保护费"的有无决定取舍，自然会令受处罚者不服，令社会公众齿冷，很难遏制违建滋生蔓延势头。

因此，要消除违建现象，就要清除违建背后的"违规""违纪"乃至"违法"行为。以宿迁市的违建执法事件为例，第一步是要查处不按规定、不按程序"乱作为"问题。第二步是要认真查清有无录音当中所揭露的收"保护费"问题，回应公众疑问。如果录音有假，就应处罚造假者；如果录音为真，则应顺藤摸瓜，查清违建执法背后的利益链条和运作情况，查清究竟哪些人在充当违建"保护伞"，再分别按责任大小，依纪依法严肃处理。

尤其要注意的是，收取摆不上台面的违建"保护费"，虽有可能是违规违纪违法的组织行为，同时由于运作不透明，存在更大"暗箱操作"的空间，还极有可能滋生贪贿腐败的犯罪行为。如果说要问责，前提是要由录音材料入手，查清全部真相后，再认真进行处理。假如录音材料反映的情况属实，在依法查处这一案件的同时，更有必要对每起违建严格执法，并查出背后所可能暗含的腐败现象，举一反三，不让违建成为摆在老百姓眼前的腐败，以查办违建领域案件、清除违建背后违纪违法现象为动力，让违法建设慢慢绝迹，让社会风气逐渐好转。

（2016 年 10 月 17 日）

让长征成为永恒的"理想信念之镜"

"长征的胜利,是中国共产党人理想的胜利,是中国共产党人信念的胜利。"10月21日,在纪念红军长征胜利80周年大会上,习近平总书记特别强调了理想信念对于长征胜利的重要意义、对于中国共产党人的重要意义,指出"长征是一次理想信念的伟大远征","崇高的理想,坚定的信念,永远是中国共产党人的政治灵魂"。

长征这一历史事件,对中国共产党有着极为特殊的意义。长征使中国共产党领导的红军从濒于绝境到转危为安,也使诞生未久的中国共产党从幼稚走向成熟。从1921年成立到1934年中央苏区第五次反"围剿"失败,中国共产党只有13岁"茗龄"。短短13年间,由于幼稚和不成熟以及"国际先生"的错误指导,党的路线左右摇摆,尤其是深受"左"的错误之害,最后导致第五次反"围剿"失败,中央红军主力被迫战略转移,且在湘江之战中损失惨重,红军由8.6万人锐减至3万多人。

正所谓"艰难困苦,玉汝于成"。沉痛的教训,反而加速了这个年轻政党的成长。长征途中与共产国际失去联系,也为独立自主、实事求是地解决危机创造了条件。在长征途中,他们很快形成了新的领导集体,更重要的是开始认识到,"只有把马克思主义普遍原理与中国革命具体实际结合起来,独立自主解决中国革命的重大问题,才能把革命事业引向胜利",即习总书记所说的"长征是一次检验真理的伟大远征"。最终不但取得长征的胜利,也为取得全国性胜利奠定了基础。

在这一成长过程中，最引人注目的，是在前途茫茫、上下求索过程中，中国共产党人及其领导的红军，面对长征途中的千难万险，始终败而不倒、退而不散，甚至像斯诺《西行漫记》所说，"把原来可能是军心涣散的溃退变成一场精神抖擞的胜利进军"，的确令人称奇。

从纯粹军事角度讲，所谓"被迫战略转移"，实质是一场大撤退。湘江一役，更迹近覆灭。俗话说"兵败如山倒"，历史上鲜有败军能成事者。但是红军却完全不同，在任何困境下，都保持着乐观向上的风貌、上下同欲的士气——连被俘的国民党士兵都惊诧于红军在衣不蔽体、食不果腹的困境中，还经常歌声不断。其原因就是习总书记所说的，"中国共产党从成立之日起，就把共产主义确立为远大理想"。红军是信仰的集合体，而不是利益的集合体，理想信念在中国共产党凝心聚力、由弱变强、转败为胜过程中，有至关重要的特殊作用。年轻的中国共产党人及其领导的工农红军，虽然有时难免"稚气未脱"，却有着高尚的情怀和崇高的追求，充满蓬勃朝气、昂扬士气，有一种习总书记所说的"压倒一切敌人而不被任何敌人所压倒、征服一切困难而不被任何困难所征服的英雄气概和革命精神"。这是长征给中国共产党人留下的最为宝贵的精神财富。

用历史观照现实，我们不能不痛心地看到，有一部分共产党员，恰恰缺少的就是这种坚定的理想信念，这种由理想信念坚定所生发的气概与精神。许多腐化堕落现象，也由此滋生。因此今天要弘扬长征精神，首先应由理想信念入手，着力解决部分人理想信念模糊动摇问题。

日前听一位老红军后代讲座，他认为，长征是一面镜子，每个人都应对照这面镜子，理解什么叫理想信念、什么叫初心、什么叫追求，尤其是最近《永远在路上》里的那些贪官们应该照一照，对照红军先辈认真反思，看到自己的思想深处有多肮脏。

实际上，如果说长征是一面"理想信念之镜"，每一名共产党人都应经常对照，"洗心革面"，从中找回、坚定中国共产党人独有的"精、气、神"。

"精"就是思想精华，坚信马克思主义是科学真理，坚信为最广大人民谋利益的崇高价值；"气"就是英雄气概，在新的长征路上，敢于跨越"雪山""草地"，敢于征服"娄山关""腊子口"；"神"就是革命精神，始终立于时代潮头，不断打开创新局面，从而不断唱响中国共产党人的"青春之歌"，传承和弘扬长征时期的那种蓬勃朝气、昂扬士气，在实现"两个一百年"奋斗目标、实现中华民族伟大复兴中国梦新的长征路上，做一名合格的"新长征先锋"。

（2016 年 10 月 22 日）

在占道摊点买菜被通报，执纪应防"过犹不及"

前些天，媒体曝出山西某县24名教师自费聚餐竟被通报批评，引起舆论大哗，认为属于过分执纪，当地纪委随之撤销了错误决定。经过这一事件，按说这样的荒唐事就不会再出现了吧？事实并非如此。10月24日媒体曝出的又一起教师被通报事件，荒谬程度有过之而无不及：两名教师因在占道经营的摊点上买菜，受到了全县通报。

据报道，福建三明宁化县直工委日前发布了一份《关于公职人员违反城市管理规定的通报》。通报共涉及11人，除了两人因违规停车和骑摩托车没有戴头盔，其他9人被通报的理由是在占道经营摊点买菜，其中有两名小学教师。

这一通报的依据，是宁化县直工委出台的《宁化县机关党员干部严格遵守城市管理"三带头八不准"行为规范》，其中有一项是"不准在占道经营和流动摊点买菜、就餐"等。据说宁化县还专门成立了督查组，采取暗访抓拍、街道巡查等方式，进行专项督查，并定期深入有关单位查阅执法处罚单或调阅监控视频，了解掌握党员干部、公职人员违规情况，一经查实，一律通报，直至诫勉教育。

县直工委出台这些规定的初衷，应是为加强城市治理，杜绝一些违反城市管理规定的行为。为此号召党员发挥先锋模范作用，带头执行相关规定，乃至对违规停车、骑摩托车不戴头盔等行为进行批评教育，都无可厚非。但立规执纪管到在哪里买菜、就餐，却有些过线越界，本末倒置，难以服众。

道理很简单。清理占道经营、加强城市管理，关键是城市综合执法部门对摆摊行为进行规范。如果执法部门不作为，让作为普通消费者的党员干部，去确定哪个摊点属于违法占道经营，实属过分要求。既然有关部门都能有暗访抓拍、街道巡查等手段去"专项督查"，监控谁在占道经营的摊点上买过菜、就过餐，那为什么不花大气力将违法占道经营的摊点依法清除？再者说，如果不清理占道经营摊点，即使党员干部、公职人员不去买菜、就餐，其他人不是同样照去不误？从社会成员构成比例看，到底是党员和公职人员多，还是一般群众多？不难想象，县委县政府不去督促执法部门依法清除占道经营摊点，却派出督查组专抓严查去摊点上买菜、就餐的党员和公职人员，难免令当地干部群众质疑：这是什么逻辑？

城市治理与社会管理，要害在于依法进行。党组织可以要求广大党员，尤其是机关党员干部，做遵规守法的模范。类似于上文提到的违章停车、骑摩托车不戴头盔等行为，除了执法部门依照相关交通法规进行处罚外，如果本人是党员的，单位可以进一步对其违反相关法规的不文明行为进行批评教育，上级相关部门也可依照有关制度规定，酌情扣发个人及单位的精神文明奖金等。但对党员和公职人员的正常消费行为，毫无依据地划定各种很难做到的条条框框，直至把小学教师在占道摊点上买菜的行为，与违章停车、骑摩托车不戴头盔等行为"一视同仁"地全县通报，于法无据，也有失公正，让人感到过分。

目前从中央到地方，各级党组织都注重强化纪律意识，强调从严执纪，这本身没有错，也为从严治党所必需。但同时相关部门也要把握好分寸和执纪界限，做到准确执纪、规范执纪。通报、诫勉、专项督查等，这些都本应是针对包括"四风"问题在内、违反中央八项规定精神行为的。现在对教师放假以后自费聚餐要管，连教师到哪里买菜、就餐都要管，只能让人们惊叹"新鲜""奇葩"，难以理解，感到形同儿戏。这就难免损害党组织本身的权威性，削弱党纪党规所应有的严肃性，也会令党员和公职人员深感动辄得咎、无所适从，也偏离了从严治党的本义。

从严治党，严格执纪是重要保证。这里的"严格"应是有双重含义。一方面是不容马虎，不能对违规违纪行为视而不见，姑息纵容，偏弱偏软。另一方面是不偏离原则，准确掌握执纪的依据、标准、尺度，防止执纪权力的滥用，防止过犹不及，闹出笑话。

（2016 年 10 月 25 日）

严格党内政治生活：用好这一从严治党法宝

10 月 27 日，十八届六中全会在北京胜利闭幕。在万众瞩目的会议成果中，会议通过的《关于新形势下党内政治生活若干准则》和《中国共产党党内监督条例》特别亮眼。尤其是新制定的党内政治生活若干准则，时隔 36 年再次提出，可谓焦点中的焦点。

党的十八大以来，以习近平同志为核心的党中央，坚持思想建党和制度建党紧密结合，集中整饬党风，严厉惩治腐败，全面从严治党成就斐然，赢得了党心民心。其中，制度建设的加强是一个重要方面，是"把权力关进制度笼子"的有力抓手。据统计，十八大以来，中央出台或修订的党内法规已多达 50 多部。在这党内法规的"制度矩阵"中，新出台的新形势下党内政治生活若干准则，占据什么地位，将发挥怎样的作用，备受各方关注。

党内政治生活的概念，最早来自毛泽东参与起草的 1929 年"古田会议决议"。其中在谈到如何纠正党内主观主义错误时，毛泽东同志提出，"主要是教育党员使党员的思想和党内的生活都政治化，科学化"。1980 年党的十一届五中全会通过的《关于党内政治生活的若干准则》，正式采用"党内政治生活"概念。一般认为，广义的党内政治生活，是指党内全部政治活动，包括党内组织体系、党内文化、党内政治关系、党内制度等内容；狭义的党内政治生活，主要是指党内的思想文化活动、党内领导决策活动、党内关系和党内制度、党内行为状态等。党内政治生活，是党组织教育管理党员和党员进行党性锻炼的重要平台。

党内政治生活是否正常，影响到党的方方面面。对领导班子而言，关乎能否民主科学决策和维系公信、权威；对党组织而言，关乎是否有凝聚力、向心力；对党员而言，关乎能否发挥教育、改造、管理和监督作用；而对全党而言，关乎能否统一步调、统一意志。如果党内政治生活缺乏政治性、时代性、原则性和战斗性，不经常、不认真、不严肃，庸俗化、随意化、平淡化，就很容易出现习总书记所概括的"七个有之"的问题。有专家指出，许多部门和地方出现各种问题尤其是腐败问题，从党内政治生活角度看，党组织没能有效开展健康严格的党内政治生活是重要原因。因此这次全会强调，"党要管党必须从党内生活管起，从严治党必须从党内政治生活严起"。

对新形势下怎样加强和规范党内政治生活，十八届六中全会已经给出了答案。除了"一个根本遵循""四个路线""四个着力""六有政治局面"等明确要求，还具体阐述了"重点"与"关键"，以及思想基础、根本保证、重要目的等重要内容。下一步的任务，无疑是认真贯彻和落实，推动全面从严治党从"宽松软"走向"严紧硬"。

谈到如何贯彻落实六中全会精神，特别是新形势下党内政治生活若干准则，笔者联想起日前在一次讲座中听到的一件事。十八大之后，习总书记在与中外记者见面时说，"打铁还需自身硬"，形象生动地说明要同全党同志一道，坚持党要管党、从严治党，使党始终成为中国特色社会主义事业的坚强领导核心，发人深省，给人深刻印象。但译成外文时，有的人译成"打铁还需锤子硬"，有的理解为"铁匠的胳膊要有劲"，所以译成"打铁还需要铁匠硬"。

这里的译文虽都不全面，但却不失为给我们的一个提醒。在贯彻落实新形势下党内政治生活若干准则等党内法规时，如果把我们自身与需要解决的现实矛盾和问题，看成是锤与铁的关系，我们就必须懂得，自己必须首先进入熔炉，淬炼自身，以新形势下党内政治生活若干准则为标尺，通过党内政治生活这一平台，切实解决自身存在的突出问题，加强党性锻炼，经受"四大考验"、克服"四种危险"，敢于啃深化改革的硬骨头，不断开创改革发展的新局面。如果把我们自身看作打铁人，把新形势下党内政治生活若干准则看作新淬炼出炉的从严治党"利器"，那我们自身也必须有力、用力，把准则用好、贯彻落实好。尤其是党的各级领导干部，必须以身作则，起模范作用，自觉遵守和认真贯彻新形势下党内政治生活若干准则，才能"把严肃党内政治生活最终体现到调动广大党员干部积极性、推动事业发展上"。

（2016 年 10 月 28 日）

副县长扶贫嫌群众脏，须给干部思想"洗洗澡"

　　10月30日媒体报道，近日网上曝光了安徽宿州市灵璧县一位副县长，称其与女性微信聊天常发暧昧信息，并展示自己所居住的别墅、豪车，以及利用招商引资机会到各地旅游的照片。更引人注目的是，他在到乡下检查精准扶贫工作后，在微信上抱怨村民身上味道难闻，感到握手都恶心，事后"都洗几遍手了"，甚至给女网友发来一张洗手的照片。

　　目前不少地方的农村，经济发展仍比城里落后，卫生条件、卫生意识都要差一些。如果接触的是乡下的贫困群众，情况就可能更糟。与这些贫困群众打交道，肯定不如与城里的女网友交往那么让人舒适，作为一般人或许可以理解，但身为党员领导干部，面对基层贫困群众有如此"洁癖"，那就不能不令人担忧了。何况这还是要去做精准扶贫工作，用这样的心态去扶贫，效果很难想象。

　　民意如天，群众工作是事关党生存和发展的根本性工作，这个道理不难理解，相信许多人也都懂。日前刚刚闭幕的十八届六中全会对此更敲响警钟："我们党来自人民，失去人民拥护和支持，党就会失去根基。必须把坚持全心全意为人民服务的根本宗旨、保持人民群众的血肉联系作为加强和规范党内政治生活的根本要求。"这"根本宗旨"和"血肉联系"如何体现？最基本的恐怕就是一个感情问题、细节问题：能不能与群众坐在一起，乐于与群众面对面交流，乃至在有时间、有条件的情况下，做到同吃同住同谋致富脱贫良策。如果握个手都要洗几遍，所谓认真做群众工作、热心帮助群众脱贫，不但任务与目标难以真正实现，只怕会伤了群众的自尊心，引发群众更大的反感。

让人担忧的是有副县长这种"洁癖"的干部，可能还不在少数。有一个在各地普遍存在的现象：现在虽说交通比以前发达、方便，但许多党员干部下基层的次数却相对减少。有的人即使去了，反而因为交通方便，来去自如，常常是"蜻蜓点水、一驶而过、走马观花"。名义上是时间紧、工作忙，实则是吃不惯群众的饭，睡不惯群众的床，嫌弃群众脏、不文明，怕农村环境差、不卫生，打心眼里不愿意在乡下多待。其结果，势必是调查研究不深入，群众脉搏把不准，还谈什么联系群众、精准扶贫？

更可担忧的是带着这种心态做群众工作。首先是潜意识中就自觉高人一等，把群众尤其是农村基层群众，看作是"气味难闻"的"下等人"，难免在群众面前自以为是、盛气凌人，不注意汲取群众智慧，更喜欢"傍大款"、与老板打交道，和群众在感情上就拉开了距离。其次是对群众的困难与疾苦不愿现场看、不愿认真听，能推则推、能躲则躲、能拖则拖，漠然视之，使"脱离群众"的危险变成现实。最后是容易把群众当作对立面，看成是"刁民"，对群众的合理诉求不及时回应，对群众的合法权益不用心维护，看问题、做决策、干事情，不是从群众利益出发，而是站在个人、小团体的立场上，甚至以权谋私损害群众利益，伤害群众感情，损害党群干群关系，激化矛盾，影响社会稳定与经济发展，导致更多、更大风险。

根据当地官方微博的消息，这位副县长的行为被网上曝光后，宿州市委高度重视，已决定将这位副县长停职，并成立调查组开展调查。不知当地调查的主要内容是什么。可能包括网上举报的真实性问题，其微信内容所反映的个人作风问题，有无公款旅游问题，还有与豪宅、名车等有关的可能存在的贪腐问题等，再依纪依法进行处理。需要注意的是，在调查处理这起事件的同时，一定要以此为典型事例，举一反三，认真挖一挖有些党员干部思想深处"嫌弃群众"的根子，给更多人在思想上好好"洗洗澡""治治病"。

这"洗洗澡""治治病",恐怕光靠学习教育还不够,针对新时期的确存在的有些干部惧下基层、疏离群众的"通病",有必要结合精准扶贫工作,让更多人到农村基层吃住一段时间,与贫困群众攀穷亲,深入调查研究,从内心深处接纳群众,从感情上与贫困群众产生共鸣,才能真正急群众之所急,想群众之所想,不但能够更好地完成精准扶贫任务,还能培养出密切联系群众的良好作风,一举数得。

（2016 年 11 月 1 日）

"以高级干部为重点"凸显以上率下
从严治党决心

11月2日,党的十八届六中全会通过的《关于新形势下党内政治生活的若干准则》和《中国共产党党内监督条例》全文公布。准则和条例以党章为根本遵循,深刻总结党的建设历史经验,直面当前党内政治生活存在的突出矛盾和问题,对严肃党内政治生活提出明确要求,对加强党内监督做出具体规定,为新形势下加强和规范党内政治生活、加强党内监督提供了根本遵循。

在我们党的法规体系中,准则的位阶仅次于党章,条例则排在第三位,地位都十分重要。准则与条例推出之后,自然格外引人注目。之所以引人关注,还有一个重要原因,就是准则与条例有许多全面推进从严治党的创新亮点。其中之一,就是在强调加强和规范党内政治生活、加强党内监督,是对全党的要求,也是全党共同任务的同时,首次特别强调要"以高级干部为重点"。

以往谈到从严治党,一直也强调抓住领导干部这一"关键少数"。不过这个"关键少数"范围相当宽泛。根据《党政领导干部选拔任用工作条例》的定义,县处级以上领导成员,都属领导干部。如果按中央有关部门关于适用原则的解释,范围甚至扩大到县级党政工作部门的科级领导干部。而这次准则和条例,则特别强调"以高级干部为重点",并明确提出,抓好"中央委员会、中央政治局、中央政治局常务委员会的组成人员"是"关键",

与以往有很大不同。这集中反映了以习近平同志为核心的党中央率先垂范、以上率下的从严治党决心。

关于党的"高级干部",在不同时期有不同界定。在改革开放以前,有所谓行政13级(地、厅、局、师)以上属"高干"的说法。改革开放以后,根据中共中央、国务院关于高级干部生活待遇的若干规定等文件,"高级干部"主要指省、部、军级以上党政领导干部,当然更包括"中央委员会、中央政治局、中央政治局常务委员会的组成人员"。

按岗位职责,高级干部至少主管或分管相当大的一个地方、一个部门、一个系统,手中握有重权。如果他们不能以身作则,模范遵守党章党规,严守党的政治纪律和政治规矩,甚至贪污腐败、卖官鬻爵,会严重毒化某一地方、某一部门、某一系统的官场风气和政治生态,造成"塌方式腐败"等严重后果。如果腐败者是中央层级的"大老虎",危害就更为严重。十八大以来查处的200多个省部级以上领导干部,都是一个个活生生的事例。因此习总书记强调,加强和规范党内政治生活、加强党内监督,必须首先从这部分人抓起。

在准则与条例中,相关条文都着重突出了高级干部这一"重点",紧紧抓住了中央委员会、中央政治局、中央政治局常务委员会这一"关键"。比如准则在许多地方都强调对"高级干部"及中央委员会等的规范及监督要求,且在结尾处重申,加强和规范党内政治生活,要从中央委员会、中央政治局、中央政治局常务委员会做起,并明确提出,要制定高级干部贯彻落实准则的实施意见,指导和督促高级干部在遵守和执行党内政治生活准则上作全党表率。在条例中,提出"党组织主要负责人个人有关事项应当在党内一定范围公开,主动接受监督"的规定,这对高级干部无疑很有震慑力,同时专门就"党的中央组织的监督"单设一章,制定了具有可操作性的监督办法。

古人有"其身正,不令而行;其身不正,虽令不从"的古训,还有"上梁不正下梁歪"的俗语，都强调了以身作则、以上率下的极端重要性。习总书记也针对高级干部以上率下问题，一针见血地指出，"把这部分人抓好了，能够在全党作出表率，很多事情就好办了"。而准则和条例的出台，无疑为抓好高级干部这一"重点"，规范中央层级干部这一"关键"，提供了有力的制度保障。随着准则与条例的贯彻落实，相信高级干部都能进一步清醒认识到自己岗位对党和国家的特殊重要性，职位越高越自觉按照党提出的标准严格要求自己，模范遵守和执行党内政治生活准则，自觉依纪依规依法行使权力、履行职责、接受监督，使党内政治生活展现新气象，更好地赢得党心民心，更好地推进各项事业发展。

（2016 年 11 月 3 日）

雾霾爆表不启动应急，这回真与"风"有关

人们对雾霾锁城，有一句颇显无奈的调侃："雾霾只能靠风吹。"就自然现象而言，雾霾能否消散，有时确与风有关。但与雾霾有关的"风"，有时却并非自然现象，涉及的是政府部门和一些官员的"作风"。

据 11 月 10 日媒体报道，入冬以来，全国多地遭遇雾霾袭击。从 11 月 2 日起，环保部相继派出 12 个督查组持续在北京、天津、河北、山东、黑龙江、吉林、辽宁、江苏等省市的重点地区开展督查。督查中发现，一些地方对重污染天气应对不力，个别地方出现监测数据"爆表"预警却不启动的情况。此外，还有地方把已停产的"僵尸企业"也列入应急减排的名单当中。

按有关规定，遇大气重污染，县级及以上城市政府须迅速启动重污染应急预案，重污染企业要实行限排等措施。这是切实保障人民群众身体健康的重要举措，对削减雾霾峰值、降低雾霾影响，能起到积极作用。

然而，有些地方实际的重度和严重污染持续几十个小时，空气质量指数（AQI）达到 500 持续 24 个小时，也不启动红色预警。有的即使应急预案启动，人员、措施都不到位，比如应急指挥部传达预警信息，经常遇到部分政府部门人工传真机无人接听、预报预警信息无法送达。在这种状态下，很难指望政府部门和一些官员会去认真监督重污染企业限排、停产，落实防尘等各类应急措施。有的甚至带头对应急减排搞"假动作"，比如给环境监测点附近不间断洒水、搞限行，把工作重点放在数据统计上。有的《重

污染天气应急预案》所列的应急停产企业名单，居然包含已经长期停产的"僵尸企业"。

表面看，不及时启动重污染应急预案，对应急减排搞"假动作"，似乎是一片"好心"，是为了当地企业减少成本。实际上，这反映的是日常工作不到位，对严重损害人民群众身体健康的空气污染"习已为常"，应急措施写在纸上罕有人真正落实的不良工作作风。

对一些重污染企业，政府部门平常就应注重加大力度清理、治理。但这一工作却往往被人所忽视。因此，按规定要列入榜单，为应急减排须停产、限产的企业，有的省竟多达数百上千家。即使启动重污染应急预案，光靠执法机关去督查，力不从心，许多措施难以落实。

空气污染对人的损害，似乎不分干部群众。但平心而论，雾霾对那些长年在露天地里工作的普通群众，伤害可能会更大。而许多干部躲在办公室，虽然能了解雾霾有害健康，但身在室内，肯定少了一些"切肤之痛"。何况有些干部尤其领导干部，屋里还有空气净化器呢。他对认真落实重污染应急措施，积极性难免会大打折扣。

还有人认为，空气污染是大范围事件，即使我这里费劲巴拉地把企业关停，别的区域照样污染，雾霾还是不会消失。如果大家都这样想，都以这样的工作作风来对待空气污染治理，搞重污染应对，那雾霾消散就真的只能靠风了。

一个真正有为民之心的政府，就应真心为公众的健康负责。在日常工作中，首先应有为民务实的好作风，认真向企业陈明利害，督促重污染企业采取环保措施，避免雾霾来了"临时抱佛脚"，被迫应急减排。如果一时做不到环境措施到位，也应把停产、限产要求向企业说清楚，让其有深入了解，自觉应急减排。同时，有必要向社会公开须停产、限产的污染源名单，让公众对重污染企业进行监督，随时提供企业违规违法线索，形成整改和减排压力。

此外，城市重污染天气应急预案也应有"硬约束力"。应急预案要有环保部门及专家机构评估，确保应急措施可操作、可核查、可计量，不是"花架子"。对应该启动相应预警而不启动的，对不落实应急减排措施甚至弄虚作假的地方政府，要进行问责。有规可依，有据可查，再想蒙混过关，肯定会有难度，要想在雾霾面前独善其身也不容易。这样一个地区一个地区地扎扎实实抓起，让好作风一天天慢慢养成，雾霾就不至于年年如期而至，不必总靠自然界的大风去吹刮了。

（2016 年 11 月 11 日）

权力监督也要引入"互联网思维"

这几天，互联网大会成为人们关注的热点。笔者有幸亲身感受了大会的一些活动，深感互联网在当今时代、在各个领域，所生发的惊人活力。各种创新成果，令人目不暇接。惊奇之余也有思考，在许多领域都在探讨"互联网+"的时代，权力监督和反腐败工作，又该怎样与互联网嫁接融合，不断创新，达到事半功倍的效果呢？

提出这个问题，并非异想天开。眼下互联网虽不能说无处不在，但正日益渗透到人类社会的各个领域，越来越深刻地影响着人类生产生活的方方面面，以至于有人断言，我们已然进入"互联网时代"。既然是一个时代，处于这一时代的一切人类活动，包括经济的，当然也包括政治的，肯定都与互联网"难脱干系"，互联网就绝不仅仅在网购、物联、智能制造等经济方面发挥作用，在权力监督、反腐败等方面，也一定会带来重大影响与变革。

实际上，目前互联网的许多成果，有的已运用于权力监督与反腐败工作中。比如，由于网络带来的信息发布便利与传播便捷，网上举报成为监督权力的重要渠道与反腐败线索的重要来源。又如，以各类网络信息化平台为依托，领导干部个人有关事项"逢提必核"成为可能，成本大大降低，效率大大提升。再如，利用网络的互联互通与交互性特点，电子政务大量运用，不但方便了群众办事，也使权力行使更加公开、透明，等等。

虽然有了这些与"互联网+"有关的进步，但目前普遍存在的问题，还是在权力监督与反腐败工作方面，尚未形成"互联网思维"，被动、分散。

一方面，许多人对互联网的特点了解不深不透，不知道怎样在权力监督与反腐败工作上积极运用；另一方面，缺乏用互联网思维全面观照权力监督与反腐败工作所有内容与环节的自觉性、主动性。

例如，大数据、云计算等，不仅仅是一种互联网技术，也是构成互联网思维的重要方面。许多人感叹，在大数据面前，人们已"无密可保"。人们在信息网络甚至日常生活中的每一个动作，一次搜索、一次导航、一次消费，都会形成数据被系统自动记录，汇成巨大的"数据池"。商家据此可以了解你的基本信息、生活轨迹，消费倾向、个人喜好等。当然这种做法是否构成对隐私权的侵犯，尚存争议。但如果对这一技术有深入了解，很容易联想到，如果在权力监督与反腐败工作中，引入大数据技术，就能准确地给权力运用及权力运用者"画像"，从而及时发现权力脱轨或腐败滋生的蛛丝马迹，有针对性地精准防止和纠正。

而要运用大数据对权力进行有效监督，前提和基础必须是权力运行过程的电子化、数据化，各类权力运行信息平台要互通共享。然而我们目前在相关制度建设中，对行政行为信息的采集和网络平台的互通建设，重视程度很不到位。权力运行的内容与流程很少数据化，往往许多工作部署与决策，都只散落在领导干部的笔记本甚至几页纸上，不可能用于信息抓取和分析。即使不得不数据化的内容，比如部门单位与财务有关的动态数据、政府部门预算的执行即时信息等，也由于互不相属的"信息壁垒""数据黑箱""网络孤岛"等，无法公开、透明，既不可能通过大数据进行分析，及时发现问题，也不利于民主监督、群众监督。

互联网是我们这个时代最具创新力的领域，许多以往难解的问题，都有可能从中找到新的答案。比如以往我们纠结于权力监督在理论上就难以解决的问题：群众监督缺少渠道，纪委监督缺少动力，群众举报可能被压下；纪委书记即使把腐败的书记拿下，他也不可能接任，况且拿下的可能性很小，反而会自身难保，缺乏利益驱动，动力难以持久。但在互联网时代，权力出轨损害了谁的利益，只要被觉察，往往难免被揭发；而谁想对证据确凿的举报视而不见，也近乎不可能。令人纠结的权力监督渠道与动力难题，似乎有了破解的希望。

因此，在权力监督与反腐败工作中，应特别强调"互联网思维"。正如有中央领导所提出的，要使"权力运行过程全程电子化、处处留痕迹"，还要"推动各类监督信息跨地区、跨部门互通共享"，形成完备的权力运行数据库。"人在干、数在记、云在算"，有了在大数据基础上编织的制度笼子，权力出轨的危险性就有可能会大大降低。

（2016 年 11 月 18 日）

"互称同志"本不该成新闻

  11 月 23 日有媒体报道，日前河南新乡市政府发文，要求全市国家工作人员，不论是领导干部，还是普通工作人员，相互不称官职，一律称"同志"。这一消息很快引发关注和议论，成为一个新闻热点。很多人肯定这一做法，认为国家工作人员互称"同志"，有利于消除等级"官"念。但也有人质疑是否可行：你敢叫领导一声同志吗？

  党内互称"同志"，原本是党的重要规矩。从"一大"建党开始，互称同志已是党内惯例。新中国成立后，中央曾专门发文，要求"今后对担任党内职务的所有人员，一律互称同志"，"党内要互称同志，不称官衔"。十八届六中全会通过的《关于新形势下党内政治生活的若干准则》，重申了这一原则："坚持党内民主平等的同志关系，党内一律称同志。"

  新乡市出台的文件，把范围扩大到了国家工作人员。文件根据市委常委会精神，要求在公文运转和正式会议场合中，国家工作人员一律称"同志"。按说这也比较正常。国家工作人员虽说不一定全是党员，但能够参与到公文运转或出席正式会议的，通常以党员居多。这个文件所反映的，仍是党内应互称同志的一贯原则。

  之所以这一做法成为热点，是由于在很长一段时期，党内互称同志的做法，已被不少人忘于脑后。这一称呼所体现的党内民主气氛、官民平等原则，在现实中更被大大扭曲。部分党员干部受传统"官本位"以及市场经济所带来的不良风气影响，把同志、同事间的称呼长官化、庸俗化、江湖化。不管在什么场合，包括在党内会议上，"某书记""某某长""某某总"等称呼挂在嘴边，习以为常。哪怕没有官职的普通干部，到了地方或基层，在称呼上也会自动升级为"某某长""某某主任"之类，因只称同志叫不出口。有的甚至称领导为"老大""老板"，称属下为"哥们""兄弟"。这样称呼久了，忽然之间要求党内以同志相称，有些人肯定不习惯，何况还要扩大到国家工作人员，自然就成了新闻热点。

互称同志，本不该成为新闻，现在却确实值得关注。表面看来，这只是一个称呼问题，实际上事关党内民主风气和正常党内关系的形成，事关干部良好作风和宗旨意识的养成，也事关党群关系和党的整体形象。言必称官职，在干部之间、党员之间，叫出了等级感、距离感：你高我低，你主我次；在干群之间、党群之间，叫出了官僚气、老爷风：普通党员感觉领导干部高高在上，基层群众感觉上面来的都是官，与老百姓差异大。尤其有些干部本就官气十足，这"书记"、那"某长""某总"地一叫，甚至被马仔似的部下称为"老大""老板"，就更易头脑发热飘飘然，摆官架、打官腔，擅权专断，拒绝监督，害人害己，后患无穷。

大家互称"同志"，至少能提醒领导干部，你不过是党内一员。虽然在工作上是上下级关系，按职权不同该服从的服从，但在党内则是同志关系，彼此要平等相待。分工有不同，职务无贵贱，应相互尊重、相互监督、相互制约。这不仅有利于拉近领导干部与普通党员的感情距离，也有利于党在群众中的形象。正所谓"称一声职务隔一层，喊一声同志近一分"。

当然，要达到这种互称同志的理想状态，还需要一定过程。要在国家工作人员中普及同志称呼，更需加倍努力。道理人人都懂，实行起来却难。领导称属下"同志"相对容易，部下敢称领导为同志，一是领导本身要开明，二是还需要相应的硬性规定。新乡市的做法比较靠谱，它首先在公文运转和正式会议场合做规范，比较容易操作，不难监督检查。时间久了，形成习惯，或有可能推广到日常工作及生活中，形成良好风气。

不过，即使大家以同志相称了，能否带来党员意识和宗旨意识的增强，还有赖于党内政治生活的持续规范和对权力监督不断加强。否则，称呼能带来多少变化，效果不宜高估。要知道，"书记"一词，在马克思的时代，意味着最低的事务级、办事级小勤务员，马克思用它来做工人阶级政党负责人的称呼，本意是要党的官员做党的服务员、做人民的公仆，但是后来谁敢把书记不当官？党内怎样互称很重要，但要真正做到意识到位、党内平等，还是制度靠得住些。不然，习惯于奉承领导的人，还会想出称呼的新花样，消解互称同志的正能量。

（2016 年 11 月 24 日）

死亡税率，政府且莫忙于向企业"讨说法"

这几天，中国企业是否担负近40%"死亡税率"的话题，不断刷屏朋友圈，引发热议。12月22日，国家税务部门终于发声，在官网贴出一篇所属税收科学研究所专家的长文，认为"死亡税率"之说，严重误导公众。根据这篇长文的观点，我国的宏观税负，不论是从"大口径"看，还是从"小口径"看，都既低于发达国家平均水平，也低于发展中国家平均水平。企业所得税与增值税率，也接近世界多数国家平均数字，至少远低于欧盟国家。

那问题就来了。为什么按政府部门专家的说法，我们的宏观税负接近"世界最低"，企业税率也没有高得离谱，企业却税收"痛感"强烈，甚至有些都"跑路"了？而且从国家层面看，为什么中央经济工作会议还要提出，要在减税、降费、降低要素成本上加大力度？明显可以看出，其基本观点同样是认为中国企业运营成本较高，是企业正常运营的"痛点"。

原来，正如企业所反映的，也是专家所承认的，中国企业不但有税，而且有费，有时甚至费高于税，不是税率高低那么简单。有人计算出，如果投资100万元的项目，40万元人工成本、40万元材料成本，盈利20万元，在上缴各种税以后，剩下的只有5.4万元利润。接下来还要交各种基金、附加，如工会基金、教育附加、一刀切的残疾人就业保障金等。这还不包括消防、水、电、气等服务收费和进出品环节的垄断收费过高，以及企业利息支出和银行"一口价"的服务费等。同时，土地税、房产税标准偏高或多年不变，以城镇非私营单位在岗职工的平均工资作为基数参照、忽视私营企业就业人员平均工资偏低的实际，导致社保缴费高于实际水平、造成用工成本上升等，也让企业苦不堪言。

有句俗语说得好："鞋松鞋紧脚知道。"究竟有没有"死亡税率"，企业负担到底重不重，政府部门可以有基于现行政策的宏观大数据分析，但更重要的是，听到民间呼声，就应及时走下去，选择不同类型的企业，面对面与企业一起算算账，实地了解微观数据，解剖麻雀，为企业减负开方子，切实有效地把中央的减负政策措施落实好。否则，即使搬出再多的数据、再多的理论、再显得有说服力，都于事无补。何况那只是某一政府部门的数据，并不能代表企业负担的全部，顶多是推卸了某一政府部门的责任，企业该痛还是痛、该跑还是得跑，实体经济的发展仍然会受到很大影响和深度困扰。

企业是现代社会发展的营养细胞，是市场经济的主体，是确保经济增长的基础。企业负担过重，必然影响经济增速，因此政府部门必须认真倾听企业的呼声，随时调整包括税收在内的经济政策，尽可能为企业减轻负担，使其能轻装上阵，不断提升活力与竞争力。尤其是在宏观经济形势严峻复杂的情况下，更须认真研究考察企业负担的合理性、科学性状况，将其提升到重要议事日程上来，统筹政府各个相关部门，共同探讨、科学测定企业的合理税费率，使政府的服务功能真正惠及企业，而不是静等着收钱，甚至"杀鸡取卵"，这样才能为做好其他社会公共服务，打下坚实的财源税源基础。

减轻企业负担是一项系统工程，仅仅做到听听呼声减点税，仍远远不够，还需要与其他有关改革相配套，治标又治本。比如，应进一步加大政府机构改革力度，控制政府规模膨胀。政府机构不"瘦身"，就得收钱去养人，加上行政权力没有受到有效约束，不但税负难降，各种行政事业性收费项目往往总是"死而复生"，屡禁不止。其中，就包括对企业的乱收费、乱摊派，甚至把企业引来以后，"关门打狗"，企业不堪重负，只好歇业停工，直至无奈"跑路"。

因此，面对企业的呼吁，政府部门且别忙着解释问题，更应致力于解决问题。要尽快建立健全减轻企业负担的专门机构，加快减轻企业负担的常态化、制度化和法制化进程，制定相关法律和制度，使企业负担透明化，行政执法规范化，清费立税，合理化税率，为企业和市场减压松绑，为经济发展增添活力。

（2016 年 12 月 23 日）

严防执纪"灯下黑"，纪检才能"自身硬"

1月3日晚8点，由中央纪委宣传部、中央电视台联合制作的电视专题片《打铁还需自身硬》，在央视综合频道播出了上篇《信任不能代替监督》。据报道，后续的两篇篇名分别为《严防"灯下黑"》和《以担当诠释忠诚》。与此前的反腐大片《永远在路上》不同，这一系列专题片集中反映的是十八大以来，纪检监察机关在推动全面从严治党过程中，如何把自己摆进去，加强自身建设，完善内控机制，坚决清理门户，严防"灯下黑"，充分体现了纪检监察机关"打铁自身硬、永远在路上"的清醒与表率意识。

纪检监察机关是监督权力者，但同样是执掌权力者。纪检监察干部手中的监督执纪问责权，能影响甚至决定许多党员领导干部的政治生命。虽然不能像组织部门那样"封神"，却能主动出击"打鬼"，所谓"不怕种树的，只怕烧山的"，其权力的影响面更为宽泛和令人畏惧。"权力导致腐败，绝对的权力导致绝对的腐败"，这句话对纪检监察干部同样适用。尤其是由于职业特点，纪检监察干部接触阴暗面较一般干部为多。从这些阴暗面能吸取教训，但有时也能造成心理失衡。所以纪检监察干部绝非"不锈钢"，天然就有免疫力，纪检监察机关也不等于百毒不侵的"无菌室""保险箱"。而一旦用于抵御、消除腐败的纪检监察机关及其干部出现腐败问题，产生的危害更大，影响更为深远。

系列专题片带给人们的正是这样的警示。在《信任不能代替监督》中，中央纪委第四纪检监察室原主任魏健，虽然只是司局级干部，但当一名四川老板来求他推动当地项目时，他立刻拿起红机给时任四川省委副书记、成都市委书记的李春城打电话，请他关照，项目马上就签了协议。局级干部拿起红机就找副部级办事，一个电话就办成了，监督执纪问责权的威力可见一斑。而魏健则先后从这一老板那里，拿到上千万元贿款。专题片首度对外披露的中央纪委第六纪检监察室原副局级干部罗凯等，则并不直接向地方官员提要求，只要有开发商找他办土地审批、工程项目等方面的事，他便通过饭局把开发商介绍给官员认识、让地方官员明白他与开发商之间的特殊关系，对方就心照不宣地给予照顾，开发商则送给罗凯等低价房、以公斤计的黄金等。监督腐败者自身腐败，怎能奢望反腐败真有成效？

发生在广东的朱明国案更为典型，这一案件牵涉多名各级纪检监察干部。时任广东茂名监察局副局长的陈重光，为获得职务调整，想方设法接近时任省纪委书记的朱明国，每次多达50万元、100万元地送钱打点，行贿累计达400多万元，最终谋得茂名所辖化州市纪委书记一职。不难想象，这出手大方的巨额贿金背后，有多少腐败行为。后来为了谋得茂名市纪委副书记一职，陈重光又向时任省纪委副书记、监察厅厅长的钟世坚行贿，直至案发。而朱明国与钟世坚被查出的财物更是惊人，一个数额以亿计，另一个家中查出别人送来的酒就有上千瓶，虫草200多斤。从中更不难想象，他们监督下的官场，又是怎样的一个政治生态。

以往，这些纪检监察干部队伍的"蛀虫"，都有一种侥幸心理，认为只要在纪委，永远是监督别人查别人，别人监督不到他。有的更是目中无人，认为监督执纪大权在握，看谁不顺眼就可以查谁。就如罗凯所说，纪委干部就跟过去的监察御史相似，"见官大三级"，更加恣意妄为。所以很早就有人提出了"谁来监督纪委书记""谁来监督纪委"的问题。也正因如此，习总书记和中央纪委领导同志才反复强调，各级纪委要解决好"灯下黑"问题。

党的十八大以来，中央高度重视反腐败倡廉工作，不断打破"禁区"和"惯例"，呈现出改革开放以来从未有过的反腐力度。其中一个重要亮点，就是纪检监察机关自觉起表率作用，敢于向自己开刀，"自己的刀就是要削自己的把"，清除"灯下黑"，打铁自身硬，给人们以极大的信心。当然，消除"灯下黑"，锻造自身硬，还需要有制度保证。要用好《中国共产党党内监督条例》中有关党内监督与外部监督相结合的机制，明确监督执纪工作规则，强化权力制衡机制，规范一切权力运行，才能解决好"谁来监督纪委"这一重大命题，让"自身硬"有坚实的制度基础。

（2017 年 1 月 4 日）

"忏悔录"公开，如何用好这部反面教材

1月8日闭幕的中央纪委七次全会有许多看点，其中之一是会议提出：深刻剖析典型案件，忏悔录能公开的都要公开，充分发挥反面教材作用。

让落马贪官写"忏悔录"，是纪检监察部门体现"惩前毖后、治病救人"方针的重要举措。通过对照党章，重温入党誓词，唤醒"初心"，进而写出忏悔录，不少被审查对象会从最初的抗拒，到深切忏悔自己的违纪违法行为，不仅有利于案件调查，也有利于对落马者的精神救赎。古语有云，"人穷反本，故言善"。这些痛心疾首、触及灵魂的忏悔录，不仅对涉案者是自我救赎，对其他为官者也是一剂警示良药。然而以前由于种种原因，人们很难看到忏悔录全文，往往只在案件报道时有只言片语。

党的十八大以来，一方面反腐力度空前，一大批"老虎""苍蝇"落马；另一方面更加重视典型违纪违法案件的"活教材"作用，案件通报更加注重细节和公开透明，力图通过剖析案情尤其是涉案者的心灵忏悔，给党员干部以深刻警醒。早在2015年1月中央纪委第五次全会公报中，就提出要深入剖析十八大以来查处的典型案例，用好用活反面教材，发挥警示、震慑和教育作用。中央纪委汇编了十八大以来被查处严重违纪违法中管干部的忏悔录，一些省区市和中央部委也汇编了违纪违法领导干部的忏悔录，作为干部警示教育教材。中央纪委监察部网站还专门推出相关栏目，让部分落马贪官亮相忏悔，受到广泛关注。这一次中央纪委七次全会提出，"忏悔录能公开的都要公开"，又大大向前迈进了一步。

　　落马贪官的忏悔，对党员干部有警示意义。尽可能公开的忏悔录，更是难得的警示教材。从以往披露出来的较为详尽的忏悔录来看，忏悔内容大多包括"情景再现""心路历程""原因剖析""对策建议"等，其作为反面教材的作用，至少有以下几个方面。

　　一是给党员干部以及时的提醒与警示。许多落马贪官，并非一起步就贪就占，往往是从第一步开始，一点一点从量变到质变。从他们开始堕落的"拐点"和嬗变曲线，还有始坚持后退却、交佞友难脱身、想回归已无力等心理变化过程，可以及时提醒其他党员干部，哪里有陷阱、哪里是悬崖，思考自己的"软肋"和错误苗头，绕过陷阱或迷途知返，避免心存侥幸，重蹈覆辙，一失足成千古恨。

　　二是有利于发现制度上的缺陷与不足。从建党至今，尤其是十八大以来，党的制度建设大大加强，以党章为核心，形成了一系列的党内制度与规矩。然而在实践中，有些制度比较管用，有些制度由于缺乏刚性，或系统配套的具体措施不够，存在一定缺陷和不足，作用得不到充分发挥。尤其是遇到一些不讲规矩的"一把手"，或某一地区、部门或单位的政治生态恶化时，制度上的缺陷与不足更加明显，这在许多落马贪官的忏悔录中都有反映。比如开会讨论、层层审批，制度虽有，却形同虚设。忏悔录公开后，这些案件中的细节，就能引起人们的深思，从而在制度制定与完善过程中，就会更有针对性、更加注重实用管用。包括能够及时发现监督中的漏洞和短板，使监督更有实效。

　　三是有利于人们辨别贪腐官员的特征。落马贪官由于岗位与个人性格不同，个体表现有很大差异。但是如果具备足够多"样本"，从中也能归纳出一定规律，呈现出共同的"特征"，并非无端倪可寻。如果能够将这些特征总结出来，比如有的在作风上表现过于强势，"老大"意识很强，在决策上喜好"一言堂"，听不得不同意见，甚至一言不合就出口伤人；有的"爱撬事"，身边多"大款"，有许多颇为费钱的"喜好"等，党组织和党员群众就更应提高警惕，加大提醒与监督力度，早一些敲响警钟，防止个别人在贪腐之路上走得越来越远。

忏悔录能公开的都要公开，只是提供了很好的反面教材。有了"活教材"还要学会使用，切忌只关注"好看"的情节，只看热闹不看门道，甚至从中学习"官场关系学"和非常规"升迁之道"，琢磨怎样作案不被发现等，在错误的道路上越走越远。各级党组织也有必要加强解读和引导，让这些反面教材能真正起到加强警示、完善制度、促进监督等作用。

（2017 年 1 月 9 日）

5年奋斗不寻常，中国特色社会主义进入新发展阶段

今年下半年将召开党的十九大，这是党和国家政治生活中的头等大事。7月26日至27日，一个非常重要的专题研讨班在北京举行，专题研讨班的主题就是"学习习近平总书记重要讲话精神，迎接党的十九大"。

开班式上，习近平总书记发表了重要讲话。讲话在科学分析当前国际国内形势的基础上，对5年来党和国家事业发生的历史性变革，新的历史条件下坚持和发展中国特色社会主义的一系列重大理论和实践问题，未来一个时期党和国家事业发展的大政方针和行动纲领，都做了深刻阐述。其中引人注目的一点，是得出了中国特色社会主义进入了新发展阶段的重大判断。

党的十八大以来的5年，确实很不平凡。对以习近平同志为核心的党中央，人们印象深刻的一个词汇，应该就是"担当"。正因为新一届中央领导集体的这种担当精神，"解决了许多长期想解决而没有解决的难题，办成了许多过去想办而没有办成的大事"。比如全面深化改革，敢于"啃硬骨头"；比如大力加强党对意识形态工作的领导，巩固全党全社会思想上的团结统一；比如坚定推进全面从严治党，形成反腐败斗争压倒性态势，等等。同时通过贯彻新发展理念，适时、有力地调整了快速发展中的中国这一巨大航船的轨迹，使之朝着更高质量、更有效率、更加公平、更可持续的方向前进，使我国的经济社会发展，站上了新的历史起点，也使中国特色社会主义，

进入了新的发展阶段。

这一新的发展阶段，仍属于社会主义初级阶段的范畴，但出现了新的变化。一方面，近代以来久经磨难的中华民族实现了从站起来、富起来到强起来的历史性飞跃，社会主义在中国焕发出强大生机活力并不断开辟发展新境界，中国特色社会主义拓展了发展中国家走向现代化的途径。另一方面，在我国社会生产力水平明显提高的同时，人民日益增长的物质文化需要，也呈现出多样化多层次多方面等新特点。人们期盼更好的教育、更稳定的工作、更满意的收入、更可靠的社会保障、更高水平的医疗卫生服务、更舒适的居住条件、更优美的环境、更丰富的精神文化生活等。对这一中国特色社会主义新的发展阶段，社会主义初级阶段的新变化，都需要更加准确地加以把握。

社会主义初级阶段理论，是中国特色社会主义理论的基石之一。离开这一理论，不但今天许多经济社会现象无法解释，在许多理论和实践问题上都容易产生偏离或失误。因此，正像习总书记强调的，必须牢牢把握社会主义初级阶段这个最大国情，牢牢立足中国特色社会主义初级阶段这个最大实际。与此同时，也要注意与时俱进，准确地把握我国社会主义初级阶段不断变化的新特点，更好地总结中国特色社会主义发展的新经验，更好地解决我国经济社会发展中出现的各种新问题，更好地回应人民群众对美好生活的新向往，按照新的要求，制定党和国家大政方针，完善发展战略和各项政策，更好地发展中国特色社会主义事业。

准确做出新判断，就能产生新理论、指导新实践。党的十九大，正是要针对中国特色社会主义新的发展阶段，提出具有全局性、战略性、前瞻性的行动纲领。要对十八大以来治国理政重要实践进行理论概括。要在2020年全面建成小康社会、实现第一个百年奋斗目标后，提出新的战略部署，激励全党全国各族人民为实现第二个百年奋斗目标而努力——包括在"四个全面"（一个战略目标、三个战略举措）战略布局中的战略目标实现之后，如何对治国理政总体框架进行适当调整等，要明确宣示举什么旗、走什么路、以什么样的精神状态、担负什么样的历史使命、实现什么样的奋斗目标，把中国特色社会主义继续推向前进。

识时务者，在乎俊杰；有先见者，终成大业。人们有理由相信，在新的时代条件下，只要我们党坚持和发展中国特色社会主义，保持和发扬马克思主义政党与时俱进的理论品格，勇于推进实践基础上的理论创新，以创新理论引领伟大实践，始终同人民想在一起、干在一起，我们就能走好自己的路，并为解决人类问题贡献中国智慧、提供中国方案。

（2017 年 7 月 28 日）

后记：并非结束，亦非序章

编新闻作品集往往出力不讨好。新闻是易碎品，再令人激动的新闻，时过境迁，往往很难在时空已变换的读者心中激起波澜、引发共鸣。有位前辈领导曾送我一本个人新闻作品集，题名《飞瀑集》。他特地解释说，有些新闻作品当时很有影响，激荡磅礴似飞瀑泻落，多年以后也难免沉寂如幽水一潭，编个人作品集是为保留一点当初的激情与记忆，不奢望更多人来读。

所以一直没想过要编自己的新闻作品集，更不用说新闻评论集。因为像前辈领导那样的新闻大家，都感叹新闻作品只能敝帚自珍，仅留作个人记忆，更何况评论比新闻离现实更远，有观点无故事更缺乏可读性。当然，这也有自己一直工作在新闻采编一线的原因，跑新闻、写评论、做策划，都是为了完成报道任务、解决当下问题，只问耕耘不问收获，似乎会一直写下去，没有精力进行系统回顾、思考和研究。

这次编新闻作品集，而且还是评论集，认识有了不小的改变。原因之一是工作岗位变了。编新闻评论集的缘由，是2017年我被评为中宣部文化名家暨"四个一批"人才后，有研究意识形态、舆论引导、新闻传播的任务。研究新闻传播，最好的素材是自己的作品，因为对来龙去脉、引导效果最熟悉。特别是到了研究岗位以后，也很想通过作品梳理，反思、探讨一些新闻评论写作中规律性的内容，认识到这与写评论同样有价值。原因之二是重读一些以前的评论作品，发现许多观点居然没有过时。在此之前，有一位同行履新一家报纸副总，因暂时缺少评论，还把我发过的一些网评，编发到版面上，说有的以往谈论的热点，现在依然还是问题。这不知是让人高兴还是悲哀。不过，新闻人都懂得，新闻报道或评论，从来不曾一夜之间改变什么，但日积月累，有些变化会悄然生成。编发评论旧作，也算是"重要的话说三遍"。而且，今天的新闻与评论，就是明天的历史与观念，评论编成集子，或许能让人了解我们曾关注的问题、提出的见解，现在有哪些进步、哪些仍停滞在原地，甚至有所倒退。

由于印象中篇目不多，最初准备集成一本，以新闻评论为引子，配发新闻背景，结合当时的引导效果，对每篇评论进行写作得失分析。但没想到数量如此庞大，这还不算一些遗落未收的，因为有段时期人们写评论喜欢用笔名，自己用过的笔名有的能记起，有的已然忘却。忘却就忘却了，记不起来说明不重要。此外因篇幅原因，无法加过多新闻背景，那就不加了；集成一本容纳不了，所以就一次集成三本，无意中成了系列。

既然成了系列，书名就要有一定条理和呼应。想起围绕《时代热评》栏目名称发生的趣事，所以就用三个"热评"来区分：《时代热评》主要收入1989年入职以来到2007年间主要在《人民日报》上刊发的评论作品；《雪域热评》收纳2007年到2014年援藏期间主要刊发在《西藏日报》上的评论作品；《士心热评》收纳2014年回人民日报社工作、主要在人民网《士心热评》专栏中刊发的评论作品。《时代热评》时间段太长，所以作品排列用了时间倒序，避免开篇就是遥远的历史文字。《雪域热评》《士心热评》是正常时间排序。虽然无法给每篇评论作品加新闻链接，但可能影响对作品内容理解的加了背景注解。好在互联网时代搜索方便，如果对评论的热点确实感兴趣，可以进行关键词网上搜索，链接的相关评论可能比作者写的还好，还会有意外收获。

感谢中宣部文化名家暨"四个一批"资助项目的督促与支持，感谢人民日报出版社张炜煜同志的勤勉鼓励和为编辑三本评论集付出的辛劳。没有这种压力变动力，就不会有三本评论集出炉。这种压力产生的动力，或许还会持续下去。因为对以往评论作品的梳理，让我看到了这么多年值得小小自豪的成绩，同时也看到了不足与差距。从西藏归来，先在总编室上夜班，还可以业余写写评论，到研究部以后，日常文字工作较为繁杂，没有时间和精力再写新闻评论，虽然有时看了一些热点或别人的评论，难免技痒，但终究还是得先管主业。不过做研究也有一个好处，就是凡事都要探讨规律和原理，在实践基础上有了更多理论思考。因此虽然未能按原先设想、对每篇新闻评论谈写作得失，最后还是做了一些规律性的探讨，集中在前言部分的三篇体会文章中。以往没有做深入系统研究，对新闻评论写作规律的领悟和把握，渗透在每一次谋篇布局的写作实践中，这一次才算是进行了一定的总结和提炼。但如何写好新闻评论，是一个实践性、理论性都很强的课题，最适于实践与理论相互促进。尤其在新媒体时代，新闻评论的实践与理论日新月异，有志于评论写作与研究者，都不能不直面网络时代新的环境，做出新的尝试和努力。所以这一次小小的总结，并非结束，亦非序章，只可以说是一个评论写作与研究生涯的驿站。希望今后有机会，能写出更有时代感、网络感的新闻评论，写作不掉队，研究不落伍。

由于评论作品时间跨度大，编选时间紧张，可能会有一些意想不到的舛误，敬请读者批评指正。

2020 年 4 月 20 日于金台园

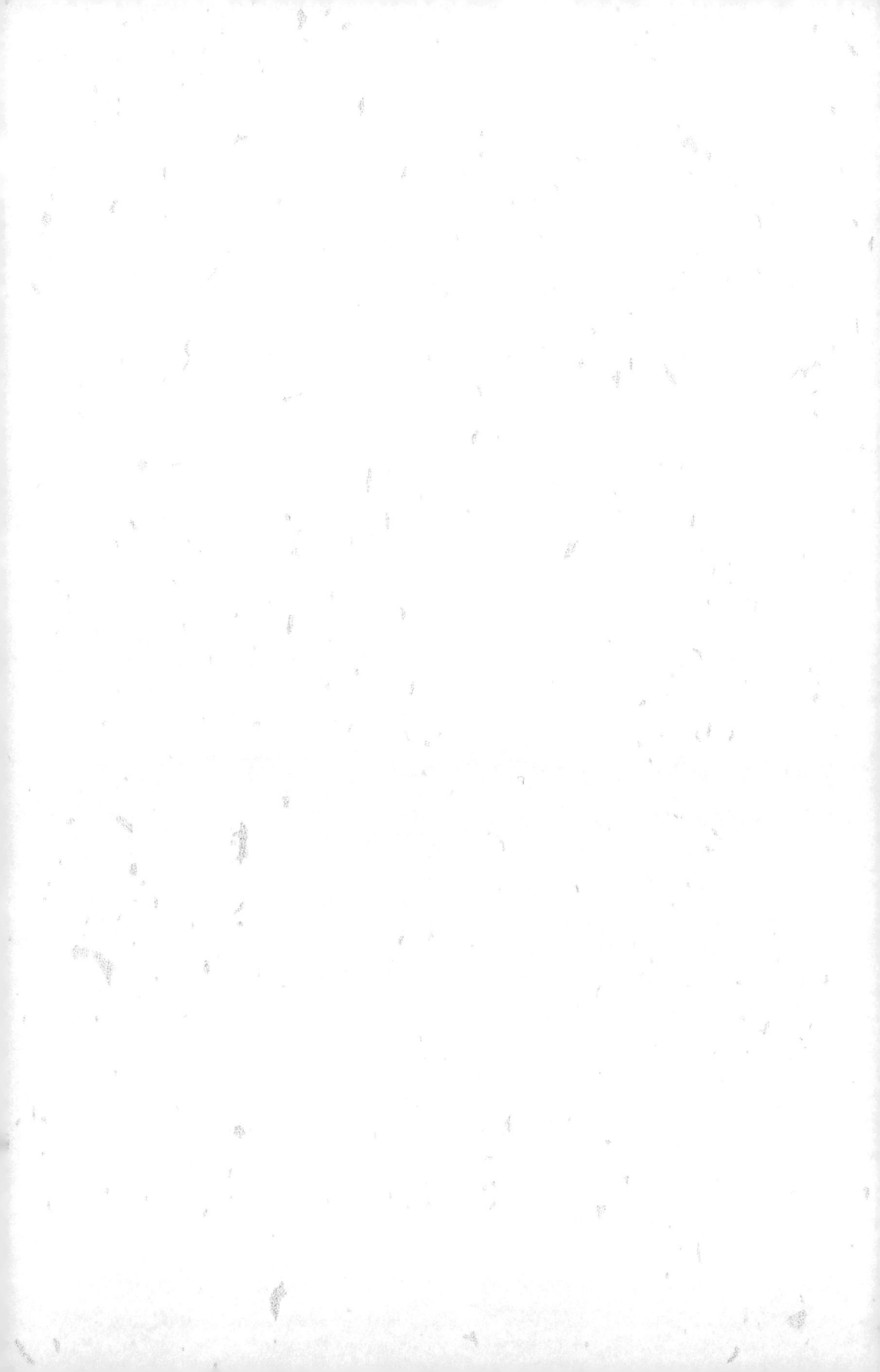